ANDY NEUMANN

X

ZEHN

UNAUFHALTSAM »Er starrte träumerisch aufs Wasser und versenkte sich ein weiteres Mal in die Gewissheit, ein Leben ausgelöscht zu haben. Ihm war endgültig klar, dass es seine Bestimmung war. Sein Schicksal! Daran gab es keinen begründbaren Zweifel mehr.«

Jahrelang zieht ein Serienmörder eine Blutspur durch Deutschland. Seine Taten haben nur eines gemeinsam: Sie sind nicht aufzuklären. Es gibt kein Muster, keine Zeugen, kein erkennbares Motiv, keine Verbindung zwischen den Opfern. Die Mordkommission ist hilflos. Kann der Journalist Niessen den Mörder stoppen? Sein Instinkt führt ihn auf einen Kreuzzug, an dessen Ende die Story seines Lebens wartet – oder der Tod.

Andy Neumann wurde 1975 in Neuwied geboren. Er begann 1995 seine Kommissarsausbildung beim Bundeskriminalamt und war anschließend neun Jahre lang als Ermittler im Terrorismusbereich tätig. Von 2008 bis 2010 absolvierte er das Masterstudium an der Deutschen Hochschule der Polizei in Münster. Seither ist er als Führungskraft im Bundeskriminalamt tätig. Im Jahr 2020 veröffentlichte er mit dem Thriller »Zehn« sein erstes Buch. 2021 folgte der Nummer-1-Spiegel-Bestseller »Es war doch nur Regen!?«, in dem er seine Erfahrungen während und nach der Flutkatastrophe im Ahrtal verarbeitete, wo er mit seiner Familie lebt. In seiner Freizeit ist er leidenschaftlicher Musiker.

ANDY NEUMANN

THRILLER

X

ZEHN

GMEINER

Immer informiert

Spannung pur – mit unserem Newsletter informieren wir Sie regelmäßig über Wissenswertes aus unserer Bücherwelt.

Gefällt mir!

Facebook: @Gmeiner.Verlag
Instagram: @gmeinerverlag
Twitter: @GmeinerVerlag

MIX
Papier aus verantwortungsvollen Quellen
FSC® C083411
www.fsc.org

Besuchen Sie uns im Internet:
www.gmeiner-verlag.de

Im Ehnried 5, 88605 Meßkirch
Telefon 07575/2095-0
info@gmeiner-verlag.de

1. Neuauflage 2022

Lektorat: Katja Ernst
Herstellung: Mirjam Hecht
Umschlaggestaltung: U.O.R.G. Lutz Eberle, Stuttgart
Druck: CPI books GmbH, Leck
Printed in Germany
ISBN 978-3-8392-0318-7

Personen und Handlung sind frei erfunden.
Ähnlichkeiten mit lebenden oder toten Personen
sind rein zufällig und nicht beabsichtigt.

TEIL 1

KAPITEL 1

Samstag, 13. August 2016

Jeder wirklich erwachsene Mann kennt den Moment, in dem er weiß: noch ein Schluck, und ich bin hackedicht! Nun ja, er hatte ihn wieder mal verpasst. Aber ein Abend, der schon mies anfängt, wird nur selten besser, und dieser hatte wirklich extrem mies angefangen.

Blöde Schlampe, dachte er noch, als er quasi in Zeitlupe Richtung Straße fiel. Glücklich fiel, muss man sagen, denn immerhin schaffte er es, seine Arme nach oben zu nehmen, was der reißende Schmerz in seinem Ellbogen kurz darauf bestätigte. Verdammt, das gibt morgen Zahnschmerzen, hörte er sich denken, um sich gleich darauf zu fragen, wie er jetzt eigentlich auf Zahnschmerzen kam. Jedes Mal dasselbe, wenn er Schnaps trank: Gedanken, die sich überschlugen, wirres Zeug, das durch sein Gehirn strömte, und die Angewohnheit, früher oder später anderen damit auf die Nerven zu gehen. Und was immer er nun zu Miss »Nur kucken, nicht anfassen« gesagt hatte, es hatte gereicht, um ihn aus der Kneipe zu werfen.

»Okay, konzentrieren. Nicht die Augen zumachen, sonst hast du keine Chance. Gott, ist mir schlecht«, lallte er vor sich hin, immer noch unfähig, sein Denken und Reden sauber voneinander zu trennen. Unwillkürlich fiel ihm ein, wer alles an seiner eigenen Kotze erstickt war. Ein cooler Tod, dachte er, aber wer will schon sterben? Blöde Idee, also konzentrier dich! Du hast einen Plan, vergiss das nicht.

Er starrte in die Nacht und vermutete einen Himmel voller Sterne, doch die Stadtlichter machten es unmöglich, sich wenigstens daran zu erfreuen. Also blickte er trüb ins Leere und versuchte sich zu erinnern, wie es war, als er mit Isa sprichwörtlich im nassen Gras gelegen und jeden einzelnen Stern für sie gezählt hatte. Das alles war so lange her. Wie jung er gewesen war und wie naiv. Wie hätte es eine andere Frau geben sollen? Ein anderes Leben? Er hatte damals so wenig gewusst. Unmöglich, sich heute in den Mann hineinzuversetzen, der so ekelhaft kitschig gewesen war. Der von Schicksal redete, der Lieder und Gedichte schrieb und noch Mixtapes mit Herzen bemalte, als seine Freunde ihm längst rieten, mal kurz nachzudenken.

Aber so ist es doch immer. Die Dinge geschehen, und ihre Bedeutung wird uns erst sehr viel später klar. Er musste Isa damals einfach heiraten, und selbst jetzt wusste er nicht, ob er das im Nachhinein ändern sollte. Wenn ihm etwas leid tat, dann, dass sie nie Kinder bekommen hatten. Wer weiß, vielleicht hätte das einiges in ihm verändert. So blieb in ihm eine Leere, hinter der er sich verstecken konnte. Eine Ausrede, die er seinem Spiegel entgegenhielt, wenn es unerträglich wurde, hineinzuschauen. Und so bequem das auch war, ein Teil von ihm hätte diese Bequemlichkeit jederzeit eingetauscht gegen einen ersten Schrei, ein erstes Lachen, und diese verdammte Selbstsicherheit der Jungs, die auf einmal keine Jungs mehr waren, sondern Väter. Gott, wo kommen denn plötzlich solche Gedanken her?, fragte er sich. Dieser Teil in ihm hatte schon vor Jahren aufgehört, eine wesentliche Rolle zu spielen. Aber auch das war eine der leidigen Auswirkungen von Alkohol: Er spült Dinge in einem hoch, die man längst vergessen glaubt.

Er starrte weiter in die Nacht, und langsam wurden seine

Gedanken klarer. Isa hatte ihn rausgeschmissen. Oder nein, war er gegangen? Wer konnte das schon sagen, denn letztlich kam es doch auf dasselbe heraus. Er ging, und wenn er wiederkam, würde sie auf ihn warten und ihm in die Arme fallen. Weinend, mit tausendfachem »Es tut mir leid« auf den Lippen, entwaffnend und dabei unverschämt aufreizend, weil er wusste, es würde im Schlafzimmer enden. Das tat es stets. Und wie jedes Mal würde sie buchstäblich alles geben, und er würde sich alles nehmen, um am Ende da zu liegen und sich zu fragen, wer jetzt eigentlich wen benutzt hatte.

Dieser verdammte Teufelskreis. Wieso konnte er sie nicht einfach verlassen? 18 Jahre – und rein gar nichts hatte sich verändert. Dieses Leben, von dem so viele dachten, dass es perfekt sein musste. Sie beide, das absolute Posterpärchen. Leben im Überfluss. Arbeiten nur, weil man Spaß daran hat. Schicke Klamotten, teure Autos und Urlaub, den andere sich nicht mal im Ruhestand gönnen. Und nüchtern überlegt: Selbst heute noch, mit 39, war Isa eine Wahnsinnsfrau. Sie hatte weiß Gott ein hübsches Gesicht. Dazu einen Körper, den Sport und die ausgebliebene Schwangerschaft so straff gehalten hatten, dass selbst die jungen Dinger in der Sauna oft neidisch guckten. Und im Bett war sie die Sorte Frau, bei der man sicher war, dass man nicht fragen, sondern einfach nur machen musste, jedenfalls, wenn man es gut machte. Sie nervte zwar hin und wieder, sorgte aber selten für echten Ärger. Und wenn, dann ging es mal wieder darum, dass sie dachte, er würde sie betrügen. Ein Vorwurf, dem er seit Jahren nach demselben Muster begegnete: Leugnen, die Vorstellung als paranoiden Unsinn abtun, mit ihr ins Bett gehen – und die aktuelle Affäre beenden oder zumindest auf Eis legen.

Aber genau das war der Fehler: Wie perfekt konnte man sich eine Frau reden, die man immer und immer wieder betrogen hatte? Lag es überhaupt an der Frau? Und wenn nicht, was bedeutete das für einen selbst? Er hatte nie eine Antwort darauf gefunden. Doch alles näherte sich seinem Ende, und ihm war klar, dass das auf die eine oder andere Art auch auf seine Ehe zutraf. Also hatte er es heute auf die Spitze getrieben, so sehr, dass er zum ersten Mal nicht sicher war, was ihn zu Hause erwarten würde. Könnte er diesen elenden Teufelskreis vielleicht endlich auflösen und alles hinter sich lassen?

All die schlauen Sprüche, die man über Teufelskreise hören oder lesen konnte, hatten eines gemeinsam: Sie waren totaler Schwachsinn. »Wir sind frei, ihn zu durchbrechen«, blablabla, danke, Klugscheißer. Genau das ist schließlich der Kern eines *echten* Teufelskreises! Nicht, dass er existiert – sondern, dass es uns mit jeder Minute, die wir ihn durchleben, ein kleines Stückchen schwerer fällt, ihn zu bekämpfen. Bis die Hürde irgendwann viel zu hoch ist, als dass ein einzelner Mensch sie überwinden könnte. Die Zeit ist es, die einen Teufelskreis zu einem wahren Teufelskreis macht. Jeder, der einem etwas anderes erzählt, hat selbst noch nie in einem gesteckt.

Dasselbe galt für seine Ehe. So schön sie in den ersten Jahren gewesen war, so unglaublich das Leben mit Isa ihm damals auch vorkam; die Zeit hatte einfach alles verändert. Sie hatten sich weiterentwickelt. Oder vielmehr hatte er sich entwickelt. Isa war komplett stehen geblieben. Für sie war das Leben bei »Ja, ich will!« perfekt gewesen, und ihr einzig verbleibender Wunsch bestand darin, irgendwann Kinder mit ihm zu haben. Er konnte das nie verstehen. Dieser Mangel an Hunger, diese schreckliche, ekelhafte Zufriedenheit, unter der sich Menschen wie Isa ihr Leben lang vergraben konnten, ohne dass ihnen etwas fehlte. Ihn machte das fassungslos, und es weckte Verachtung in ihm. Letztlich konnte er es ihr aber nicht vorwerfen, denn er wusste, dass die meisten Menschen ihr deutlich näher waren als ihm, was das anging. Wie armselig die Menschen doch waren. Wenn er daran dachte, wurde brennender Stolz in ihm wach, weil er wusste, dass er zu sehr viel mehr geboren war als diese bemitleidenswerten Jammergestalten.

Er hatte schon immer alles versucht, um mehr herauszuholen. Ihn trieb etwas an, das zu gewaltig war und zu tief ging, als dass simple Begriffe wie »Ehrgeiz«, »Neugierde« oder »Abenteuerlust« ausgereicht hätten, es zu beschreiben. Etwas, das ihn ebenso kontrollierte wie es ihn stark machte. Etwas, dem er sich nie hatte entziehen können, selbst als er sich einmal (mit kläglichem Misserfolg) dazu entschieden hatte, »ruhiger zu werden«, wie man so schön sagte. Er bezeichnete sich gern als eine Mischung aus Suchendem und Getriebenem. Nur hatte er bis vor neun Jahren weder herausgefunden, was er eigentlich suchte – noch wovon er sich treiben ließ. Am Tag seiner Hochzeit war er von dieser Erkenntnis meilenweit entfernt gewesen.

Er hatte sich daher in eine Ehe gestürzt, deren Halbwertszeit er von Anfang an hätte vorhersehen können. Isa, die leidenschaftliche, warmherzige, sanftmütige, vor allem jedoch ihm in jeder Hinsicht bedingungslos ergebene Vorzeige-Ehefrau. Und dann er, ein durch und durch komplizierter, entzweigerissener Charakter, der sich trotz seiner inzwischen 47 Jahre nicht einmal selbst vollständig verstand. Dessen ureigene, abgrundtiefe Schattenseite ihn von Jahr zu Jahr mehr faszinierte. Und der dieser wunderbaren, verletzlichen Frau mit jedem Tag, der verging, deutlicher zu verstehen gab, dass er sie eigentlich nur duldete.

Es wäre für Isa und vielleicht auch für ihn das Beste gewesen, er hätte sie vor langer Zeit verlassen. Aber soweit es ihm in Erinnerung war, hatte er bereits beim ersten Nachdenken darüber gewusst, dass er das niemals tun würde. Zuerst hatte er gedacht, es läge einfach daran, dass er ein riesiges Arschloch war. Später dann hatte er den Teufelskreis erkannt. Noch später war ihm klargeworden, dass er ihn gar nicht durchbrechen wollte. Heute fürchtete er, dass er ihn nicht mehr brechen konnte.

Die Gründe waren immer dieselben. Erstens hatte er sich viel zu sehr daran gewöhnt, Geld zu haben. Zweitens konnte er trotz seiner Ehe tun und lassen, was er wollte. Es fiel verdammt schwer, Vorteile einer Trennung in die Waagschale zu werfen, die das aufwogen. Und trotzdem hätte er es tun müssen. Damit Isa endlich wieder frei atmen könnte. Damit er sich endlich nicht mehr den Spiegel vorhalten müsste, wenn er auf Menschen herabsah, die sich von Bequemlichkeit leiten ließen.

Aber vielleicht war das gar nicht mehr nötig, dachte er. Wenn Isa einen kleinen Funken Stolz übrig hatte, würde sie ihn morgen verlassen und sich damit alles ersparen, was noch kommen würde. Grausam genug war er schließlich gewesen.

»Ja, ich habe dich betrogen! Viel zu oft, viel zu lange schon. Und weißt du, was? Ich habe jede einzelne dieser Frauen genossen. Kolleginnen, Kellnerinnen, Nutten – such es dir aus. Ganz ehrlich? Ich hab die halbe verdammte Welt gevögelt!«

Isa hatte ihn mit einer Mischung aus Gewissheit, Wut, Faszination und Verzweiflung angesehen, die er nie in einem einzigen Blick für möglich gehalten hätte. »Raus«, sagte sie.

»Baby, es tut mir leid. Ich …«

»Raus!« Aus ihr sprach nur noch kalte Wut.

»Isa …«

»Ich hab gesagt, du sollst abhauen!«

Noch nie hatte er sie so schreien hören. Ihre Stimme überschlug sich, und sie kam ihm dabei bedrohlich nahe. Er wusste, wenn er jetzt nicht ging, würde sie ernsthaft versuchen, ihm wehzutun. Für einen kurzen Moment sah er sich selbst, ihren Kopf zur Antwort wieder und wieder gegen den Bettpfosten hämmernd. Also war er gegangen. Hatte sich ins Auto gesetzt und war nach Köln gefahren, um sich in der erstbesten Kneipe ein Bier zu bestellen.

Nun lag er hier. Über ihm der kaum sichtbare Sternenhimmel, der Stein unter ihm kühl und beruhigend, und es fiel ihm langsam leichter, seine Gedanken zu ordnen. Er beschloss, Isa erst einmal zu vergessen. Was konnte er schon tun? Sie würde ihm auch das verzeihen. Und wenn nicht, hätte sie ihm wenigstens endlich die Entscheidung abgenommen, die er nie hatte treffen können.

Genug davon, dachte er. Es gab Wichtigeres. Sieben Tage noch. Eine Woche, und das Werk, das er vor neun Jahren begonnen hatte, würde endgültig vollendet. Er hatte es fast geschafft. Sein Vermächtnis, seine Symphonie, etwas, das bleiben würde, ganz egal, was aus ihm wurde.

Er lag dort, starrte weiter in den Nachthimmel, lächelte breit und dachte: Neun Jahre, neun Tote, und ihr habt immer noch keine Ahnung, wer ich bin.

KAPITEL 2

Januar 2007

Die Nacht seines ersten Mordes war kalt gewesen. Keine schöne Kälte, sondern diese halbnasse, fiese, hässliche Kälte, die in deutschen Städten seit den 90ern zum Standard geworden war, selbst wenn die Temperaturen unter dem Gefrierpunkt lagen.

Er hatte es krachen lassen, wie so oft. Und nicht nur das: Er hatte das denkbar Dümmste getan, was man tun konnte, wenn man sich schon betrinken musste. Er hatte es mit Glühwein getan. War ins Quatschen gekommen, hatte Runden geschmissen, wäre fast bei einer sehr heißen Rothaarigen gelandet, die dann aber doch das Weite suchte, als er so voll war, dass er nicht mehr wusste, ob er mit ihr sprach oder dem Feuerlöscher. Und irgendwann war er aus der Bar getorkelt.

Als er aufwachte, hatte er festgestellt, dass er weiß Gott wo in einer Gasse saß, an einen Müllcontainer gelehnt. Ein kurzer Check versicherte ihm, dass er immerhin Handy, Portemonnaie und Schlüssel noch bei sich trug, was fast einem Wunder gleichkam. Er sah sich um. Schlechte Beleuchtung, Hinterhofklima, ein kläffender Köter und leise Hintergrundmusik, das Ganze um 3.30 Uhr morgens. Würde er sich selbst in einem Film dort sitzen sehen, würde er in Gedanken laut ausrufen: »Hau da ab, Typ! Jeder Vollidiot weiß, dass man keinen besseren Platz finden kann, um mindestens ausgeraubt zu werden.«

Trotzdem blieb er, wo er war. Er fror, und zwar gehörig, trotz der dicken Daunenjacke, die er trug. Die Kälte war durch die Jeans gekrochen und hatte seinen Arsch in einen Klumpen Eis verwandelt, der den Rest des Körpers nach und nach erbarmungslos unterkühlte. Er hatte Glück, dass er rechtzeitig aufgewacht war. So was konnte gut ins Auge gehen.

Er zog die Handschuhe aus und fingerte nach seinen Zigaretten. Als er sie gefunden hatte, steckte er sich eine an und begann, darüber nachzudenken, wie er hierhergekommen war, wo er sein Auto gelassen hatte und ob er in der Lage wäre, nach Hause zu fahren. Er stellte sich hin. Sein Schädel brummte ordentlich, und es fiel ihm schwer, sich aufrecht zu halten, aber das Schlimmste hatten ihm der Schlaf und die Kälte offenbar erspart. Er würde einen Kaffee brauchen und eine halbe Stunde frische Luft, dann sollte er fahren können. Er versuchte, sich einen besseren Überblick über seine Lage zu verschaffen, und bemerkte, dass er seinen Rausch offenbar nicht allzu weit weg vom Hinterausgang einer Kneipe ausgeschlafen hatte. Er hörte die Musik ebenso wie das Stimmengewirr der restlichen Gäste, die um diese Uhrzeit noch auf den Beinen waren. Als er erkannte, welcher Song lief, stieß er ein hartes, lautes Lachen aus. »Under the bridge« von den Red Hot Chili Peppers. Danke, Schicksal, dachte er. Du bist ein Arschloch!

»Gibst du mir auch eine?«, hörte er plötzlich eine fordernde Stimme hinter sich fragen.

Er drehte sich um. Vor ihm stand ein Mann, südländischer Typ, etwas größer als er selbst, stämmig und mit ziemlich unfreundlichem Gesicht. Er kannte diesen Typ Mensch: Laut, aber harmlos. Solange man ihnen gab, was sie wollten. Viele von ihnen nutzten die klischeebedingt negative

Erwartungshaltung, die ihr Äußeres hervorrief, ganz gern, um sich ein bequemes Leben zu machen. Selbst wenn sie eigentlich ganz dufte Typen waren. Er hatte seine Theorie zu Klischees. In aller Regel waren sie nichts anderes als das Ergebnis unzähliger ähnlicher Erfahrungen. Man musste ihnen also nicht sklavisch anhängen – doch es war auch nie verkehrt, sie im Hinterkopf zu behalten und sich auf sie einzustellen.

Er hoffte, dass er in diesem Fall richtig lag. Das Letzte, worauf er Lust hatte, war eine Prügelei um ein paar Kippen.

»Klar, hier«, sagte er und reichte dem Mann eine Zigarette. »Brauchst du Feuer?«

»Ja.« Der andere musterte ihn von oben bis unten, und er wurde kurz unruhig, weil er wusste, dass er selbst in dieser Lage, betrunken und zerknittert, wie er war, noch immer aussah wie jemand, der ordentlich Geld hatte. Doch es passierte nichts weiter, also zündete er die Zigarette an, die der Mann sich in den Mundwinkel gesteckt hatte, und beruhigte sich. Wahrscheinlich würde er tatsächlich mit der Kippe davonkommen.

Der rechte Schwinger erwischte ihn mit voller Wucht. Er fing sich mit letztem Reflex, taumelte rückwärts und schaffte es irgendwie, auf den Füßen zu bleiben. Gleichzeitig spürte er einen heißen, pochenden Schmerz im linken Kinnbereich. Er rieb sich die Stelle mit den Fingern, als könnte das helfen, und kämpfte gegen die Mischung aus Nebel und Sternen an, die ihm vor den Augen herumtanzte. Er konzentrierte sich und brauchte trotz allem nur wenige Sekunden, um wieder klar zu werden. Er entschied sich, seinem Gegenüber das Bild zu vermitteln, dass er vollständig erledigt war. Hechelnd und gebückt blieb er stehen und sagte mit schmerzverzerrter, weinerlicher

Stimme: »Alter, was soll das? Ich hab dir doch die Kippe gegeben?«

»Halts Maul! Ich will deine Kohle. Wenn du Stress machst, schlag ich dich kaputt!«

Er dachte nach, so schnell es ging. Es war nur Geld, und allzu viel konnte er sowieso nicht mehr in der Tasche haben nach den gefühlt 20 Runden, die er bezahlt hatte. Der Typ hatte Kraft, das stand fest. Trotzdem war er nur ein Straßenschläger und hatte keine Ahnung, wozu sein vermeintlich leichtes Opfer fähig war. Im nüchternen Zustand hätte er jede Summe auf sich selbst gewettet. Doch es half nichts, er war noch immer betrunken. Und wie er das sah, gab es weit und breit niemanden, der mitbekam, was sich abspielte, also durfte er nicht mit Hilfe rechnen.

»Alles klar«, sagte er. »Kein Thema. Hier, warte.« Er nahm sein Portemonnaie aus der Jackentasche und wollte die Scheine herausziehen, als der andere schon bei ihm war und sich das Portemonnaie griff.

»Das kannst du dir im Müll wieder suchen«, sagte der Mann. »Los, dein Handy auch!«

Das reichte. Es war eins, dem Typen das bisschen Geld zu geben. Geld tat ihm nicht weh. Aber es war etwas ganz anderes, den Inhalt seines Portemonnaies und seines Handys einem Typen zu überlassen, der nicht nur ein Straßenschläger, sondern auch ein Krimineller war und der eine ganze Menge mit dem anstellen könnte, was er darin fand.

»Ja, alles, was du sagst, Mann, kein Stress, bitte.«

Er stand keinen halben Meter von dem Mann entfernt, noch immer leicht gebeugt und eine Schwäche vortäuschend, die es kaum gab. Er zog sein Handy mit der Linken aus der Tasche und streckte den Arm nach vorn. Als der andere das Handy nahm, zögerte er nicht einmal für den Bruchteil einer Sekunde. Seine eigene Rechte schnellte mit einem Haken nach oben, der mit aller Gewalt traf, zu der er fähig war.

Der Kopf seines Gegners flog nach hinten, wie er mit Genugtuung wahrnahm. Selbst ein Elefantenkalb wäre von diesem Schlag nachhaltig beeindruckt gewesen. Sein Ziel jedoch blieb auf den Beinen und wehrte sich. Und zu allem Überfluss schien der Mann für jemanden, der so schwer war, auch noch erstaunlich schnell zu sein.

Doch er war schneller. Und weit geübter darin, sich zu prügeln, als der andere erwartet hatte. Er wich dem wütenden Angriff des auf ihn zustürmenden Mannes aus und verpasste ihm in den Lauf hinein einen Schlag mit der Innenhandkante in den Kehlkopf. Das sollte genügen.

Es genügte nicht. Zwar röchelte der Kerl und schnappte nach Luft. Aber entweder war er auf irgendwelchen Drogen und verstand nicht, dass er durch solche Schläge leicht draufgehen könnte. Oder er war noch viel zäher, als er aussah. Denn er kam erneut auf ihn zu.

Inzwischen glasklar in seinen Gedanken und randvoll mit Adrenalin, tat er das, was ihm am sinnvollsten schien. Er traktierte den Oberkörper des Mannes mit so vielen Schlägen, wie er nur austeilen konnte, ohne die Chance auf einen Konter zu bieten. Als das immer noch nicht wirkte, sprang er hoch, ließ ein Bein nach vorn schnellen und verpasste seinem Gegner einen gewaltigen Tritt in den Brustbereich. Dieser kippte nach hinten, fiel der Länge nach um und bewegte sich nicht mehr.

Er wartete, bis er sicher war, dass der Mann atmete und zurechtkommen würde. Eine Lektion war eine Lektion, aber ihn gefährlich zu verletzen, musste nicht sein. Dann suchte er sein Handy, das er, in ziemlich üblem Zustand, auf dem Boden liegend fand. Er nahm es mit verärgertem Knurren an sich und beugte sich zu seinem besiegten Gegner herab, um ihm sein Portemonnaie abzunehmen.

Er hatte sich verschätzt. Der andere nahm offenbar all seine Kraft ein letztes Mal zusammen und riss ihn mit beiden Händen von den Beinen. Er wusste, was folgen würde. Der Typ würde versuchen, über ihn zu gelangen. Er rollte sich also einmal um die eigene Achse und brachte so die nötige Entfernung zwischen sich und seinen Gegner. Dann ging er in die Hocke und lauerte.

Dieser Wahnsinnige schaffte es entgegen jeglicher Logik, sich aufzurichten, und ging mit annähernd festen Schritten auf ihn zu. Was immer der Typ genommen hatte, er würde dem Ganzen ein Ende setzen müssen, und zwar sofort. Sonst wäre er selbst in Gefahr, und zwar in einer, die nicht im Krankenhaus enden würde. Er atmete tief durch, stellte sich in Position und wartete.

Die meisten Menschen würden sich in vergleichbaren Situationen selbst im Weg stehen; Angst und Erregung würden sich mit Unerfahrenheit paaren und alles lähmen, was sinnvoll wäre, vielleicht mit Ausnahme des Fluchtreflexes. Was völlig in Ordnung war, vorausgesetzt, man war schnell genug. Für ihn jedoch war Flucht noch nie eine Option gewesen, ebenso wenig wie Angst. Und unerfahren war er ganz sicher auch nicht.

Als es so weit war, drehte er sich präzise um die eigene Achse, schlug mit der Handkante ins Genick des Mannes und setzte noch im selben Moment einen Tritt in den Rücken hinterher.

Sein Gegner fiel der Länge nach und mit schlaffen Armen nach vorn und landete mit dem Gesicht ungebremst auf dem Asphalt.

Er entspannte sich. So schnell würde der sich nicht erholen, das stand fest. Allerdings war es langsam an der Zeit, von hier zu verschwinden. Er hatte sich zwar nur gewehrt, jedoch absolut keine Lust, das den Streifenbullen zu erklären. Bei Schlägereien war nämlich grundsätzlich erst einmal der Beteiligte verdächtig, der gewonnen hatte. Er brauchte noch sein Portemonnaie und suchte hastig die Taschen des reglosen Mannes ab, als ihm klar wurde, dass er nicht einfach reglos war.

Er war leblos.

Verdammt, dachte er, das kriege ich ganz sicher niemandem mehr beigebracht. Er kontrollierte Puls und Atmung des Mannes in der Hoffnung, dass es sich lediglich um eine Ohnmacht handelte. Doch nach einer halben Minute wusste er es endgültig: Er hatte ihn umgebracht.

Seine Gedanken rasten. Er sah sich mit wilden Blicken um, versuchte festzustellen, ob wirklich niemand beobachtet hatte, was hier geschehen war, und ging die Optionen und Szenarien durch. Es dauerte wenige Sekunden, bis er »funktionierte«, wie er es nannte. Perfektes Agieren und Reagieren ohne jegliche Emotion. Er dachte darüber nach, welche Spuren er hinterlassen haben könnte. Er wog ab, ob der Aufwand, sie zu beseitigen, das Risiko rechtfertigte, dass doch noch jemand auftauchte. Am Ende setzte er darauf, so schnell wie möglich zu verschwinden. Er wusste: Wenn ihn niemand gesehen hatte, würde es fast unmöglich werden, auf ihn zu kommen, selbst wenn er Spuren hinterließ. Er vergewisserte sich, dass er nicht an irgendeiner Stelle blutete, zog die Kapuze aus seiner Jacke, setzte sie auf und verschwand aus der Gasse.

Zehn Minuten später hatte er sein Auto erreicht. Die anfängliche Besorgnis wich, und stattdessen wuchs ein

Gefühl in ihm, das ihn, als er es schließlich einordnen konnte, völlig aus der Bahn warf. Er hatte erwartet, dass er ein schlechtes Gewissen haben würde; Angst, erwischt und bestraft zu werden; Wut auf den Typen, der ihn dazu gezwungen hatte, ihn zu töten. Oder auch, dass ihm zum Heulen zumute sein würde. Immerhin hatte er einen Menschen umgebracht.

Aber all das blieb aus. Stattdessen durchtobte ihn das wohl seltsamste und deplatzierteste Gefühl, das man sich in einem Moment wie diesem nur vorstellen konnte. Es dauerte sehr lange, bis er sich das eingestand, und noch länger, bis er es endgültig zulassen konnte. Was er fühlte, war ohne jeden Zweifel reiner, vollkommener und überwältigender Triumph.

Ihm war, als hätte er gerade den besten Sex seines Lebens gehabt, im Lotto gewonnen und den Kilimandscharo barfuß bestiegen, und zwar alles gleichzeitig. Und auch wenn ein kleiner Teil seiner Gedanken nichts anderes tat, als immerzu die Frage »Wieso?!« zu formen, badete der Rest in einem Meer von Endorphinen.

Er holte sich eine Zigarette aus der Schachtel. Der Drang, eine zu rauchen, war immens. Er hatte das Gefühl, die Kippe würde einfach alles perfekt machen. Doch als er sie im Mund hatte und nach seinem Feuerzeug suchte, erstarrte er.

Das Feuerzeug war weg.

KAPITEL 3

Januar 2007

Tom regte sich auf. Eigentlich regte er sich viel zu oft auf, was einer der Gründe dafür war, dass seine Frau ihm regelmäßig riet, den Job endlich an den Nagel zu hängen und »seine Talente sinnvoll zu nutzen«. Und ganz falsch war das ja nicht, jedenfalls für Außenstehende. Seine Arbeitstage bestanden leider sehr oft zu etwa einem Drittel aus Langeweile und einem weiteren Drittel darin, von etwas genervt zu sein.

Für die Langeweile konnte der Job nichts, die lag daran, dass er offenbar schneller denken und arbeiten konnte als die meisten. Jedenfalls hatten sie ihm das immer wieder gesagt.

Dass er oft genervt war, war ein anderes Thema, das konnte er nicht so leicht auf sich schieben. Denn immerhin gab es Gründe dafür. Gute Gründe, und zunehmend mehr davon. Dass andere damit gelassener umgingen, war schön und gut; aber Tom hatte noch nie zu den Menschen gehört, die klare Missstände mit einem Achselzucken abtun und weitermachen konnten, als gäbe es sie nicht.

Nun ja, sei es drum, jedenfalls wäre er entspannter gewesen, wenn es nicht irgendjemand oder irgendetwas ständig darauf angelegt hätte, ihm überhaupt erst auf die Nerven zu gehen. Wie die Tatsache, dass er sich in einem Opel Astra fortbewegen musste, bei dem Tom nicht sicher war, ob er nun älter war als die Nacht – oder hässlicher. So oder so war es eine Zumutung, und mal unabhängig davon, dass er genau wusste, dass diese Karre den TÜV nur noch wegen ihrer Halter bekam, konnte er einfach nicht begreifen, dass das der Anspruch war, den das Land Nordrhein-Westfalen an seine Ausstattung stellte.

Was aber weder seine Frau noch viele andere verstehen konnten, die gern dachten, sie wüssten es besser, war, dass das letzte Drittel alles andere aufwog. Der eigentliche Job. Der Grund dafür, dass er niemals eine andere Arbeit gewollt hatte und auch niemals eine andere machen würde. Dinge wie diese hier: Ein Anruf in aller Herrgottsfrühe, eine miese Spelunke, auf der Straße dahinter eine Leiche und in seiner Hand einen Coffee to go, der göttlich schmeckte. Tom atmete die herrlich frische Morgenluft ein, spazierte gut gelaunt an den Kollegen vom Streifendienst vorbei und beugte sich zu dem toten Körper hinunter.

»Oha, der sieht nicht gut aus!« Blut, Rötungen, Abschürfungen und Prellungen, wohin man auch blickte; darunter viele von der übleren Sorte. Sogar bei oberflächlicher Betrachtung des Mannes wäre selbst einem Laien sofort klar, dass er die Prügel, die er einstecken musste, nur mit sehr viel Glück hätte überleben können. Und um einen Glückspilz handelte es sich offensichtlich nicht.

»Hi, Tom! Nein, da hast du recht. Wer immer das war, muss eine Stinkwut gehabt haben.« Anke vom Erkennungsdienst. Tom mochte sie, er hatte schon oft mit ihr gearbeitet. Immer noch keine Hauptkommissarin, und sie dürfte schon in den späten Dreißigern sein, dachte sich Tom.

»Habt ihr was Brauchbares gefunden?«, fragte er.

»Bisher nicht. Wir sind mit unserem Teil fast fertig, die Nachbarschaftsbefragung läuft noch. Keine heiße Spur, keine direkten Zeugen, soweit ich das mitgekriegt habe.«

»Okay, danke dir. Dann frage ich mich mal durch!«

Es war der erste Mord für dieses Jahr. Düsseldorf war nicht Chicago, so viel stand fest. Wenn es auf 20 Tötungsdelikte im Jahr hinauslief, war das schon viel; entsprechend selten wurde die Mordkommission aufgerufen. Für Tom war es eine willkommene Chance, aus dem Alltagstrott im Büro herauszukommen. Jedenfalls war das bisher so gewesen. Denn endlich hatte er es geschafft, ab nächster Woche würde er beim LKA arbeiten. Eine Stufe drüber, raus aus dem engen Zuständigkeitsbereich von Düsseldorf. Er wurde immer ungeduldiger, jeden Tag, seit sein Kommissariatsleiter ihm die Versetzung bestätigt hatte. »Verlier' dich ungern!«, hatte der gesagt, wortkarg wie eh und je. »Kann ich mir vorstellen«, hatte Tom geantwortet, was ihm wieder einmal ein Augenrollen eingebracht hatte.

»Hey, Tom!«

»Torben, hi!« Torben Kanther kam auf ihn zu. Er war der einzige Mensch im Präsidium, mit dem er sich in seinen gut 20 Dienstjahren wirklich angefreundet hatte.

»Schön, dich zu sehen. Kannst du auch nicht pennen?«

Torben schmunzelte. »Na, einer muss doch die Arbeit machen, wenn du dich in den Elfenbeinturm verziehst.«

»Elfenbeinturm, da bleibe ich mal noch skeptisch. Der Staatsschutz war zwar nicht unbedingt meine Wunschdienststelle, aber man nimmt, was man kriegt, und wenn ich in diesem Land jemals ein bisschen herumkommen und Hauptkommissar werden will, ohne Uniform anzuziehen … Na ja, du kennst das Spiel. Kann nicht jeder so viel Glück haben wie du.«

»Ja, ich weiß. Trotzdem ein Jammer. Versprich mir bloß, dass du kein totales Arschloch wirst, wenn du erst mal da bist.«

»Keine Bange, das wird nicht passieren. Man kann schließlich nicht werden, was man schon ist.«

Sie lachten beide herzhaft und laut. Bullenhumor. Kein Mensch außerhalb der Polizei verstand, was daran lustig sein sollte, aber ohne den Humor wäre der Job noch sehr viel schwerer erträglich.

»Hey, ihr zwei Spaßvögel! Könnt ihr mir erklären, was so witzig ist?«

Manni Köppen, der traditionell am schlechtesten gelaunte Direktionsleiter im ganzen Land. Tom steckte sich eine Kippe an. Warum mussten manche im höheren Dienst so tun, als hätten sie hier draußen noch irgendwas verloren? Es gab so viele gute Leute, die die Arbeit erledigen konnten, und die Chefs gehörten für ihn ins Büro, um sich von genau diesen Leuten erzählen zu lassen, worin diese Arbeit eigentlich bestand. Aber ihn fragte ja niemand.

»Was, zur Hölle, ist so verdammt spaßig, dass ihr euch nicht zusammenreißen könnt? Da liegt ein toter Typ, das wisst ihr, oder?«

»Hallo, Manni. Ja, wissen wir. Und witzig war nur Torben, der hat was von totalen Arschlöchern erzählt.«

Tom konnte es einfach nicht lassen. Er war im Grunde genommen ein wirklich netter Kerl, das sagte jeder; aber bei ausgewiesenen Idioten hatte er sich nie zurückhalten können. Und Köppen war ein Bilderbuch-Idiot, ein völlig überschätzter dazu. Der Teufel sollte Tom holen, wenn er die Chance verstreichen ließe, Köppen in seinen letzten Tagen einen mitzugeben.

Köppen stellte sich breitbeinig vor ihm auf und sah ihn mit unverhohlener Missachtung an. »Mann, was werde ich dich vermissen, Ölprinz. So sehr, dass ich mir ein Foto von dir ins Büro hänge. Direkt über den Mülleimer.«

»Hast schon bessere Witze gemacht«, sagte Tom. Köppen trollte sich, nicht ohne ihm vorher einen dieser »Wir wissen ja beide, wer hier Koch und wer Kellner ist«-Blicke zuzuwerfen, bei denen Tom unweigerlich gähnen musste.

»Also, was kann ich tun?«, fragte er Torben.

»Hier sind wir so weit durch. Du kannst erst mal mit in die Rechtsmedizin fahren, ein bisschen Druck machen. Ich will den heute noch untersucht haben. Arme Sau.«

»Was wissen wir denn über ihn?«

Torben verfiel in die pragmatische Art des Sprechens, die man sich zwangsläufig aneignete, wenn man lange genug Beamter war und wusste, was »Berichtspflichten« bedeutet. »Bülent Bozkurt. Kleinkrimineller, Spitzname ›Schneemann‹. Typischer Abzocker, hat ne Kriminalakte, so dick wie deine Mama.«

Dann wurde er nachdenklicher.

»Ich dachte zuerst, er hätte sich mit dem Falschen angelegt. Aber wie es aussieht, ist er absichtlich tot geprügelt worden. Eine solche Sauerei veranstaltet erstens keiner, nur weil er abgezockt werden soll. Und zweitens wog der Knabe immerhin knapp 100 Kilo und war bestimmt nicht aus Zucker!«

»Ja«, sagte Tom, »da ist was dran. Bei der Vita nicht gerade unwahrscheinlich. Revierkämpfe vielleicht, jemandem schlechtes Koks angedreht oder Ähnliches. Ich sehe jedenfalls zu, dass die in der Rechtsmedizin Gas geben.«

Tom war froh, dass er sich aus dem Staub machen konnte. Er hatte keine Lust auf Köppen, der hier nach wie vor rumlief, und wenn es sowieso nicht viel zu tun gab, konnte er sich seine verbliebenen Tage auch so angenehm wie möglich gestalten. Und die Gerichtsmedizin war immer ein Spaß. Jedenfalls für alle, die keinen nervösen Magen hatten.

Torben hatte schon wieder sein Handy am Ohr, also winkte Tom ihm kurz zu, zündete sich eine weitere Kippe an und ging zurück zu der Leiche, die man gerade zum Transport bereitmachte. Seine Laune war nach wie vor blendend, und die Aussicht darauf, bis zum Wechsel ins LKA noch ein wenig an diesem Mordfall mitzuarbeiten, meißelte ihm ein breites Lächeln ins Gesicht.

Hinter der Absperrung sah er jemanden, dessen Gesicht er kannte. Jeder, der länger als zwei Jahre Polizist in dieser Stadt war, wusste, zu wem es gehörte. Niessen! Der alte Presseschnüffler hatte wieder einmal nicht lange gebraucht, um am Tatort zu sein.

Kein Wunder, wenn jeder Zwölfjährige mit einem Fisher-Price-Walkie-Talkie in der Lage ist, unseren Funk abzuhören, dachte sich Tom.

Niessen tauchte, das war allgemein bekannt, regelmäßig und zielsicher dort auf, wo es wirklich Spannendes zu holen gab. Dann schob er seine schmierige Visage durch die Gegend, stellte scheinbar geschickte Fragen, auf die Toms Ansicht nach nur ein Volltrottel hereinfallen konnte, und benahm sich gern, als wäre er selbst der bessere Polizist. Tom konnte diese Art Pressefritzen nicht ausstehen, und Niessen war ein Prachtexemplar. Allerdings gab der Erfolg ihm recht, denn er war in seinem Bereich eine große Nummer.

Niessen hatte ihn offenbar bemerkt und winkte ihm auffordernd zu. Seltsam, sie waren sich nie direkt begegnet, und Niessen winkte fast so freundlich, als würde er seine Frau vom Flughafen abholen. Tom hatte eigentlich keine Lust, ihren Kontaktstatus zu ändern. Andererseits – wieso nicht? Bisher hatte er es vermieden, Pappnasen wie Niessen zu nahe zu kommen, aber erstens war er quasi auf dem

Sprung in seinen neuen Job und würde kaum Gefahr laufen, etwas Falsches zu tun, und zweitens wäre es ihm ein Vergnügen, dem Mann mal ein bisschen von seinem Oberwasser abzulassen.

Und genau das tat er dann auch.

Als er Niessen kurz darauf stehen ließ, der offensichtlich vor Wut schäumte, war er bester Dinge, hielt ein wenig Small Talk mit Anke und machte sich auf den Weg zu der Rostlaube, die er »Dienstwagen« nennen musste, um in die Uniklinik vorzufahren.

Sie hatten Glück, die Leiche konnte tatsächlich sofort untersucht werden. Tom nutzte die Wartezeit, um bei einem kleinen Bäcker gegenüber der Uni zu frühstücken, und fand sich anschließend wie so oft neben einem Obduktionstisch wieder, mit einem Stück Fleisch, das kurz zuvor ein Mensch gewesen war.

Er hatte das schon immer so gesehen, und er hätte auch nicht gewusst, wie jemand mit anderer Einstellung entspannt eine Obduktion beobachten könnte. Was immer an Seele oder vergleichbaren Vorstellungen in unserem Körper weilt, war ganz sicher nicht anwesend, wenn man leblos auf einer Bahre liegt und darauf wartet, aufgeschnitten zu werden. Ein ziemlich beruhigender Gedanke, wenn man wusste, wie dieses Aufschneiden in der Praxis funktioniert. Allein die Geräusche, da war Tom sich sicher, wären dazu geeignet, jede halbwegs zart besaitete Seele auf der Stelle aus dem Körper und winselnd in die nächstbeste Ecke zu verjagen, wo sie sich verkriechen und warten würde, bis endlich das »Weiße Licht« kam.

Nach allem, was Tom aus dem medizinischen Fachchinesisch herausfiltern konnte, fand sich offenbar einiges an dem Toten, was auf stumpfe Gewalteinwirkung hindeutete.

Und – so die Ärztin – wem immer Bülent dumm gekommen war, der war entweder völlig in Rage gewesen oder er verstand ziemlich viel vom Kämpfen. Sie war sich sicher, dass die Verletzungen mit bloßen Händen beigebracht worden waren. Es fehlten sämtliche für Schlagstöcke oder andere stumpfe Waffen typischen Begleiterscheinungen.

Die Todesursache sei mit einiger Wahrscheinlichkeit ein Genickbruch, verursacht von mindestens einem extrem heftigen Schlag in den hinteren Halsbereich, was die Ärztin als »ungewöhnlich« bezeichnete. Andererseits, meinte sie, wären wohl auch ohne diesen Schlag entweder die schweren Kehlkopfprellungen oder die massiven Thoraxverletzungen früher oder später ähnlich unglücklich ausgegangen.

Die Spurenlage war dürftig, aber möglicherweise dennoch brauchbar. Es gab Faserspuren und wohl auch ein bisschen Haut unter den Fingernägeln, und an der Kleidung des Opfers hatte sie das eine oder andere Haar sichergestellt, das man untersuchen konnte. Damit ließe sich arbeiten; vorausgesetzt, es handelte sich tatsächlich um Täterspuren und man fand den passenden Tatverdächtigen zum DNA-Abgleich. Oder, noch besser, die DNA würde bereits einliegen und der entsprechende Dateitreffer direkt zum möglichen Täter führen. Falls nicht, käme man auf diesem Weg vorläufig keinen Schritt weiter.

»Ein Jammer, dass wir nicht im Fernsehen sind«, sagte die Ärztin. Er schmunzelte.

Es war immer schwer gewesen, den Leuten in seinem Umfeld seinen Job zu erklären, denn das Dumme war, dass über keinen Beruf der Welt mehr Unfug in Film und Fernsehen verbreitet wurde als seinen. Selbst Ärzte konnten sich im Vergleich glücklich schätzen, und Tom hätte jederzeit gewettet, dass auch der beste Chirurg, wäre er nur einen Tag lang anstelle eines Polizisten, zugeben müsste, dass »Grey's Anatomy« um Welten näher an der medizinischen Realität lag als eine beliebige Folge »Tatort«, geschweige denn »CSI irgendwas« an der polizeilichen.

Kriminalfälle, komprimiert auf 90 Minuten, das war eine so selten beknackte Idee, dass es ihn jedes Mal aufs Neue faszinierte, wie gut sie beim Fernsehpublikum funktionierte. Die Realität war, dass man in 90 Minuten nicht einmal einen vernünftigen Einleitungsvermerk schrieb oder eine Anzeige sauber aufnehmen konnte. Und die Realität war außerdem, dass eine Spur am Tatort noch lange nicht dazu führt, dass man seine Täter auf dem Silbertablett serviert bekommt, weil ein allwissendes Computerprogramm die Namen einfach ausspuckt. Sondern, dass sie einem überhaupt nichts bringt, bis man jemanden hat, dem sie zuzuordnen ist. Was Tage dauern kann, Wochen oder sogar Monate – in aller Regel jedenfalls länger als 90 Minuten.

Geschieht also ein Mord, den keiner beobachtet hat, und es gibt niemanden im Nahbereich des Opfers, dem der Mord zuzutrauen wäre, kann es noch so viele Spuren geben: Wenn keiner da ist, zu dem sie führen, dann hat man, oft für sehr, sehr lange Zeit, erst einmal absolut gar nichts. Und Tom hatte das dumpfe Gefühl, dass Bülent Bozkurt einer dieser Mordfälle werden würde.

Er wartete, bis die »Fledders«, wie er die Sektionsassistenten nannte, mit dem Zunähen der Leiche ebenso fertig waren wie mit ihren ewig gleichen, uralten Witzen. Tom hatte Verständnis dafür, dass man total abgestumpft sein oder es schnell werden musste, wenn man einen Job wie diesen machen und trotzdem ein normales Leben führen wollte. Aber er verstand beim besten Willen nicht, wieso die Kerle dachten, erfahrenen Bullen wie ihm immer noch mit ihren »Huch, da habe ich doch das Brötchen auf der Leiche abgelegt! Ach egal, schmeckt sicher trotzdem«-Nummern kommen zu müssen und mehr zu ernten als ein müdes Gähnen.

Als die beiden fertig waren und den Raum verlassen hatten, stellte Tom sich ans Fußende der Leiche und betrachtete den jungen Mann, der einmal Bülent Bozkurt gewesen war, Kleinkrimineller aus Düsseldorf, am Ende seines traurigen Daseins sprichwörtlich zu Brei geschlagen.

Tja, Schneemann. Da hast du dich mit dem Falschen angelegt, dachte er und machte sich auf den Weg ins Büro.

KAPITEL 4

Januar 2007

Manchmal hasste Rolf Günther Niessen seinen Job. Ganz besonders in Momenten wie diesen. Das Dumme war nur, dass er als Reporter ziemlich gut war – und ziemlich schlecht in allen anderen Dingen des Lebens. Am schlechtesten war er definitiv darin, die richtigen Entscheidungen für sich selbst zu treffen. Was hatte er nicht alles verbockt? Sein Studium, jede einzelne Beziehung, seine Freundschaften – und Schlimmeres. Selbst bei wohlwollender Betrachtung musste man feststellen, dass sein Leben ein trauriger Trümmerhaufen war. Aber als Reporter war er eine Legende; seine Kollegen nannten ihn halb ehrfürchtig, halb spöttisch »Commissario«. Jeder von ihnen respektierte Niessen, viele mochten ihn, er war bärbeißig, mürrisch, doch ihn zeichnete eine tiefe Ehrlichkeit aus. Er spielte niemals falsch, das wussten alle, und das kam in der Medienbranche nicht häufig vor.

Wie immer lag Niessen allein im Bett und wälzte sich durch die späte Freitagnacht. Es dämmerte bereits, als er plötzlich hochschreckte. Aus dem Gerät auf seinem Nachttisch – mit dem er schon so lange den Polizeifunk abhörte, dass er aufwachte, wenn das Gebrabbel hektischer wurde – knarzten aufgeregte Männerstimmen.

»Düssel 32 für 01.«

»01 hört.«

»Wir haben einen Toten hier, sieht ganz schön übel aus,

gefallen ist der nicht. Wir brauchen einen RTW und die Kripo, Kirchstraße, in der Gasse hinter dem ›Big Jim‹.«

»01 verstanden, Ende.«

Seufzend setzte sich Niessen auf. Er griff nach seinen Jeans, den Stiefeln, seinem Bundeswehrparka und den Kippen. Was macht es für einen Unterschied, dachte er, ob man beschissen träumt oder sich den Albträumen der Realität stellt?

Vielleicht, sinnierte Niessen wenig später, als er in seinem weißen Golf TDI durch Düsseldorf rauschte, hätte er Taxifahrer bleiben sollen. Er fuhr gerne Auto, vor allem nachts, wenn die Straßen leer und die Ampeln grün waren. Die Geschwindigkeit betäubte ihn. Die Heizung aufgedreht, WDR 3 ganz leise, schmatzende Reifen auf regennasser Fahrbahn – es gab unangenehmere Arten, sich in einen geistigen Dämmerzustand zu versetzen.

Aber der größte Vorteil des Jobs als Taxifahrer war gewesen, dass die Geschichten der Kunden damals mit ihnen ausgestiegen waren. Nach zehn Minuten war alles vorbei. Es war oberflächlich, unverbindlich, und es war ihm völlig egal, ob irgendetwas von dem, was während der Fahrt zwischen ihm und seinem Fahrgast gesprochen worden war, tatsächlich wahr war. Hauptsache, es hatte die Zeit verkürzt und ihn unterhalten. Dass Niessen heute Reporter war und nicht mehr Taxi fuhr, war der Zockerei geschuldet. Im wahrsten Sinne des Wortes.

Es war in den 80ern, da hatte Niessen Poker entdeckt. Damals spielte man Texas Hold'em noch nicht im Internet, sondern bis in den Morgen mit zwielichtigen Typen in verrauchten Hinterzimmern Kölner Bars. Es hatte nicht lange gedauert, da war Niessen pleite und hatte sich bei seinen Mitspielern so viel Geld geliehen, dass seine allgemeine

Gelassenheit einer sehr konkreten Verzweiflung wich. Was dadurch befördert wurde, dass ihm ein Lude, den man »den Dicken« nannte, mit einer rechten Geraden die Nase brach.

Also fing Niessen an, den Reportern der Boulevardblätter Tipps zu verkaufen: In welchen Puff war welcher Promi gefahren? Wo gab es die härtesten Drogen? Wer steckte wirklich hinter diesem oder jenem Verbrechen? Seine Milieukontakte waren, immerhin dafür war die Zockerei gut gewesen, ziemlich ausgeprägt: Niessen kannte jeden und wusste alles – und damals in den 80ern, als Köln noch die aufregendste Stadt Deutschlands gewesen war, waren seine Informationen derart wertvoll, dass ihn die »Rheinische Rundschau« schließlich fest anstellte. »Als unsere Spürnase vom Dienst«, hatte der Chefredakteur gesagt, als Niessen ihn nicht zum ersten, aber damit zum letzten Mal in das teuerste Bordell der Stadt chauffierte. Das war nun bald sieben Jahre her.

Niessen parkte in der Nähe des Tatorts, stieg aus, zündete sich eine Zigarette an und sog den beißenden Rauch tief in seine Lunge. Dann, keuchend, röchelnd, für Unbeteiligte nahe dem Erstickungstod, schwor er sich erneut, endlich mit dem Rauchen aufzuhören, und hustete dem Schupo an der Ecke eine Frage entgegen: »Was 'n passiert, Herbert?«

»Mensch, Rolf, pass auf, dass du nicht selber gleich hier liegen bleibst«, antwortete der Streifenpolizist. »Kennste noch Bülent, den Schneemann? Den hat einer weggemacht.«

Niessen sah sich um. Oberbilk, eine der miesesten Ecken Düsseldorfs, ein typisches Bahnhofsviertel mit Pornokinos, Spelunken und genau dem Publikum, das sich nun mal in Pornokinos und Spelunken die Zeit totschlug – und manchmal auch einander. Das »Big Jim« war ein schäbiger

Schuppen mit beschlagenen Fenstern, Diebels-Werbung an der Hauswand und einem Aufkleber neben der hölzernen Schwingtür: »Was Krupp in Essen, sind wir im Trinken«. Prost, dachte Niessen.

In der Gasse hinter der Kneipe schien es den guten Bülent erwischt zu haben. Dort wimmelte es jetzt von Bullen, in Zivil und in Uniform. Einige wuselten umher, die Nasen zu Boden gerichtet, die meisten aber standen gelangweilt in der Gegend herum und starrten die Schaulustigen böse an. Die wiederum starrten böse zurück.

Zwei beleibte Beamte mit rosigen Gesichtern klopften Sprüche und brachen dabei immer wieder in wieherndes Gelächter aus. Dass sie hier waren, weil ein Mensch sein Leben gelassen hatte, schien ihrer guten Laune keinen Abbruch zu tun. Niessen steuerte zielsicher auf die Spaßvögel zu. »Morgen, die Herren«, sagte er. »Der Schneemann ist dahingeschmolzen, sagt man.«

»Ja, is' Tauwetter gerade«, antwortete der ältere der beiden, ein Oberkommissar mit dem obligatorischen Schnauzbart seiner Zunft. »Man könnte sagen, er ist aufgetaut worden.«

Niessen machte ein ungläubiges Gesicht.

»Zu Brei geschlagen hat ihn jemand«, mischte sich der jüngere ein. »Mit bloßen Händen. Der wusste, was er tat, bestimmt ein Profiboxer.«

»Keine Waffe?«, fragte Niessen, der Bülent gekannt hatte. Nicht gut, aber immerhin gut genug, um zu wissen, dass Bülent sich ordentlich zur Wehr setzen konnte, wenn es auf der Straße zur Sache ging.

»Nein, sieht nicht nach einer Waffe aus«, sagte der Schnauzbart. »Wenn du mich fragst, hat ihn jemand zusammengedroschen, und dann ist der Schneemann mit dem

Kopf auf die Straße geknallt und Ende. Aber was weiß ich schon? Frag doch den Ölprinzen da drüben.« Er nickte in Richtung eines Beamten in Zivil, der durch die Menge stolzierte, als gehörte ihm die Gegend.

Dieser »Ölprinz« war nicht ungewöhnlich groß, nicht sehr breit, trotzdem war er eine Erscheinung. Er trug die Haare streng zurückgegelt, wie die karrierebewussten Jungs vom Springer-Verlag, einen dunklen Mantel mit hochgestelltem Kragen und feine Budapester, die handgenäht waren und glänzten wie eine Stirnglatze im Licht einer Neonröhre. Nicht dass Niessen handgenähte Schuhe erkennen könnte, aber ihn beeindruckte zumindest der Grad ihrer Sauberkeit, der sich deutlich von dem seiner eigenen ausgelatschten Cowboystiefel unterschied. Jemand, der seine Schuhe so pflegte oder pflegen ließ, war Niessen suspekt. Und hätte er auf diesen ersten Impuls des Widerwillens vertraut, hätte er Distanz zum Ölprinzen gehalten, hätte er ihm nicht zugewunken, wäre das für ihn sehr viel gesünder gewesen. Wahrscheinlich.

»Guten Abend, mein Name ist Niessen, ich arbeite für die Rundschau.« Niessen streckte dem Mann die Hand entgegen, was nicht seine Gewohnheit war. Berührungen mit Fremden versuchte Niessen gern zu vermeiden, aber in diesem Fall war es, als geböte die Aura des Gegenübers eine formvollendete Vorstellung. Der Mann trat seine Zigarette aus und sah ihn an. Dunkle, tiefbraune Augen, die ihn aus ebenso tiefen Höhlen musterten; 21, 22, 23, kein Wort. »Entschuldigung«, Niessen räusperte sich, »dass ich Sie anspreche, mein Name …«

»Ich habe Sie verstanden.« Pause.

»Rolf Günther Niessen. Sie haben letztes Jahr einen Artikel über den Überfall auf die Sparkasse in Mettmann veröffentlicht. Über die Beziehung des Filialleiters zu einer möglichen Täterin. Richtig?«

»Ja.«

»Woher hatten Sie Ihre Informationen, Herr Niessen?«

»Entschuldigung, das kann ich Ihnen …«

»Ja, ich weiß schon, Informantenschutz. Wie praktisch für Sie. Herr Niessen, es hat mich wirklich sehr nicht gefreut.« Der Mann griff seine Hand, die Niessen bereits wieder hatte sinken lassen, quetschte sie schmerzhaft fest, als wolle er ihm absichtlich wehtun, und sagte: »Von Haehling. Mordkommission.« Dann ließ er ihn einfach stehen.

Niessen kochte. Innerlich. Äußerlich merkte ihm niemand groß etwas an, aber in ihm, diesem bärig-tapsigen Kerl, brodelte es. Er hasste Arroganz. Und wenig verletzte ihn so zielsicher, wie herablassend behandelt zu werden.

Das Gefühl, ein Idiot zu sein, hatte sich so tief in seinem Wesen eingegraben, dass es ihn viel Kraft kostete, es zu unterdrücken oder zumindest zu verbergen. Wenn es allerdings jemand aus seiner Verbannung hervorrief, indem er ihn wie einen dummen Jungen behandelte, loderte unwillkürlich Hass in Niessen auf. Er wollte dann vernichten, verletzen, verheeren oder wenigstens schaden. Haehling, dachte er kalt, du Wichser!

Eigentlich wäre Niessen jetzt bald nach Hause gefahren, denn die Nacht von Freitag auf Samstag war traditionell die einzige, in der Zeitungsjournalisten wie er sich entspannten: Samstags gab es keine Zeitung, gearbeitet wurde erst wieder am Sonntag, wenn die Montagsausgabe entstand.

Doch an diesem Morgen, nach dem Zusammentreffen mit diesem von Haehling, blieb Niessen in der Gegend. Er trank Tee in einem Imbiss, einen nach dem anderen, er rauchte, eine nach der anderen, und wartete darauf, dass die Bullen endlich verschwinden würden. Als es hell war, zog Niessen los. Er musste Didi finden.

Dieter »Didi« Peters gehörte das Striplokal »Mirage« an der Berliner Allee, dennoch war er selten dort, seitdem er sich von seiner Frau, die den Laden schmiss, nun ja, entfremdet hatte. Was vor allem damit zu tun hatte, dass Didi es selbst für seine moralisch ziemlich tolerante Moni seit Jahren ein winziges bisschen zu bunt trieb.

Didi wiederum verstand seine nächtlichen Eskapaden mit Frauen, die bei ihm arbeiteten oder alsbald arbeiten würden, vor allem als Dienst am Kunden. Nach einer durchzechten Nacht hatte er Niessen mit sehr ernster Miene und in breitem Ruhrpott-Slang einmal erläutert: »Hömma, Rollo, ich war ja ma Bäcker, da probierse deine Brötchen doch auch. Nich' datt die innen trocken sind.«

So notorisch Didi sich durch die Stadt vögelte, so neugierig war er auch. Didi wusste alles, wer mit wem, wo, wie – weshalb er für Niessen von unschätzbarem Wert war. Und da Niessen es wiederum ziemlich geschickt verstand, Didis zweitklassige Stripbude als »Top Location« und »absoluten Insidertipp« in der »Rundschau« zu präsentieren, half Didi gerne. Nur war der Gute leider meist schwerer zu finden als die wahre Liebe an einem Tresen in Oberbilk – vor allem in Didis Jagdsaison, also an den Wochenenden. An diesem trüben Samstagmorgen hatte Niessen ausnahmsweise Glück, Didi saß im »Grünen Jäger«. Und er war allein.

»Didi, altes Pferd, wie geht's dir?« Niessen versuchte den Jovialen und haute dem Hünen seine Hand krachend auf den Rücken der Lederjacke.

Didi rührte sich kaum. »Rollo, hau ab!«

»Was ist los, mein Freund?«

»Die Weiber machen mich fertig.«

»Wem sagt du das, Didi? Wem sagst du das?«

Jetzt blickte Didi auf, sah Niessen mit seinen strahlend blauen Augen an und begann einen Augenblick später dröhnend zu lachen: »Rollo, mal im Ernst, ne. Du hast doch seit Jahren keinen mehr weggesteckt, jedenfalls nich' gratis. Stimmt's oder hab ich recht?«

Niessen schaute zur Seite, stark errötend, und wechselte, leicht stotternd, das Thema. Obwohl er sich seit Jahren im Milieu herumtrieb, waren ihm die Anzüglichkeiten, die dort ausgetauscht wurden, noch immer unangenehm. Im Herzen war Niessen eher Romantiker denn Draufgänger, auch wenn er sich anders gab – und mit seinem Stoppelbart und den ausgebeulten Jeans aussah wie der gealterte Rock 'n' Roller, als der er sich verstand. »Äh, Didi, mal was anderes. Weißt du was über die Sache mit dem Schneemann? Würde mir wirklich sehr helfen.«

»Rollo, du bis' ne Nervensäge. Ja, vielleicht weiß ich was, aber dieses Ding wird dich was kosten. Nich' den üblichen Kram.«

»Was willst du denn?«

»Ich will einen Artikel auf Seite eins. Nich' mehr irgendwo hinten versteckt, sondern ganz vorne, ganz groß: Mirage – die geilste Bühne der Stadt. Oder so. Drunter geht nix.«

Niessen wusste, dass er das niemals, wirklich niemals, durchsetzen könnte. Eher würde sein Chef eine Titelseite ganz ohne Text drucken als dort Didis Schmierlokal zu bewerben. Aber bei Recherchen war alles erlaubt, dachte Niessen, und hörte sich sagen: »Geht klar, Didi, kein Problem. Das kriege ich hin, ja, sicher.« Innerlich schämte er sich sogleich dafür, selbst wenn diese Unwahrheit, gemessen an Didis Maßstäben, eher eine Kleinigkeit war.

Didi jedenfalls setzte sein Bierglas an und leerte es in einem Zug. Dann griff er in seine Tasche. Mit geschlossener Faust zog er etwas heraus und drückte es Niessen in die Hand. »Das habe ich direkt neben dem Schneemann gefunden, und zwar bevor die Schmiere kam. Heißer Scheiß, sag ich dir. Viel Glück, und pass auf dich auf, mein Freund! Die Story könnte ungemütlich werden.« Und weg war Didi.

Niessen sah auf das Ding in seiner Hand. Es war ein Feuerzeug, schwarzes Plastik mit grünem Logo: ein gezackter Stern und drei schwarze Buchstaben in der Mitte – »GdP«. Niessen wusste zwar, was sie bedeuteten, aber er wusste in diesem Moment noch nicht, was sie für ihn bedeuten würden. GdP – Gewerkschaft der Polizei.

Scheiße, dachte Niessen, ein Bulle?

KAPITEL 5

März 2010

Er saß an einem erstaunlich warmen Sonntagabend am Kölner Rheinufer und ließ seine Gedanken schweifen. Ein Glas Kölsch in der Hand, das entspannende Wasser vor ihm und das Gefühl von Frühling, das sich in ihm breitmachte (stark unterstützt von Frauen mit untrüglichem Gespür für die richtige Kleidung am ersten warmen Tag des Jahres); das alles ergab eine Mischung, die ihn beinahe glücklich machte. Wenn es denn so einfach gewesen wäre, ihn glücklich zu machen.

Köln – diese Stadt war ihm sehr vertraut. Er war gern Düsseldorfer, aber er verstand nicht im Ansatz, warum man deswegen Köln nicht mögen sollte. Nun ja, ihm war es egal. Ihn verband so einiges mit der Stadt, er hätte genauso gut hier leben können. Und das lag weiß Gott nicht nur an den gefühlt 4.000 Nächten, die er hier in Kneipen, Bars und Puffs verbracht hatte. Nein, Köln hatte schon mehr zu bieten.

Was ihn betraf, zum Beispiel die Idee zu seinem ersten richtigen Mord. Der allererste war ja eher ein Unfall gewesen. Dennoch zählte er für ihn, da er in dem Moment, als er begriffen hatte, dass der Typ tot war, zum ersten Mal dieses süchtig machende Gefühl verspürt hatte, das ihn seitdem nicht mehr losließ.

Drei Jahre hatte es gedauert, bis er sich absolut sicher gewesen war, dass es keinen anderen Weg für ihn gab, seinem Leben einen wirklichen, tiefen und echten Sinn zu verleihen, als damit weiterzumachen. Er hatte es sich nicht leicht gemacht, denn damals hatte er noch nicht gewusst, wie erfüllend es tatsächlich für ihn sein würde, von dem Moment an, in dem er zum ersten Mal absichtlich und in vollem Bewusstsein gemordet hatte.

Unabhängig davon hatte er natürlich so lange gewartet, bis schließlich feststand, dass man ihn nie als den Mörder von Bülent, dem Schneemann, erwischen würde. Monate hatte er damit verbracht, sich den Kopf über diese Nacht und ihre möglichen Folgen zu zerbrechen, denn er wusste, dass selbst kleinste Hinweise oder auch zufällige Beobachtungen die Bullen auf seine Spur führen konnten. Die ersten Zeitungsartikel hatten ihn ein wenig beruhigt. Aber man konnte sich nie sicher sein, wie viel die Presse wirklich wusste und was die Polizei lieber für sich behielt. Etwa nach einem Jahr dachte er, sich halbwegs entspannen zu können, und als zwei Jahre vergangen waren, ging er endgültig davon aus, dass niemand mehr an seine Tür klopfen würde.

Erst dann begann er damit, dieses Gefühl, das er damals verspürt hatte, wieder hervorzurufen, es in allen Details auszukosten und ausgiebig darüber nachzudenken. Er hatte es in all der Zeit nie ganz verdrängen können. Im Gegenteil, es hatte sich tief in sein Gehirn eingebrannt, fast als wäre es hineintätowiert worden. Nach ein paar Wochen hatte er es buchstäblich zu Tode analysiert und während dieses Prozesses sein gesamtes Wesen mit überdacht. Die ewige Rast- und Ruhelosigkeit; der Mangel an tieferem Sinn im Leben, der ihm zu schaffen machte, seit er ein Teenager gewesen war; die Unfähigkeit, an einen Punkt zu gelangen, der ihm Frieden verschaffte.

Und so sehr er es auch gedreht und gewendet, so sehr er sich zeitweise dagegen gewehrt hatte, es blieb dabei: Er musste es einfach wieder tun! Nichts und niemand hatte ihn jemals etwas empfinden lassen, was dieser Euphorie auch nur nahekam, und er hatte das sichere Gefühl, dass es sogar noch besser werden könnte. Nach einigen Monaten hatte er konsequenterweise angefangen, sich damit anzufreunden, dass er ein Mörder werden würde. Und nachdem er das als Tatsache akzeptiert und beschlossen hatte, hatte er es kaum noch erwarten können, seinen nächsten Mord zu begehen.

Heute, nicht einmal zwei Tage nach diesem Mord, war alles anders. Und nicht nur das. Es war, wie er es sich bereits gedacht hatte, besser. Viel besser! Er wusste nicht, ob er das als Mann nachvollziehen konnte – aber so in etwa musste es Frauen gehen, die nach ihren verkrampften und mäßigen ersten Malen endlich bereit sind und den richtigen Mann dazu haben – ihn zum Beispiel –, um zu erfahren, wie gut Sex sein kann. Mit dem Unterschied, dass Sex in der Regel nicht tödlich endete, wie er schmunzelnd dachte.

Er starrte träumerisch auf den Rhein und versenkte sich ein weiteres Mal in die Gewissheit, ein Leben ausgelöscht zu haben. Und dachte darüber nach, wie er auf die Idee gekommen war.

Der Einsturz des Kölner Stadtarchivs hatte ihn darauf gebracht. Letztes Jahr waren zwei junge Männer gestorben, als das Archiv wegen U-Bahn-Arbeiten eingestürzt war. Und als er die Artikel las, war ihm recht schnell eine Möglichkeit in den Sinn gekommen, wie er seinen zweiten Mord perfekt begehen konnte. Die U-Bahn. Er erinnerte sich an Stephen Kings »Der Dunkle Turm«, den er irgendwann einmal gelesen hatte. Diese Schwarze, Susannah, war als Kind vor eine U-Bahn geschubst worden. Verlor beide Beine, überlebte aber. Er hielt das für künstlerische Freiheit. Niemand, der anständig vor eine U-Bahn fällt, überlebt, dachte er. Damit war sein Plan geboren.

Es war so simpel gewesen. Eine kleinere U-Bahn-Station in Düsseldorf, ohne Kameraüberwachung, war schnell gefunden. Die Klamotten, die er brauchte, ebenso leicht zusammengesucht. Und der Rest war Warten. Warten und sich die Nächte um die Ohren schlagen, bis es am Freitagabend endlich so weit gewesen war. Eine Frau mittleren Alters betrat die Station, allein, und niemand anders war weit und breit zu sehen. Der perfekte Moment für die perfekte Tat.

Er kam aus der Deckung, als er hören konnte, dass die einfahrende Bahn nah genug war, und ging auf die Frau zu, schnell und konsequent. Er sah den Schrecken in ihren Augen, als ihr klar wurde, dass er eine Gefahr für sie darstellte. Aber er ließ ihr keine Chance. Wer Zögern und Zaudern zu seinen Eigenschaften zählte, sollte sich nicht an etwas Endgültigem wie der Ermordung von Menschen versuchen. Er schlug ihr ins Gesicht, ein einziges Mal nur, hart und mitleidlos. Dann packte er sie, warf sie vor die einfahrende Bahn, drehte sich um und verschwand. In seinem Rücken hörte er ihren süßen Schrei im Quietschen der U-Bahn untergehen, deren Fahrer vergeblich versuchte, den unvermeidbar zu langen Bremsweg mit der Angst und dem Horror in seinem Gehirn zu verkürzen.

Das Ganze hatte keine 20 Sekunden gedauert. 20 Sekunden – so lange braucht man also, um Jahrzehnte voller Erinnerungen, Erfahrungen, Träume und Hoffnungen zu zerstören, dachte er noch. Es jagte ihm eine wohlige Gänsehaut über den Rücken, während er aus der Station verschwand und sich bereit machte, schnell und unauffällig mit der Nacht zu verschmelzen.

Damit ebenfalls erfolgreich, wusste er, dass die Tat perfekt gewesen war. Und selbst wenn der Fahrer ihn gesehen hatte – was sollte er den Bullen schon sagen? Dass es ein vermutlich männlicher Tatverdächtiger war, normale Statur, in dunklem Hoodie und blauer Jeans. Beides hatte er längst nicht mehr getragen, als er zwei Häuserblocks weiter die ersten Sirenen hörte, in die S-Bahn einstieg und aus jeder denkbaren Ringfahndung verschwand, bevor sie überhaupt stand.

Er sollte, den gestrigen Meldungen zufolge, recht behalten, was seine Einschätzung zu Stephen Kings Story anging: Niemand, der vernünftig vor eine U-Bahn geworfen wird, überlebt. Die Frau war fast schon tot gewesen, als die Ärzte eintrafen. Ansonsten: vom Täter keine Spur; die Beschreibung des Zugführers verdächtig nahe an dem, was er sich vorgestellt hatte; und ein weiterer Mord, bei dem es keinen Täter gab.

Gestern Abend – er hatte sich zur Feier des Tages ein bisschen Koks gekauft und war in Düsseldorfs Nobelpuff Nummer eins eingefallen wie der leibhaftige Hunnenkönig – hatte er nicht nur beschlossen, dass er möglichst bald weitermachen wurde. Sondern ihm war endgültig klar gewesen, dass es seine Bestimmung war. Sein Schicksal! Daran gab es keinen begründbaren Zweifel mehr.

Das Nächste, was ihm einfiel, war ein Ziel. Und gleich danach, an das Ziel angelehnt, ein Name, den er sich von jetzt an geben wollte, nur für sich selbst. Zehn Jahre, zehn Taten, das war sein Plan. Und sein Name Ten!

Und hier saß er, ein Killer, der sich »Ten« nannte, zwei Tage nach einem perfekten Mord, trank kühles Kölsch und lachte in sich hinein, als er sich die Verzweiflung der Polizisten vorstellte, die, wie schon vor drei Jahren, vergeblich versuchen würden, einen Mörder zu finden, der um Längen zu clever für sie war.

Und der noch sehr viel vorhatte.

KAPITEL 6

März 2010

Niessen liebte die Sonntage in der Redaktion, die leeren Flure, die Stille in den Büros, die Abwesenheit von Hektik. Vielleicht lag es daran, dass er nichts anderes hatte als diese »Familie« von Kollegen, die an den Tagen, an denen alle Welt frei hatte, besonders eng zusammenzurücken schien.

Er liebte es, ausnahmsweise als Erster da zu sein, Kaffee zu kochen, in den Samstagsausgaben anderer Zeitungen zu versinken, sich auf dem Bürostuhl zu rekeln und nach der Konferenz, die er auch wochentags als Zeitverschwendung betrachtete und in die er grundsätzlich lieber seinen Chef gehen ließ, irgendwann einen Blick in den sogenannten Umbruchplan zu werfen: Wie viele Seiten waren womit zu füllen? Und viel wichtiger noch: Was musste er schreiben? Und wie viel Platz bekam er für seine Texte?

Ganz besonders aber liebte Niessen die Sonntage, wenn Clarissa Goldmann Dienst hatte. »Claire«, wie er sie liebevoll nannte. Sie war sein Zögling gewesen, eine extrem schlaue, bissige und ehrgeizige Reporterin, die aussah wie eine Zahnarzttochter aus Düsseldorf – blond und schlank und irgendwie edel, aber fluchen konnte wie die Tochter einer russlanddeutschen Büdchenbesitzerin aus Duisburg-Meiderich, die sie in Wirklichkeit war.

Und noch etwas hatte Niessen über die Jahre zu Wachs in ihren Händen werden lassen: Clarissa kannte keine Angst. »Wo andere das Angstzentrum im Hirn haben, hat die ein nasses Brötchen«, hatte einmal ein Kollege anerkennend über sie gesagt.

Der Mann hatte recht.

Man konnte Clarissa in die übelste Shisha-Bar der Stadt schicken oder ins Clubhaus der Hells Angels, und am Ende lagen ihr nicht nur die schweren Jungs dort zu Füßen, sondern auch alle Informationen auf Niessens Tisch. Es gab keine bessere »für die Straße«, wie es im Jargon der Zunft hieß.

Claire und der Commissario – für lange Zeit waren sie ein virtuoses Team gewesen, sie fanden heraus, woran andere sich die Zähne ausbissen. Sie waren das dynamische Duo der »Rheinischen Rundschau« und ergänzten sich perfekt: Sie voller Leidenschaft und Energie, er ein Skeptiker und Zauderer, der alles x-fach durchdachte, hinterfragte und abwog. Zusammen waren sie die ultimative Mischung aus Eifer und Erfahrung.

Doch irgendwann hatte Niessen in einem Moment des überbordenden Glücks, wie es vielleicht nur Reporter auf der Jagd kennen, wenn ihnen der Durchbruch in einer endlosen, mühsamen Recherche gelungen ist, Claires Gesicht plötzlich in beide Hände genommen und sie heftig auf den Mund geküsst.

Was Niessen heute noch verwunderte, war, dass sie ihn nicht weggestoßen, sondern sich an ihn geschmiegt und den Kuss erwidert hatte. Nach Redaktionsschluss war sie mit ihm in seine Stammkneipe gefahren, sie hatten die Titelgeschichte gefeiert und waren schließlich in einem Hotel gelandet, in dem Niessen den Nachportier kannte.

Von da an waren Claire und der Commissario nicht mehr nur ein perfektes Team gewesen, sondern so etwas wie ein Paar. Er: unsterblich verliebt in die junge Schönheit. Sie:

ganz angetan von dem melancholischen Starreporter mit den großen Händen und dem weichen Herzen. Beide: Klar darüber, dass ihre Beziehung erstens beruflich mehr als hinderlich war, zweitens privat keine Zukunft hatte und folglich drittens in jeder Hinsicht eine Katastrophe war oder in einer solchen enden würde.

Das lag vor allem an Niessen. Daran, dass er viel älter war als sie. Daran, dass er ihr Chef war. Und daran, dass er als ewiger Einzelgänger, der er zeit seines Lebens gewesen war, mit der ungewohnten Situation vollständig überfordert war. Es war, als sollte ein Fußballprofi eines Sonntags bei den Kölner Haien aushelfen. Es war Irrsinn.

Niessen war vom ersten Moment an zu vereinnahmend – und, ja, er war eifersüchtig. Er fühlte sich minderwertig, während Claire jemanden suchte, zu dem sie aufschauen, von dem sie lernen konnte, nicht nur journalistisch. In besonders dunklen Stunden fuhr Niessen nachts mit seinem Auto vor Claires Wohnung umher und versuchte zu kontrollieren, ob sie wirklich allein war. Wobei er tunlichst vermied, von ihr entdeckt zu werden. Ängstigen wollte er sie auf keinen Fall.

Denn – und das war die andere Seite: Niessen verehrte Claire. Er schickte ihr Blumensträuße, schrieb Liebesgedichte, machte Geschenke, bekochte sie und zeigte ihr seine Welt. Ja, er brach mit seinen ehernsten Gesetzen und nahm sie sogar zu Treffen mit Informanten mit, um ihr seine grenzenlose Hingabe zu beweisen. Niessen verstand sich immer häufiger selbst nicht mehr. Nur eines wusste er: Diese Frau war wertvoller als alles andere in seinem verkorksten Leben. Und wenn Rolf Günther Niessen etwas tat, dann ganz, er hasste halbe Sachen.

Und Clarissa?

Sie war 27 Jahre alt und verwirrt, das hatte sie ihm eines Abends eröffnet. Niemand sei je so gut zu ihr gewesen wie Niessen. Niemand so gut in dem Job, den sie liebte. Und zugleich spüre sie, dass Niessen ihr nicht gut tat.

»With or without you«, die alte Scheibe von U2 hatte er ihr wohl hundertmal vorgespielt, und genau so war es zwischen ihnen. Es ging weder vor noch zurück, also ging es weiter. Irgendwie.

Nach anderthalb Jahren hatte Claire sich in die Politikredaktion versetzen lassen. »Das wird es einfacher machen«, hatte sie ihm gesagt. In gewisser Weise stimmte das, zumindest anfangs hatte es beide entspannt. Claire war das Getuschel der Anderen immer auf die Nerven gegangen, und seit man sie nicht mehr allzu oft gemeinsam sah, hatte es deutlich nachgelassen. Doch inzwischen schlich Niessen immer häufiger durch den fünften Stock des Redaktionsgebäudes, in dem die Ressorts Politik und Wirtschaft untergebracht waren und in dem er als Polizeireporter eigentlich nichts verloren hatte.

Er musste sie sehen. Nur einen kurzen Blick auf ihren Nacken werfen, ein Lächeln einfangen, vielleicht sogar auf dem Flur zufällig im Vorübergehen ihre Hand streifen? Das würde seinen Tag so viel besser machen. Aber an diesem Sonntag, das wusste Niessen, hatte Claire frei. Er seufzte, nahm einen Schluck Kaffee und rief die Polizeiberichte in seinem Mailpostfach auf.

»Polizei Düsseldorf: Tote in Rheinbahn-Station Oststraße«, las Niessen in der Betreffzeile und klickte die Nachricht an: »Am Freitagabend um 23.47 Uhr kam eine 32-jährige Düsseldorferin in der Rheinbahn-Station Oststraße zu Tode. Die Frau stürzte aus bisher ungeklärter Ursache vor die einfahrende Bahn der Linie 75. Der Fahrer leitete umgehend eine Notbremsung ein, konnte den Zug jedoch nicht rechtzeitig zum Stehen bringen. Die Frau erlag im Krankenhaus ihren schweren Verletzungen. Die Polizei sucht in diesem Zusammenhang nach Zeugen. Sie werden gebeten, sich unter der Telefonnummer …«

Niessen stierte auf den Bildschirm. Warum warf sich eine ziemlich junge Frau an einem Freitagabend vor eine U-Bahn? War sie betrunken? Stand sie unter Drogen? War sie abgelenkt und es war ein Unfall? Wahrscheinlich alles zugleich, versuchte Niessen sich selbst einzureden. Irgendetwas an der Sache störte ihn. Steckte vielleicht mehr dahinter? Gab es eine Story hinter der Tragödie? Verbarg sich hinter den Fakten eine Geschichte, die spannender war als Suff oder tödliche Tollpatschigkeit?

Es war kein juckender Zeh, er spürte kein Kribbeln im Bauch oder ein Ziehen in der Schläfe, das war alles Journalistengarn. Aber Niessen hatte durchaus diesen Instinkt, den manche Reporter »Nase« nennen, auch wenn er sich in seinem Fall nicht anatomisch verorten ließ. Also griff er zum Telefon und wählte. Es klingelte eine gefühlte Ewigkeit lang. Dann bellte eine Männerstimme, um Freundlichkeit keinesfalls bemüht: »Kanther.«

»Niessen.«

Schweigen.

»Hallo?«, fragte Niessen.

»Ja«, sagte Kanther. »Ich höre Sie.«

»Gut, gut. Bitte entschuldigen Sie die Störung an einem Sonntag. Weshalb ich anrufe: Kennen Sie die Meldung von der Toten aus der U-Bahn?« Niessen versuchte den Frontalangriff, Prinzip: Tür → Haus.

Nach seiner Erfahrung nutzte das Schwafeln bei gestandenen Hauptkommissaren, wie Kanther einer war, nicht viel.

Ja. Nein. Danke. Zitieren Sie mich nicht. So liefen Gespräche mit Kanther und Kollegen üblicherweise ab, doch in diesem Fall musste Niessen ihm mehr entlocken. Ein Bluff (»Hui, das ist ja ganz schön dubios, diese Geschichte, nicht wahr?«) kam bei Kanther trotzdem nicht infrage. Niessen war – allen Prägungen seines Jobs zum Trotz – ein ziemlich ehrlicher Kerl geblieben, der ungern seine Gesprächspartner verlud. Er meinte zu glauben, dass ihm diese Geradlinigkeit am Ende eher genutzt als geschadet hatte.

»Ja, kenne ich. Ich leite zufällig die Mordkommission«, sagte Kanther.

»Eine Mordkommission?«, fragte Niessen, seine Verblüffung kaum verhehlend. »Ich dachte, die Ursache sei unklar.«

»War sie zunächst auch. Aber jetzt haben wir die Aussage des Zugführers.«

»Und was besagt die?«

»Tja, dass eine unbekannte männliche Person das Opfer vor die Bahn geschubst hat.«

»Was? Ein Unbekannter? Warum? Wer ist der Typ?«

»Woher soll ich das wissen, verdammt. Wir gehen später mit einem Phantombild und einer neuen Pressemitteilung raus. Eines ist mal klar: Der Kerl wusste genau, was er tat. Zitieren Sie mich nicht!« Kanther legte auf.

Niessen blickte auf seine Schreibtischunterlage. Auf seine hastigen Kritzeleien. Er versuchte, seine Gedanken zu ordnen, die wie Kugeln in einem Flipperautomaten umherschossen. Hammer, dachte er, das ist der Hammer! Dass jemand eine Frau vor die U-Bahn stieß, in der Absicht, sie umzubringen, kam wirklich nicht häufig vor. Doch was Niessen noch stärker faszinierte als die Seltenheit der Tat, war der Modus Operandi selbst: die unheimliche Leichtigkeit eines profanen Stoßes, den sich wohl jeder schon einmal vorgestellt hatte, verbunden mit dem zutiefst bösen Willen, den ein solcher Stoß in der Umsetzung erforderte. Wer so tötet, dachte Niessen, muss wirklich ein schlechter Mensch sein.

Etwa eine Stunde später kam die Pressemitteilung, von der Kanther gesprochen hatte. Wenige Minuten darauf stand sein Chef im Türrahmen: »Äh, Rolf, hast du die Mail von der Polizei gesehen?«

Niessen verdrehte die Augen. »Ich schreibe bereits, okay?« Und Niessen schrieb.

Als er seine 80 Zeilen abgegeben hatte – Überschrift: »Polizei sucht eiskalten Frauenmörder« –, saß er regungslos in seinem Büro und dachte nach. Draußen wurde es allmählich dunkel. Niessen starrte auf die Pinnwand, auf die Notizen, die er sich gemacht hatte, auf ausgedruckte Pressemitteilungen, Ideen, die er gehabt hatte, und alte Artikel. Ihm fiel ein früherer Text von ihm ins Auge: »Wer prügelte den Schneemann zu Tode?«, lautete die Überschrift. Es ging um den zu Brei geschlagenen Kleinkriminellen Bülent Bozkurt. Den Täter haben sie nie gekriegt, dachte Niessen. Das war jetzt über drei Jahre her. Wer hatte damals eigentlich die Ermittlungen geleitet?

Niessen stand auf und trat an die Pinnwand. Er überflog den Text, dann fixierten seine Augen den Namen, nach dem er gesucht hatte. Torben Kanther.

KAPITEL 7

April 2010

Torben Kanther war ein Bilderbuchpolizist. Wie bei den meisten Kindern war es sein Traum gewesen, zur Polizei zu gehen, seit er denken konnte. Der Unterschied war, dass er ihn wahrgemacht hatte. Die Ausbildung im mittleren Dienst hatte er mit 16 begonnen, in den gehobenen Dienst hatte er es mit 29 geschafft. Mit 32 war er dann zur Kripo gekommen, und nachdem man dort seine Talente erkannt hatte, war er nie mehr woanders gewesen.

Seine Zielstrebigkeit, sein Fleiß und sein angenehmes Wesen hatten zur Folge, dass er es geschafft hatte, eine der wenigen A13-Stellen zu ergattern, die es gab, und seit fast drei Jahren – es war kurz nach seinem 50. Geburtstag gewesen – durfte er sich schon »Erster Kriminalhauptkommissar«, kurz EKHK, nennen. Eine Glanzkarriere! Und es gab nicht eine einzige Person im gesamten Präsidium, die ihm diese missgönnt hätte. Nicht etwa, weil er »Everybody's darling« gewesen wäre. Er konnte durchaus unangenehm sein, hatte seine eigene Meinung und legte sich auch mal mit Leuten an, die ihm querkamen.

Für Torben sprachen zwei wesentliche Dinge: Zum ersten war er ein begnadeter Polizist, mit unschlagbarem Instinkt, reichlich Erfahrung, fleißig, akribisch genau und mit der seltenen Fähigkeit beglückt, mit Mitarbeitern ebenso gut zurechtzukommen wie mit Vorgesetzten. Zum zweiten hatte er ein freundliches und einnehmendes Wesen, das durch natürliche Bescheidenheit und Zurückhaltung geprägt war, gepaart mit dem Talent, im entscheidenden Moment aus der Deckung zu kommen und das Gegenüber mit Einschätzungen zu verblüffen, die nichts anderes als tiefen und ehrlichen Respekt hervorriefen. Um dem Ganzen die Krone aufzusetzen, führte Torben seit fast 30 Jahren eine Ehe mit seiner Jugendliebe und hatte drei Kinder, die sein ganzer Stolz waren. Trotz des Jobs, trotz der Karriere, trotz tausender Überstunden und vor allem: trotz der Mordkommission! Welche persönliche Leistung das war, vermochten wohl ausschließlich Polizisten einzuschätzen. Deren Ehrfurcht allerdings war grenzenlos. Im Stillen machte es Torben sehr stolz, doch das merkte ihm niemand an, der ihn nicht näher kannte. Und das waren trotz allem nur sehr wenige der Menschen, mit denen er arbeitete. Einer davon war Tom von Haehling.

Ausgerechnet Tom, obwohl beide wenig bis nichts gemeinsam hatten. Torben musste jedes Mal schmunzeln, wenn er daran dachte, wie die beiden sich kennen gelernt hatten. Gott, was für ein Arschloch!, hatte Torben damals gedacht. Wie sehr er sich doch getäuscht hatte. Über die Jahre war Tom ihm dann sehr ans Herz gewachsen, sie waren Freunde geworden, auch ihre Frauen verstanden sich bestens und trafen sich inzwischen öfter, als ihre Männer es zeitlich überhaupt konnten. Und die vielen Fälle, in denen Torben und Tom (ein Kollege wollte mal »Toto« etablieren, was zum Glück an der von Tom nur halb scherzhaft angedrohten Tracht Prügel gescheitert war) gemeinsam alles gegeben hatten, taten ein Übriges.

Sie hatten sich gegenseitig beflügelt: Tom mit seiner Spontaneität und dem Killerinstinkt, Impulsen eher zugetan als der reinen Lehre, mit einem Hang zur Übertreibung, der lässigen »Ihr könnt mich im Zweifel sowieso alle am Arsch lecken!«-Attitüde und im Ergebnis der Fähigkeit, Wege zu erkennen, wo andere längst aufgegeben hatten. Und Torben, der Perfektionist, dessen Fallakten so lupenrein waren, dass ein Richter ihm den Beinamen »Aktengott« verpasst hatte, der die Namen aller vernommenen Zeugen seines ersten Mordfalls bis heute im Kopf hatte und der kein Detail aus dem Blick verlor, bis er sicher sein konnte, dass es wirklich und endgültig unwichtig war. In dieser Kombination hatten sie den einen oder anderen schönen Erfolg gefeiert. Aber Tom arbeitete inzwischen für das LKA, und Torben hätte einiges dafür gegeben, ihn jetzt an seiner Seite zu haben.

Denn wer immer Sandra Rickens vor die U-Bahn gestoßen hatte: Torben kam keinen Millimeter voran. Einen Monat lang lief die Mordkommission bereits. Zwar hatte er sehr gute Leute zusammenbekommen, und auch sonst hatte man ihm, nachdem die ersten Details bekannt waren, so ziemlich alles gegeben, was er haben wollte. Doch jegliche Unterstützung konnte nichts daran ändern, dass sie nach kurzer Zeit in einer Sackgasse steckten. Es gab nicht den Hauch einer Spur am Tatort. Oder vielmehr hätte es tausende und damit viel zu viele Spuren gegeben, was nicht verwunderlich war, wenn man bedachte, dass die Haltestelle Oststraße täglich von tausenden Menschen betreten wurde und daher selbst ein möglicherweise dort verlorenes Haar des Täters nur eines von vielen war. Torben hatte zwar darauf bestanden, es zumindest zu versuchen, doch die Kriminaltechnik streckte nach kurzer Zeit die Waffen und erzählte ihm etwas von der »Nadel im Heuhaufen«. Torben wurmte das mächtig, aber er war realistisch genug, um zu wissen, dass er nicht die halbe KT über Monate lahmlegen konnte, um am Ende ein Meer von Spuren zu haben, die er im besten Fall irgendeinem Fahrraddieb aus Kleve zuordnen könnte.

Die Öffentlichkeitsfahndung verlief völlig im Sande. Außer diversen Spinnern, den üblichen Vielschreibern und dem einen oder anderen übermotivierten Hinweisgeber hatte sich niemand gemeldet; nichts, was ihnen weiterhelfen würde. Bei der Suche nach denkbaren Motiven hatte er den Super-GAU erlebt: Wenn es einen Menschen gab – oder vielmehr gegeben hatte –, dem auf der ganzen weiten Welt niemand den Tod wünschte, dann war das offensichtlich Sandra Rickens gewesen.

Es half alles nichts, sie traten auf der Stelle. Seit dem Schneemann-Mord vor gut drei Jahren waren alle Tötungsdelikte in seinem Bereich aufgeklärt worden, aber nun sah es so aus, als hätte er einen weiteren Fall, bei dem er nicht darauf wetten könnte, dass sie ihn lösen würden. Neben dem Kratzer an seiner beruflichen Ehre, den Torben immer empfand, wenn er scheiterte, tat es ihm in diesem Fall besonders leid für die Hinterbliebenen. Sandra Rickens war nicht nur die offenkundig netteste und beliebteste Frau von Düsseldorf gewesen, sondern außerdem eine glücklich verheiratete Schwangere. Das Elend des Ehemannes und der Familie hatte Torben derart berührt, dass er einmal das Zimmer verlassen musste, weil er nicht gewährleisten konnte, nicht selbst in Tränen zu versinken.

Und dann auch noch dieser Niessen. Hatte ihn bereits angerufen, als die Leiche nicht mal kalt gewesen war. Woher wusste dieser Kerl nur immer genau, wann es sich lohnte, nachzuhaken? Er schmierte einen Artikel hin, der wie üblich zu reißerisch war und viele Andeutungen beinhaltete, was unweigerlich Arbeit für Torbens Leute nach sich zog. Niessen schien sich vollkommen in den Mord verrannt zu haben, denn er fing an, auf eigene Faust zu recherchieren. Der U-Bahn-Fahrer, die Familie, vor niemandem machte er halt. Torben hasste es, wenn die Presse so vorging. Es war nämlich nie besonders hilfreich, wenn die Zeugen später vor Gericht nicht mehr unterscheiden konnten, wem sie wann was gesagt hatten.

Und wenn die Presse auch nur das Geringste anders verstand als die Polizei (was meist pure Absicht war), konnte man sicher sein, dass irgendwer in der Chefetage nichts Besseres zu tun hatte, als nach der morgendlichen Zeitungslektüre Aufträge zu verteilen, man möge doch diese Pressehinweise gründlich untersuchen. Als wäre die Presse bei ihren Nachforschungen je auch nur einen Zentimeter weiter gekommen als die Polizei. Von 100 Fällen, zu denen etwas in der Zeitung stand, was die Polizei angeblich noch nicht wusste, war dies in genau 100 Fällen bei näherem Hinsehen der ultimative Blödsinn. Jeder wusste das. Jeder!

Außer den Damen und Herren in der Chefetage.

Er griff zum Hörer und rief Tom an, der zum Glück im Büro war und Zeit hatte. Torben schilderte ihm in allen Einzelheiten diesen unglaublichen Mord und seine Schwierigkeiten damit, ihn aufzuklären. Es war ein langes Gespräch. Und auch wenn Tom ebenfalls nicht weiter wusste und ihm keinen Rat geben konnte, ging es Torben danach sehr viel besser. Es tat gut, wenn man Freunde hatte, die einen verstanden, wenn einem die Scheiße mal wieder um die Ohren flog.

KAPITEL 8

November 2010

Das Wetter war mies, regnerisch, kalt und ungemütlich, wie es sich für November in Deutschland gehörte. Ten war beruflich unterwegs. Hamburg nahm er immer gern mit. Tolle Stadt, nette Kollegen, entspannte Atmosphäre, und nach dem Feierabend kurz ins Hotel, um sich dann mit Vollgas auf den Kiez zu stürzen.

Er liebte die Laufhäuser in Hamburg. Nirgends gab es hübschere Mädels, und da er zu der Sorte Mann gehörte, mit denen Frauen gerne ins Bett gingen – eine von den Mädels hatte ihn mal »leicht verdiente Kohle« genannt –, konnte er sicher sein, dass er im Vorbeigehen gern die eine oder andere Hand riskieren durfte, ohne auch nur einen Cent zu bezahlen. Vor allem aber fand er todsicher eine, die ihn optisch heiß genug machen und außerdem auf seine kleinen Extrawünsche eingehen würde. Das war einer der entscheidenden Vorteile, wenn man das nötige Kleingeld hatte: Man konnte sich Dinge kaufen, die man eigentlich nicht kaufen kann.

An diesem Abend hatte er sich gleich zwei davon besorgt. Die beiden gaben sich nicht nur mit ihm sehr viel Mühe, sondern schienen auch voneinander einiges zu haben. Eine von ihnen hatte außerdem kein Problem damit, für die nötige Kohle ihre No-Gos so weit zu lockern, dass er am Ende alles bekam, was er wollte. Und die andere konnte wenigstens noch was lernen.

Als er fertig war, verschlug es ihn in einen Musikclub am Hans-Albers-Platz. Leider war die Band noch lausiger als das Astra, und nach zwei, drei Flaschen überlegte er sich, dass es etwas für sich hätte, den Rest des Abends im Wellnessbereich des Hotels zu verbringen – falls er das Glück hatte, dass die Nachtwache aus einer jungen Rezeptionistin bestand, die sich mit neckischem Augenzwinkern breitschlagen ließ, ihm seinen nächtlichen Sonderwunsch zu erfüllen. Nach einem Blick auf die Uhr verwarf er diesen Gedanken; offenbar waren es doch ein paar Flaschen mehr gewesen, denn es war schon halb drei. Nicht mal der unerfahrenste Azubi der Welt würde jetzt noch den Wellnessbereich für ihn öffnen.

Er winkte sich also ein Taxi.

Das Hotel war kaum drei Kilometer entfernt, aber irgendetwas in ihm hatte offenbar noch nicht vor, einfach schlafen zu gehen. Also sagte er dem Taxifahrer das, was ihm gerade einfiel. »Altona, bitte.«

»Wo genau?«, fragte der Taxifahrer.

»Ich lotse Sie dann schon.«

Der Taxifahrer fuhr los.

Er dachte nach, während das Taxi sich durch das nächtliche Hamburg bewegte. Es war ein geiler Abend gewesen, ja, im wahrsten Wortsinn. Doch wieder einmal hatte er nichts gefunden, was ihm interessant genug schien, um lange daran festzuhalten. Er dachte an die beiden Frauen, mit denen er Sex gehabt hatte. Versuchte, sich an die Einzelheiten zu erinnern, und hielt den Film in seinen Gedanken kurz an, als er den perfekten Körper eines der beiden Mädchen vor sich sah. Er dachte an die vielen anderen, ähnlich heißen Körper, die er gehabt hatte, als er noch jung genug gewesen war, um nie dafür bezahlen zu müssen. Aber das war es dann auch schon: ein paar hübsche Titten, ein netter Dreier, um 400 Euro ärmer.

Warum reicht es nie für mehr?, fragte er sich.

Plötzlich kam ihm wieder einmal der Schneemann in den Sinn. Der Schneemann und die Frau, wie so oft. Was waren das für Gefühle gewesen. Wie viel Leben hatte damals in ihm gesteckt, wie viel Gefühl, wie viel Leidenschaft, und wie viel Spannung! Es kribbelte sofort unter seiner Haut, und er lächelte unwillkürlich.

Über den Spiegel betrachtete er den Taxifahrer. Ein langweiliger Mensch, mochte Anfang 50 sein, ein Durchschnittstyp, wenn man von der beschissenen Frisur und dem fiesen Schnauzbart absah. Und plötzlich wusste er es.

Er schaltete sein Handy aus und das Zweithandy an, das er inzwischen grundsätzlich mitnahm, wenn er unterwegs war und nicht wollte, dass irgendwer, aus welchem Grund auch immer, herausfinden konnte, wo genau dieses »Unterwegs« war. Er tippte ein wenig darauf herum und tat so, als würde er intensiv mit jemandem Nachrichten austauschen, um schließlich mit dem süffisantesten Grinsen, das er zu bieten hatte, zum Fahrer zu sagen: »Ich hab's mir anders überlegt: Fahren Sie mich bitte raus nach Pinneberg. Da wartet noch ein ziemlich süßer Nachtisch auf mich!«

Der Taxifahrer lachte und sagte nur: »Okay, kein Problem.« Er bog ab und machte sich auf seinen Weg, vermutlich froh, dass er nun anständig kassieren konnte.

Es dauerte keine halbe Stunde, und sie hatten Pinneberg erreicht. Es war etwa viertel nach drei. »So, wohin jetzt?«, fragte der Taxifahrer.

Ten hatte sich inzwischen die Gegend ein wenig auf dem Handy angesehen. Er wusste also, wo er war und wo er hinwollte. »Kennen Sie den Golfpark Weidenhof? Mühlenstraße?«

»Nein, aber ich tippe das eben ins Navi.«

Etwa zehn Minuten später erreichten sie ein Waldstück. Sie waren fast am Zielort. Das Zweithandy hatte Ten bereits ausgeschaltet. »Fahren Sie die Nächste rechts rein«, sagte er.

Der Taxifahrer kannte sich glücklicherweise nicht gut genug aus, um zu wissen, dass die nächste Straße rechts zu nichts anderem führte als einem sehr großen Waldgebiet.

Nachdem sie einige hundert Meter weit gefahren waren, zog Ten unauffällig seine Handschuhe an und sagte: »Stopp!«

Der Taxifahrer hielt an, sichtlich irritiert, aber nicht nervös. Er hatte in seinen Jahren als Taxifahrer in Hamburg sicher deutlich verwirrendere Fahrgäste gehabt. Ein Waldstück im Umland, in dem sich ein geiles Pärchen zu einer nächtlichen Nummer trifft, konnte ihn wohl kaum schocken. Und tatsächlich sah er nur auf sein Taxameter und nannte die Summe, die anfiel.

In der nächsten Sekunde rammte Ten ihm sein Butterflymesser so tief in den Hals, dass es fast auf der anderen Seite wieder herauskam.

Man sollte ja meinen, Menschen kämpfen minutenlang um ihr Leben, wenn sie drauf und dran sind, es zu verlieren; doch es würde so manchen ziemlich erstaunen, wie schnell es gehen kann, jemanden zu töten, wenn man es ernsthaft darauf anlegt. So war es auch jetzt.

Der Moment, in dem sein Opfer starb, kam ihm ähnlich vor wie bei den ersten beiden Morden. Der Unterschied lag darin, dass er dieses Mal kurz innehalten und darüber nachdenken konnte, was in ihm vorging.

Er fühlte sich – und es fiel ihm auch später schwer, ein besseres Wort zu finden – einfach glasklar. Kalt, rein, hart und vollkommen durchsichtig, wäre nur jemand da, der ihn sehen könnte. Er betrachtete den toten Mann, der ihm noch immer fremd und zugleich auf die denkbar intensivste Weise mit ihm verbunden war, und lächelte. Er gönnte sich den Moment, in dem er mit jeder Faser das Gefühl genoss, das er gerade durchleben durfte.

Dieses Gefühl, das nur zwei Sorten von Menschen kannten: Mütter – und Mörder! Die einen erlebten diesen unsterblichen, mit keinem Wort der Welt zu beschreibenden Moment, in dem sie erkannten, dass sie gerade ein Leben erschaffen hatten. Dass sie ein Wunder vollbracht hatten, und in dieser Sekunde eine Legion von Möglichkeiten an ihrer Brust lag, die diesem neuen, winzigen Wesen gegeben waren.

Die anderen aber – jedenfalls die wenigen unter ihnen, die es wissentlich taten, es wollten und mit voller Klarheit erfassten, was es bedeutete –, die löschten bewusst ein Leben aus. Sie nahmen all die Dinge, die damit verbunden waren, die Träume, Ängste, Hoffnungen und eben diese Legion von Möglichkeiten, von denen die meisten doch nur ungenutzt verstreichen würden. Und wer dies erkannte, wer es wirklich und wahrhaftig verstand, dem wurde bewusst, dass auch ein Mord ein Wunder war. Leider hatte er nur wenig Zeit, um dieses Wunder zu genießen.

Dann funktionierte Ten wieder, präzise wie eh und je. Ihm war auch dieses Mal klar gewesen, dass jede mögliche Spur, die er hinterließ, ein Stück weit irrelevant war. Unabhängig davon, würde es ohnehin eine Mordsarbeit werden, die dutzenden unterschiedlichen Vergleichsspuren, die man in einem Taxi fand, voneinander zu trennen und zu entscheiden, welche tatrelevant war und welche nicht. Selbst Faserspuren taugten einen Dreck, wenn einen nichts und niemand zu dem passenden Kleidungsstück führte – na ja, was man eben so wusste, wenn man nicht den Fehler machte, seine Kriminalistikweisheit aus »Notruf Hafenkante« zu beziehen. Trotzdem war er froh, dass er die Kapuze auf dem Kopf behalten hatte, als er bei dem regennassen Wetter ins Taxi gestiegen war. Keine Haare – keine Probleme! Die Handschuhe taten das Ihrige. Das Blut an seiner dunkelblauen Jacke, das nicht zu vermeiden gewesen war bei der Riesensauerei, die er verursacht hatte, würde erstens so schnell niemand bemerken, und zweitens konnte man eine Jacke schnell loswerden. Wozu gab es an jeder zweiten Ecke Altkleidercontainer?

Wichtiger war allerdings, dieses Mal den Ansatz von einem Motiv zu liefern. Habsucht war einfach der Klassiker, also stieg er aus dem Taxi, öffnete die Fahrertür, griff sich die Brieftasche des Taxifahrers und machte sich dann auf, um den Weg zurück durch den Wald nach Pinneberg zu finden. Es galt, einen der frühen Busse nach Hamburg zu nehmen. Allerdings nicht unbedingt so früh, dass er der einzige Fahrgast wäre. Zeit genug also, um vorher in circa »Niemals sucht ihr bis hierher nach Tatmitteln, ihr Schwachköpfe!«-Metern Entfernung das Messer hinreichend geschickt zu verscharren. Wozu Risiken schaffen, wo es keine braucht?

Den Weg zu finden war dann nicht weiter schwer, die nächste Haltestelle auch nicht; gepriesen seien die modernen Kommunikationsmittel, jeden Tag aufs Neue. Auch wenn er sein Zweithandy erst wieder einschalten konnte, als er ganz sicher war, mindestens in der nächsten Funkzelle gelandet zu sein. Zum Glück hatten Städte da eine ganz andere Dichte als das flache Land.

Das einzig Gute, das er, wenn schon nicht dem Busfahren an sich, dann jedoch immerhin den Bushaltestellen abgewinnen konnte, war die todsichere Abwesenheit von Kameras. Wenn man sich nicht gerade einen Großstadt-ZOB aussuchte, konnte man meterlange Hakenkreuze auf den Boden malen und dabei sicher sein, dass einen niemand aufspürte. Vorausgesetzt, man war ansonsten unbeobachtet und außerdem schlau genug, sein Handy nicht mitzunehmen.

Auch in Pinneberg gab es keine Kamera.

KAPITEL 9

November 2010

Martina Riedecke war noch nicht lange Mordermittlerin.

Doch das war auch nicht nötig, um zu erkennen, was sie vor sich sah. Einen brutalen und kaltblütigen Mord. Mitten im Nirgendwo westlich von Pinneberg in einem Taxi. Martina packte die typische berufliche Faszination angesichts der vielen Fragen, die sich hier auftaten. Und sie konnte es kaum erwarten, diese Fragen zu lösen. »Wer hat was wann wo getan, warum, womit und wie?« Das waren die »Sieben goldenen W« der Kriminalistik, die man in der Kripo-Ausbildung lernte, die sie in Schleswig-Holstein hatte genießen dürfen.

Was das Wer anging, gab es bislang nur sehr wenige Hinweise. Die Wahrscheinlichkeit, dass der letzte Fahrgast der Mörder war, lag zwar auf der Hand. Die enorme Kraft, mit der das Messer in den Hals des Taxifahrers gestoßen worden war, sprach zudem eher für einen Mann. Beides blieben dennoch Möglichkeiten, keine Gewissheiten – und viel mehr hatten sie derzeit noch nicht. Die Taxizentrale wusste lediglich, dass es während der Fahrt eine Änderung des Ziels gegeben hatte. Die Spurensicherung fand natürlich zahlreiche Spuren, doch allein die Untersuchungen würden Tage bis Wochen dauern, und man konnte nur hoffen, dass interessante Treffer darunter waren. Nun ja, es gab genug, was zu tun blieb, bevor man den Kopf in den Sand steckte.

Die Familie, das Umfeld, die Hintergründe zum Beispiel; was man so abklopfte, wenn man auf mögliche Motive stoßen wollte. Auch wenn sie beim Taxifahrer keine Geldbörse gefunden hatten, schloss Martina Habgier für sich schon mal aus. Jemand, der auf das bisschen Geld aus war, das ein Taxifahrer dabeihatte, würde wohl kaum den Aufwand und das Risiko auf sich nehmen, sich bis hierher kutschieren zu lassen, um dann mit solcher Gewalt einen eiskalten Mord zu begehen. Geschweige denn, überhaupt deshalb einen Mord zu begehen. Das konnte man einfacher haben, so viel stand fest. Das Warum würde also spannend werden.

Das Was, Wann und Wo war hingegen einfach. Am frühen Morgen, hier im Wald, in diesem Taxi. Und es war ganz sicher ein Mord gewesen.

Die Frage nach dem Womit ließ sich ebenfalls zum Teil beantworten. Mit einem Messer, die Klinge lang genug, um dem armen Mann den Hals fast komplett zu durchbohren. Das konnte ein größeres Küchenmesser, aber ebenso gut ein Jagd- oder sonstiges Messer gewesen sein. Gefunden hatten sie bislang keines, auch wenn sie reichlich Kräfte im Einsatz hatten, um die Gegend abzusuchen.

Das Wie war, soweit sie es überblicken konnte, interessant und wäre vielleicht sogar der Schlüssel zum Ermittlungserfolg. Der Täter musste den Taxifahrer schließlich absichtlich hierher gelotst haben, um ihn umzubringen. Und er hatte sein Opfer überrascht, das war auch klar. Die Eintrittswunde befand sich im hinteren rechten Halsbereich, das Taxameter zeigte beim Auffinden des Taxis die Endsumme an – also schien es, als habe der Fahrgast statt des Geldes einfach sein Messer gezückt und es ohne das winzigste Zögern in den Hals des Mannes gestoßen. Wie gesagt: kaltblütig und brutal.

Für Martina lag nur weniges auf der Hand, aber zwei Dinge schienen ihr sicher: Wer das getan hatte, hatte es in voller Absicht getan. Und er war konsequent, clever und vorsichtig vorgegangen, im Ergebnis also professionell. Was die Möglichkeit einschloss, dass sie es mit jemandem zu tun hatten, der das nicht zum ersten Mal getan hatte.

Krass, dachte sie, kaum bei der MoKo, schon ein Serienkiller. Dann musste sie lachen, weil sie merkte, dass ihre Gedanken mit ihr durchgingen. Ihre Überlegungen mochten ja alle richtig sein. Aber im Polizeialltag, das hatte ihr Kriminalistik-Dozent ihnen sicher eintausend Mal eingebläut, stellte sich meist heraus, dass die Fälle viel trivialer waren, als man es sich im ersten Moment vorstellte. Sie klärte noch ein paar Fragen, die sie an die Tatortgruppe wegen der Spurensicherung im Taxi hatte, und machte sich auf den Weg ins Büro, um sich mit voller Kraft in die Arbeit zu stürzen. Sie freute sich auf schlaflose Wochen, unzählige Überstunden und spannende Erkenntnisse.

Gott, dachte sie, ich liebe diesen Job so sehr!

KAPITEL 10

November 2010

Klack, klack. Klack, klack. Klack, klack. Niessen liebte dieses Geräusch, die Gleichförmigkeit der Bewegung, die hundertfache Wiederholung. Klack, klack. Er stand in seinem Wohnzimmer, barfuß, vor ihm eine jahrzehntealte Tischtennisplatte von Kettler, in der Mitte hochgeklappt. In der Rechten hielt Niessen einen abgenutzten Schläger, mit dem er gefühlvoll den kleinen weißen Ball gegen die senkrecht stehende Plattenhälfte schlug. Klack, klack. Für Niessen war das wie Meditation. Andere machten Yoga oder Pilates oder so einen Kram, wenn Rolf Günther Niessen hingegen nachdenken musste, holte er die Platte aus der Abstellkammer. Er hatte sie schon seit Jugendtagen.

Damals hatte er noch Rundlauf mit seinen Kumpels in der Reihenhaussiedlung gespielt, in der er aufgewachsen war. Oder sie hatten Turniere veranstaltet, endlose Matches, fünf Gewinnsätze und mehr, nur um die Tage zu besiegen, die niemals wieder im Leben eines Menschen so endlos sind wie für Kinder, wenn sie Sommerferien haben. Doch seit Jahren spielte Niessen nur noch gegen sich selbst. Das Geheimnis war, dass man gegen sich selbst nicht gewinnen konnte. Es ging nicht darum, den Ball möglichst fies anzuschneiden, zu überreißen oder zu schmettern. Tat man das, konnte man sicher sein, ihn umgehend vom Boden auflesen zu müssen. Tischtennisbälle neigten ja dazu, sich grundsätzlich die unzugänglichsten Winkel als Versteck auszusuchen, als wollten sie sich bewusst vor den Spielern verbergen. Nein, die Kunst des Solo-Tischtennisspiels lag darin, den Ball so lange wie möglich im Spiel zu halten, pure Kontrolle, die automatisierte Bewegung war das Ziel, nicht der Weg zum Erfolg. Klack, klack.

Niessen dachte nach. Es war jetzt mehr als ein halbes Jahr her, dass ein Unbekannter Sandra Rickens – den Namen der Verstorbenen hatte er inzwischen herausgefunden – vor eine U-Bahn gestoßen hatte. Wer tat so etwas? Niessen zermarterte sich noch immer das Hirn. Anders als andere Fälle zersägte ihm dieser die Nerven. Ja, er setzte ihm zu.

Er hatte den Fahrer der U-Bahn aufgespürt und lange mit ihm gesprochen. Der Mann hatte Niessen ein Bild der Tat gezeichnet, das ganz anders war als das, das zuvor im Kopf des Reporters entstanden war. Er hatte sich vorgestellt, der Täter müsse im Drogenrausch gehandelt haben oder psychisch gestört sein. Aber der Fahrer hatte ihm sehr überzeugend einen Mann beschrieben, der auf beängstigende Art und Weise normal gewirkt habe. Natürlich sagte der Zeuge das nicht so, aber vor Niessens geistigem Auge nahm ein Mörder Gestalt an, der sicher war in seinen Bewegungen, der wusste, was er wollte, und ausführte, was er geplant hatte. Wie eine Hinrichtung.

Für ihn war der U-Bahn-Schubser niemand mehr, der affektiv, eine Stimme hörend, von einem Moment auf den anderen durchgeknallt war. Für Niessen war der Typ ein Killer. Und die Faszination dieses Bösen ließ ihn nicht los. Auch weil das ohnehin rätselhafte Geschehen von einer Frage gekrönt wurde, die für alle Reporter einen besonderen Reiz hatte: warum? Warum bloß hatte der Killer ausgerechnet Sandra Rickens getötet?

Niessen wollte das verstehen. Er brauchte eine Antwort.

Das Schlimme war, er war von einer Antwort Lichtjahre entfernt. Bislang ergab die Tat überhaupt keinen Sinn. Nach allem, was Niessen inzwischen über das Opfer wusste, hatte die Frau ein völlig durchschnittliches Leben geführt, man könnte sagen: Die Gute war kreuzlangweilig. Sie arbeitete als Reiseverkehrskauffrau in einem Reisebüro. Sie war seit zwei Jahren verheiratet mit einem Bankkaufmann, der Sören hieß und in etwa so spannend war, wie es der Name vermuten ließ. Niessen hatte ihn bei der Beerdigung gesehen und innerlich abgehakt: Niemals konnte dieses Häuflein Elend etwas mit dem Tod seiner Frau zu tun haben. Zumal sich aus den Lebensumständen der Rickens nicht der Hauch eines Motivs für eine Beziehungstat ergab. Die Eheleute hatten kurz nach der Hochzeit eine Eigentumswohnung gekauft, sie fuhren zwei Autos, verfügten über nicht viel, aber ausreichend Geld und schienen sich in ihrer vorbildlichen Spießigkeit vollständig einig gewesen zu sein. »Keine Experimente« schien als Slogan über ihrer gemeinsamen Existenz gestanden zu haben. Obwohl Niessen vor einem solchen Lebensentwurf schreiend davongerannt wäre, wenn jemand wahnsinnig genug gewesen wäre, ihm diesen zu unterbreiten, empfand er tiefes Mitleid für den Witwer. Das lag auch an der besonders bitteren Tatsache, dass Sandra Rickens im vierten Monat schwanger gewesen war, wie er erfahren hatte.

Niessen war ratlos. Und offenbar ging es der Mordkommission nicht anders. »Lassen Sie mich in Ruhe. Ich weiß nichts«, hatte Kanther vor Tagen ins Telefon gedröhnt, als er sich vorsichtig nach dem Stand der Ermittlungen erkundigen wollte. Irgendwie hatte sich der Reporter dieses Ausmaß an Aggressivität nicht recht erklären können. Natürlich stand Kanther unter Druck, weil er nun schon zwei ungelöste Mordfälle auf dem Tisch hatte. Auf der anderen

Seite war er eigentlich Profi genug, um zu wissen, dass sich Mordfälle nicht immer sofort aufklären lassen.

Auf dem Schreibtisch am Fenster stand Niessens Laptop, ein schweres Teil von Dell, mit dem er nicht mehr tat, als Überweisungen zu erledigen, im Internet zu surfen, Mails zu schreiben. Seine Nachrichten aus der Redaktion ließ er sich auf sein Google-Konto weiterleiten, um sie auch von zu Hause aus lesen zu können. Er öffnete das Postfach und scrollte durch die neuen E-Mails. Das meiste war langweiliger Kram: Newsletter, Polizeimeldungen, Pressemitteilungen von Behörden, Institutionen, Verbänden. Wenn PR-Leute nur ansatzweise ahnten, dachte Niessen, wie wenig Zeit sich Journalisten nehmen, um ihre Botschaften zu löschen – an etwas wie lesen dachten sie nicht einmal –, hätten sie wahrscheinlich augenblicklich umgeschult.

Plötzlich blieb Niessens Blick an einer Betreffzeile hängen: »Ungeklärte Morde«, stand da. Er runzelte die Stirn. War das eine dieser speziellen Spam-Nachrichten, vor denen seine Kollegen immer sprachen, »Phishing« oder so etwas? Der Absender sagte ihm nichts: xyz@spoofmail.de. Wer oder was sollte das sein? Niessen öffnete die Mail und befürchtete, einen Fehler gemacht zu haben. Hatte er sich nun einen Virus auf den Rechner geladen? Er las.

Sehr geehrter Herr Niessen,
Sie kennen mich nicht und werden mich nie kennenlernen. Aber Sie müssen wissen: Es gibt einen Polizisten, der mit all diesen Morden etwas zu tun hat.
Aber sehen Sie selbst.
Mit freundlichen Grüßen
XYZ

Im Anhang befanden sich drei Dateien: »1«, »2«, »3«. Niessen klickte auf die erste, sie öffnete sich langsam. Ein Foto. Das Bild eines Artikels, den er im Januar 2007 über den Mord an Bülent Bozkurt geschrieben hatte. 80 Zeilen, zwei Spalten, kein Meisterwerk, solides Handwerk: »Wer prügelte den Schneemann zu Tode?«, lautete die Überschrift.

Jemand hatte den Text ausgeschnitten und auf ein DIN-A4-Blatt aufgeklebt. Links hatte ein Locher seine Bissspuren hinterlassen und rechts oben in der Ecke stand: »1.« Nicht 1 wie bei einer Seitenzahl, sondern »1.« Niessens Herz raste, seine Finger zitterten. Der Cursor der Maus verrutschte, er öffnete die Datei »2«. Wieder das Bild eines seiner Artikel, diesmal über den Mord in der U-Bahn, wieder aufgeklebt, gelocht und nummeriert: »2.« Niessen schwitzte. Was zum Teufel ...?, dachte er und öffnete die Datei »3«. Wieder gelocht und nummeriert, wieder aufgeklebt, doch diesen Text kannte Niessen nicht. Eine knappe Meldung des »Hamburger Express«, er las hektisch, seine Augen flogen über den Text. Ein Taxifahrer war letzten Monat in der Nähe eines Golfplatzes ermordet worden, niedergemetzelt in seinem Auto. Es gab auch hier keine brauchbaren Spuren, es fand sich kein Motiv. Die Geldbörse des Fahrers hatte der Täter zwar mitgenommen. Aber wenn schon Niessen sofort annahm, dass es bei einem solchen Mord nicht um Geld ging, würde die Polizei das ganz sicher auch tun. Die Mordkommission ermittelte natürlich in alle Richtungen, schloss nichts aus, das übliche Blabla. Es hieß übersetzt: Die Bullen hatten wahrscheinlich nicht den Hauch eines Schimmers, wer der Täter war.

Niessen starrte lange auf den Bildschirm, fuhr sich durch die Haare, schrubbte mit den Handflächen so heftig über sein Gesicht, als gelte es, die Bartstoppeln wegzureiben.

Dann stand er auf, er fühlte sich unendlich schwer. Er nahm Schläger und Ball – die Sachen hatte er auf den Schreibtisch neben dem Laptop gelegt – und ging zurück an die Platte. Seine Linke streichelte die glatte Kunststoffkugel. Langsam fuhr er mit den Fingerkuppen über die harte, dennoch zerbrechliche Membran. Unvermittelt ließ er den Ball los und schubste ihn mit dem Schläger gegen die Platte.

Klack, klack.

KAPITEL 11

November 2010

Torben ächzte und jammerte wie ein kleines Kind, dem seine Eltern ein Spielzeug weggenommen hatten, und Tom konnte nicht anders, als ihn auf die Schippe zu nehmen.

»Ich hab dich mitgenommen, damit du mal ein bisschen entspannst und auf andere Gedanken kommst, nicht, damit du einen Herzinfarkt kriegst«, sagte er lachend.

»Ich weiß ja nicht, wie du das hier nennst«, sagte Torben. »Für mich ist und bleibt es Folter. Wenn du dich so entspannst, will ich nicht wissen, was bei euch im Schlafzimmer abgeht.«

Auch deshalb mochte er Torben so sehr. Er wirkte mitunter ein wenig spröde, doch man musste bei ihm immer mit einer schlagfertigen Antwort oder herrlich trockenem Humor rechnen. Tom setzte einen spitzbübischen Blick auf. »Wenn ich mir das richtig überlege, könnte man diese Übung tatsächlich aufs Schlafzimmer übertragen. Warte, bleib stehen, ich versuche mal, dich…«

Torben drehte sich weg, als Tom sich ihm weiter näherte, und rief, halb lachend, halb drohend »Hau ab, du Perverser!«

Reihenweise Köpfe von anderen Trainierenden im Fitnessstudio drehten sich zu ihnen um, aber da die beiden zusammen lachten, wurde das Szenario offenbar schnell unspektakulär, und die Leute widmeten ihre Aufmerksamkeit wieder sich selbst.

»Na komm, alter Mann«, sagte Tom, »lass uns in die Sauna gehen.«

»Oh ja, bitte«, antwortete Torben, »mir tut nämlich absolut jeder Knochen weh.«

Tom schmunzelte. Sie hatten noch keine 40 Minuten trainiert. Er selbst war nicht einmal richtig warm geworden. Aber was tat man nicht alles …

Als sie in der Sauna saßen, die traditionell kaum besucht war und heute völlig ihnen allein gehörte, fragte Tom geradeheraus: »Also, was macht das Mordgeschäft?«

»Hör mir auf«, antwortete Torben. »Der Rickens-Mord liegt seit März auf meinem Schreibtisch, und ich habe das Gefühl, ich trete seit Monaten auf der Stelle. Egal, was uns einfällt, egal, wo wir nachbohren, egal, worauf wir hoffen, es führt zielsicher ins Nichts. Wir haben jeden vernommen, der auch nur im selben Supermarkt einkaufen war wie das Opfer. Wir haben mit Einwilligung des Witwers und des Chefs der Toten alles auf links gedreht, was nicht niet- und nagelfest war: Haus, Auto, Arbeit, selbst das alte Zimmer bei ihren Eltern, das aussah, als lebte immer noch ein Teenager drin. Im Ergebnis hatten wir am Ende, mal mit mehr, mal mit weniger Aufwand, rein gar nichts. Nada! Niente! Ich bin längst so weit, dass ich aufgeben würde; ist ja nicht so, dass ich sonst nichts zu tun habe. Aber ich schwöre dir, ich habe nie eine sinnlosere Tat gesehen, und der Teufel soll mich holen, wenn ich diesen Mord jemals zu den Akten lege.«

Torben konnte die Wut, die Enttäuschung und das Mitgefühl, die in ihm tobten, nicht unterdrücken. Tom hatte ihn selten so aufgewühlt erlebt. Das Ganze nahm ihn ernsthaft mit. Was ihn, wie jeder wusste, der ihn kannte, zu einem noch besseren Ermittler machte, als er es ohnehin schon war. Und die Tatsache, dass er keinen Millimeter vorankam, umso bemerkenswerter.

»Ich kann mir vorstellen, was in dir vor sich geht. Ich wünschte nur, ich wäre nicht zum LKA gegangen, dann hätten wir uns wenigstens zu zweit die Zähne an dem Ding ausgebissen«, sagte Tom.

»So sehr ich dich auch schätze, Tom«, antwortete Torben, »aber ich fürchte, damit hast du recht: Wir wären selbst dann keinen Schritt weiter als wir es jetzt sind. Wir hätten uns allerdings auf dem Weg dahin einige Finger mehr verbrannt.«

Tom grinste.

Da in diesem Moment zwei junge Männer die Sauna betraten, war ihr Gespräch beendet, und sie verlegten sich auf Small Talk. Angesichts der bevorstehenden Weihnachtszeit war das kein großes Problem. Allein die Suche nach Antworten auf die große Frage, welches seiner Kinder welches Geschenk erhalten sollte, konnte Torben offensichtlich weit mehr entspannen als die Sauna es tat. Als die beiden sich eine Stunde später verabschiedeten, sagte Torben mit beinahe befreit klingender Stimme: »Weißt du was, Tom? Ich glaube, ich sollte diesen Mord doch langsam zu den Akten legen. Es gibt wichtigere Dinge im Leben, und ich habe schon genug davon verpasst!«

»Das weißt du selbst am besten, Torben. So oder so: Wenn du mich brauchst, bin ich für dich da. Komm gut nach Hause!«

Als Tom losfuhr, dachte er bei sich: Es gibt doch nichts Besseres als die Familie, um einen Mann wieder in die Spur zu bringen! Er freute sich sehr auf zu Hause.

KAPITEL 12

Januar 2011

Weihnachten war für Niessen die Hölle gewesen. Clarissa hatte ihn mal wieder nicht sehen oder sprechen wollen, sie ignorierte seine SMS, stellte sich tot. Niessen kannte das zwar schon, trotzdem traf es ihn jedes Mal aufs Neue. Für eine kurze Viertelstunde, es musste am Nachmittag des zweiten Feiertages gewesen sein, stellte sich Niessen vor, sie wäre wirklich tot. Draußen versank Düsseldorf im Nieselregen, und Niessen versuchte, sich einzureden, es habe Clarissa nie gegeben. Für den Augenblick fühlte sich das gut an, es war eine Befreiung, doch seine mentalen Taschenspielertricks verloren ihre Wirkung, als plötzlich sein Handy vibrierte, weil er eine Nachricht erhalten hatte. Von wegen: Es hatte Clarissa nie gegeben, ohmmmm und so. Niessen stürzte sich auf das Gerät wie ein Verdurstender auf eine Karaffe Wasser, um dann erneut in sich zusammenzusinken.

Rolf G. Niessen, trauriger Reporterrest. Der Chef wünschte ein frohes Fest, einen guten Rutsch und beruflich und privat viel Erfolg für das Jahr 2011. Am Arsch, hatte Niessen gedacht und sein Handy Richtung Sofa geschleudert.

Niessen wusste, dass die Sache mit Clarissa an Weihnachten nicht der einzige Grund gewesen war, warum er seit einiger Zeit ein emotionales Wrack war. Er schlief nicht mehr, er aß kaum noch, er trank zu viel und seufzte sich durch den Tag. In Wahrheit ließ ihn dieser Killer nicht los.

Er hatte die Mail von xyz@spoofmail.de gefühlte 746-mal gelesen, er kannte jeden Buchstaben der Nachricht. Er hatte die Fotos der Artikel studiert und nahm Kontakt mit den Kollegen in Hamburg auf. Seine große Hoffnung war, dass die örtlichen Reporter mehr wussten über den Gang der Ermittlungen, als er in der Pressestelle des Landeskriminalamts erfahren hatte. Nämlich: Dass der Fall eine Sackgasse war und nirgendwo hinführte.

Doch seine Kollegen waren nicht nur vollkommen ahnungslos, sondern auch total desinteressiert, wer den Taxifahrer erstochen haben könnte. Es war bloß ein Mord unter vielen – und so lange das Opfer nicht prominent war oder die Tat in irgendeiner Form spektakulär, verebbte das Interesse der meisten Journalisten schnell. Niessen kannte die Mechanismen seiner Branche und hatte sie nie akzeptieren können. Er war anders.

Niessen verbiss sich in Themen, das war seine Stärke. Seine Schwäche war, zumindest sagten ihm seine Chefs das von Zeit zu Zeit, dass er sich zu wenig für die angesagten Themen begeisterte. Aber Niessen war kein Herdentier, nie gewesen, er lief lieber in die entgegengesetzte Richtung von allen anderen. Als Lemming wäre Niessen zwar der Arsch der Kolonie gewesen, hätte aber als Einziger überlebt. Allerdings verfluchte er sich in diesem Fall für seine Sturheit. Wieso konnte er den Killer nicht ruhen lassen? Warum hatte er nicht einfach Schema F abgespult wie die anderen? Eine Pressemeldung, eine Nachfrage beim Pressesprecher, fertig war der 60-Zeiler, Feierabend, Wiedersehen.

Wahrscheinlich lag es in diesem Fall auch daran, dass die Geschichte, wie er sie sich ausmalte, zu perfekt war. Denn nahm er seinen ersten Impuls von damals, als Didi ihm nach dem Schneemann-Mord das GdP-Feuerzeug gegeben hatte, fügte den anonymen Hinweis hinzu, nach dem ein Polizist jedenfalls »mit den Morden zu tun hatte«, und würzte das Ganze mit der Professionalität, mit der die Morde begangen worden waren, ergab sich die Story des Jahrhunderts: Ein Polizist jagt mordend durch das Land, hinterlässt eine Blutspur ungeahnten Ausmaßes (er malte sich weitere Morde aus, die geschehen würden, um diese Wortwahl zu rechtfertigen), und seine Kollegen merken noch nicht einmal, womit sie es zu tun haben. Nur er, Rolf Günther Niessen, kommt dieser Ausgeburt des Bösen auf die Spur und zieht den Killer mit seinen Artikeln zur Rechenschaft. Wie John Wayne, nur ohne Colt, dafür mit Kuli und Cowboystiefeln. Wenn es diese Story gab, dann musste er sie einfach »hartkriegen«, wie es im Sprech seiner Zunft hieß. Die Frage war jedoch: wie?

Nachdem er sich lange genug mit dieser Frage gequält hatte, suchte er nun, Mitte Januar, das Gespräch mit seinem Chefredakteur, was er sonst tunlichst vermied. Elmar Schöller war der Typ Kollege und Mensch, den Niessen zutiefst verachtete: jung, smart, adrett und vollständig ahnungslos, was Recherchen anbelangte – die Niessen wiederum für die Königsdisziplin des Journalismus hielt.

Schöller hatte eine dieser typischen Blitzkarrieren gemacht: Nach dem Volkswirtschaftsstudium dem Verleger das Büro geleitet, dann für kurze Zeit eine Lokalredaktion, anschließend ging es nach Berlin in die Hauptstadtrepräsentanz, und als der alte Chefredakteur gehen musste, weil die Auflage in den Keller gerauscht war oder er den Verleger im Golf geschlagen hatte oder aus irgendeinem anderen triftigen Grund, war Schöller zur Stelle gewesen. »Allzeit bereit«, wie er zu kalauern pflegte.

Und da hockte er nun, im fünften Stock des muffigen Redaktionsbunkers, wurde immer feister, sonderte Leitartikel ab, mit denen er verzweifelt nach Beifall heischte, und berauschte sich tagein, tagaus an seiner eigenen Bedeutung. Falls es seine Zeit erübrigte, förderte Schöller noch den Nachwuchs im Haus, vorzugsweise den jungen, blonden, weiblichen. Weshalb Clarissa sich seit einiger Zeit der Aufmerksamkeit des Chefs, manche sprachen bereits von Avancen, erwehren musste. Wobei: Musste sie das?

Das Gespräch Niessen Schöller jedenfalls barg keine Überraschung und endete in einem Desaster. Niessen versuchte ihm die Story zu schildern, die ihm vorschwebte, Schöller starrte die meiste Zeit aus dem Fenster und verbarg seine Langeweile kaum.

Für ihn waren Reporter wie Niessen Geschmeiß, die dem Pöbel das gaben, wonach er verlangte: Blut und Sperma. Ihn dagegen, Elmar Schöller, kannte selbst der Ministerpräsident – und vielleicht fürchtete jener Schöller sogar. Den nordrhein-westfälischen Oppositionsführer nannte er einen Freund, ja, Elmar Schöller war nicht irgendwer, sein Blatt wurde sogar in Berlin gelesen – glaubte er jedenfalls. Und jetzt kam ihm dieser Provinzreporter mit einer dieser schmuddeligen Räuberpistolen, Niessen konnte Schöller diesen Gedanken förmlich ansehen. »Herr Niessen, ich meine, das ist ein Fall für die Polizei?«, näselte er; und damit war alles gesagt und nichts erreicht. Schöller war fertig – und Niessen erst recht.

Es mangelte Niessen nicht an Kreativität oder Geschick in seinem Job, aber er hatte in diesem Fall einfach keinen Aufhänger, keine Spur, der er nachgehen konnte. Die E-Mail-Adresse war eine Einwegadresse, einmal benutzt, dann gelöscht, komplett anonym. Damit schied der ominöse Hinweisgeber XYZ als Recherchehilfe aus, es sei denn, er würde sich noch einmal melden – was Niessen stark bezweifelte, aber mit zunehmender Inbrunst erhoffte. Das GdP-Feuerzeug war Massenware und führte zu niemandem. Und auch ein Schuss ins Blaue, ein raunender Artikel aus Halbwissen und Mutmaßungen, der einzig dem Zweck gedient hätte, potenzielle Informanten anzuziehen, schied aus. Schöller würde das niemals drucken lassen.

Nein, es blieb ihm nur eine Möglichkeit. So sehr ihn die Vorstellung, dass sein Chef recht gehabt haben könnte, auch anekelte, es führte kein Weg an der Polizei vorbei. Wenn Niessen es geschickt anstellte, könnte er im Windschatten der Ermittler segeln, sich regelmäßig informieren lassen – und von dem Arsenal der Strafprozessordnung profitieren, das der Gesetzgeber der vierten Gewalt leider vorenthielt: Telefonüberwachung, Funkzellenauswertung, Observation, Durchsuchung. Zumindest dachte Niessen das. Und er dachte in seiner Verzweiflung, dass Torben Kanther der richtige für einen solchen Deal sein könnte. Kanther war korrekt, aber kein Feigling, er war unkonventionell, aber Polizist mit Leib und Seele. Und er wollte unbedingt alle Fälle lösen. Also rief Niessen ihn am nächsten Tag an und weihte ihn ein. Aufgeregt wie ein Teenager vor seinem ersten Date haspelte Niessen sich durch seine Story. Und tat dabei, was nötig war, wenn er Kanther aus der Reserve locken wollte: Er gab vor, keinerlei Zweifel zu haben.

Anschließend herrschte lange Schweigen in der Leitung. Nach einer Ewigkeit sagte der Polizist: »Niessen, hören Sie mir gut zu!« Kanther atmete langsam ein, er inhalierte förmlich das Telefon. »Niessen, die Geschichte, die Sie mir gerade erzählt haben, ist totaler Blödsinn. Hühnerscheiße hoch zehn. Verstehen Sie? Vergessen Sie das Ganze. Ich für meinen Teil jedenfalls werde genau das tun. Für mich hat dieses Gespräch nie stattgefunden.«

»Sie machen einen Fehler, Herr Kanther«, erwiderte Niessen, eine Spur zu aufgeregt. »Sehen Sie denn nicht, dass vieles auf einen Ihrer Kollegen deutet?«

»Niessen, diese Geschichte ist absoluter Schwachsinn. Zwei schlechte Krimiautoren, die sich für Chandlers Erben halten, hätten sie sich ausdenken können, mit der Realität hat das wirklich nichts …«

»Kanther«, Niessen schrie fast, seine Stimme war hoch und schrill; er hasste es, wenn sie ihm entglitt, doch darauf kam es nun nicht mehr an. »Herr Kanther, denken Sie wenigstens einmal darüber nach. Ich habe da so ein Gefühl, glauben Sie mir. Und denken Sie an die Indizien, die ich habe, an das Feuerzeug …«

»Ja, genau, das Feuerzeug«, höhnte Kanther. »Das ist alles, was Sie haben, ein Feuerzeug und Ihr verdammtes Gefühl. Aber im Gegensatz zu Ihnen, der so einen Humbug auch noch drucken lassen könnte, brauche ich Fakten, verdammt. Ein Polizist als Serienkiller – was glauben Sie, was mein Chef mit mir macht, wenn ich ihm mit einem Feuerzeug und Ihrem Gefühl komme? Was glauben Sie, was der Staatsanwalt mir erzählen wird? Die wollen Fakten sehen, Niessen, keine Hirngespinste. Wissen Sie eigentlich, was ich hier für einen Druck habe wegen der ungeklärten Fälle? Letzte Woche hat mich der Präsident höchstpersönlich angerufen und mir einen Vortrag darüber gehalten, dass mir angeblich der unbedingte Aufklärungswille fehlt. Und da kommen Sie mir mit diesem Scheiß!«

Kanther schnaufte vor Anstrengung: »Und etwas will ich Ihnen sagen, Niessen: Es reicht mir, Sie reichen mir! Das war's. Rufen Sie mich nicht mehr an, nie mehr. Ciao!«

KAPITEL 13

Januar 2011

Als er den Hörer aufgelegt hatte, fiel Torben in seinem Schreibtischstuhl zurück, als hätte ihn ein Lkw angefahren. Er ließ die Arme zu Boden hängen und verfluchte den Tag, an dem er vor vielen Jahren das Rauchen aufgegeben hatte. Er hätte jetzt dringend eine Kippe gebraucht, nur eine, um den Kopf klarzukriegen und diesen ganzen Hokuspokus zu vergessen. Was zum Teufel, dachte er, war das gerade? Fassungslos starrte er aus dem Fenster auf den regennassen Asphalt.

Dieser Januarmorgen hatte eigentlich recht vielversprechend begonnen. Seine Frau Heike hatte ihm zum Abschied einen leidenschaftlichen Kuss auf die Lippen gedrückt. Er hatte es in weniger als 45 Minuten von Korschenbroich in die Düsseldorfer Innenstadt geschafft, und der Kaffee, den seine Sekretärin um kurz nach sechs aufgesetzt hatte, war sogar noch warm gewesen, als er sich an seinem Schreibtisch niedergelassen hatte. Es hatte weitaus schlimmere Dienstage in seinem Leben gegeben.

Doch dann klingelte um genau 11.40 Uhr das Telefon, als er sich gerade innerlich auf das Mittagessen in der Kantine einstellte. Torben nahm ab, arglos, obwohl ihm die Handynummer seltsam bekannt vorkam. Es folgte das abrupte Ende dieses bis dahin angenehmen Tages; Niessen, der Schreiberling, hatte ihn erledigt und Torbens gute Laune gleich mit. Mit wenigen Sätzen, die er eher durch die Leitung zu stoßen schien, als dass er sie wirklich aussprach, gehetzt, fast panisch. Dabei war Niessen sonst eher der lethargische Typ.

Torben hörte zu, erst halbherzig, später zunehmend gebannt, schließlich fassungslos und irgendwie abgestoßen. Denn Niessen versuchte, in einem aufgeregten Stakkato satzähnlicher Wortreihen seinem Gesprächspartner begreiflich zu machen, dass ein Serienmörder sein Unwesen treibe. Dass ein und derselbe eiskalte Killer so unterschiedliche Opfer wie den Schneemann Bozkurt und das arme Ding Sandra Rickens ermordet hatte. Mehr noch: Dieses menschliche Monster habe zudem einen Taxifahrer in Hamburg niedergemetzelt und sei – ganz nebenbei – ein Polizist, ja, er müsse einfach einer sein. Niessen hätte schließlich diese Hinweise bekommen …

»Was für Hinweise?«, hatte Kanther in den Hörer gekrächzt. Eigentlich hatte er die Antwort gar nicht hören wollen.

Nach dem Gespräch war der Rest des Tages für ihn gelaufen. Es hätte ihm völlig egal sein können. Aber Niessens Hirngespinst ließ ihn nicht los und bohrte sich wie ein stumpfer Stachel in seinen Kopf. Auch wenn Torben keine Sekunde daran glaubte, was Niessen ihm hatte auftischen wollen, hatte er eine dunkle Vorahnung, die er sich nicht erklären konnte. Seine Gedanken kehrten immer wieder zu dem Telefonat zurück, zu dem, was Niessen gesagt hatte. Wie er es gesagt hatte. Torben war, als hätte er etwas übersehen. Etwas Wichtiges. Etwas Unangenehmes. Und vor allem: etwas Offensichtliches! Doch egal wie sehr er sich auch bemühte, er kam einfach nicht dahinter, und das ließ ihm keine Ruhe. Er versuchte dennoch, sich missmutig durch seine Fallakten zu quälen, führte halbherzige Telefonate, las sich Vermerke seiner Leute durch, deren Inhalt er kaum wahrnahm, und rettete sich irgendwann in einen halbwegs frühen Feierabend.

Auch wenn sich seine Frau viel Mühe gab, war es Torben nicht möglich, sich auf mehr als eine tröstende Umarmung einzulassen, als er zu Hause war. Und dort, wo er besser als an jedem anderen Ort dieser Erde zur Ruhe kam, wusste er plötzlich, was ihn den ganzen Tag lang beunruhigt hatte.

KAPITEL 14

Februar 2011

Ahh, dieses Leuchten. Tom kannte es zu gut, hatte es selbst so viele Jahre lang in den Augen gehabt und bemerkte es immer wieder bei denen, die von der Zeit noch nicht geschliffen waren. Das typische Brennen von Berufsanfängern, das sich in ihrem Gesicht zeigte, wenn es einen neuen Fall, eine neue Spur oder überhaupt etwas Neues gab. Wie gern würde Tom ihnen sagen, dass sie sich dieses Leuchten bewahren könnten, dass es für immer so bliebe. Aber damit würde er sie nur anlügen. Die Wahrheit würden sie ihm allerdings sowieso nicht glauben.

Es gehört zu den wunderbaren Vorzügen der Jugend, dass man sich selbst für unbesiegbar hält, die eigenen Erfahrungen für einzigartig und die eigenen Haltungen für unumstößlich. Zu den Nachteilen zählt leider, dass man keine Ahnung davon hat, wie naiv das alles ist. Die Jahre ermatten uns, und niemand konnte das verhindern. Tom wusste besser als die meisten anderen, dass selbst Polizisten nicht für immer für ihre Fälle brennen können. Erfahrungen, Kompromisse, Prioritäten, letztlich alles, was nun einmal die Realität ausmacht, sorgt dafür, dass selbst die glühendsten Anfänger eines Tages an ihrem Schreibtisch sitzen und auf den Ruhestand warten. Eine Erkenntnis, die so unsagbar traurig war, dass Tom beschlossen hatte, sie erstens so selten es ging an sich heranzulassen – und zweitens, ihr unbedingt etwas entgegenzusetzen.

Die junge Kommissarin, die seit heute neu im Dezernat war und die sein Chef zu ihm ins Büro gesteckt hatte, kannte jedenfalls bisher nur das Leuchten. Sie gehörte zu den wenigen, die es bereits ein paar Jahre nach der Ausbildung geschafft hatten, zur Kripo zu kommen – und dann noch direkt zum LKA. Ein Schoßkind des Glücks, das stand fest. Das Dezernat 21, dem Tom seit fast vier Jahren angehörte, war für sie ein Wunschtraum, der nun wahr geworden war.

Für Tom hingegen war es eher ein solider Posten, mit räumlich größerer Zuständigkeit, durchaus interessanten Vorgängen und genug zu tun, dafür leider deutlich abstrakter und weiter weg vom Job »auf der Straße« als früher. Das war unter dem Strich völlig in Ordnung, und letztlich war er es ja auch gewesen, der sich beworben hatte, also hätte er sich, wenn es allein um die Aufgabe an sich ginge, nie beschwert.

Womit er allerdings nicht gerechnet und was er erst im LKA kennengelernt hatte, war, egal, wie man es betrachtete, einfach unschön: der extreme politische Druck, die permanente blinde Kritik an seiner Arbeit und der der Kollegen durch Menschen, die davon absolut nichts verstanden (allen voran die Presse); das war für ihn ein echter Schock gewesen. Nicht, dass man ihm das nicht vorher gesagt hatte. Doch etwas vom Hörensagen zu kennen oder selbst zu erleben, das war eben in manchen Fällen ein ziemlich verschiedenes Paar Schuhe.

Seine Aufgabe im Dezernat bestand darin, »Grundsatzangelegenheiten« zu erledigen. Das ermöglichte ihm die Beförderung in die A 12, also dem höheren der beiden Hauptkommissarsränge. Doch es war eben auch genauso, wie es sich anhörte: relativ öde! Er sehnte sich nach seinem

Job auf der Straße, nach der Mordkommission, selbst nach den Jahren beim KK 14, als er monatelang Einbrecherbanden hinterherlief, von denen er wusste, dass er sie im Regelfall ohnehin niemals erwischen würde. Ab und zu hatte er dennoch einen geschnappt, den er in den Knast brachte – und vor allem war er ein richtiger Polizist gewesen.

Doch er konnte es drehen und wenden, wie er wollte, das hier war die einzige Chance gewesen, halbwegs schnell befördert zu werden, also biss er sich durch. Und zählte die Tage, bis er endlich wieder dorthin zurückkehren konnte, wo seiner Meinung nach der richtige Job erledigt wurde.

Mit der jungen Kollegin hatte er jetzt wenigstens etwas Abwechslung. Die konnte und wollte noch etwas lernen und war anscheinend nicht auf den Kopf gefallen. Sie las sich gerade in einige Grundsatzpapiere ein, und Tom überlegte, ob er ihr danach zuerst mal den ganzen Laden zeigen oder in Ruhe mit ihr Kaffee trinken gehen sollte (oder beides), als das Telefon klingelte.

»LKA Düsseldorf, Dezernat 21, von Haehling«, meldete er sich wie gewohnt.

»Laaaaangweilig«, kam es aus dem Hörer. Es war Torben.

»Arsch!«

Torben lachte schallend. »Hach, tut das gut, zu sehen, dass du da oben deinen unwiderstehlichen Charme nicht verloren hast«, meinte er.

»Jaja, du kannst mich. Was liegt an? Gehen wir mal wieder ein Bier trinken?«

»Sehr gern«, sagte Torben. »Ehrlich gesagt, wollte ich mit dir sowieso was besprechen. Das macht sich viel besser bei einem gepflegten Gläschen.«

»Mach's nicht so spannend«, sagte Tom. »Worum geht's?«

»Lieber persönlich. Wann hast du Zeit?«

»Für dich immer, weißt du doch. Ich bin gerade Strohwitwer, und allein vorm Fernseher saß ich in letzter Zeit oft genug. Also von mir aus gern heute nach dem Dienst?«

»Perfekt«, sagte Torben. »Ich kann früher Schluss machen. So um halb sechs im ›Fredo‹, passt das?«

»Hört sich gut an. Bis dann!« Tom legte auf.

Worüber könnte Torben mit ihm sprechen wollen? Sie hatten sich eine ganze Weile nicht gesehen. Es war erstaunlich, wie schnell man dienstlich auseinander wuchs, auch wenn man nur ein paar Straßen voneinander entfernt arbeitete. Auch wenn sie sich immer mal wieder getroffen hatten und ihre Freundschaft so gut es ging pflegten, stellte Tom doch fest, dass alles leichter war, als sie noch täglich zusammen essen gehen konnten. Aber so war es nun, und er gehörte nicht zu den Menschen, die mit Dingen haderten, die vorerst nicht zu ändern waren. Schon gar nicht, wenn er sich selbst dazu entschieden hatte.

Das »Fredo« lag auf halbem Weg zwischen LKA und Präsidium, weshalb es nicht nur für Tom und Torben, sondern zudem für reichlich andere Kollegen ein beliebter Treffpunkt war. Die Tatsache, dass die Tapas hervorragend und selbst die Hausweine akzeptabel waren, tat ein Übriges.

Tom sah Torben in einer der hinteren Ecken sitzen, wo relativ wenig Betrieb herrschte. Sein Freund hatte ihn ebenfalls bemerkt und winkte ihn zu sich. Tom erkannte sofort, dass etwas nicht stimmte, denn Torben wirkte angespannt. Ziemlich angespannt.

»Na, mein Alter«, fragte er. »Alles frisch?«

»Geht so«, sagte Torben. »Aber lass uns erst mal bestellen.«

Sie orderten fürs Erste eine Karaffe weißen Hauswein,

eine Flasche Wasser und das für sie obligatorische Brot mit Aioli sowie reichlich Oliven.

»Heike wird sich sicher gleich auf mich stürzen, wenn ich nach Knoblauch stinkend und betrunken heimkomme«, meinte Torben lakonisch.

»Lass nachher was für sie einpacken, dann fällt es ihr gar nicht mehr auf«, schlug Tom ihm vor. »Also, was wolltest du besprechen?«

Torben wartete noch ab, bis der Kellner den Wein und das Brot auf ihrem Tisch abgestellt hatte. Toms Neugierde wuchs mit jeder Sekunde.

»Hör zu, Tom«, begann er, »das muss unter uns bleiben! Das ist keine billige Floskel, verstehst du? Du kannst mit absolut niemandem darüber reden, ganz egal, mit wem. Ich muss dir da vertrauen können.«

»Du hast mein Wort«, versprach Tom.

»Erinnerst du dich an den Schneemann?«

Tom dachte kurz nach. »Klar! Der Türke. Ist ne Weile her. Kurz bevor ich zum LKA ging, also vor etwa vier Jahren. Mein letzter Mordfall. Ihr habt den Mörder nie gefunden, oder?«

»Ja, genau um den geht es. Auch wenn er streng genommen ein Kurde war, aber das spielt keine Rolle.«

Torben machte eine Pause, trank einen großen Schluck und begann, sein Brot ins Aioli zu tauchen und zu essen. Immer noch mit einem sehr verspannten Gesichtsausdruck. Tom fasste es nicht, dass Torben ihn weiterhin hinhielt, während er vor Neugierde sprichwörtlich platzte.

»Alter, jetzt erzähl schon!«, brach es aus ihm heraus.

Torben schluckte, sah ihn kurz stumm an und fragte schließlich: »Hältst du es für möglich, dass das ein Kollege war?«

Tom war schwer zu überraschen und noch schwerer zu überrumpeln. Nun aber saß er mit offenem Mund da und wusste weder, was er sagen, noch, was er – unter den gefühlt tausend verschiedenen Gedanken, die in seinem Kopf herumwirbelten – überhaupt denken sollte. Torben half ihm, indem er seine Antwort nicht abwartete, sondern weitersprach.

»Ja, so in etwa ging es mir auch«, sagte er. »Vier Jahre ist das her, locker drei Jahre, seit ich mich mit dem Mord zum letzten Mal aktiv beschäftigt habe, und dann so was.«

Tom hatte seine Fassung zurückerlangt. »Aber wie kommst du auf das schmale Brett?«

»Oh, ich kam da gar nicht drauf«, antwortete Torben. »Kennst du Rolf Günther Niessen?«

»Der Schmierfink?«

»Genau! Arbeitet bei der Rundschau.«

Tom nickte. »Ich glaube, der war damals sogar am Tatort. Wenn ich das richtig im Kopf habe, hatte ich ihm deutlich gemacht, was ich von ihm halte«, sagte er und lächelte bei der Erinnerung daran.

Torben lachte kurz auf. »Ja, ganz sicher verdient. Typischer Polizeireporter: weiß zu viel, fragt zu viel, nervt zu viel. Und leider zu gut und zu weit oben, um ihn zu ignorieren.«

»Aber was hat der jetzt damit zu tun?«, wollte Tom wissen.

»Also, der Reihe nach. Ich saß neulich im Büro, ahnte nichts Böses, dann rief Niessen an. Was nicht so ungewöhnlich ist, das tut er immer mal wieder, prallt aber bei mir ab. Du weißt ja, unsere alte Regel für Journalisten: ›Nichts sagen! Nichts glauben! Nichts bestätigen!‹ Ich mache es kurz: Er tischte mir auf, dass der Schneemann-Mord von einem Kollegen begangen wurde. Er hätte das schon damals vermutet, sei aber nie an uns herangetreten, weil seine Beweise zu dünn waren. Jetzt hätte er allerdings eine Quelle und sei sich absolut sicher.«

»Aha«, sagte Tom. Er war bei Presseleuten immer skeptisch geblieben, und das hatte weiß Gott seinen Grund. Ihre »Quellen« waren oft genug die eigenen Quartalsspinnereien, die sie an den Mann bringen mussten. Doch wie war Niessen überhaupt auf die Idee gekommen?

»Ja, das habe ich auch gesagt«, meinte Torben. »Aber das war noch nicht alles.«

»Uff«, stieß es aus Tom hervor, nachdem Torben ihm den Rest von Niessens Geschichte erzählt hatte. »Der hat ja Nerven.«

»Ja«, sagte Torben. »Und ich sitze da mit dem Blödsinn!«

»Okay, noch mal von vorn: Was genau meint Niessen in der Hand zu haben?«

»Ach so, ja«, sagte Torben, »ich vergaß: Also, zuerst mal meint er, am Tatort des Schneemann-Mordes hätte ein GdP-Feuerzeug gelegen. Nicht, dass er mir sagen will, warum er und nicht wir das gefunden haben. Geschweige denn, warum das Feuerzeug irgendetwas anderes beweisen sollte, als dass die Teile eher inflationär verteilt werden und viele davon auch im Besitz von Nichtpolizisten sind. Aber gut, er hat also ein Feuerzeug. Ach ja, und ein ›Bauchgefühl‹!«

Tom lachte laut. »Na, geil. ›Das Feuerzeug und das Bauchgefühl‹. Irrer Titel für einen Krimi!«

Torben schmunzelte ebenfalls, wurde aber schnell wieder ernst. »Ja. Eigentlich wäre es urkomisch. Das Problem ist nur, dass der Typ nicht lockerlassen wird. Es spielt keine Rolle, ob ich ihm seine Story abkaufe, er kann sie ja trotzdem veröffentlichen. Er meint, er sei damals selbst nicht sicher gewesen, aber mit seiner neuen Quelle im Rücken und dem Wissen darum, dass es eben gleich drei Morde sind, wäre das was ganz anderes.«

»Was hast du dann gemacht?«, wollte Tom wissen.

»Ihn zum Teufel geschickt, was sonst? Er wollte mir weder sagen, welche ominöse Quelle das sein soll, noch, worauf genau sich diese Quelle stützt. Soll ich also deswegen aus drei Morden, die bisher absolut nichts miteinander gemein haben, einen Serienkiller machen, der durchs halbe Land zieht?

Natürlich hab ich die Hamburger angerufen, gleich nachdem das Telefonat beendet war. Es gibt keine Parallelen, absolut gar keine. Das Einzige, was die Morde verbindet, ist, dass es bislang keine Tatverdächtigen gibt. Na ja und keine offenkundigen Motive. Dem Taxifahrer haben sie das Portemonnaie geklaut, das war's aber auch. Trotzdem, das ergibt doch überhaupt keinen Sinn.«

»Nein«, pflichtete Tom ihm bei. »Aber ich verstehe, worauf du hinauswillst. Es ist nicht wichtig, was für dich Sinn macht. Am Ende kommt es darauf an, was Niessen aus der Sache macht – und was passiert, wenn er mit dieser Story an die Öffentlichkeit geht.«

»Exakt«, sagte Torben. »Du hättest ihn hören sollen. Ich hatte keine Chance, ihm das Ganze auszureden. Der ist entweder auf einem Kreuzzug, oder er hat wirklich eine Quelle, die er zu hundert Prozent ernst nimmt. Und ich weiß immer noch nicht, was mir lieber wäre. So oder so: Wenn er das bringt, wird sich das bis ins Ministerium ziehen. Dann kann ich über Monate den Laden dichtmachen, weil wir alle Gespenster jagen dürfen, bis wir schwarz werden. Falls wir überhaupt dazu kommen vor lauter Erlassen,

Kleinen Anfragen und Führungsinfos. Untersuchungsausschüsse, Tom! Du kennst das Spiel.«

»Ja, das ist echt eine große Scheiße, kann man nicht anders ausdrücken.« Tom wusste genau, wovon Torben sprach. Das war genau der Teil, den er an seinem Job nicht mochte, seit die Polizei viel zu oft ein Spielball ahnungsloser und narzisstischer Politiker war, die sich wahlweise von der Presse treiben ließen oder sie selbst antreiben wollten.

»Ja, scheiße!« Torben wirkte resigniert. »Aber jetzt lass uns einfach was trinken und über etwas sprechen, was mehr Spaß macht. Oder nee, anders: Lass uns einfach erst mal trinken.« Er nahm die Weinkaraffe, füllte sein Glas bis zum Rand und trank es in einem Zug aus.

Es wurde spät, sehr spät.

KAPITEL 15

März 2011

Niessens Büro befand sich im ersten Stock des Redaktionsbunkers, der wiederum neben der Druckerei stand, die in einem Gewerbegebiet lag, am Rande einer Autobahn. Wenn es eine Umgebung gab, in der Geist und Kreativität im Keim erstickt wurden, dann war es den Machern der »Rheinischen Rundschau« gelungen, mitten hinein ihre Zentrale zu pflanzen. Während die Verlagskaufleute, die Anzeigenakquisiteure und Manager in einem halbwegs ansehnlichen Büroturm nebenan arbeiten durften, schlichen sich gebückte, graue Redakteure jeden Morgen um halb zehn in ihren würfelförmigen Zweckbau, durch den spätestens eine Stunde später der Geruch von Frittenfett aus der Kantine im Erdgeschoss zog.

Nicht dass Niessen das gestört hätte. Wie viele Reporter war auch Niessen kein Ästhet, nie einer gewesen. Er haute sich mittags den ungenießbaren Fraß rein, den der Koch sich Essen zu nennen erdreistete, schlabberte den ölartigen Filterkaffee, den die Sekretärinnen verbrachen, und hockte in einem Einzelbüro, das abscheulicher kaum hätte sein können: eine rotzbraune Raufasertapete, ein kotzgrüner Teppichboden, unzählige Kaffeeflecken darauf, Schreibtisch, Computer, Telefon, Drucker – und das Ganze garniert mit einem chaotischen Berg Papiere, in dem sich niemand außer Niessen auch nur ansatzweise zurechtfand. Niessen lebte hier – und er liebte es.

Wenn er morgens, um kurz nach 10 Uhr, in sein Büro stolperte und die Tür hinter sich zuwarf, fühlte er sich sicher, heimisch geradezu. Als wäre er aus einem Kurzurlaub zurückgekehrt an den Ort seiner wahren Bestimmung. Manchmal dachte er dann an früher. Daran, wie er als Jugendlicher für das Lokalblatt seines Heimatortes Fußballberichte geschrieben hatte. Für 50 Pfennig pro Zeile fuhr der junge Rolf sonntags mit dem Mofa über die Dörfer und sah sich erbarmungswürdige Kreisliga-Kicks an, Spielfreunde Nirgendwo gegen FC Jedermann. Immerhin gab es meistens eine Bratwurst umsonst. Später versuchte er einige Semester lang, Jura zu studieren, aber außer Strafrecht interessierte ihn eigentlich nichts daran. Weshalb ein Examen, nun ja, nicht einmal ansatzweise im Bereich des Möglichen lag.

Inzwischen wusste Niessen, dass er ein grauenvoller Anwalt geworden wäre, weil er instinktiv immer nach der richtigen Seite suchte, nach dem Wahren, Guten, das es zu verteidigen galt, indem er das Schlechte öffentlich anprangerte. Natürlich war das irgendwie naiv, das war Niessen klar. Doch auf Dauer hätte er es einfach nicht ertragen, Menschen nach allen Regeln der Kunst verteidigen zu müssen, die sich – womöglich aus nachvollziehbaren Gründen, aber am Ende ja trotzdem – für die falsche Seite entschieden hatten. In dieser Hinsicht fühlte sich Niessen den Polizisten, über die er schrieb, häufig sehr viel näher, wenngleich ihn vieles am Berufsbeamtentum abschreckte. Die Duckmäuserei der durchschnittlich Begabten verabscheute er ebenso wie die Hasenfüßigkeit der windschnittigen Ermittler. Denn während Erstere einfach feige waren, wusste Niessen, dass Letztere ebenfalls nicht auf der Suche nach der Wahrheit waren, sondern lediglich möglichst schnell Karriere machen wollten. Dafür wurde getrickst und getäuscht, intrigiert und kollaboriert. So waren die Typen nun mal – und keiner von ihnen würde deshalb diesen monströsen Fall lösen, der jetzt vor ihm lag. Die Wahrheit herauszufinden und sie der Welt da draußen mitzuteilen, hing diesmal allein an ihm, dachte er sich. Dumm nur, dass er bislang keinen verfluchten Schimmer hatte, was die Wahrheit war.

Und jetzt lief ihm auch noch Claire davon. Nicht, dass ihn das besonders überrascht hätte. Insgeheim hatte er schon lange damit gerechnet. Sie passten nicht zusammen, das wusste Niessen, das wusste Claire. Lange Zeit hatten sie es beide ignoriert, so gut es ging, schließlich ging es nicht mehr.

Sie sahen sich zwar noch. Gelegentlich. Doch es verstrich immer mehr Zeit zwischen den Treffen. Und häufig stritten sie sich dann über Kleinigkeiten. Dabei ging es eigentlich um Grundsätzliches, das war ihnen klar: Claire regte sich über Niessens berufliche Genügsamkeit auf, die sie als Lethargie verstand. Niessen wiederum störte Claires Ehrgeiz, den er als krankhaft empfand.

Dabei wollte Claire nur unbedingt raus aus dem Milieu, in dem sie aufgewachsen war. Ihr Vater hatte ihre Mutter sitzenlassen, als sie fünf gewesen war. Die Mutter, eine stämmige Frau mit kornblumenblauen Augen und einem freundlichen Lächeln, hatte Tag und Nacht in einem Kiosk geschuftet, um ihrer Tochter ein besseres Leben zu ermöglichen. »Du wirst es einmal gut haben«, dieser Satz war für sie Befehl wie Hoffnung gewesen. Claire hatte ihn inhaliert, aufgesogen, bis sie ganz aus diesem Satz bestand, bis sie ihn lebte: Sie musste besser sein als alle anderen, sie musste die Opfer ihrer Mutter durch Fleiß, Hartnäckigkeit und Willen vergelten.

Und Schöller, der Chefredakteur, schien ihr darin ähnlich zu sein. Er war ehrgeizig wie sie, ein Anführer, ein Macher, nicht so genügsam wie Niessen und auch nicht so zweifelnd. Claire schien zu denken, dass Schöller ihr Partner für die Überholspur durchs Leben sein könnte. Denn eines Abends ertappte Doris, eine Sekretärin aus dem Feuilleton, Claire und Schöller knutschend im Fahrstuhl, als die Türen sich öffneten, stammelte »Entschuldigung« und rannte umgehend zu Niessen, um ihm zu berichten, was seine frühere Mitarbeiterin trieb. Natürlich wusste die halbe Redaktion, dass zwischen Claire und Niessen mehr war, als eine professionelle Arbeitsbeziehung eigentlich erlaubt hätte.

Die Nachricht haute Niessen um. Es fehlte nicht viel, und er wäre einfach umgekippt, Kreislaufkollaps, Nervenzusammenbruch oder Ähnliches. Er sackte in seinem Schreibtischstuhl zusammen, aschfahl im Gesicht, klammerte sich an die Lehnen.

»Bist du dir sicher?«, fragte er die Sekretärin. Und die nickte eifrig, jede Nuance der Verzweiflung registrierend, um sie später ihren Kolleginnen zu überliefern.

Als Doris ihn endlich allein ließ, versuchte Niessen, Claire zur Rede zu stellen. Ein Dutzend Mal rief er sie an, sie nahm nicht ab. Um kurz vor Mitternacht ging sie endlich ran. »Hast du was mit Schöller?«, schoss es aus Niessen heraus.

Claire schwieg einen Moment, schien zu überlegen. Dann sagte sie: »Rolf, mit uns, das funktioniert nicht.«

Niessen spürte, wie sich sein Magen zusammenkrampfte.

Claire sagte: »Bitte gib mir etwas Zeit.« Dann legte sie auf.

Niessen ging in dieser Nacht nicht nach Hause, sondern saß stundenlang an seinem Schreibtisch. In einer Schublade hatte er eine angestaubte Flasche hervorragenden Cognac gefunden, die ihm irgendein Kollege zu irgendeinem Anlass geschenkt hatte. War es ein Geburtstag gewesen? Ein Artikel? Ein Preis, den er gewonnen hatte? Egal. Niessen konnte sich nicht erinnern – und er wollte sich auch nicht erinnern. Die Vergangenheit, das war Claire, sie sollte verschwinden.

Die Vergangenheit war ein Arschloch!

Niessen trank den Cognac in Ermangelung eines standesgemäßen Glases aus einem Kaffeebecher und blätterte in einem Ordner, den ihm ein anonymer Informant geschickt hatte. Es ging um einen Bauskandal in Voerde, aber er konnte sich nicht darauf konzentrieren. Er trank, starrte in die Dunkelheit und weinte. Nach Stunden rollte er sich auf dem Fußboden zusammen. Den schweren Kopf auf den Ordner aus Voerde gelegt, schlief Niessen ein.

Gefühlt 20 Minuten später hörte er das Gebrüll der Industriestaubsauger, mit denen die Putzfrauen über die Flure dröhnten. Niessen schaute auf die Uhr: 6.12 Uhr. Er raffte sich auf, schleppte sich um die Ecke auf die Herrentoilette und klatschte sich eiskaltes Wasser ins Gesicht. Aus dem Spiegel starrte ihn eine Fratze an, die noch blasser, müder und unrasierter aussah, als es üblicherweise der Fall war. Zum ersten Mal ekelte sich Niessen beinahe vor sich selbst.

Zurück im Büro rief er seine Mails ab. Und da traf ihn nach dem Zusammenbruch vom Vorabend der zweite Hammer. Er hatte wieder geschrieben, der Hinweisgeber, sein Informant. Wieder von der spoofmail-Domain, wieder mit dem Betreff »Ungeklärte Morde«, nur dass die Adresse diesmal abc@spoofmail.de lautete. Mit zitternden Fingern öffnete Niessen die Nachricht, sein Herz raste.

Sehr geehrter Herr Niessen,
der Mann, dem dieser Ordner gehört, ist ein Polizist. Und zugleich ein Mann, dem ich fast alles zutraue. Diese Artikel und dieser Ordner müssen einen Grund haben. Ich kann mich nicht an die Polizei wenden. Und ich habe Angst, dass er es wieder tun wird. Sie müssen ihn stoppen. Bitte!!!
Mit freundlichen Grüßen
ABC

Im Anhang ein Bild. Ein roter Ordner, auf einem Tisch, darauf eine Zahl: 10. Neben dem Ordner lagen Klarsichtfolien, in dreien steckten die nummerierten Artikel, die Niessen mit der ersten Mail bekommen hatte. Sieben weitere Folien waren leer. Niessens Hirn raste, Übelkeit stieg in ihm auf. Der Cognac? Die Aufregung? Er stolperte aus dem Büro, hastete durch das rot gekachelte Treppenhaus, stürzte in die Herrentoilette und übergab sich. Während er sich krümmte, dachte er: zehn. Wofür stand das? Zehn Opfer, zehn Taten? Die Artikel waren ja durchnummeriert gewesen: erstens, zweitens, drittens. Konnte das wahr sein? Wollte dieser Typ am Ende zehn Menschen umbringen? Das wäre der Hammer, das wäre die Megastory schlechthin. Klar, er hatte noch immer nicht viel, doch er musste sich entscheiden: Setzte er auf die Quelle, oder wollte er abwarten? Kopf, Bauch? Er würde nie mehr in den Spiegel sehen können, wenn er auf seinen Kopf hören würde und dadurch bei dieser Geschichte vielleicht nicht der Erste wäre. Also war es entschieden, wenn auch gegen jede Vernunft: Bauch!

Sein erster Impuls war: Er musste es Claire erzählen. Hektisch drückte er auf seinem Handy herum – und warf es beim ersten Freizeichen auf den Schreibtisch. Nein, nicht Claire. Sie hatte ihn verraten. Sie war mit Schöller zusammen und nicht würdig, von dieser gigantischen Story früher zu erfahren als irgendeine langjährige »Rundschau«-Leserin in Kleinenbroich. Der Artikel sollte ihr von der Titelseite ins Gesicht springen, sollte ihr zeigen, wer in dieser Redaktion der größte Hecht im Karpfenteich war. Sie sollte zu ihm zurückgekrochen kommen, wenn er mit Preisen überhäuft würde. Auch wenn Niessen natürlich klar war, dass es Journalistenpreise fast nie für berauschende Kriminalrecherchen gab, sondern viel eher für »Gesellschaftsthemen«, wie es so schön hieß. Als geschähen Mord und Totschlag außerhalb dieser Gesellschaft.

Niessen rief Kanther an, das schien ihm unter den gegebenen Umständen die zweitbeste Variante zu sein. Es war kurz nach sieben an einem Donnerstagmorgen. Wenn er Glück hatte, erwischte er Kanther auf dem Handy. Zwei Freizeichen, dann eine halb verschlafene Stimme: »Kanther.« Im Hintergrund das Rauschen einer ziemlich zügigen Autofahrt.

»Niessen hier. Herr Kanther, wir haben es wirklich mit einem Serienmörder zu tun, er hat einen Plan, zehn Opfer, drei hat er schon. Wir müssen etwas tun …«

Aufgelegt.

Niessen wählte erneut. Kanther ging nicht ran. Niessen schrieb eine SMS, was er nicht oft tat: »Glauben Sie mir! Ich habe neue Hinweise. Rufen Sie mich an.« Doch er erhielt keine Reaktion.

Selten hatte sich Niessen so allein und auch so überfordert gefühlt wie in diesem Moment. Er wusste, dass er keine gerichtsverwertbaren Beweise hatte. Er wusste ja noch nicht einmal, wer der Typ war. Aber die verzweifelten Appelle des Informanten hatten etwas in ihm ausgelöst. Niessen fühlte sich verpflichtet, zu handeln. Das Wissen, das ihm offenbart worden war, hatte einen Preis – und er musste ihn zahlen. Jetzt! Er, Rolf Günther Niessen, musste diesen Wahnsinnigen stoppen.

Doch was könnte einen Irren überhaupt beeindrucken, wenn die Staatsmacht ausschied? Wohl nur das Gefühl, aufgeflogen zu sein. Niessen musste einen Artikel schreiben, um die Pläne des Killers zu durchkreuzen. Er musste schreiben, um weitere Menschenleben zu retten. Das war, wenn man so will, auch die Erfüllung seiner Mission, »der Stift stärker als das Schwert«. Es war perfekt. Also tippte Niessen:

Schrecklicher Verdacht:
Polizist mordet im Rheinland?
Drei Menschen mussten sterben –
steckt ein Polizist dahinter?
Nach »Rundschau«-Informationen
deutet vieles darauf hin.

Von Rolf G. Niessen

Zwei rätselhafte Morde im Rheinland und ein ungeklärtes Tötungsdelikt in Hamburg hängen möglicherweise auf grausame Art und Weise zusammen. Nach exklusiven Informationen der »Rheinischen Rundschau« wurden der Düsseldorfer Kleinkriminelle Bülent B., die Meerbuscher Reiseverkehrskauffrau Sandra R. und der

Hamburger Taxifahrer Wilfried L. vermutlich Opfer ein und desselben Täters. Bei dem Serienmörder könnte es sich zudem um einen Polizisten handeln.
Der Verdacht der »Rundschau« ergibt sich aus mehreren Belegen und Hinweisen, die der Redaktion vorliegen.
Daraus ergibt sich auch der Verdacht, dass der Killer weitere Morde plant. Um wen es sich bei den potenziellen Opfern handelt, ist unklar. Bislang scheint der Serientäter sie fast willkürlich ausgewählt zu haben.
Nach »Rundschau«-Informationen standen Bülent B., Sandra R. und Wilfried L. in keiner Beziehung zueinander. Auch wurden sie auf höchst unterschiedliche Weise getötet: B. erschlagen, R. vor eine einfahrende U-Bahn gestoßen und L. in seinem Taxi erstochen. Das legt den Verdacht nahe, dass der Mörder keinem Muster folgt, um von seinen Kollegen nicht entdeckt zu werden. Doch die tappen ohnehin völlig im Dunkeln. Entsprechende Hinweise der »Rundschau«, der Täter könnte ein Polizist sein, ignorierte der Leiter der Mordkommission wiederholt. Ein Sprecher der Düsseldorfer Staatsanwaltschaft sagte auf Anfrage: »Aus ermittlungstaktischen Gründen machen wir derzeit keine Angaben.«

`Die »Rundschau« wird in dem Fall weiterhin recherchieren und berichten.`

Niessen lehnte sich zurück. Eine halbe Stunde Arbeit, er war zufrieden. Er wusste um die handwerklichen Schwächen, eigentlich hatte er viel zu wenig in der Hand. Trotzdem hatte er keine Bedenken. Er diente nun einem höheren Ziel als der journalistischen Wahrheit. Er musste den Mörder stoppen.

Damit fehlte ihm lediglich noch der nutzlose Anruf beim Sprecher der Düsseldorfer Staatsanwaltschaft, der ihm – wie bereits notiert – rein gar nichts sagen würde. Dann musste er nur eine günstige Gelegenheit abwarten, etwa wenn Schöller demnächst im Urlaub war und sein trotteliger Vize die Geschäfte führte: Dann würde er den Text durch die Instanzen schieben und ins Blatt heben, die Wahrheit würde gedruckt werden und der Killer gestoppt. So wahr er Rolf Günther Niessen war.

Und jetzt war es Zeit für einen Sieger-Cognac.

KAPITEL 16

März 2011

»Ach … du … Scheiße!« Tom überflog den Artikel, las ihn noch einmal vollständig und rief sofort Torben an. »Hast du Niessens Artikel gelesen?«, fragte er.

»Klar. Und ich hatte auch schon ein sehr nettes Gespräch mit Köppen, wie du dir vorstellen kannst. Niessen, dieser blöde Penner! Idioten wie ihn müsste man lebenslang ins Loch schmeißen. Am besten mit männlicher Begleitung, bei der nicht ganz klar ist, was größer ist: der Schwanz oder der Sexualtrieb.«

Tom lachte trocken. »Immerhin hast du deinen Humor nicht verloren.«

»Ja, aber ich könnte echt heulen. Mit den Auswüchsen von diesem Müll habe ich jetzt locker drei Wochen zu tun, bis sich die Wogen etwas geglättet haben. Wenn sie sich überhaupt glätten!«

Tom schnaubte verächtlich. »Wie kommt der auf den Mist? Ganz ehrlich – ›Das legt den Verdacht nahe, dass der Mörder keinem Muster folgt, um von seinen Kollegen nicht entdeckt zu werden‹ –, der hat sie doch nicht alle!«

Torben seufzte. »Tja, das ist der Vorteil der lieben Presse. Die können schreiben, was sie wollen. Das Schlimmste, was denen droht, ist eine Gegendarstellung, die sie irgendwo zwischen den Witzen und dem Sudoku verstecken können. Mann, wenn ich nur dran denke, wie viele Anfragen unserer Politikerfreunde das hageln wird. Ich sehe den Knister schon vor mir, wie er in seinem Landtagsbüro auf dem Bleistift rumkaut, um sich so richtig kluge Fragen auszudenken: ›Was tut die Landesregierung, um den mordenden Polizeibeamten ausfindig zu machen und die Mordserie endlich aufzuklären? Wie viele Beamte sind im Einsatz? Wie sind sie organisiert? Wie oft gehen sie aufs Klo? Und wer, zur Hölle, hat eigentlich Kennedy ermordet?‹«

Tom musste herzhaft lachen. »Mann, wie ich dich mal überhaupt nicht beneide – aber ich fühle mit dir. Den Stress braucht wirklich kein Mensch.«

Torben klang resigniert. »Weißt du, das wäre sogar alles noch irgendwie zu ertragen. Ist ja nicht das erste Mal, dass ich mich mit einer Pressestory rumschlagen muss. Außerdem habe ich seit zwei Wochen einen Anwärter vom BKA hier. Wenn er schon so irre ist, zum BKA zu gehen, kann er auch direkt lernen, womit die sich den halben Tag beschäftigen müssen. Nein, Tom, das Problem an der Sache ist ein ganz anderes, und ich sehe nicht, wie ich das gelöst kriegen soll.«

Tom wurde neugierig. »Und das wäre?«

»Das wäre, dass Niessen sich völlig in die Sache verbissen hat. Du kannst dir vorstellen, was das bedeutet, oder?«

Tom musste nicht lange überlegen, worauf Torben hinauswollte. Die Gewissheit überkam ihn schnell und heftig. »Scheiße. Der wird bei jedem Mord neu damit ankommen!«

»Exakt«, sagte Torben. »Der gute Niessen wird jetzt jedes Mal, wenn jemand getötet wird und wir nicht am besten drei Tage später einen eindeutigen Täter haben, das Ding hier aufwärmen und den Killercop beschwören. Und wir können nichts dagegen tun. Außer zu beten, dass so schnell kein weiterer Mord mehr geschieht.«

»Was für ein Dreck«, sagte Tom. »Und das alles wegen eines Schmierfinken, der sich unbedingt den Bullenhass von der Seele schreiben will. Ich glaube nicht dran, dass auch nur einer der Morde von einem Kollegen begangen wurde. Du etwa?«

»Nein«, sagte Torben. »Spielt aber leider keine Rolle. Ich darf jetzt nicht nur meine beiden Fälle noch mal neu aufrollen, ich muss außerdem nach Hamburg fahren und so tun, als gäbe es die Möglichkeit, dass irgendeine Verbindung zu dem Mord da oben besteht. Alles für die Katz! Na ja, wobei Hamburg natürlich immer eine Reise wert ist.«

»Allerdings« meinte Tom, »da bin ich direkt wieder neidisch. Aber nicht, wenn ich darüber nachdenke, was du alles an der Backe hast.«

»Ja, das will sicher keiner geschenkt haben. Egal, ich muss jetzt mal weiter. Köppen will natürlich noch heute eine komplette Aufbereitung der beiden Fälle nach dem Motto: ›Was haben wir wann getan, mit welchem Ergebnis und warum?‹. Das Ganze verbunden mit einem ausgefeilten Plan, was wir denn jetzt alles tun könnten – und wann, natürlich! Ich könnte so was von kotzen.«

»Kopf hoch«, sagte Tom, »eines Tages rächt sich alles. Vielleicht kriegt Niessen ja einen schlimmen Genitalherpes. Kommt vor.«

Torben lachte gequält. »Nette Idee. Aber im Vertrauen: dem Typen gönne ich langsam Schlimmeres! Mach' s gut.«

»Du auch.« Tom legte den Hörer auf. Sein Freund tat ihm ernsthaft leid. Spätestens seit er hier im LKA war, wusste er, wie stressig und zeitraubend all das sein konnte, wovon man nichts weiß, wenn man einfach nur seinen Dienst auf der Straße tun darf. Torben war ein extrem guter Mann, und er hatte sich bis heute seinen Idealismus bewahrt, was Tom nicht wirklich gelang. Wenn es jemand nicht verdient hatte, so reingeritten zu werden, dann war das Torben.

Tom war nicht fähig, weiter zu arbeiten. Er starrte abwechselnd auf seinen Bildschirm oder die Wand und dachte nach. Alles war Niessens Schuld. Niessen und seine hässliche Schnüffelei, mit der er jetzt einem der besten und anständigsten Polizisten ans Bein pinkelte, die es gab. Tom wollte ihm das nicht durchgehen lassen. Er konnte es nicht. Irgendwie musste sich sein Verhalten rächen. Einige sehr unschöne Ideen kamen ihm sofort in den Sinn. Doch in diesem Fall sollte es etwas Gemeines, Wirksames und zugleich Subtiles sein.

Völlig in seine Gedanken versunken, nahm er das kleine Visitenkartenetui, in dem er jeden Kontakt gesammelt hatte, von dem er mal gedacht hatte, dass er nützlich sein könnte. Er blätterte die Karten durch und grübelte vor sich hin. Bis er auf eine Karte stieß, die ihn auf eine Idee brachte. Und diese Idee war – was er in diesem Moment noch nicht wusste – einfach brillant.

Die Karte gehörte zu dem einzigen Pressevertreter, dem er nicht hatte ausweichen können. Der Mann hatte ihn interviewt, abgesegnet von ganz oben, vor fünf oder sechs Jahren. Arbeitete für den Kölner Express und hatte eine ziemlich große Story daraus gemacht. Sogar eine gute Story. Das Gespräch war angenehm gewesen, und Tom erinnerte sich, dass er damals gedacht hatte, wenn er je einen von der Presse bräuchte, würde er diesen Mann anrufen. Martin Bergner, inzwischen, laut einer kurzen Onlinerecherche, Chefreporter. Perfekt, dachte Tom. Er wählte die Nummer. Sie gehörte nicht mehr zu Bergner, aber ein kurzer Hinweis, wer er war, reichte aus, um sofort zu ihm durchgestellt zu werden.

»Bergner hier. Schön, von Ihnen zu hören«, meldete der Chefreporter sich. »Was kann ich für Sie tun?«

»Guten Tag, Herr Bergner. Eigentlich nichts. Ich habe mich nur gefragt, ob Sie irgendwann mal Zeit für einen Kaffee haben?«

»Jederzeit«, sagte Bergner vergnügt. »Wann passt es Ihnen denn?«

»Heute Nachmittag, 17 Uhr?«

»Perfekt. Sind Sie noch in Düsseldorf? Dann komme ich dorthin. Wo wollen wir uns treffen?«

Tom nannte ihm ein Restaurant, in dem sie sicher keine Kollegen treffen würden, und verabschiedete sich. Jetzt hieß es warten. Es war eine kleine Chance, aber es war eine Chance.

Seine Idee war simpel: Wenn Presseleute genauso tickten wie Polizisten, bräuchte es maximal drei große Gläser Bier, bis Bergner anfangen würde, sich über den einen oder anderen Kollegen zu beschweren, lustig zu machen oder beides. Sobald sie so weit waren, würde er zufällig den Namen Niessen fallen lassen. Und dann beten, dass er etwas erfuhr, was er für seine Zwecke nutzen konnte.

Tom hätte allerdings nie damit gerechnet, dass Bergner ihm Niessen gleich auf dem Silbertablett servieren würde. Als er das Restaurant kurz vor Mitternacht verließ, wurde er ein süffisantes Grinsen nicht mehr los. Er ging zu seinem Auto, setzte sich hinein, nahm sein Handy und schrieb Torben eine Nachricht.

Am nächsten Tag machten sie sich daran, Rolf Günther Niessen eine Lektion zu erteilen, die er niemals vergessen würde.

KAPITEL 17

April 2011

Das Telefon klingelte. Niessen nahm ab und brummte: »Jaaaa.«

»Rolf, hier ist Diana«, flötete es ihm entgegen.

Diana war Sekretarin in der Chefredaktion, seit ewigen Zeiten bewachte die launische Rothaarige das Büro, in dem inzwischen Schöller saß, und das seines Stellvertreters Kuno Ritter. Wie viele andere Kollegen mochte auch sie den verschrobenen Reporter und hegte erkennbar mütterliche Gefühle für ihn – eine Emotion, die Niessen in seiner Tapsigkeit nicht selten bei Mittfünfzigerinnen auslöste. »Du sollst nach oben kommen, Rolf. Sofort! Es ist dringend.« Schon deutlich weniger Flötentöne in der Stimme.

»Bin auf dem Weg«, sagte Niessen, für seine Verhältnisse ungewöhnlich mild.

Er legte auf und lehnte sich in seinem Bürostuhl weit zurück. Die Beine auf dem Schreibtisch, überlegte Niessen, was die hohen Herren von ihm wollen könnten. Sein Gehalt erhöhen? Nun, dagegen hätte Niessen nichts, auch wenn er sich bereits gut bezahlt fühlte und ohnehin nicht viel brauchte.

Oder drängte es sie zur Gratulation wegen seines Meisterwerks? Bitte, immer gerne!

Der Artikel über den womöglich serienmordenden Polizisten hatte eingeschlagen wie eine Bombe. Wobei es selbst Bomben gegeben hatte, die weniger Beachtung gefunden hatten. Die »Rheinische Rundschau« war überall zitiert worden, im Fernsehen und Radio, in den großen überregionalen Blättern, den Wochenzeitungen und Magazinen. Ü-ber-all!

Sämtliche Kollegen hatten Niessens Spekulationen über den »Killercop« weiterverbreitet und dabei brav auf die Quelle der exklusiven Recherche verwiesen. Was weniger mit journalistischer Fairness zu tun hatte, die hatte sich inzwischen ohnehin weitestgehend überholt, wenn es sie denn je gegeben hatte. Nein, dieses »Entgegenkommen« der anderen hatte vielmehr mit der vielleicht nicht unbegründeten Sorge zu tun, sich an dieser doch sehr waghalsigen Spekulation die Finger zu verbrennen. Die Story gänzlich ignorieren wollte am Ende allerdings auch keine Redaktion. Sie war einfach zu erschreckend und zu aufregend, zu irre, als dass ein Redakteur sich von seinen Lesern oder Vorgesetzten vorwerfen lassen wollte, sie nicht gebracht zu haben. Also beteten alle Niessens Artikel nach, indirekte Rede, Konjunktiv, ohne Erkenntnisse von eigenen Recherchen hinzufügen zu können. Niessen war das im Prinzip recht, bewies es doch, wie exklusiv seine Story war.

Er hatte sich lange nicht mehr so lebendig gefühlt wie an dem Tag, an dem sein Artikel erschienen war. Das hatte auch damit zu tun, dass Claire noch am selben Abend auf sehr eindrückliche Art ihre Anerkennung zum Ausdruck gebracht hatte. An die Nacht, zu deren Beginn sie – in bester Groupiemanier – vor seiner Wohnung auf ihn gewartet hatte und ihm sofort um den Hals gefallen war, dachte er voller Verzückung zurück. Und es war seither nicht die letzte Nacht geblieben. Was immer zwischen ihr und dem Blödmann Schöller lief, es war ihr für den Moment offenbar egal. Er lächelte, träumend, sehnend, schmachtend, und schaute nach oben in die Neonröhren an der Decke, als erneut das Telefon klingelte – noch einmal Diana.

»Du sollst nach oben kommen, Rolf«, wiederholte sie, diesmal besorgt klingend. »Sofort!«

Er beeilte sich nun wirklich.

Irgendetwas war anders, als Niessen oben eintraf, das merkte er sofort. Kein Lächeln empfing ihn im Vorzimmer des Chefredakteurs, sondern Dianas traurige Rehaugen.

Weil er sich Zeit gelassen hatte?

Oder nahm Schöller ihm übel, dass er ihn ausgetrickst und den Artikel ins Blatt gedrückt hatte, als der Herr Chef in Marbella weilte?

»Herr Dr. Ritter wartet auf dich, Rolf«, sagte Diana und deutete mit einem Kopfnicken auf die linke der beiden Türen, die von ihrem Büro abgingen. Sie seufzte leicht und fragte wider Erwarten nicht, was er trinken wollte – es schien, als habe sie deutliche Anweisungen bekommen: Niessen sollte möglichst schnell wieder verschwinden.

Wieso zu Ritter?, fragte sich Niessen. Wo war der Chef?

Schöllers Stellvertreter, ein kleiner, feiner, etwas blasser Mann, dessen Schüchternheit manche mit Jungenhaftigkeit verwechselten, lächelte nicht, als Niessen eintrat. Er bot ihm auch keinen Stuhl an, sondern stand seinerseits auf. »Rolf, ich komme sofort zur Sache. Herr Schöller hat mich gebeten, dir Folgendes auszurichten.« Ritter machte eine kurze Pause, von der Niessen auch hinterher nicht wusste, ob sie gekünstelt war oder ob ihn die Nachricht wirklich belastet hatte. »Du wirst mit sofortiger Wirkung in die Leserredaktion versetzt. Bitte melde dich dort morgen früh um 9 Uhr.«

Niessen wusste nicht, wie ihm geschah. Was sollte das? Spielten sie ihm einen Streich? Sprang Schöller gleich aus dem Einbauschrank und schlug ihm krachend auf die Schulter, dabei laut lachend?

»Dirk, ich verstehe nicht«, stammelte Niessen. »Warum? Ich meine … Weshalb? Mein Artikel war doch ein voller Erfolg …«

»Rolf, es tut mir leid, ich kenne die Gründe nicht. Herr Schöller hat mich gebeten, dir die sofortige Versetzung mitzuteilen. Und ich soll dir das hier geben.« Ritter streckte ihm einen DIN-A4-Umschlag entgegen, hässlich braun, ohne Fenster, es stand nichts darauf. Niessens Hand zitterte ein wenig.

»Vielleicht findest du darin die Antwort, die du suchst? Ich kenne sie leider nicht.« Ritter blickte auf seine Uhr. »Ach du meine Güte, ich muss los. Die Geschäftsführer warten. Wenn noch Fragen sein sollten, hilft dir Diana gerne weiter. Alles Gute, Rolf.«

Und weg war er, drängte sich an Niessen vorbei und hastete hinaus auf den Flur. Vielleicht fürchtete er, dass der mittelschwere, mittelalte Niessen zum ersten Mal in seinem Leben gewalttätig werden könnte? Dieser war jedoch viel zu perplex für jedwede Reaktion. Er machte sich wankend auf den Weg zurück in den Raum, der wie lange sein Büro gewesen war? Zehn Jahre? Elf?

»Falls noch Fragen sein sollten…!« Die hatten sie nicht mehr alle, dachte Niessen. Ihn, den Starreporter der »Rheinischen Rundschau«, in die Leserredaktion abzuschieben. Ins Strafbataillon der Trinker und Ausgebrannten, der Unvermögenden und Überflüssigen, die dort in einer Art publizistischem Purgatorium bis ans Ende ihrer Tage Leserbriefe redigieren und sich tagein, tagaus mit ausschließlich der einen Spezies herumärgern mussten, die jeder Journalist am allermeisten verachtete: dem Leser! Dem besserwissenden, aggressiven, unfreundlichen, kleinlichen, undankbaren durchschnittsdeutschen Abonnenten, der glaubte, mit seinen 36 Euro monatlich zugleich die persönliche Leibeigenschaft jedes »Rundschau«-Mitarbeiters erworben zu haben. Bei dem bloßen Gedanken an dieses Schicksal erschauderte Niessen.

Noch im Flur riss er den Umschlag auf, den Ritter ihm gegeben hatte, und sah hinein. Fotos, Schwarz-Weiß-Aufnahmen, ziemlich körnig. Und doch waren die beiden Gestalten, die da eng umschlungen im Schein einer Laterne standen, die Münder ebenso fest aufeinandergepresst wie die Unterleiber, deutlich zu erkennen:

Es waren Niessen und Claire.

Kein Zweifel.

Er erkannte den Mantel, unter dem sie nichts als ihre Unterwäsche getragen hatte, als sie ein weiteres Mal vor seinem Haus gewartet hatte. Sie hatte so lasziv gegurrt, dass er sie am liebsten schon im Treppenhaus genommen hätte.

Im Nachhinein hatte es sich jedoch als klug erwiesen, den Akt in seine Wohnung zu verlegen, denn offenbar hatte jemand die dort wenig später wüst vögelnden Kollegen im Treppenhaus beobachtet und fotografiert.

Doch wer? Und warum? War es Schöller gewesen, getrieben von Eifersucht und Misstrauen? Niessen hätte dafür sogar Verständnis gehabt. Wie oft hatte er selbst Claire verdächtigt, ihn zu betrügen?

Oder hatte Schöller jemanden mit der Drecksarbeit beauftragt, einen Detektiv auf sie angesetzt? So wie er Ritter den Handkantenschlag hatte ausführen lassen, Niessen in die Leserbriefredaktion zu versetzen.

Oder waren die Bilder Schöller von einem Konkurrenten Niessens in der Redaktion zugespielt worden? Nur, welche von diesen Pfeifen war dazu fähig, und wer profitierte eigentlich davon, wenn Schöller ihn kaltstellte?

Auf einem der Bilder – Niessen packte Claire darauf gierig mit beiden Händen an den Hintern – pappte ein Post-it.

Schöllers Schrift, Niessen kannte sie zu gut. Wie oft hatte er sie am Rande der ausgedruckten Artikel gelesen, die er vor der Veröffentlichung dem Chefredakteur vorzulegen hatte? Doch diesmal stand dort nicht: »Sehr gut!« Oder: »Hier etwas mehr Details.« Oder: »Was ist eine MoKo? Bitte erläutern.« Amateur, dachte er bei der Erinnerung daran. Nein, diesmal standen darauf genau fünf Wörter. Sie lauteten: »Du bist erledigt, du Wurm!«

Niessen wurde flau. Nervosität stieg in ihm auf. Oder nein, es war ein Anflug von Angst. Was sollte er gegen einen Chef tun, der ihn hasste? Kämpfen? Aufgeben? Abwarten? Er hatte keinen Plan.

Aber ihm war klar, dass er nicht einfach dabei zusehen würde, wie Schöller sein Leben zerstörte. Erst hatte sich der Typ die Frau genommen, die er vergötterte, jetzt brachte er ihn auch noch um den Job, den er liebte. Und wer wusste schon, was als Nächstes kommen sollte?

Wie viel schlimmer könnte es werden, wenn er sich entschloss, sich gegen diesen und weitere Übergriffe zu wehren?

Wäre es nicht einfach nur feige, auf die Gnade des offenbar frisch erwachten Raubtiers aus dem fünften Stock zu hoffen, das ihn gerade bei lebendigem Leibe verspeisen wollte? Darauf zu warten, dass er von ihm ablassen würde, wenn er ihn nicht weiter reizte?

So funktionierte der Büro-Dschungel nicht, das war Niessen bewusst. Und überhaupt: Es war nicht einfach eine Frage des Überlebens, sondern – weitaus wichtiger –

es war eine Frage der Selbstachtung, sich zu wehren. Aufzustehen! Diesem Lackaffen Schöller die Stirn zu bieten.

Der würde sich noch wundern, wozu ein Rolf Günther Niessen fähig war. Er schrieb seit Jahren über Gewaltverbrechen, über Mord und Totschlag, über Rache, Habgier, Lust, Hass. Er wusste, wie die Bullen arbeiteten und was ihnen entging. Da wäre es doch gelacht, wenn er nicht ein perfektes Komplott aushecken könnte, um diesen feisten Bürohengst zu erledigen. Und dann würde er sich zurückholen, was Schöller ihm genommen hatte: die Frau, den Job – und seine Würde!

Eine brüllende Wut stieg in ihm auf, wie er sie selten erlebt hatte.

Ein Wurm?

Rolf Günther Niessen war kein Wurm. Rolf Günther Niessen war ein Reportergott, eine Legende – er war ein gottverdammter Rockstar!

TEIL 2

KAPITEL 1

Samstag, 13. August 2016

Ten hätte sich ein Taxi nehmen können. Sicher wäre es schlauer gewesen, denn sein Restalkoholgehalt würde vermutlich reichen, um gleich zwei Führerscheine entzogen zu bekommen. Aber er hatte irgendwann gemerkt, dass das notorische Gequassel der Fahrer seine Nerven so stark strapazierte, dass fast jede Alternative ihm lieber wäre. Und wenn ihm etwas gerade noch fehlte, dann jemand, der ihm ein Gespräch aufzwingen wollte.

Er hatte keine Lust zu reden. Zu Hause wartete mehr als genug Gesprächsbedarf. Vielleicht würde er versuchen, sich ins Gästezimmer zu schleichen und dort den restlichen Morgen zu verschlafen. Das alles konnte warten. Es war ohnehin Wochenende, was also hätte man sich Schöneres vorstellen können als ein langes, intensives Gespräch über Fragen wie »Was ist mit uns passiert?«, »Wann haben wir angefangen …?« oder »Glaubst du, wir könnten noch …?« Ein Teil von ihm sehnte diese Fragen zwar herbei und schrie die Antworten förmlich heraus. Ein anderer Teil jedoch wollte nur seine Ruhe haben, denn dieses Kapitel war so gar nicht Teil seines Plans.

Eine Woche noch, verdammt!, dachte er, wieso konntest du nicht deine blöde Klappe halten? Er hätte sich ohrfeigen können, weil er nicht im Ansatz über die Konsequenzen seines kleinen Geständnisses nachgedacht hatte. Wie zu oft in seinem Leben waren die Worte aus seinem Mund gesprudelt, bevor er sich ihrer Auswirkungen bewusst gewesen war. Und auch wenn ihm das bisher nie sonderlich geschadet hatte – diesmal war es der denkbar schlechteste Zeitpunkt.

Er brauchte sein Zuhause, seine Identität, seine Fassade, um die Vorbereitungen in Ruhe abzuschließen. Allein schon, jetzt umzuziehen, barg Gefahren, die er sich nicht leisten konnte. Gerade er, der es jahrelang geschafft hatte, Risiken nur so weit einzugehen, wie er es bewusst wollte. Nein, diesen Plan durfte nichts in der Welt gefährden. Das ganze schöne Spiel musste mit einem Knalleffekt beendet werden. Was hätte er sonst? Eine Reihe von Morden, sonst nichts, na bravo! Aber Ten wäre nicht er selbst, wenn er sich nicht irgendwann überlegt hätte, was ihn als Kriminellen unsterblich machen würde. Und so hatte er schließlich seine Antwort gefunden.

Als er sich wieder weit genug unter Kontrolle hatte, startete er den Wagen. Er kannte die Grundregeln, wenn es darum ging, besoffen zu fahren – kontrolliert genug sein, um keine Schlangenlinien zu fahren, und ansonsten bloß nicht »auffällig brav«. Nur Vollidioten denken sich, dass sie weniger Gefahr laufen, herausgezogen zu werden, wenn sie mit 40 Sachen durch die Stadt schleichen. Er war allerdings froh, dass er den BMW genommen hatte, denn ein auffälliges Auto war um diese Uhrzeit bereits für sich genommen Grund zur Kontrolle.

Als er es auf die A 57 geschafft hatte, entspannte er sich, schaltete den Tempomat ein und begann erneut zu grübeln. Die Müdigkeit setzte ihm stark zu, also öffnete er ein Fenster. Wie sehr sehnte er die Zeiten herbei, in denen automatisiertes Fahren endlich spruchreif werden würde. Verdammt, ich hätte ein Taxi nehmen sollen, dachte er sich.

Als er nach einer restlos zermürbenden Fahrt endlich zu Hause ankam, ging er ins Gästezimmer, schälte sich aus den Klamotten, warf sich aufs Bett und schlief augenblicklich ein.

»Steh auf!«

Isabells Stimme riss Ten gewaltsam aus dem Schlaf, und sein erster Impuls war, etwas nach ihr zu werfen, damit sie wegginge. Der Verstand siegte, und nach einer kurzen Besinnungsphase antwortete er: »Gib mir fünf Minuten, okay?«

Sie ging, und er machte sich auf den Weg ins Badezimmer, um sich beim Duschen einen wenigstens ansatzweise brauchbaren Plan zurechtzulegen.

Es wäre völlig sinnlos gewesen, es mit Leugnen zu versuchen. Das war ihm klar. Nachdem er es jahrelang perfektioniert hatte, zu lügen, zu tricksen und zu beschwichtigen, was das Zeug hält, hatte er es gestern Abend versaut. Also musste eine neue Strategie her. Aber welche?

Er duschte sehr lange, selbst für seine Verhältnisse. Harte Rockbeats aus den geschickt installierten Boxen im Bad halfen ihm dabei, die Reste der durchzechten Nacht endgültig loszuwerden und den Kopf so klar wie möglich zu bekommen. Doch wie sehr er sich auch quälte, eine Möglichkeit zu finden, die ihm halbwegs einfach aus der Situation geholfen hätte: Er fand keine. Kein Rhetorikkurs der Welt, keine Lebenserfahrung und kein noch so kluger Kopf hilft einem weiter, wenn man etwas ebenso ernsthaft wie glaubhaft zugibt, und das Gegenüber kein kompletter Idiot ist. Und zu den vielen Dingen, die Isabelle bestimmt nicht war, gehörte nun mal auch der Idiot.

Also kam Ten am Ende, fast unter körperlichen Schmerzen, nur die allerletzte aller Möglichkeiten in den Sinn:

Kapitulation. Keine Ausreden, keine Lügen, schonungslose Offenheit; jedenfalls so weit, wie sie nötig war. Das Ganze in Verbindung mit der bestmöglichen Verteidigungsstrategie, die es geben konnte: Reue.

Seine Chancen standen nicht schlecht. Reue funktionierte seit Jahrhunderten, wo immer sie gezeigt wurde. Schon Kinder lernen das, daher sollte es vom Ein- bis zum Ehebrecher spätestens im Erwachsenenalter wirklich jeder verstanden haben: Die Mehrheit der Menschen ist beim besten Willen nicht in der Lage, auf Reue anders zu reagieren als mit Milde.

Los jetzt, dachte Ten, schlimmer kann's sowieso nicht werden.

Isa wartete im Wohnzimmer. Sie saß im Schneidersitz auf dem Sofa und hatte sich eine Decke über die Beine gelegt. Er wollte den nötigen Abstand halten, weil sie ihn ohnehin weggestoßen hätte, zog sich einen der großen Ledersessel heran, schob ihn einen knappen Meter von ihr entfernt vor das Sofa und setzte sich.

»Was ich da gestern gesagt habe…«, begann er.

»Du sagst gar nichts!« Ihre Stimme war erstaunlich klar, gefasst und ein wenig kalt. »Ich möchte, dass du mir zuhörst, dann will ich, dass du mir fernbleibst. Und ich schwöre dir, wenn du auch nur ein einziges Wort sagst, sitze ich morgen beim Scheidungsanwalt und bekämpfe dich bis aufs Blut. Hast du mich verstanden?«

Diese Härte war nicht nur ungewöhnlich für sie, sie war fast beängstigend. Was, zur Hölle, ist denn hier passiert?, fragte er sich. Er beschloss, besser erst einmal mitzuspielen und ihr die Zügel zu überlassen.

Er schwieg. Isabelle schwieg ebenfalls. Erst, als es so unerträglich wurde, dass Ten versucht war, doch wieder den Mund zu öffnen und etwas zu sagen, um die unschöne

Stille zu durchbrechen, blickte sie ihn unerschrocken an und begann zu sprechen.

»Seit 18 Jahren bin ich mit dir zusammen. 18 Jahre! Als ich dich kennenlernte, hatte ich so viele Optionen, dass alle Zeit der Welt nicht genug gewesen wäre. Wir beide wissen, dass ich alles hätte tun, alles hätte werden können. Aber ich habe dich gewählt. Dich und deinen Charme, deine Ausstrahlung, deine gnadenlose Art, einen vollständig zu vereinnahmen, wenn man nicht höllisch aufpasst. Du warst so anders. Die meisten Männer, selbst in deinem damaligen Alter, waren doch unterm Strich nur Jungs. Du nicht! Du kamst einfach auf mich zu und hast mir gesagt, dass ich keine andere Wahl habe, als mit dir auszugehen. Und von diesem Tag an hat alles, was du getan oder gesagt hast, dieses allererste Bild von dir bestätigt, das ich hatte: Dass da ein Mann ist, der genau weiß, was er will und was er kann. Ein Mann, der, wenn er denn überhaupt Zweifel kennt, extrem gut darin ist, das niemanden spüren zu lassen. Ein Mann, zu dem eine Frau aufblicken kann und der ihr trotzdem immer das Gefühl gibt, auf Augenhöhe zu sein. Einen Mann wie diesen hatte ich gewollt. Alle Frauen wollen das, glaube ich. Vielleicht sind wir zu naiv, um im Rausch der Euphorie tief genug hinter all das Wundervolle zu blicken und zu erkennen, was da noch lauern könnte. Ich jedenfalls habe es nicht gesehen. Na ja… ehrlich gesagt: Vielleicht habe ich es einfach nicht sehen wollen.«

Sie schwieg. Ten dachte daran, etwas zu sagen, entschied sich aber, in aller Ruhe herauszufinden, wohin diese Reise führte. Er nutzte die Gelegenheit, um sich Wasser einzuschenken, trank und wartete ab. Isabelle rang sichtlich um Fassung, was er ihrer schweren Atmung und der Tatsache entnahm, dass sie nicht damit aufhören konnte, mit dem

Zeigefinger am Rand ihres Wasserglases entlangzufahren. Die bisher gezeigte Härte musste sie eine Menge Kraft kosten. Es konnte nur eine Frage der Zeit sein, bis sie in Tränen ausbrechen würde.

Sie sprach weiter: »Ich weiß noch ganz genau, wann ich zum ersten Mal gespürt habe, dass ich dich nicht für immer halten kann. Wir waren nicht einmal ein Jahr zusammen. Alles war so neu, so frisch und so wild zwischen uns. Ich dachte ständig, ich träume. Bin allen auf den Keks gegangen, weil ich über nichts anderes mehr reden wollte als über dich und mich und diesen irren Film, der sich zwischen uns abspielte. Bis dann die Silvesternacht kam. Ich habe das alles noch wie in Zeitlupe vor Augen, bis heute. Du sahst umwerfend aus, und ich habe mich gefühlt, als müsste ich nie mehr im Leben etwas fürchten, außer, dich zu verlieren. Es wurde zwölf. Alle lagen sich in den Armen, küssten sich, stießen miteinander an, schrien, tanzten. Du sagtest: ›Ein frohes neues Jahr, meine Süße!‹, und wir küssten uns, lange und zärtlich. Bis ich spürte, dass etwas nicht stimmt. Also öffnete ich die Augen. Und merkte sofort, dass deine schon längst offen gewesen waren. Nicht nur das. Ich habe gesehen, wen du damals angestarrt hast. Und *wie* du es getan hast. Ich konnte es nicht glauben, und ich wollte es auch nicht. Aber gesehen habe ich es. Meine eigene Schwester.«

Ten wurde innerlich sehr unruhig. Er hatte mit vielem gerechnet, dass allerdings ausgerechnet das Thema Franziska auf den Tisch kam, das war nicht zu erwarten gewesen. War er damals wirklich so auffällig gewesen? Er erinnerte sich nicht einmal daran, doch so dumm konnte er eigentlich nicht gewesen sein?

»Wie ich das alles verachtet habe. Die eigene Schwester ein Stück weit zu hassen, eifersüchtig auf sie zu sein, sie beneiden zu müssen um etwas, das vollkommen und zu 100 Prozent mir zustand. Sie, die ich mein Leben lang über alles geliebt habe. Der Stich, den du mir damals versetzt hast, ging nie mehr ganz weg. Und egal, wie oft ich mir eingeredet habe, dass keiner von euch beiden mir das jemals antun würde; ein Teil von mir hielt es für möglich. Das hat meiner Liebe die Unschuld geraubt. Meiner Liebe zu ihr. Und meiner Liebe zu dir. Dennoch konnte ich nicht von dir lassen. Redete mir ein, dass ich mir das nur einbilde, versuchte mir klarzumachen, dass es mir an Vertrauen mangelt, und habe das über Wochen, Monate und Jahre hinweg immer wieder getan, bei jeder Gelegenheit, in der ich einfach nur meinen Verstand gebraucht hätte. Bis ich dann zu der Frau wurde, die ich heute bin. Einer Frau, die ich kaum mehr erkenne. Die alles in die Liebe zu einem Mann investiert hat, der sie nicht einmal genug liebt, um seine Affären wenigstens für sich zu behalten. Einem Mann, der ihr zwar viele glückliche Momente geschenkt hat, ein Leben in Geborgenheit, ohne Furcht und voller Abenteuer. Aber eben nicht mehr. Nicht sich selbst. Und gestern Abend, als du da vor mir standst, wütend und frustriert und vielleicht zum ersten Mal in unserer Ehe vollkommen ehrlich, da ist endlich etwas in mir … wie kann ich das beschreiben? Zerbrochen, ja. Doch das, was zerbrach, war schlecht – es musste zerbrechen! Es war, als hätte man eine Scheibe zertrümmert, gegen die ich immer und immer wieder angelaufen bin und die mich daran hinderte, zu sehen, wie die Welt hinter ihr aussah. Und es ist gut, dass sie zerstört wurde. Ich fühle mich befreit. Denn ich weiß jetzt, dass ich eine Entscheidung fällen kann. Dass ich die Wahl habe. Dass ich die Kraft haben werde, mit allen Konsequenzen zu leben, völlig egal, zu welchem Entschluss ich komme. Denn ich kann wieder klar denken. Und ich dachte, du solltest das wissen.«

Sie schwieg und sah ihn weiter eindringlich an. Ten wusste noch immer nicht, was er sagen sollte. Seine Gedanken kreisten um das, was er gehört hatte, versuchten mit dem üblichen Geschick gleichzeitig abzuwägen und Lösungen zu variieren, um ihm das zurückzugeben, was er just in diesen Minuten erstmals während all seiner Ehejahre verloren hatte: die Kontrolle! Er ertappte sich dabei, wie er sich die Zeit zurücksehnte, in der alles durchschaubar, kontrollierbar und so furchtbar langweilig gewesen war. Wie gern hätte er sich jetzt in die übliche Situation gerettet, in der Isabelle ihm nach einem Streit verzeihen und mit ihm schlafen würde. Diese Isabelle vor ihm war ihm völlig fremd. Hatte er nicht eben noch darüber nachgedacht, dass sie bald weinen würde? Nein, diese Frau hier würde nicht weinen. Sie wartete. Und er, der für seinen akribischen Umgang mit Worten berüchtigt war, hatte keinen blassen Schimmer, was sie hören wollte.

»Isabelle, ich … Es tut mir leid!«

»Dir muss nichts leidtun. Sagte ich das etwa?«

»Nein. Ich weiß nur einfach nicht, was ich sagen soll. Ich würde dir gern so vieles erklären, aber ich bin nicht einmal sicher, wo ich damit anfangen könnte.«

»Keine Erklärungen mehr. Keine Entschuldigungen. Aber es ist schön zu sehen, dass man auch dich aus der Fassung bringen kann. Ich will es dir etwas leichter machen, obwohl ich nicht weiß, womit du das verdient haben solltest. Ich möchte genau zwei Dinge von dir hören. Erstens: Liebst du mich, bedingungslos, ohne jeden Zweifel und genug, um echte Opfer zu bringen? Und zweitens: Hast du jemals mit meiner Schwester geschlafen?«

Ten nahm sich gerade so viel Zeit, wie möglich war, ohne dass die Antwort zu überlegt und ausgedacht wirkte. »Dass ich dich liebe, weißt du und wirst du immer wissen. Ja, ich liebe dich, und ich liebe dich genug, um Opfer zu bringen, wenn du mir verzeihen kannst und wir all das vergessen.« Er stockte kurz. »Und was Franzi angeht: Sie ist tot, Isabelle. Spielt es wirklich eine Rolle für dich, das zu wissen?«

»Ich weiß verdammt gut, dass sie tot ist! Und ja, das tut es. Weil es hier nicht um sie geht, sondern um dich. Um das, was du getan hast, darum, wie sehr du mich verletzt und erniedrigt hast, darum, festzustellen, ob nur ein winziger Funken Anstand und Respekt in dir ist, der es mir möglich machen könnte, dir wenigstens jemals wieder in die Augen zu sehen!« Isabelles entspannte Fassade war einer gefährlichen Wut gewichen, die ihm keine weitere Möglichkeit ließ, der Frage auszuweichen.

»Nein, ich habe nie mit ihr geschlafen.«

Stille.

Ten wusste nicht, ob seine Antworten die gewünschte Wirkung entfalteten oder nicht, denn dieses steinerne, durchdringende Pokerface, das Isabelle aufgesetzt hatte, kehrte nach dem kurzen Ausbruch sofort zurück.

Schließlich brach sie das Schweigen: »Ich brauche jetzt Zeit. Ich will, dass du mir erst einmal aus dem Weg gehst. Ich muss in Ruhe über alles nachdenken, ohne dich dabei ständig vor Augen zu haben. Und vor allem auch, ohne dass du auf mich einredest. Kriegst du das hin?«

»Natürlich«, sagte er, und es war ihm unmöglich, sie anders anzusehen als vollkommen verblüfft.

Sie stand auf und ging in Richtung der Treppe, die in die oberen Zimmer führte.

KAPITEL 2

Juli 2011

Ein dunkelroter Ford Escort Turnier aus den späten 90ern. Das musste sein Glückstag sein. Ein langweiligeres Auto hätte er kaum finden können. Und langweilig heißt immer und ohne Ausnahme unauffällig! Der Ford stand herrlich entlegen abgestellt auf einem Park-and-Ride-Parkplatz mit respektablem Baumbestand auf zwei Seiten, der einem schon aus hundert Metern Entfernung zurief: »Wenn du ein Auto klauen willst, tu es hier!« Die Einladung konnte und wollte Ten sich nicht entgehen lassen.

Nachdem er im vergangenen November allzu mühelos seine erweckten Fähigkeiten an dem Taxifahrer in Hamburg unter Beweis gestellt hatte, war ihm bewusst geworden, dass er den Level hochschrauben wollte. Mehr Reiz, mehr Kick, so seine simple Vermutung. Mehr Reiz bedeutete aber auch, dass das Entdeckungsrisiko stieg. Wenn dann alles weiterhin reibungslos klappen sollte, stand fest, dass spontane Aktionen wie Hamburg der Vergangenheit angehören mussten. Er würde nur noch geplant vorgehen, und seine Pläne mussten absolut wasserdicht sein.

Und hiermit ging es los: ein Auto zu klauen, das erst einmal niemand vermissen würde und bei dem sicher war, dass der Jagdtrieb sowohl der Besitzer als auch der Polizei sich in Grenzen hielte. Hatte man das Glück, eins wie den Ford zu finden, den sich jederzeit eine Gruppe adrenalingeile Kids für eine Spritztour aussuchen würde, weil er alt und recht leicht zu knacken war, war das quasi der Jackpot. So ziemlich jeder Polizist über 20, der eine Meldung zu so einer Karre auf den Tisch kriegt, hört bereits nach der Vernehmung der Geschädigten auf zu suchen, wusste Ten. Denn irgendwann würde die Kiste von allein wiederauftauchen. Und wenn nicht: Wen interessierte es? 1.000 Euro Verlust, im besten Fall versichert – da gab es lohnendere Fälle, um seine knappe Zeit als Polizist zu investieren.

Ten ging auf das Auto zu, vergewisserte sich ein letztes Mal, dass er wirklich allein war, und knackte es mit einem einfachen, stabilen Draht. Es dauerte nicht einmal 30 Sekunden, bis er damit am Dichtungsgummi vorbei den Hebel für die Verriegelung gefunden und nach oben gezogen hatte. Es ging doch nichts über gute, alte, deutsche Wertarbeit.

Dann schloss er das Auto kurz und ließ den Motor laufen. Es war kurz nach elf. Wer immer die Möhre hier abgestellt hatte, war vermutlich auf einem Wochenendtrip oder hatte irgendwo Nachtschicht. Das würde ihm mehr als genug Zeit verschaffen, bis sie jemand vermisste. Selbst wenn er sich irrte, der Besitzer sofort die Polizei rief und diese zeitnah käme, entspräche es einem Wunder, wenn irgendwer sich in dieser Nacht noch die Mühe machen würde, das Auto zur Fahndung auszuschreiben.

Bevor er losfuhr, versicherte er sich, dass der »Jammer«, den er besorgt hatte, einwandfrei funktionierte. Er schaltete ihn ein, legte ihn in das Handschuhfach und lächelte zufrieden, als er trotz aller Versuche auf jedem Platz im Auto wegen des Störsenders keine Chance hatte, sein Handy zu benutzen. Was bedeutete: Jeder andere, der in diesem Auto saß, könnte das auch nicht. Es leben die Österreicher, dachte Ten, denn diese Dinger waren zwar in Deutschland nicht legal zu erwerben, dank offener Grenzen und der in jeder Hinsicht wunderbar unharmonischen Rechtslage in Europa aber ein sehr nettes Souvenir aus dem Skiurlaub.

Tens Vorfreude stieg mit jeder Sekunde, und er wurde geradezu euphorisch, als er vor dem Tor zum Schrottplatz in Grevenbroich hielt, zu dem er einen Schlüssel besaß. Ten hatte Toni, dem Besitzer, vor vielen Jahren einen Gefallen getan, für den Toni sich niemals hätte revanchieren können. Aber Ten war etwas eingefallen, womit sie beide glücklich gewesen waren: Er wollte nichts weiter als einen Schlüssel für das Tor und eine der alten Fertiggaragen, die auf dem Schrottplatz standen. Toni hatte die Garagen an Leute vermietet, die dort ihre Oldtimer oder Motorräder außerhalb der Saison parkten.

Tens Anliegen war etwas delikater. Er hatte sich die Garage, die er für sich sein »Refugium« nannte, chic eingerichtet und sie in den folgenden Jahren als »Spielzimmer« für seine kleinen schmutzigen Abenteuer genutzt. Mehr als eine Frau war beim Anblick der perfekt gestylten Einrichtung, die im krassen Gegensatz zur von außen völlig verratzten Garage stand, so heiß geworden, dass sie es nicht mal ins Bett geschafft hatten. Und da sag einer, Frauen seien nicht genauso dreckig wie Männer, hatte er oft schmunzelnd gedacht.

Von dem kleinen Versteck, das er sich im letzten Jahr als Reaktion auf den Presseartikel im hinteren Teil der Garage eingebaut hatte, wusste jedoch nicht einmal Toni etwas. Ten konnte sich nach wie vor keinen Reim darauf machen, woher der Reporter damals seine Infos bekommen hatte, aber als der Spuk vorbei und danach niemand auch nur einen Schritt näher an ihn herangekommen war, waren zwei Dinge für ihn klar gewesen: Erstens, dass er mit dem Typen abrechnen würde. Und zweitens, dass er bei wirklich allem, was er vorhatte, noch vorsichtiger werden musste. Was auch bedeutete, alles, was auf seine Taten hinweisen konnte, irgendwo unterzubringen, wo niemand es fand, sei es zufällig oder absichtlich. Denn auch wenn Ten genau wusste, dass es diese Hybris von Straftätern war, ihre »Souvenirs« nicht wegzuwerfen oder, noch besser, zu verbrennen, die tausende von ihnen am Ende den Freispruch gekostet hatte – selbst er konnte es nicht lassen, zumindest seine »Pressemappe« und die Klamotten aufzubewahren, die er damals beim Schneemann getragen hatte. Unsinnige Nostalgie und völlig überflüssiger Leichtsinn. Aber er konnte eben nicht aus seiner Haut.

Die Idee mit dem Versteck in der Garage war sehr schnell geboren gewesen. Der Zugang lag im hinteren Teil der Garage in der Trockenbauwand, mit der er den letzten Meter abgetrennt hatte, versteckt hinter einem großen und opulent gefüllten Barschrank. Niemand außer Toni und ihm wusste, dass es diese Garage gab. Toni selbst würde es niemals wagen, sie aufzubrechen und darin rumzuschnüffeln. Und die Mädels, die er hierher mitnahm, kannten erstens nie mehr als den Fantasienamen, den er ihnen präsentierte, und zweitens hatten sie weiß Gott anderes zu tun, als sich um die Garage Gedanken zu machen. Es war also der perfekte Ort für das perfekte Versteck.

Ten war sich absolut sicher, dass am Freitagabend um diese Uhrzeit niemand auf dem Schrottplatz sein würde. Selbst Toni, der hier praktisch lebte, pflegte sich an Freitagabenden, wie er ihm einmal stolz erzählt hatte, gern »auf der Pirsch« herumzutreiben. »Der alte Toni kriegt auch noch die eine oder andere ab, da würdest du staunen«, hatte er gesagt. Ten hatte gelacht und ihn scherzhaft vor üblen

Krankheiten gewarnt. Weitere Worte hatten sie damals nicht gewechselt. Toni war kein Freund vieler Worte. Einer der vielen Gründe, warum Ten ihn mochte.

Er schloss das Tor auf und fuhr in den Hof. Wo der Werkzeugschuppen war, wusste er, und auch, dass es zwei Zugänge gab. Den vorderen, der abgeschlossen war, und den hinteren, bei dem Toni sich diese Mühe nie machte. Ten fand schnell, was er brauchte, und begab sich an die Arbeit. Er war im Nachhinein sehr dankbar, dass er schon zu Schulzeiten an allem herumgeschraubt hatte, was er an fahrbarem Untersatz in die Finger bekommen hatte. Bei allem, was er dabei eher schrottreif zerlegt hatte, entwickelte er mit der Zeit ein gutes Gefühl dafür, was er sich zutrauen konnte und was nicht.

Als er fertig war, hatte er die Türverriegelungen so manipuliert, dass keine der Türen sich mehr von innen öffnen ließ. Keine, außer seiner. Um ganz auf Nummer sicher zu gehen, hatte er außerdem die Verschlüsse der hinteren Sitzgurte entsprechend präpariert, dass man sie zwar einrasten lassen konnte – es gab jedoch keine Möglichkeit mehr, sie wieder zu entriegeln.

An den Sitz gefesselt, keine Chance, die Türen zu öffnen und keine Möglichkeit, telefonisch Hilfe zu rufen. Er hatte sie gebaut: seine perfekte Falle. In einem alten Ford Escort!

Ten wusch sich die Hände und fuhr anschließend los in Richtung Köln, wo es im Süden der Stadt einen seiner Meinung nach ausgezeichneten Straßenstrich für all die bedauerlichen Seelen gab, die wenig Geld und noch weniger Geschmack hatten. Für Tens Zwecke das optimale Ziel. Dort könnte er in aller Ruhe seine Opfer aussuchen.

Als er gegen halb drei Uhr morgens über die Brühler Landstraße fuhr, wo seit dem letzten Jahr die überwiegend bulgarischen Mädchen ihrem Geschäft nachgingen und den deutschen Kolleginnen das Geschäft versauten, wusste er endgültig, dass er keine Probleme haben würde. »Armutsprostitution« nannte die Stadt das hier, und treffender konnte man es nicht beschreiben. Die Frauen, die in dieser Gegend anschaffen mussten, dürften seiner Einschätzung nach mit viel Glück wenige hundert Euro im Monat erarbeiten. Dementsprechend schlecht stand es um ihre »Aufpasser«. Selbst die hatten lohnenswertere Gebiete, in denen sie sich aufspielen, Nummernschilder notieren oder notfalls Hand an ein Mädchen legen konnten, das sich nicht freiwillig verdrängen ließ.

Ten fuhr angemessen langsam an den Frauen vorbei, aber immer noch schnell genug, um kein Interesse zu wecken. Eine vernünftige Personenbeschreibung durch ein Autofenster war zwar Glückssache, doch auch das war ein Risiko, dem er sich nicht aussetzen wollte. Er hatte sich den Strich oft genug angesehen, um zu wissen, wie er seinen Plan umsetzen konnte, ohne dass Augenzeugen sich mehr als dieses Auto merken würden – wenn überhaupt. Er winkte gelangweilt ab, wenn sich Mädchen seinem Auto nähern wollten, die für ihn nicht infrage kamen – weder für den normalen noch für seinen heutigen Zweck.

Gegen Ende der Strecke fand er schließlich das perfekte Duo. Eine leicht untersetzte Dunkelhaarige und eine ziemlich große, dürre Blondine unterhielten sich, während sie rauchten und extrem gelangweilt dreinblickten. Als er in Schritttempo wechselte, setzten sie schlagartig ihr schönstes Lächeln auf und kamen auf sein Auto zu. Er brachte es zum Stehen und ließ die Scheibe auf der Beifahrerseite herunter.

»Na, schöner Mann«, sagte die Dunkelhaarige in gebrochenem Deutsch. »Lust auf Dreier?«

Ten schmunzelte; nicht, weil ihn die Vorstellung so sehr verzückte, sondern vielmehr, weil er sich nicht einmal eine Handvoll Dinge vorstellen konnte, auf die er weniger Lust hatte als auf Sex mit diesen verlebten Billignutten. Offenbar wirkte sein Lächeln dennoch ermutigend, denn die Dunkle sprach weiter: »80 Euro, für beide, mit Blasen!«

Hoch gepokert, das muss man ihr lassen, dachte sich Ten. »Bisschen teuer«, sagte er. »dann aber ohne Gummi, und eine von euch muss schlucken! Wenn das okay ist, steigt hinten ein und sagt mir, wohin!«

Die Nutten unterhielten sich kurz in ihrer Muttersprache, strahlten anschließend um die Wette und stiegen ohne zu zögern ins Auto.

»Anschnallen!«, sagte Ten, als er losfuhr.

»Oh, ist nicht weit. Gleich um Ecke!«, sagte die Dunkle.

»Egal. Trotzdem anschnallen! Sicherheit geht vor«, sagte Ten.

Die Dunkle flüsterte der Blonden etwas zu, sie kicherten und schnallten sich dann beide an.

Nach wenigen hundert Metern wollte die Dunkle ihn links auf einen kleinen Parkplatz abbiegen lassen, auf dem bereits andere Autos und eine stattliche Anzahl an Wohnwagen standen. Ten fuhr weiter.

»Hey, was machst du?« fragte die Dunkle.

»Wir fahren woanders hin«, sagte Ten nur, »und jetzt halt die Klappe!«

Die Dunkle sprach aufgeregt mit der Blondine, welche daraufhin ihr Handy zückte und begann, darauf herumzutippen.

Die Dunkle verlegte sich währenddessen darauf, ihn lautstark in einem Mix aus gebrochenem Deutsch und ihrer Muttersprache zu beschimpfen und dabei immer wieder

»Stopp!« zu rufen. Ten ließ sich nicht aus der Ruhe bringen. Er bog am Ende des Grüngürtels nach links ab. Die Blondine hatte offenbar eingesehen, dass sie mit ihrem Handy keinen Erfolg hatte, und redete nun ihrerseits auf die Dunkelhaarige ein. Diese zog daraufhin ihr eigenes Handy hervor.

Ten lachte laut auf. »Das kannst du vergessen! Funktioniert hier nicht, du dummes Huhn«, sagte er. Im Rückspiegel konnte er beobachten, wie die Dunkle trotz allem noch eine Weile weitermachte, bis sie schließlich aufgab. Sie hatten das Ende der Straße erreicht, ab hier gab es nur noch den Waldweg. Ten fuhr unbeirrt weiter. Das Gezeter hinter ihm ging ihm ein wenig auf die Nerven, amüsierte ihn allerdings auch so sehr, dass er erneut auflachte. Verzweiflung war doch etwas Herrliches. Jedenfalls, solange man nicht selbst verzweifelt war.

Immerhin hatten die zwei inzwischen offenbar verstanden, dass ihre Handys nutzlos waren. Stattdessen versuchten sie abwechselnd, ihre Gurte zu lösen oder die Türen zu öffnen. Wie von ihm beabsichtigt, blieb auch das ohne Erfolg. Beide kreischten nun, wütend, hilflos und zunehmend verängstigt. Er bildete sich ein, ihre Angst zu riechen.

Andererseits, dachte er sich, können Nutten wie diese auch ohne Angst so stinken, dass man es für Angst halten mochte.

Ten sah nach vorn, um den Weg nicht aus den Augen zu verlieren. Das Licht hatte er abgeblendet, als er die Landstraße verlassen hatte. Nur keine unnötige Aufmerksamkeit. Auf diese Weise ging es zwar langsam voran, aber sein Ziel war auch lediglich wenige hundert Meter entfernt.

Wie sich manches von selbst so fügt, dass es perfekt für mich ist, freute sich Ten, als er über sein Ziel nachdachte.

Der Weiher, den er ansteuerte, war vor nicht allzu langer Zeit geschlossen worden, offenbar wegen irgendwelcher Schadstoffe. Obwohl mitten in der Nacht ohnehin kein Angler hier gewesen wäre, bot diese Sperrung den zusätzlichen Vorteil, dass es mit etwas Glück sehr viel länger dauern würde, bis jemand das Auto bemerken würde. Selbst wenn Ten dank der Mütze, die er trug, vermutlich nicht einmal Haare zurücklassen würde und durch die hauchdünnen, durchsichtigen Plastikhandschuhe, die die Frauen in der Dunkelheit nicht hatten erkennen können, auch keine Fingerabdrücke: sicherer war immer besser.

Ten nahm aus dem Augenwinkel eine Bewegung wahr, die ihn aus seinen Gedanken riss. Er reagierte instinktiv, trat mit voller Gewalt auf die Bremse, drehte sich nach links weg und bekam dadurch das Pfefferspray nicht direkt ab, das das dunkelhaarige Mädchen auf ihn spritzte. Er kniff die Augen zusammen, soweit es ging, und hielt die Luft an, während er sich blitzschnell nach hinten drehte und der Dunkelhaarigen eine schnelle, knallharte Gerade verpasste. Bevor diese reagieren konnte, schlug er auch der Blonden mit aller Kraft ins Gesicht. Die Treffer zeigten Wirkung. Er öffnete sein Fenster und wartete noch einige Sekunden ab, bis er schließlich Luft holte. Er war wütend, so wütend, dass er die zwei Nutten am liebsten auf der Stelle erwürgt hätte. Doch er riss sich mühsam zusammen und starrte beide mit boshaft funkelnden Augen an.

»Noch eine dumme Bewegung, und ich ficke eure hässlichen kleinen Ärsche mit dem nächstbesten Holzknüppel. Ist das klar?«, spie er ihnen ins Gesicht.

Die Blondine fing an zu wimmern, während die Dunkelhaarige, die deutlich mehr Mumm zu haben schien, ihn hasserfüllt zwischen den Fingern hervor anstarrte, die sie sich vor das Gesicht hielt. Blut lief an ihren Händen herab. Ten machte niemals halbe Sachen, und die Schlampe konnte seiner Ansicht nach froh sein, dass er ihr bloß die Nase gebrochen und nicht gleich das Nasenbein ins Hirn gerammt hatte. In einem letzten Anflug von Stärke, der ihm sehr imponierte, nahm sie schließlich die Hände vom Gesicht, blickte ihn herausfordernd an und fragte: »Was willst du?«

Ten lächelte freundlich, als sei sie eine nette Eisverkäuferin, bei der er gerade einen Milchshake bestellte. In nahezu lieblichem Tonfall, der in dieser Situation so deplatziert wirkte wie seine Schuhe in diesem Auto, sagte er: »Ich will, dass ihr sterbt, meine Liebe. Das ist alles!«

Dann schlug er erneut zu. Dieses Mal verlor sie das Bewusstsein.

»So, Blondie«, sagte Ten an die andere gerichtet, »willst du auch noch irgendwelche Spielchen spielen, oder bringen wir das hier mit Würde zu Ende?«

In ihren Augen zeichnete sich eine Verzweiflung ab, die für Ten köstlicher war als alles, was er bisher erlebt hatte. Sie verstand seine Worte nicht, das war ihm bewusst. Aber seine Taten waren eindeutig, sodass ihr die bleiche, heiße Todesangst ins Gesicht geschrieben stand. Ten genoss den Anblick sehr, er atmete diesen Moment ein und nahm alles in sich auf, was die Situation ausmachte, um es nie zu vergessen. Das hier war noch viel süßer als bei den letzten Malen. Denn noch nie hatte er so bewusst wahrgenommen, wie ein Opfer um sein Leben fürchtete. Er hätte sich gern viel mehr Zeit genommen, um den Augenblick auszukosten, aber er war viel zu kontrolliert dazu, und er wusste, dass jede Minute ein zusätzliches Risiko bedeutete.

Er deutete einen Schlag in Richtung der Blondine an. Sie kreischte, verkroch sich so gut es ging in sich selbst und brach dann, als sie begriff, dass er sie doch nicht schlagen würde, leise wimmernd zusammen.

Ten atmete lang und gleichmäßig ein. Ihm war nicht aufgefallen, dass er schon längere Zeit keine Luft mehr geholt hatte. Die Situation musste ihn einfach vollkommen überwältigt haben. Zufrieden drehte er sich wieder nach vorn und startete das abgewürgte Auto neu. Auch wenn das winselnde Häufchen Elend auf der Rückbank ein sehr angenehmer Wegbegleiter war, schrie alles in ihm nach Musik. Er schaltete also das Radio ein und wechselte die Sender, bis er einen Volltreffer landete: »Suzie Q«!

Ten lehnte sich zurück und fuhr los. Der Sound von Creedence Clearwater Revival, untermalt von der schluchzenden Nutte, hatte eine intensivere Wirkung, als jede Droge sie gehabt hätte. Ten wünschte sich, auch diesen Moment einfach festzuhalten und nie wieder loszulassen. Kein Mensch würde wohl jemals den alten Faust so gut verstehen, wie er es konnte, als der sagte: »Werd' ich zum Augenblicke sagen: Verweile doch! Du bist so schön! Dann magst du mich in Fesseln schlagen, dann will ich gern zugrunde gehn!«

Eine leise Melancholie ergriff ihn, als ihm klar wurde, dass er süchtig war. Süchtig nach etwas, das nur perfekt gelang, wenn es schnell ging – und daher immer flüchtig bleiben würde.

Als er den Weiher erreichte und den Wagen stoppte, hatte er Tränen in den Augen. Eine Woge unterschiedlichster Gefühle hatte ihn überflutet. So intensiv wie heute hatte er noch nie gefühlt. Er dachte, sprichwörtlich zerspringen zu müssen, und wusste nicht, wie er all das kanalisieren sollte, was in ihm pulsierte.

Aus dem stillen Weinen wurde schließlich ein Lächeln, aus dem Lächeln ein Lachen, und aus dem immer lauter werdenden Lachen schließlich ein einziger, langer Schrei.

Als Ten schließlich still wurde, war es perfekt. Er bildete sich ein, dass er eigentlich strahlen müsste wie in einem dieser schlechten Kung-Fu-Filme, in denen der Held anfängt, golden zu leuchten, wenn er endlich den Weg zur wahren Meisterschaft gefunden hatte. Denn Ten war am Ziel. Er hatte die Meisterschaft erreicht. Niemand würde jemals so töten wie er, niemand würde je verstehen, welche Kraft es einem verlieh und welche Gefühle. Ten drehte sich zu seinen beiden Opfern um, von denen eines immer noch völlig hinüber war, sah die Blondine mit ruhigem, ausdruckslosem Gesicht an und sagte: »Danke, dass du heute für mich stirbst.«

Er nahm die digitale Sofortbildkamera, die er sich für diesen Anlass zugelegt hatte, drückte auf den Auslöser und steckte Kamera und Foto ein, nachdem er Letzteres zufrieden betrachtet hatte.

Dann öffnete er seine Tür, gab Vollgas und sprang aus dem Wagen, kurz bevor dieser den Weiher erreicht hatte.

Das Auto kam deutlich weiter, als er befürchtet hatte. Die von ihm ausgesuchte Stelle erwies sich als abschüssig genug, und so konnte Ten zusehen, wie der dunkelrote Escort immer tiefer im Wasser versank, begleitet vom schrillen Kreischen der Blondine, die erst in den letzten Sekunden ihres Lebens endgültig verstanden hatte, dass sie sterben würde.

Er stand auf, klopfte sich den Dreck von der Kleidung und ging davon.

KAPITEL 3

August 2011

»Brigittes Bier Bar« war eine dieser Kneipen, die man nicht zufällig betrat. Entweder man war hier seit Jahren Stammgast oder man machte einen weiten Bogen um den Laden, durch dessen milchige Fenster mit dem schummrigen Licht ein einziger Begriff auf die Straße zu diffundieren schien: Spelunke.

Niessen störte das nicht. Er gehörte zur Kategorie Stammkunde, seit vielen Jahren schon – und Brigitte behandelte ihn wie einen König. Denn Niessen hatte damals seine Beziehungen zu Unterwelt-Impresario Didi Peters spielen lassen, als Brigitte ziemlich schnell ziemlich viel Geld brauchte, weil ihr Taugenichts von Ehemann sie verlassen hatte – samt Rücklagen und Bardame. Seither stand Brigitte wieder selbst hinter dem hölzernen Tresen, zapfte Veltins vom Fass, schenkte Cola-Korn aus und hörte sich tagein, tagaus – na ja, eher tagaus – das ewig gleiche Palaver derer an, die mit ihrer Zeit nichts Besseres anzufangen wussten, als sie bei Brigitte zu vergeuden.

Eigentlich war Niessen kein klassischer Kneipengänger. Zwar mochte er die Menschen und die Menschen mochten ihn. Er war freundlich und höflich und trat jedermann mit aufrichtigem Interesse gegenüber. Doch Niessen ging jeglicher Sinn für sinnfreie Gespräche ab. Niessen sprach, um etwas zu sagen, nicht um zu sprechen. Manche hielten ihn deswegen für maulfaul, wenige für arrogant, er selbst betrachtete sich als zurückhaltend.

Brigitte verstand, dass Niessen ein Beobachter war. Er wollte nicht mitmischen, sondern an der Seite stehen und die Dinge auf sich wirken lassen. »Io non vivo, io scrivo«, hatte der von Joachim Król gespielte Schriftsteller in »Rossini« gestottert, als ihm eine dralle Italienerin zusetzte, das hätte auch von Niessen stammen können: »Ich lebe nicht, ich schreibe bloß darüber.«

Aber selbst der einsamste Reporter braucht von Zeit zu Zeit die Gesellschaft anderer Menschen. Die seltsamen Arbeitsrhythmen einer Zeitung bringen es ohnehin mit sich, dass man schnell vereinsamt: Meistens beginnt der Arbeitstag erst am späten Vormittag und zieht sich dann bis in den späten Abend. An eine geregelte Freizeitgestaltung, an das Mitwirken in Vereinen, ehrenamtliches Engagement in der Lokalpolitik, an Skatrunden ist da nicht zu denken, zumal der Arbeitstag ohnehin kaum planbar ist – die Nachrichtenlage entscheidet über das Ausmaß der Belastung und viel zu oft auch über den Beginn des Feierabends.

»Brigittes Bier Bar« war Niessens Ersatzleben geworden, er bekam dort ein Bier, ein nettes Lächeln, Zuspruch, Essen und das Gefühl, nicht allein, sondern Teil von etwas zu sein. Wobei es ihm zuletzt ganz wesentlich um das Bier ging.

Schon zum zweiten Mal im Leben hatte Niessen das Gefühl, komplett die Kontrolle zu verlieren. Schöller, dieser Arsch, hatte ihm seinen Anker genommen, den Job, in dem er mit schlafwandlerischer Sicherheit und großem Erfolg so lange unterwegs gewesen war, dass er sein Zuhause wurde. Niessen war Reporter – darüber hinaus aber so gut wie nichts im Leben. Und jetzt kürzte er Leserbriefe »auf Zeile«, wie es hieß, damit die Zuschrift genau in den freien Platz der jeweiligen Seite passte. Außerdem musste er sich die endlosen Lamenti der Abonnenten anhören, die in jedem

Kommafehler den Untergang des Abendlandes sahen und generell nach der Devise zu leben schienen: Früher war alles besser!

Es hatte daher nicht allzu lange gedauert, bis aus dem »Rockstar« das geworden war, was jetzt hier am Tresen saß. Niessen hatte bereits an Selbstmord gedacht. Er träumte von dem Ausmaß der Erlösung, wenn er endlich nicht mehr sein müsste. An dem Abend, an dem Claire an Chefredakteur Schöllers Arm zu einer Redaktionsfeier erschienen war und ihn öffentlich geküsst hatte, hatte Niessen ein Taxi nach Mülheim genommen und sich auf die Mintarder Autobahnbrücke geschlichen. Er wusste, dass es dort früher reihenweise Selbstmorde gegeben hatte, also sollte doch auch er es schaffen. Er war auf der wasserseitigen Seite des Zauns herumgeklettert, bis ihm schwindlig wurde, hatte sich dort hingesetzt, seine Beine baumeln lassen, sich mit beiden Händen festgehalten und sich langsam nach vorn gebeugt. Tief unter ihm war schwarz die Ruhr dahingeflossen. Niessen hatte sich den freien Fall vorgestellt, den Moment des Aufschlags, das eiskalte Wasser. Er hatte die kühle Luft des Frühjahrs gerochen, die vorüberrauschenden Autos gehört, dann hatte er die Beine zurückgezogen und war mit hängendem Kopf nach Hause getrottet. Niessen hatte Angst.

Seitdem fühlte sich Niessen noch kleiner. Er verabscheute sich. Sein Trinken in »Brigittes Bier Bar« war zu einem Saufen geworden, voller Wut und systematischer Zerstörungslust gegenüber der eigenen Existenz. Es war, als wollte er den Tod auf Raten schlucken: Bier, Schnaps, billigen Wein, manchmal auch Sekt – Niessen schüttete sich zu, um Stunden später nach Hause zu wanken und in den komatösen Schlaf des Trinkers zu verfallen, heimgesucht von seinen Dämonen Schöller, Claire und dem unbekannten Serienkiller, der ihn wahlweise vor die einfahrende U-Bahn stieß, mit einem Messer niedermetzelte oder mit riesigen Fäusten totschlug.

Nach wie vor zermarterte Niessen sich das Hirn, wie er den Mörder, den er mit zunehmender Sicherheit für einen Polizisten hielt, stoppen könnte. Die Ohnmacht, die er verspürte – strafversetzt und damit seiner einzigen Möglichkeit, Einfluss zu nehmen, beraubt –, war grenzenlos und verschlang ihn an manchen Tagen.

Was konnte es für einen Reporter Schlimmeres geben, als zu wissen und kein Gehör zu finden? Nun, in seinem Fall war das leicht: zu wissen, dass noch mehr Menschen leiden und sterben würden, und kein Gehör zu finden. Die biblische Offenbarung war ein Bällebad gegen die seelischen Qualen des Rolf Günther Niessen. Immer wieder brütete er stundenlang über den Ausdrucken der Mails, die er erhalten hatte, panisch, dass er etwas übersehen hatte, besessen von der Vorstellung, er könnte den wenigen Zeilen einen weiteren Hinweis entwinden, wenn er sich nur genügend anstrengte.

Die einzige Linderung brachte der Alkohol, er schenkte ihm Entspannung und etwas Gelassenheit, manchmal sogar Wagemut. Einmal hatte er im Suff Claire angerufen. Sie war sogar rangegangen. »Claire«, hatte Niessen gelallt, »gib mir noch eine Chance! Bitte, ich brauche dich!«

Sie hatte lange geschwiegen, zu lange, Niessen hatte das nicht ertragen und weitergebettelt: »Bitte, Claire, ich schaffe es alleine nicht. Nur du kannst mir helfen, du gehörst doch zu mir!« Dieser und weitere flehende Sätze waren im Nachhinein doppelt demütigend für ihn, zumal er gewusst hatte, wie erbärmlich er sich verhielt, und aus dem Impuls des Augenblicks heraus hatte er dennoch nicht damit aufhören können.

Irgendwann hatte sie dann doch gesprochen, schneidend im Ton und kalt wie nie: »Reiß dich zusammen, Rolf! Und ruf mich nie wieder an. Nie wieder!«

All das und noch mehr versuchte er zu vergessen, wenn er an Tagen wie diesen – und damit streng genommen an fast allen Tagen – in »Brigittes Bier Bar« saß und sich ihren liebevollen Ausschankkünsten hingab.

KAPITEL 4

August 2011

Da bist du ja, du kleiner Mistkerl, dachte Tom, als er den Reporter aus der Redaktion schlurfen sah. Es war einige Zeit vergangen, und er hatte es sich einfach nicht mehr verkneifen können. Er musste mit eigenen Augen sehen, dass er recht behalten hatte und Rolf Günther Niessen erledigt war, jetzt, nachdem sie mit ihm fertig waren. Und wie sehr er recht behalten hatte! Er sah es ihm selbst aus dieser Entfernung an. Dieser Mann war vollkommen durch, am Ende, ein sabbernder Lappen, ein Schatten seiner selbst.

Tom wusste es, wie er es schon immer gewusst hatte. Er hatte eine dieser Fähigkeiten, die zwar angeboren waren, dann jedoch zunehmend effektiver wurden, wenn man sie regelmäßig trainiert. Und seine Gabe, in wenigen Minuten genau zu erkennen, was man über sein Gegenüber wissen musste, um es allein mit Worten zu manipulieren, kam nirgends so gut zum Tragen wie bei der Kriminalpolizei. Tom hatte im Laufe der Zeit mehr als eine Vernehmung, die auf der Kippe stand, allein deshalb in die richtige Bahn lenken können, weil er sein Gegenüber leichter lesen konnte als einen abgegriffenen Walt-Disney-Comic.

Der Mann, der das Redaktionsgebäude verließ, hatte nur noch wenig mit dem forschen Reporter gemein, den er vor Jahren an einem Tatort vorgeführt hatte. Er erinnerte sich gut an diesen Tag. Und an Niessen, der ihn derart böse angesehen hatte, als wolle er ihm an die Kehle springen. Was

Tom eher erstaunt als erschreckt, ihm gleichzeitig jedoch viel über Niessen verraten hatte. Der Mann war jemand, den man dem ersten Anschein nach unterschätzte, und er schleppte offenbar Dämonen mit sich herum, die ihn, wenn man sie ausreichend provozierte, zu einem gefährlichen Gegner machen konnten. Nicht im körperlichen Sinne, das stand fest. Aber Niessen war wie einer dieser winzigen Terrier: Man nahm ihn nicht allzu ernst, doch wenn er sich in etwas verbiss, würde man brachiale Gewalt brauchen, um ihn davon abzubringen.

Tom schätzte solche Typen, sehr sogar. Wenn sie auf seiner Seite standen. Ganz sicher nicht, wenn er ihnen auf der Gegenseite begegnete. Und am allerwenigsten, wenn sie ihm im Weg waren oder sogar seine Wege beschwerten.

Tom nahm sich die Zeit und folgte Niessen, um sich noch ein wenig an dessen Elend zu erfreuen. Er hatte kein schlechtes Gewissen deswegen. Im Gegenteil: Niessen hatte bekommen, was er verdient hatte. Stellvertretend, wie er fand, für all die Arschlöcher seiner Zunft, die den Polizisten dieser Erde das Leben schwermachten. Vor allem jedoch dafür, dass er seinem einzigen Freund innerhalb der Polizei monatelang die Hölle auf Erden beschert hatte.

Niessens Artikel hatte weit mehr Staub aufgewirbelt als eine übereifrige Putzfrau in der Asservatenkammer. Torben saß selbst heute noch ab und zu in Ausschüssen und schlug sich mit den fixen Ideen klugscheißender Politiker herum, denen der Gedanke an einen mordenden Polizisten Freudentränen in die ideologischen Winkel ihrer Augen trieb. Einer hatte sogar die Dreistigkeit besessen und Torben selbst verdächtigt. »Ein Hänfling«, hatte Torben gesagt, »der abends noch an Mamas Brust hängt und morgens ungestraft im Landtag für eine Mordskohle seine Verschwörungstheorien spinnen darf.«

»Vielleicht«, hatte der Mann zu Torben gesagt, »haben Sie die Morde ja selbst begangen? Niemand kann schließlich besser seine eigenen Morde vertuschen als der Chef einer Mordkommission.«

Als Torben ihm das erzählt hatte, war Tom förmlich in Ehrfurcht erstarrt angesichts der Tatsache, dass er dem Mann nicht mindestens die Nase, einen Arm oder wenigstens ein paar Rippen gebrochen hatte – zumindest in Gedanken. Was für ein mieses Arschloch, hatte er gedacht. Und dann soll man ruhig sitzen bleiben und so tun, als finde man solche Beschuldigungen völlig in Ordnung. Weil genau diese Typen abends mit den Jungs aus dem Ministerium und denen von den Schmierblättern in den Stripclubs der Stadt rumlungern und davon träumen, nach all den Jahren des Katzbuckelns in der Partei eines Tages ein Ministerium leiten zu dürfen. Gott, wie sehr er Politiker doch verachtete.

Nein, dachte Tom jetzt, als er sah, wie Niessen sich auf halbem Weg zur S-Bahn in eine miese Kaschemme verzog, um sich um diese Uhrzeit vermutlich schon das erste Bier reinzupfeifen, mit dir muss man kein Mitleid haben. Typen wie du verdienen, dass man sie mit einem Strauß Blumen auf den Friedhof stellt, damit sie dort warten, bis sie dran sind.

Und wirklich anders schien Niessens Leben inzwischen tatsächlich nicht mehr auszusehen. Es war sehr leicht gewesen herauszufinden, dass er nach der erfolgreichen »Privat-Observation« damals in die Leserredaktion strafversetzt worden war. Welche – auch das wusste Tom – als das Schlusslicht in der Nahrungskette in Zeitungskreisen galt. Für jemanden wie Niessen musste das eine brutale Folter sein. Er konnte es sich sicher nicht leisten, nach einem neuen Job zu suchen. Welchem auch? Bei einer anderen Zeitung würde er nicht unterkommen, dazu waren die hohen Tiere der Regionalblätter viel zu gut vernetzt. Einen völlig anderen Job würde er weder wollen noch konnte er damit rechnen, dass er wesentlich mehr als den Mindestlohn verdienen würde. Also war er gefangen in seiner eigenen, kleinen Hölle. Und das Allerbeste war: Niessen musste von dort unten dabei zusehen, wie die erstaunlich hübsche Kollegin, mit der er damals etwas am Laufen gehabt hatte, beim Chefredakteur das verliebte Kätzchen gab.

Armer Rolf, dachte Tom feixend. Um nichts in der Welt hätte er an dessen Stelle sein wollen. Die Karriere am Ende. Das ganze Leben am Arsch. Und die Eier vom Chef in den Händen der Frau, die er liebte. Alles an dem Mann strahlte aus, dass er am Boden lag. K. o. in der zwölften Runde, ohne Aussicht auf einen Rückkampf, um die kärgliche Börse geprellt und allein. Sie hatten ihn offensichtlich gebrochen. Am Ende konnte er einem wohl doch leidtun.

Als ihm klar wurde, dass Niessen nicht so bald aus der Kneipe kommen würde, zog Tom davon und machte sich auf den Weg nach Hause.

Er wirkte sehr nachdenklich.

KAPITEL 5

Mai 2012

Ten schwitzte. Selbst um diese Uhrzeit war es noch über 20 Grad warm wegen der irren Hitzewelle, mit der er nicht gerechnet hatte.

Davon abgesehen lief jedoch alles nach Plan. Er hatte auf Scholz gewartet, bis der gegen 3 Uhr morgens aus einem Puff namens »Honky Tonk« herausgekommen war, und sich an seine Fersen geheftet. Scholz war wie üblich ins Auto gestiegen, um nach Hause zu fahren. Ten folgte ihm mit großem Abstand und stellte sein Auto an der Stelle ab, die er Tage zuvor dafür vorgesehen hatte, kurz hinter der Autobahnausfahrt. Die letzten zwei Kilometer ging er zu Fuß. Das war der riskante Teil. Denn selbst in gehobenen Gegenden wie dieser konnte man nachts jemandem über den Weg laufen, und er durfte nicht gesehen werden. Von niemandem!

Der schwarz eingefärbte Maleranzug, den er unter einer leichten Chino und einem grauen Shirt trug, fiel zwar nur bei näherem Hinsehen auf, schon wegen der Kapuze. Ten war jedoch Profi genug, um kein Risiko einzugehen. Er sondierte die Straßen und Schleichwege so lange wie nötig, nutzte jeden Schatten und jedes Versteck und hielt sorgfältig nach installierten Kameras Ausschau, die ihn erfassen könnten. Auf diese Weise kam er zwar langsam voran, aber er hatte auch genug Zeit.

Es war viertel vor vier, als er schließlich die Villa erreicht hatte, in der Düsseldorfs selbst ernannter Zuhälterkönig residierte.

Ten tastete in der dichten Hecke des Nachbargrundstücks nach dem Baseballschläger, den er dort letzte Woche in einer weiteren Nacht- und Nebelaktion versteckt hatte, und fand ihn. So weit, so gut. Jetzt musste er lediglich, ohne Aufsehen zu erregen, auf das Grundstück gelangen.

Fast ein Jahr war vergangen. Ein Jahr, seit er zum letzten Mal diesen unglaublichen Moment erlebt hatte. Ein Jahr, seit er die Panik seiner Opfer und den vollkommenen Triumph hatte auskosten dürfen, den sie ihm beschert hatten. Das Feuer gespürt hatte, das buchstäblich in seinem gesamten Körper brannte. Ein Jahr war viel zu lang!

Dass Ten seither niemanden ermordet hatte, lag weniger an mangelndem Tatendrang als vielmehr daran, dass bestimmte Dinge einfach Zeit brauchten. Ten hatte drei Monate lang gewartet, ob man die zwei Huren überhaupt finden würde. Zwar waren sie schnell als vermisst gemeldet worden, offenbar war jedoch niemand auf die Idee gekommen, den Nahbereich wirklich gründlich abzusuchen; vielleicht weil, jedenfalls laut Presseberichten, die wenigen Zeuginnen lediglich aussagen konnten, dass die beiden in ein altes Auto eingestiegen waren. Man ging wohl davon aus, sie wären überall, nur nicht in der Nähe.

Im Ergebnis hatte es bis Februar gedauert, als biologische Proben vom Weiher genommen werden sollten und dabei das Auto entdeckt wurde. Die Frauen waren zwar naturgemäß ein wenig angefressen und wächsern, aber ansonsten gut erhalten gewesen, so viel wusste er. Spuren hatte man offenbar keine gefunden. Jedenfalls keine, die die Polizei zum Täter geführt hätten.

Stattdessen war, wie er vor allem der Lokalpresse entnommen hatte, so ziemlich jede Sau durchs Dorf getrieben worden, die man in einem solchen Fall erwarten durfte: Zuhälter, enttäuschte Freier, Rockerfehden; also Standard. Und auch kein großes Wunder, denn ein Mord wie dieser rief unweigerlich alles auf den Plan, was in der Szene der notorischen Hinweisgeber, Wichtigtuer und Denunzianten Rang und Namen hatte. Ärgerlicherweise hatten die Ermittler umso weniger Spielraum, erkennbaren Unsinn zu ignorieren, je weiter sie von einer echten, guten Spur entfernt waren. Gut für Ten, der mit jeder »Steckt XY hinter dem Prostituiertenmord?«-Schlagzeile noch sicherer sein konnte, dass er unentdeckt blieb. Ein Albtraum allerdings für die Ermittler, soviel stand fest.

Sein nächstes Ziel hatte er schon vor einer ganzen Weile ausgewählt. Er hatte sich viele Gedanken darüber gemacht und war zu dem Ergebnis gekommen, dass es dieses Mal jemand sein sollte, mit dem er zumindest einmal zu tun gehabt hatte. Keine Fremden mehr, das war einfach viel zu leicht. Und auch der Sinn einer solchen Tat ging ihm zu sehr ab. Die Frau, die er damals vor die Bahn geworfen hatte, tat ihm im Nachhinein leid. Hätte er gewusst, dass sie schwanger war, hätte er sie niemals getötet. Er mochte süchtig sein, aber er war kein Unmensch.

Also hatte er in seinem Gedächtnis nach Menschen gesucht, mit denen er eine Rechnung offen hatte, und war dabei auf drei Personen gestoßen, für die das in besonderer Weise galt.

Einer davon war zudem ein Verbrecher, daher hatte Ten ihn ausgewählt: Armin Scholz. Den Mann, der die einzige Hure umgebracht hatte, die für Ten jemals mehr wert gewesen war als das, wofür er sie bezahlte. Und das Beste war:

Scholz wohnte in Krefeld, nicht in Düsseldorf. Nach der unnötigen Aufmerksamkeit, die der Presseartikel damals erregt hatte, war Ten von der ursprünglichen Idee, all seine Taten in der Nähe zu verüben, endgültig abgewichen und wollte sich fürs Erste auf die Zuständigkeitsbereiche anderer Polizeidienststellen verlegen. Daher die beiden Stricherinnen in Köln. Und bei Scholz wäre es dann Krefeld. Die Wahrscheinlichkeit, dass Zusammenhänge hergestellt wurden, würde somit gegen null laufen. Besser konnte man das System nicht nutzen, fand er.

Scholz war ein Zuhälter, wie ihn nicht einmal billigste Groschenromane zeichneten, obwohl die Realität sie ständig auf diese oder vergleichbare Weise ausspuckte: Miese Kindheit im Trinkerhaushalt, als Kleinganove schon im Teenageralter so ziemlich alles auf dem Kerbholz, was eine Kriminalakte aufpeppte, und irgendwann war er darauf gekommen, dass halb legale Machenschaften, die einen nicht unbedingt in den Knast brachten, schlauer waren, als wieder einmal vier Jahre oder länger zu schmoren. Also verlegte er sich auf die gute, alte Zuhälterei. Anfangs gemeinsam mit einem Kompagnon, alles sauber, registrierte Mädels, Steuern wurden gezahlt, und die Bullen hatten ihm nie etwas anhängen können. Nachdem er seinen Spezi aber ziemlich böse aus dem Geschäft gedrängt und anschließend expandiert hatte, verfiel Scholz zurück in die Denke seiner Jugend, in der er sich, wie so viele Jugendliche vor und nach ihm, für Gott gehalten hatte. Er begann damit, Mädels aus dem Ostblock zu »importieren«, von denen jeder wusste, dass sie nicht freiwillig hier waren. Trotzdem konnte man Scholz nichts nachweisen, also wurde er mutiger, aggressiver, skrupelloser.

Um am Ende das zu tun, was die logische Konsequenz aus vielen Jahren krimineller Karriere war, in denen niemand Armin Scholz seine Grenzen aufgezeigt hatte: Er tötete einen Menschen. Aber nicht irgendwen. Jedenfalls nicht für Ten.

Ten war damals früh morgens angerufen worden und hatte sich kurze Zeit später im »Honky Tonk« wiedergefunden, das er zu dieser Zeit sehr gut kannte. Denn er hatte dort jemanden kennengelernt, der aus zwei Gründen sehr nützlich für ihn gewesen war: Yasmin. So hatte sie sich jedenfalls genannt (ihr echter Name, hatte sie ihm später gestanden, war Annette – damit ließ sich in der Tat nicht allzu viel anfangen in ihrer Branche). Eine bildhübsche und auch clevere Frau, die, wie so viele andere, viel zu schade war, um anschaffen zu gehen. Aber ihr Schicksal hatte anders entschieden. Ten hatte sie kennengelernt, indem er ihre beruflichen Fähigkeiten eines Abends zweimal hart auf die Probe gestellt hatte. Dazwischen waren sie ins Plaudern gekommen, und er hatte festgestellt, dass sie durchaus einen Nutzen als Informantin hatte. Wenn sie vorsichtig genug wäre. Auf diese Weise hatte er monatelang das Angenehme mit dem Nützlichen verbunden. Yasmin hatte einfach göttlich gevögelt – jedenfalls ihn –, und nebenbei hatte Ten Informationen erhalten, die den einen oder anderen in seinem Umfeld durchaus interessierten.

An jenem Tag hatte er sie in ihrem Zimmer liegen gesehen, dermaßen entstellt, dass man nicht einmal erkannt hätte, ob es sich bei der Leiche um einen Mann oder eine Frau handelte, wäre sie nicht splitternackt gewesen. Ten hatte sofort den Raum verlassen, weil ihm Tränen in die Augen geschossen waren.

Man hatte natürlich nie offiziell herausgefunden, wer sie ermordet hatte. Dennoch wusste Ten es. Und er wusste, dass er mit seinem Verdacht recht hatte. Aber recht haben und recht bekommen lag in der Realität oft Lichtjahre auseinander. Ten hatte sich jedenfalls geschworen, eines Tages, bei günstiger Gelegenheit, Rache an Scholz zu üben. Dass seine Rache so aussehen würde, daran hatte er damals allerdings nicht im Traum gedacht.

Ten zog im Schutz des Kirschlorbeers seine Hose und das Shirt aus, verstaute beides im Rucksack und trug nun lediglich den Maleranzug und schwarze Sneakers, die er sich extra zugelegt hatte. Mit der Kapuze auf dem Kopf bestand er fast nur noch aus Schwarz. Es dürfte nicht leicht sein, ihn zu sehen, wenn er vorsichtig blieb. Er streichelte den Baseballschläger, dachte noch einmal kurz an Yasmin und ging mit entschlossenem Blick auf die Mauer des Anwesens zu.

In amerikanischen Filmen waren die Häuser von Verbrechern gern mit allen denkbaren Alarmsystemen ausgestattet. Die Wirklichkeit war, wie so oft, weniger spektakulär. Sicher besaß Scholz eine Alarmanlage, und soweit Ten das beim Auskundschaften hatte sehen können, außerdem die eine oder andere Kamera im Außenbereich. Das war es auch schon. Keine Klischee-Dobermänner, keine spektakulären Laserfallen, keine grimmigen, bewaffneten Wachposten, die im Film allerdings immer schossen, als wären sie Pennäler an einer Kirmesschießbude. Ten kletterte einfach über die Mauer, hielt sich im Schatten und war sich ganz nebenbei sehr sicher, dass die Kameras eher dekorative Zwecke erfüllten, und wenn nicht, würde so oder so bestimmt niemand 24/7 vor den Bildschirmen sitzen und sämtliche Perspektiven anstarren.

Im Obergeschoss brannte Licht. Durch eines der Fenster erkannte Ten Scholz. Sein kantiger Schädel mit dem hellen Vollbart war unverkennbar. Er bewegte sich offenbar in einen Nachbarraum, denn dort ging nun das Licht an.

Vermutlich das Badezimmer, da das Fenster aus Milchglas bestand. Ten war es egal, denn er musste Scholz für seine Zwecke sowieso herauslocken. Er wusste, dass sich außer ihm niemand in dem Anwesen aufhielt. Scholz gehörte zu den Typen, die sich weibliche Begleitung entweder mit nach Hause nahmen, oder keine hatten. Und er war allein in sein Auto gestiegen. Was Tens Plan zusätzlich vereinfachte.

Er schlich sich weiter zur Garage. Das Tor war offen. Kein Alarm. Es war beinahe ein schlechter Witz. Aber auch das gehörte wohl zu Scholz' Selbstverständnis: Männer wie er brauchten keine Absicherung, weil ohnehin niemand lebensmüde genug wäre, ihr Auto zu klauen.

Er betrachtete den schwarzen Mustang, den der Zuhälter so unglaublich prollig hatte aufrüsten lassen, dass Ten sofort an seine Theorie zu Klischees denken musste. Hier stand sie, eine Ludenkarre wie aus dem Bilderbuch: Glänzende Felgen, die derart riesig waren, dass man sie auf einen John-Deere-Mähdrescher hätte montieren können, ohne dass es aufgefallen wäre. Sämtliche Scheiben getönt. Eine Auspuffanlage, die ihn sogar jetzt anzuröhren schien, als das Auto nicht einmal lief. Und als Krönung ein riesiger Aufkleber auf dem Heck mit dem offenbar selbst erfundenen Spruch »If you can't suck it, you're too weak«. Ten wusste nicht, ob er lachen oder weinen sollte. Er überlegte sich, ob er sich später die Zeit nehmen sollte, Scholz' Schwanz abzuschneiden, wenn er mit ihm fertig war, und in dessen Mund zu stecken. Dann »weak« auf die Stirn gemalt, und voilá, fertig wäre der genialste Witz in der Krefelder Kriminalgeschichte. Leider musste er die Idee verwerfen. Zu gefährlich. Aber er schmunzelte eine ganze Weile bei der Vorstellung.

Die Garage hatte eine Tür am hinteren Ende. Auch die war nicht verschlossen und führte in den beeindruckenden Garten des Anwesens, der anscheinend professionell gepflegt wurde und so gar nicht zum Image des brutalen Zuhälters passte. Wenn's ums Zuhause geht, werden eben selbst knallharte Kerle zu echten Weicheiern, dachte sich Ten.

Nachdem er diesen Teil des Anwesens nun endlich einsehen konnte, schlich er sich weiter an der Südseite entlang und suchte nach einem Platz, an dem er warten konnte. Der hintere Teil der Villa war leider fast vollständig verglast, und an eine große Terrasse mit eingebautem Pool schloss sich ein großer Rasen an, was eine gute Deckung unmöglich machte. Auch sonst war, abgesehen vom Baumbestand im hintersten Bereich des Grundstücks und hohen Eibenhecken, die es zu allen drei Nachbargrundstücken hin abschirmten, nirgends ein gutes Versteck zu erkennen.

Ten musste also improvisieren. Ein kleiner Holzschuppen, der recht nah am Pool stand und vermutlich dessen Pumpe enthielt, schien ihm die erste Möglichkeit zu sein. Wenn das Licht auf der Terrasse anginge, wäre er allerdings mindestens von einem angrenzenden Grundstück aus sichtbar, denn dort gab es durchaus das eine oder andere Fenster, das hoch genug war, um auf das Grundstück von Scholz zu blicken. Die Möglichkeit, den Zuhälter direkt auf der Terrasse zu überrumpeln, sobald er aus dem Haus in Richtung Garten käme, musste er aus demselben Grund ausschließen. Er konnte es drehen und wenden, wie er wollte: Die Gefahr, auf der Terrasse gesehen zu werden, war einfach zu hoch.

Ten grübelte und ging weiter um das Haus herum auf die westliche Seite. Als er dort einen gewaltigen Regenwasserspeicher sah, der an der Hauswand aufragte, atmete er erleichtert auf. Perfekt, dachte er, dann kann's ja endlich losgehen.

Es gibt zwei Sorten von Menschen, wenn es um Gefahrensituationen geht. Normale Menschen, die Angst verspüren – was die große Mehrheit ausmacht; und Menschen, die, aus welchem Grund auch immer, keine Angst haben oder denken, keine Angst haben zu müssen. Er selbst gehörte zu den Angstbefreiten, aber mit einer Waffe im Haus, seinen nicht unerheblichen Fähigkeiten zur Selbstverteidigung und seiner Ausbildung gab es auch nur wenig, wovor er sich hätte fürchten müssen. Wichtiger war jedoch, dass Scholz zu der Sorte gehörte, die zumindest glaubte, dass sie keine Angst haben müsste. Das tun sie doch alle, dachte Ten. Große, schwere, aufgepumpte, tätowierte Jungs mit Eiern, die so dick sind, dass jedes davon ganz alleine an »Das große Abnehmen« teilnehmen könnte. Ten liebte diesen Schlag Mensch. »Lautsprecher vor dem Herrn, wenn sie in der Öffentlichkeit sind«, hatte er einmal zu einem Kollegen gesagt. »Fürchten weder Tod noch Teufel. Aber droh ihnen, bei ihrer Mama zu durchsuchen, und sie heulen Rotz und Wasser auf deinem Schreibtisch.«

Ten wusste also, dass Scholz bei verdächtigen Geräuschen auf seinem Grundstück niemals zum Hörer greifen und die Polizei anrufen würde. Und er wusste auch, dass das Hirn des Luden ihn sofort zur nächstbesten Waffe greifen lassen würde, so scharf wäre er darauf, dem Schwachkopf, der sich auf sein Grundstück traute, eine saftige Tracht Prügel zu verpassen. Er war absolut vorhersehbar, und Vorhersehbarkeit war für kluge Gegner schon immer ein echtes Gottesgeschenk gewesen.

Ten ging zurück zur Südseite und pochte dreimal laut an die Scheibe, um sich gleich darauf in den Schutz des Wassertanks zurückzuziehen.

Nichts passierte.

Als er lange genug gewartet hatte, versuchte er es erneut. Lauter und gleich fünfmal, um sicher zu gehen.

Dieses Mal wurde er bemerkt.

Das Licht auf der Terrasse ging nach nicht einmal 30 Sekunden an. Ten hatte bereits registriert, dass auf der Westseite keine Lampen installiert waren. Er selbst befand sich also fast vollkommen im Schutz der Dunkelheit. Im Vorbeigehen hatte er sich einen Aschenbecher gegriffen, der auf dem Terrassentisch stand. Nun wartete er auf dessen Einsatz.

»Wer ist da?«, hörte er den Luden rufen. Und, als sich nichts rührte, kurz darauf lauter: »Komm raus, du Penner!«

Ten konnte bis hierher fühlen, wie Scholz' Adrenalinspiegel stieg und stieg. Das machte einen Menschen normalerweise vorsichtiger, aber bei Testosteronjunkies wie Scholz konnte man sich eher darauf verlassen, dass sie vor allem aggressiver wurden. Ten kostete die Situation noch ein paar Sekunden länger aus, dann warf er den Aschenbecher in Richtung Einfahrt. Er zerschellte, wie erhofft, mit einem in der nächtlichen Stille gut hörbaren Klirren.

Ten konnte fast nicht schnell genug in Position gehen, denn schon hörte er die schweren, schnellen Schritte und das heftige Atmen des Zuhälters, der in seine Richtung lief.

Er war voll konzentriert, fühlte sich wie ein Zen-Buddhist. Er spürte die Vorfreude auf das, was folgen würde, körperlich, und vibrierte sprichwörtlich, während er mit festem Stand und dem Schläger in beiden Händen hinter dem Tank lauerte. Diese wenigen Sekunden waren alles für ihn. Endlose Monate des Wartens waren vergessen, und der Rausch war schon jetzt noch gewaltiger als je zuvor. Ten lächelte, versank in konzentrierter Ekstase und bemerkte flüchtig, dass er auch hart wurde.

Dann war es so weit.

Scholz hatte nicht den Hauch einer Chance. Ten war schnell, und es war nicht weiter schwer, den Moment abzupassen, an dem er zuschlagen musste. Scholz lief also mit voller Wucht in den auf ihn zurasenden Baseballschläger, und Ten wusste bereits beim Aufprall, dass er die interessante Mischung aus Pochen, Krachen und Schmatzen niemals vergessen würde, die er hörte, als der Schläger sein Ziel traf. Scholz fiel rücklings auf den Boden, und Ten ließ ihm nicht die Zeit, seine Hände vor das Gesicht zu nehmen, wenn er dazu überhaupt noch in der Lage gewesen wäre. Er schlug zu, einmal, zweimal, dreimal, mit aller Kraft und genau ins Gesicht. Einen letzten Schlag – so viel Spaß musste sein – hob er sich für Scholz' Eier auf, die er wenigstens zermalmen wollte, wenn er sie schon nicht abschneiden könnte.

Als er fertig war, stand er vor dem reglosen Leichnam des Luden, dessen Schädel er in eine Mischung aus Fleisch, Blut, Knochen und Hirnmasse verwandelt hatte, die an skurrile moderne Kunst erinnerte und die selbst dessen Mutter nicht wiedererkennen würde. Annähernd so hatte Yasmin damals ausgesehen. Aber Tens Werk war noch um ein Vielfaches schlimmer. Zufrieden betrachtete er die Leiche, zog die Kamera heraus und machte das beste Foto, das in dem schwachen indirekten Licht möglich war. Dann genoss er die letzten Momente mit Scholz, dem ersten seiner Opfer, das den Tod mehr als verdient hatte.

Rache, dachte er, wird tatsächlich am besten kalt serviert.

Als er zu Hause war, duschte er sich gründlich, ging ins Schlafzimmer und vögelte Isabelle so wund, dass sie sich noch drei Tage später scherzhaft bei ihm beschwerte.

KAPITEL 6

Mai 2012

Niessen erwachte mit hämmernden Kopfschmerzen. Er schaute auf den Wecker am Bett: 11.57 Uhr. Ein Gedanke bahnte sich seinen Weg durch die wunden Gehirnwindungen. Welcher Tag war heute? Richtig, Samstag. Immerhin musste er nicht zur Arbeit. Er machte die Augen zu und dachte an die vergangene Nacht. »Brigittes Bier Bar«, Pils, Pils, Pils, Pils und noch mehr Pils, dann Cola-Korn, schließlich Korn ohne Cola. Das hektische Gequäke des Spielautomaten jaulte noch immer in seinem Kopf. Irgendwann, erinnerte sich Niessen, hatte er den Schädel auf den Tresen gelegt und geflennt wie ein Kind. Brigitte hatte ihm durch das zottelige Haar gestrichen, aus dem sich langsam selbst das Grau verabschiedete. »Es wird alles gut, Rolf«, hatte sie gesäuselt, und er hatte an seine Mutter gedacht, an ihre tröstenden Worte, wenn er sich beim Bolzen das Knie aufgeschlagen hatte oder den Jugendbanden in der Zechensiedlung in die Quere gekommen war. Er träumte von der Wärme ihres Körpers und der Weichheit ihrer Umarmung, und er wollte endlich wieder ein Zuhause haben, das mehr war als eine Bleibe.

Es klopfte an der Wohnungstür. Was eher selten vorkam, oder besser gesagt: nie. Üblicherweise klingelte es. Niessen richtete sich auf und stellte fest, dass er die Klamotten vom Vorabend noch am Leib trug: Stiefel, Jeans, ehemals weißes Hemd, jetzt ziemlich scheckig. Sein Sakko lag im Flur. Er kämpfte sich zur Tür vor und spähte durch den Spion. Die Krause aus dem ersten Stock, eine mäßig freundliche Endsechzigerin, die seines Wissens nie geheiratet hatte und Porzellanelefanten oder vergleichbar Wertvolles sammelte. Sie hielt einen Umschlag in der Hand, braun, DIN-A4. Niessen öffnete langsam die Tür.

»Guten Tag, Herr Niessen«, sagte die Krause.

»Tag!«, sagte Niessen.

»Das lag im Flur, ist für Sie, glaube ich.« Sie streckte ihm den Umschlag entgegen.

»Danke sehr«, murmelte er und schloss die Tür wieder.

Niessen starrte auf den Umschlag in seiner Hand. Auf einem weißen Aufkleber stand in Maschinenschrift: »Herrn Rolf G. Niessen. Persönlich«. Seine Hände begannen zu zittern, eine düstere Vorahnung beschlich ihn. Das musste eine weitere Nachricht von IHR sein, seiner geheimnisvollen Quelle! Er riss hastig eine Ecke ab, riss den Falz mit dem Zeigefinger auf und sah in den Umschlag. Was er darin fand, bestätigte seine Vermutung. Allerdings auf die grausamste nur denkbare Weise.

Er zog zwei Polaroidaufnahmen hervor. In sehr schlechter Qualität, hoffnungslos unterbelichtet und mit sehr schlechtem Auge für den richtigen Bildausschnitt fotografiert. Doch das war auch nicht wichtig. Denn was er auf den Bildern erkennen konnte, ließ ihn augenblicklich erstarren.

Das erste Foto zeigte zwei Frauen, die auf engem Raum nebeneinandersaßen. Es konnte überall aufgenommen worden sein, aber wenn er die wenigen erkennbaren Umgebungsdetails richtig deutete, befanden sich die beiden wohl auf dem Rücksitz eines Autos. Eine von ihnen schlief – oder Schlimmeres. Jedenfalls hatte sie die Augen geschlossen und blutete im Mundbereich. Neben ihr saß eine deutlich größere blonde Frau, deren verheulte Augen pure Angst und Verzweiflung ausdrückten.

Von der Kleidung her könnten es Nutten sein, dachte Niessen sich. Aber wer wusste das heutzutage schon? Worin Niessen sich jedoch absolut sicher war, als er das Bild betrachtete, war, dass die Frauen tot waren. Ermordet, wahrscheinlich bereits kurz nachdem das Foto geschossen worden war.

Die andere Aufnahme war extrem dunkel, aber was man erkannte, war deutlicher, wenn auch in der Wirkung etwas weniger schrecklich. Denn während das erste Bild die Frauen lebend zeigte, und Niessen einfach wusste, dass sie kurz darauf gestorben waren, lag hier ein bereits toter Mann – oder was von ihm übrig war. Das Gesicht bestand lediglich noch aus einer breiigen Masse, der restliche Körper ließ einen bulligen Typen erkennen, der stark tätowiert war.

Niessen setzte sich auf den Boden, atmete keuchend und versuchte, sich zu konzentrieren. Es wunderte ihn nicht, wie schwer das fiel, bedachte man seinen derzeitigen mehr als desolaten Zustand. Aber ihm blieb keine Wahl, er musste einen klaren Kopf bekommen. Und ihn behalten.

Er atmete tief durch und faltete mit zittrigen Fingern einen DIN-A4-Zettel auseinander, der sich ebenfalls im Umschlag befunden hatte. Darauf stand, wie der Umschlag selbst wieder in Maschinenschrift verfasst, ein Gedicht. Ein Limerick, um genau zu sein. Niessen las:

Ich bin weder Goethe noch Schiller,
sondern einfach der weltbeste Killer.
Und ein Mann namens Niessen
will mir alles vermiesen.
Mich entlarven, genau das will er.

Doch ich kenn mich mit Morden aus,
bin ich nicht irgendne kleine Laus.
Sondern eher ein Wolf,
Also fang mich doch, Rolf,
Denn schon bald ist der Nächste raus.

Schlagartig wurde Niessen klar, dass er sich geirrt hatte. Dieser Umschlag, diese Botschaft, kam nicht von einer wohlwollenden Quelle. Sie kam von IHM! Wie pervers war dieser Typ eigentlich? Denn was er mit seiner Nachricht bezweckte, war klar.

Der Killer – sein Killer, dieser Bulle, wenn er denn einer war, er spielte mit ihm. Später am selben Abend saß Niessen lange Zeit einfach da, starrte auf die Fotos und die zynische Herausforderung, die man ihm übersandt hatte, und dachte zurück an die Zeiten, in denen sein Job als Reporter aufregend und neu gewesen war. Damals, als er sich durch die Stadt hatte treiben lassen wie ein Asphaltcowboy, allzeit bereit, die nächste Story aufzutun, immer auf der Seite des Guten und Wahren, wie er damals dachte. Es war so einfach gewesen, ein Abenteuer für große Jungs, das er beherrschte wie sonst nichts auf der Welt – und das bald schon ihn beherrschte.

Schöller, dieser Hurensohn, hatte es ihm genommen, ausgerechnet in dem Moment, in dem daraus bitterer, ja blutiger Ernst geworden war, ausgerechnet in dem Moment, in dem er – Niessen – mit seiner Arbeit wirklich etwas hätte bewirken können. Niessen hasste seinen Chef dafür, er wünschte ihm Tod und Verderben.

Doch ihm wurde, als er die brutalen Bilder vor sich auf dem Küchentisch liegen sah, auch sehr bald klar, dass er kampflos kapituliert hatte. Er hatte sich nehmen lassen, was er liebte, hatte sich in Selbstmitleid und Suff geflüchtet. Statt den Menschen, deren brutalen Tod er hier nun studieren konnte, zu helfen, sie vielleicht sogar vor all dem zu bewahren, hatte er sich ein ganzes Jahr lang bloß um sich selbst gedreht.

»Du erbärmliches Stück Dreck«, sagte Niessen plötzlich in die Leere seiner Küche hinein zu sich selbst. »Es reicht!«

Dann musste er grinsen, weil er selten so theatralisch war.

Eigentlich müsste ich jetzt noch mit der Faust auf den Tisch hauen, dachte er – und hämmerte tatsächlich seine Faust dermaßen heftig auf den Tisch, dass das Geschirr in der Spüle klirrte.

»Ich werde diesen Wahnsinnigen finden«, sprach Niessen, erneut zu sich selbst. Da ihm gerade feierlich zumute war, hob er seine Rechte, als wäre er Winnetou und müsse auf den Geist der Apachen schwören. Dann holte er seinen Laptop aus dem Wohnzimmer. Sein Jagdtrieb war erwacht. Er war, jedenfalls in diesem Moment, wieder ganz der Alte.

Es gab zwei Wege zum Killer. Der erste war: Der Irre hatte Hinweise in oder an seinen Botschaften an ihn hinterlassen. Doch das schied aus, wie Niessen wusste, nachdem er die Bilder gefühlt tausendmal angesehen und das Gedicht noch öfter gelesen hatte. Da war nichts, was ihm helfen würde. Und die E-Mails – bei denen er gar nicht mehr so sicher war, ob dahinter eine ominöse Quelle steckte oder auch da schon der Killer selbst – führten ihn nach wie vor lediglich zu der Annahme, dass er einen Polizisten suchen musste.

Also blieb ihm nur Weg Nummer zwei: die Opfer.

Die drei ersten kannte er: Es waren der Schneemann, der Taxifahrer aus Hamburg und die beklagenswerte Sandra Rickens, die in der Düsseldorfer U-Bahn gestorben war.

Doch wer waren die beiden Frauen und der Muskelprotz auf den Bildern, die er heute bekommen hatte?

Niessen startete seinen Rechner und durchsuchte systematisch die Polizeimeldungen des vergangenen Jahres. Er begann mit Düsseldorf und Umgebung, es folgten Köln, Bonn, Mettmann, Mönchengladbach, Krefeld, Duisburg, Wesel, Essen. Er ging davon aus, dass der Killer aus seiner Gegend stammte und vielleicht nur für eine Tat, nämlich die in Hamburg, eine lange Reise auf sich genommen hatte. Also suchte Niessen nach Meldungen über Menschen, die gewaltsam gestorben waren, und davon gab es glücklicherweise nicht so viele, selbst in NRW nicht. Es dauerte anderthalb Stunden, dann hatte er zwei Berichte, die zu passen schienen.

Im Februar hatte die Polizei Köln gemeldet, dass zwei unbekannte Frauen ertrunken waren. Sie saßen angeschnallt auf der Rückbank eines Autos, das in einen See gefahren war.

Gleich am nächsten Morgen rief Niessen Markus Schuster an, einen alten Kontakt von der Kölner Mordkommission, dem er eine Recherche für eine Story über Kapitaldelikte vorgaukelte. So erfuhr er, dass die Toten, Romina Stoicescu und Alessandra Ionescu, aus Craiova in Rumänien stammten, 27 und 31 Jahre alt waren und zuletzt auf dem Straßenstrich an der Brühler Landstraße angeschafft hatten. Sehr viel mehr wussten die Ermittler bislang nicht.

Die Frauen hätten noch gelebt, als das Auto ins Wasser fuhr, sagte Schuster. Sie waren offenbar durch ihre Gurte gefangen gewesen, denn diese ließen sich nicht lösen. Auch die Türen des Autos waren manipuliert, sodass sie sich von innen nicht öffnen ließen, mit Ausnahme der Fahrertür.

Finger- und DNA-Spuren gab es in dem wenige Stunden vor der Tat gestohlenen Wagen zwar reichlich, doch sie passten zu keinem Straftäter, dessen Vergleichsproben die Polizei in ihren Datenbanken führte. Einer der Frauen, es war Stoicescu, habe jemand mindestens einmal ziemlich fest ins Gesicht geschlagen, ansonsten wiesen die Leichen keinerlei Anzeichen von Misshandlungen auf – soweit man das nach Monaten im Wasser erkennen konnte. Offensichtlich sei es dem Täter nicht darum gegangen, sich an seinen Opfern sexuell zu vergehen. Zudem trugen beide noch ihre Handtaschen samt Inhalt und ihre Handys bei sich, mit denen sie versucht hatten, ihren Zuhälter und den Notruf anzurufen, allerdings ohne Erfolg. Es war insgesamt sehr ungewöhnlich, wie sein Kontaktmann fand: Denn wer entschied sich, zwei Huren zu ermorden, wenn es ihm nicht um Sex oder Geld ging? Und dazu noch auf eine so perfide Weise?

Na ja, dachte Niessen, mein Killer wäre dazu fähig. Er ist ganz sicher keiner dieser traurigen Frauenmörder, die in ihrer Kindheit von der Stiefmutter missbraucht worden sind. Er weiß genau, was er tut.

Der einzige und beste Grund für »seinen« Killer, warum diese Frauen sterben mussten, wäre wohl der, dass sie als Opfer leicht verfügbar waren. Also nahm er sich einfach, was er sich nehmen wollte, dachte Niessen. Der Typ ist ein absoluter Profi. Und ein eiskalter dazu. Er bedankte sich bei Schuster, versprach ihm, die Kölner Mordkommission besonders lobend in seinen Artikel einzubauen, und legte auf. Mit allem, was er jetzt wusste, blieb kein Zweifel: Die Frauen auf dem Foto aus dem Umschlag waren Romina Stoicescu und Alessandra Ionescu.

Nahm man den Schneemann, Sandra Rickens und den Taxifahrer dazu, passten all diese Morde perfekt ins Bild: Es war unmöglich, ein Muster zu erkennen. All diese Menschen waren vielleicht nur gestorben, weil sie gerade da waren, als der Killer töten wollte.

War auch der tote Muskelmann ein Zufallsopfer, den Niessen einige Tage später als Zuhälter Armin Scholz aus Krefeld identifizierte? Was nicht allzu schwer gewesen war, nachdem er die Pressemeldung zu diesem Mord gefunden und in der Pressestelle der Polizei dazu erfahren hatte, der Typ sei »eine Milieugröße in Düsseldorf« gewesen.

Also schickte Niessen »seiner« Milieugröße Didi Peters ein Foto des tätowierten Toten – und Didi meldete zurück, Scholz sei »ein Arschloch vor dem Herrn« gewesen und es hätten viele Korken in der Stadt geknallt, als er plötzlich nicht mehr aufgetaucht sei. Das sei übrigens erst vor zwei Wochen gewesen. »Die Krefelder Bullen werden sich bestimmt kein Bein ausreißen, den Typen zu finden, der Scholz weggemacht hat«, sagte er.

»Warum nicht?« Niessen war perplex.

»Der Typ hat letztes Jahr so nem anderen Bullen, Kanter oder so ähnlich, hier in Düsseldorf heftig ans Bein gepisst. Und so was merkt sich die Schmier. Bis dann, Rolf, Ciao!«

»Moment, was …?«

Aufgelegt.

Kanther?

Kanther.

KANTHER!

Plötzlich schien alles einen Sinn zu ergeben. Die halbherzigen Ermittlungen, die bisher ungelösten Mordfälle, ja sogar, die Beziehung zu ihm, Niessen. Der Killer spielte mit ihm, und zwar nicht aus Zufall, sondern weil er ihn kannte. Nicht bloß aus der Zeitung, nein. Persönlich!

Aber konnte das sein? Nach allem, was Niessen über Kanther wusste, war der Mann durch und durch korrekt,

Familienvater, immer anständig, keine krummen Dinger, trotzdem kein Karrierist und Hasenfuß, sondern einer von denen, die sich richtig reinhängten, weil sie ihren Job liebten und den Sinn, den er stiften konnte. »Der ist einer von den richtig Guten«, hatte Kanthers früherer Vorgesetzter mal zu Niessen gesagt. Einer von den richtig Guten …

Andererseits – auch die Besten kämpfen mit ihren Dämonen, dachte Niessen. Es sollte mehr als ein Jahr dauern, bis aus diesem Gedanken Gewissheit wurde.

KAPITEL 7

Oktober 2013

Das Leben hält oft bessere Pläne für uns bereit, als wir sie selbst schmieden könnten. So ging es auch Ten, als es endlich wieder an der Zeit war.

Nach dem Mord an Scholz hatte er erneut Monate vergehen lassen, um sicher zu sein, dass die Ermittlungen im Sande verliefen und der Fall irgendwann die verdiente Nichtbeachtung erfuhr. Was diesmal wesentlich schneller eingetreten war als im Jahr zuvor.

Objektivität hin oder her, aber niemand schiebt gern monatelang Überstunden für ein stadtbekanntes Arschloch, wusste Ten. Soweit er das mitbekommen hatte, hatten die Ermittler in Krefeld irgendwann resigniert und blieben bei ihrer ersten Theorie, wonach Scholz einem Einbrecher zum Opfer gefallen war, der anschließend schleunigst das Weite gesucht hatte. Dass ein offenbar vom Krach geweckter und aufmerksamer Nachbar eine schwarz gekleidete Gestalt mit Baseballschläger und Rucksack hatte weglaufen sehen, kam Ten sehr zugute. Auch wenn er großes Glück gehabt hatte! Denn der Nachbar musste erst einmal selbst in aller Ruhe auf seinem Grundstück nach dem Rechten gesehen haben, bevor er die Polizei anrief. Anders konnte Ten sich nicht erklären, dass er die Sirenen erst gehört hatte, als er längst im Auto saß und auf die Autobahn auffuhr.

Er merkte sich diesen Punkt dennoch, denn er ärgerte ihn. Ein Mord war nicht perfekt, wenn man gesehen wurde, selbst wenn die Chance, wiedererkannt zu werden, praktisch nicht bestand. Risiko blieb Risiko.

Als dann überdeutlich war, dass man keine weiteren Spuren mehr verfolgen und den Fall wohl als »gern ungeklärten Mord« beerdigen würde, wollte Ten eigentlich schneller weitermachen als beim letzten Mal.

Fünfmal hatte er jetzt schon getötet, ohne dass man ihm auch nur einen Schritt näher gekommen wäre. Wenn alles auf die Zahl zehn hinauslaufen sollte, blieben ihm nur noch wenige Taten. Fast wurde er ein bisschen wehmütig bei der Vorstellung. Aber er wusste auch, dass er irgendwann aufhören müsste, um nicht doch eines Tages einen Fehler zu machen und anschließend den Rest seines Lebens hinter Gittern verbringen zu müssen.

Ten begann zu resümieren. Von der Erkenntnis abgesehen, die sie ihm gebracht hatten und derer er sich inzwischen endgültig bewusst war, waren seine Morde – man konnte es kaum anders ausdrücken – Spielereien gewesen, Übungen, Training vielleicht. Es fehlte ihnen nicht an Perfektion; aber sie waren, alles in allem, doch sehr simpel gewesen. Auch wenn der Kick immer wieder aufs Neue atemberaubend gewesen war, Ten wollte mehr! Es schien ihm bisher einfach nichts zu geben, was blieb. Er hatte den perfekten Rausch gefunden, doch jedes Mal, wenn er nachließ, blieb eine gähnende Leere.

Ten glaubte zu wissen, woran das lag: Erstens mangelte es den Taten an Bedeutung. Er hatte Fremde getötet, bis auf Scholz, allesamt Menschen, mit denen ihn rein gar nichts verbunden hatte. Und zweitens – was für ihn noch viel wichtiger war – mangelte es ihnen an echter Herausforderung. Ten erkannte, nicht ohne Wehmut, dass er bislang nichts getan hatte, was nicht auch andere hätten tun können.

Vielleicht nicht so gut wie er, das mochte sein. Aber ihm war bewusst, dass seine Ansprüche viel, viel höher liegen mussten als bei allen anderen. Also musste er an den Stellschrauben drehen, die es, wenn er es vermasselte, ermöglichen würden, ihn zu fassen. Das Motiv, die Spurenlage, die persönliche Nähe zum Opfer; vieles war denkbar, und wenn er sich selbst zur Legende machen wollte, musste er sich langsam damit befassen.

Ten hatte auch immer wieder darüber nachgedacht, worauf das alles hinauslaufen sollte, womit er das Ganze beenden würde und was folgen sollte. Diese Überlegungen waren im Sande verlaufen, fast, als sperrte sich etwas in ihm dagegen, den Gedanken zu Ende zu denken. Ten konnte sich das nicht erklären, trotzdem nahm er es hin, so wie er es hinnahm, dass sein Geist jedes Mal aufhörte, weiterzudenken, wenn er die Unendlichkeit des Universums erfassen wollte. Für manches waren eben auch intelligente Menschen nicht intelligent genug.

Er war zu Hause gewesen, hatte eine Zigarette geraucht und völlig in diesen Denkprozessen festgesteckt, als ihn ein Einladungsschreiben erreichte. Prompt hatte das Leben ihm eine weit bessere Alternative geliefert als jede, die er sich selbst ausgedacht hätte. Diese Alternative hieß Sebastian Kraft.

Ten konnte nicht von sich behaupten, ein sehr gefühlsbetonter Mensch zu sein. Das Rationale hatte bei ihm immer schon Vorrang gehabt, und bis zu der Sache mit Bülent, dem Schneemann, hätte er nicht geglaubt, dass es Gefühle gab, die ihn so tief berührten, dass er selbst dafür sterben würde.

Doch hätte er einmal ganz weit zurück gedacht, wäre er offen dafür und ehrlich zu sich selbst gewesen, dann wären ihm zwei ähnlich intensive Gefühle aus seiner späten Jugend begegnet, die er genauso deutlich wie schmerzhaft empfunden hatte: Seine Liebe zu Christina. Und der Hass auf Sebastian.

Es war eine Geschichte, wie sie im Grunde täglich auf den Schulhöfen dieser Welt vorkommt. Aber es war seine Geschichte, und in ihren wichtigen Details deshalb anders; dunkler. Kurz gesagt, verliebte sich ein damals eher durchschnittlich wirkender Typ in eines der schönsten Mädchen der Schule. Das Mädchen erkannte nach einiger Zeit, dass doch vieles in ihm steckte, was ihn mehr als durchschnittlich machte, und verliebte sich ebenfalls. Sie kamen zusammen und erlebten all das, was eine echte erste Liebe ausmacht: vom nervösen Herumnesteln am BH-Verschluss über Partner-Silberkettchen bis hin zu den verrückten Träumereien vom künftigen gemeinsamen Leben irgendwo in den Bergen Montanas, wie sie nur Teenager haben können. »Kuschelrock« war ihr Soundtrack, Liebe ihr einzig wichtiges Nahrungsmittel, und die Vorstellung, dass es je etwas anderes geben könnte als sie beide, schien so absurd, dass sie gar nicht erst aufkam. Doch als der Höhepunkt dieser Jugendliebe überschritten war, zeigte sich langsam, aber sicher, dass der Junge eben noch ein Junge und längst nicht bereit war, eine Beziehung zu meistern, in der er vermeintlich der Schwächere war.

Verlustangst schlich sich ein, Eifersucht war die logische Folge, und irgendwann hatte Ten sie während eines bösen Streits, bei dem sie ihn einen Schwächling nannte, recht unsanft gegen die Wand geschubst. Sie verzieh ihm, aber es dauerte keine drei Wochen, dann hatte auch der Letzte die Witterung aufgenommen, dessen Nase schon gut genug ausgebildet war, um eine offene Flanke bei einer schönen jungen Frau zu erkennen.

Einer davon war Sebastian Kraft gewesen. Der Typ, den jeder auf dem Schulhof hasste, der nicht das Glück hatte, es in seinen Dunstkreis zu schaffen. Er war größer als Ten, er war älter, er war erfahrener, und er sah, objektiv betrachtet, viel besser aus. Ten war chancenlos gegen ihn, verlor seine große Liebe, und am Ende hatte er sich durch die monatelangen Versuche, sie zurückzugewinnen, so sehr zum Affen gemacht, dass er sich schwor, nie mehr zuzulassen, dass eine Frau die Kontrolle über ihn gewinnen würde. Damals war er 16 gewesen. Und er musste noch fast drei Jahre lang durch die Hölle gehen, bis er Kraft und Christina nicht länger in seiner Nähe ertragen musste. Dass Kraft sitzenblieb und in den letzten beiden Schuljahren in einigen von Tens Kursen landete, hatte das Elend damals komplett gemacht.

Nun war er 43, und die Einladung zum 25-jährigen Abiturjubiläum spülte die ganze Geschichte wieder hoch. Er hatte natürlich schon früher solche Einladungen bekommen. Aber weder nach fünf noch nach zehn Jahren war sein Interesse sonderlich groß gewesen, sich auf eine endlose Abfolge von »Und, was machst du so?« einzulassen. Nicht, dass es ihm unangenehm gewesen wäre, über sein Leben zu sprechen. Es war vielmehr so, dass ihn nicht interessierte, was die anderen zu erzählen hatten. Als die Einladung zum 15-jährigen kam, hatten Isabelle und er gerade geheiratet und waren in den Flitterwochen. Und vor fünf Jahren hatten sie mitten in der Bauphase gesteckt. Und wer jemals gebaut hat, weiß, dass man in dieser Zeit besser überhaupt nichts anderes plant.

Dieses Mal passte jedoch alles, und er hatte sogar Lust darauf, war tatsächlich ein wenig neugierig, wie sich mancher entwickelt hatte. Ten ging also mit Isabelle zu dem

Treffen, verbrachte einen sehr schönen Abend und war wirklich erstaunt darüber, dass die meisten der Anwesenden erstens noch zu erkennen waren und zweitens etwas aus ihrem Leben gemacht hatten. Sicherlich der eine mehr und der andere weniger, aber unter dem Strich war sein alter Jahrgang doch eine brauchbare Truppe, und er notierte sich einige Kontaktdaten, die er vielleicht einmal gebrauchen könnte. Alles in allem war er vom Verlauf des Abends positiv überrascht.

Es war nach Mitternacht – Isabelle hatte sich zwischenzeitlich ins Hotel verabschiedet, damit er »auch die dreckigen Geschichten endlich austauschen« könne, wie sie ihm fröhlich zwinkernd nahegelegt hatte –, und es befanden sich höchstens noch 30 Leute auf der Party, als sich ein Arm um ihn legte und eine Stimme in sein Ohr lallte: »Naaa, Vogel, kennste mich noch?«

Natürlich kannte er ihn, er hatte schließlich den ganzen Abend einige Energie darin investiert, den Mann zu ignorieren: Kraft!

»Hallo, Sebastian. Na, hat das Bier endlich gewonnen?«, versuchte er es mit einer scherzhaften Provokation.

»Bist 'n witziger Typ, warst du schon immer«, sagte Kraft. »Ach nee, damals ja eher nicht so, da warst du ein ständig heulender Jammerlappen.« Er grinste dieses dümmlich-abstoßende Grinsen, zu dem nur betrunkene Männer in der Lage sind, die denken, dass sie gerade das Rezept für eine natürliche Penisverlängerung erfunden haben, obwohl alle anderen sie schlicht für besoffene Idioten halten.

»Das ist lange her«, versuchte Ten das Thema zu beenden. »Komm, trinken wir einen auf die alten Zeiten.« Er hatte zwar absolut keine Angst davor, mit Kraft Stress zu bekommen. Aber der Abend war bislang so schön gewesen, dass er ihn sich nicht ohne Not kaputt machen lassen wollte. Er hoffte also, der andere würde den Wink mit dem Zaunpfahl verstehen und sich nach einem Schluck Bier trollen. Das war eine Fehleinschätzung.

»Weißt du eigentlich, dass ich damals Monate gebraucht habe, bis ich Tina beigebracht hatte, dass richtige Männer gar nicht so vögeln, wie sie das gewohnt war? Grundgütiger, was für ein Mäuschen die gewesen ist. Blümchensex wäre die Untertreibung des Jahres. Man hätte meinen können, du warst die Frau in eurer Beziehung.«

Ten wollte sich weiterhin nicht provozieren lassen. Er nahm sein Glas und ging mit einem knappen und von immenser Anstrengung gezeichneten »Bis später, Sebastian!« schnurstracks in Richtung Toilette.

Als er am Pissoir stand und gerade darüber nachdachte, was das Leben doch für ein Arschloch war, da es versuchte, ihm auf diese Weise den Abend zu versauen, öffnete sich die Tür und Kraft trat ein.

»Hier hast du dich versteckt! Dachte ich's mir doch!«

Ten hatte sich nicht versteckt, Kraft hatte gesehen, wie er das Klo betrat. Aber darum ging es jetzt nicht.

»Was willst du von mir?«, fragte Ten, sichtlich unter Spannung.

»Nichts, nichts. Ich wollte dir nur erzählen, was mit der kleinen Schlampe passiert ist, die mir jahrelang die Ohren vollgejammert hat, dass du viel netter und liebevoller und sowieso der Bessere von uns warst, blablabla. Wusstest du, dass ich sie sogar geheiratet habe?«

Damit hatte Ten nicht gerechnet. Er war perplex, und er konnte nicht verhindern, dass alle alten Wunden endgültig wieder aufrissen.

»Ja, da staunst du, was?« Kraft sah ihm offenbar an, dass

er einen Treffer gelandet hatte. Was Ten noch mehr ärgerte als die Tatsache an sich.

»Wir hatten so unsere Aufs und Abs, aber wir sind damals ja beide hier in der Gegend geblieben, und da findet man irgendwie immer wieder zusammen. Tja … Und dann ist sie eines Tages schwanger geworden, obwohl ich von Kindern nichts wissen wollte. Hat nicht aufgepasst, die doofe Nuss! Na ja, zum Glück hat sie das Kind verloren.«

Ten wurde schlagartig nicht nur endgültig nüchtern, sondern auch von tiefem und für sein Gegenüber sehr gefährlichem Zorn erfasst. Wie konnte jemand etwas so Furchtbares derart gleichgültig und kalt schildern?

»Bin dann abgehauen. Die war nur noch am Heulen wegen dem Kind. Sex wollte sie auch keinen mehr. Kein großer Verlust, so gut war sie nicht, klar, aber find' hier mal was Anständiges zum Poppen nebenher, ist nicht grade leicht, kann ich dir sagen. Irgendwann hat sie mir die Drecksbullen auf den Hals gehetzt, oh Verzeihung, die Polizei, nur weil ich … Na ja, kennst du sicher, ab und zu muss man die Tinte ja wieder vom Füller lassen! Tja … Sie war clever genug, das Ganze fallen zu lassen, bevor sie richtig Ärger mit mir hatte. Hab nach der Geschichte nichts mehr von ihr gehört. Ist wohl weggezogen, war völlig im Arsch. Ich weiß auch nicht, warum ich dir das unbedingt erzählen wollte, aber ich hatte so ne Ahnung, das könnte dich interessieren. Erste Liebe, verstehste, vergisst man ja nicht. Aber unter uns Männern, mal ehrlich: Die war es echt nicht wert, jahrelang 'nen Riesenaufriss zu machen. Verdorbene Ware, wenn du mich fragst.«

Er sah Ten mit einem fast schon treudoofen Blick an, sodass dieser beinahe laut losgelacht hätte. Nur seine Wut verhinderte das. Diese Wut war es aber auch, die er nun dringend in den Griff bekommen musste; denn ihm war klar, was sonst passieren würde, und das könnte ihn in ernsthafte Schwierigkeiten bringen. Er riss sich also zusammen, ging auf den anderen zu, brachte sein Gesicht so nahe an ihn heran, dass er es gerade noch ertragen konnte, und sagte: »Du bist ein krankes Stück Scheiße, Kraft. Und jetzt geh mir aus dem Weg, und dann verpiss dich augenblicklich von der Party. Denn wenn nicht, reiße ich dir mit bloßen Händen den Kopf ab und scheiße dir in den Hals. Hast du mich verstanden? Ich bin keine 16 mehr, und Typen wie dich zerlege ich notfalls mit einem Zahnstocher.«

Kraft fand offensichtlich den letzten Rest an Verstand, den der Alkohol übrig gelassen hatte, machte keinen weiteren Fehler und trollte sich. Für Ten jedoch war die Sache damit nicht beendet. Nein, für ihn fing sie erst an.

Seine Recherchen waren simpel und schnell erfolgreich. Kraft war tatsächlich nie aus dem Kaff, in dem er aufgewachsen war, herausgekommen, und lebte im Haus seiner Eltern, drei Kilometer von Tens früherem Wohnort im Münsterland entfernt.

Alles, was er brauchte, gab es in jedem Baumarkt. Schwieriger war die Suche nach einem perfekten Alibi, das er dieses Mal, wenn es hart auf hart kam, bestimmt brauchen würde. Aber auch das stellte sich am Ende als gar nicht so schwer heraus.

Zwei Monate später stand er in Krafts Keller, blickte zu der hängenden, geschundenen Leiche über ihm, die noch immer austropfte, und badete ausgiebig in dem Gefühl, das ihn süchtig machte.

Mit vor Erregung zitternden Händen und Pearl Jams »Jeremy« auf den Kopfhörern machte er sich an die weitere Arbeit. Als er fertig war, wusste er, dass kein Polizist auf der

Welt den Hinweis übersehen könnte, den er hinterlassen hatte, damit sie endlich begriffen, wie gut er wirklich war.

Er hatte erreicht, was er wollte. Dieser Mord war bedeutend. Wenn sein Plan aufging, würde er entweder sehr bald unerbetenen Besuch bekommen, wovon er absolut nicht ausging. Oder die Herausforderung müsste beim nächsten Mal noch deutlich größer werden.

KAPITEL 8

Oktober 2013

»Hast du so was schon mal gesehen?« Stefan Hüffmeier, in Anspielung auf seinen Namen und ein altes Hüftleiden mittelmäßig originell nur »Hüfte« genannt, stand vor der Tür eines kleinen Häuschens und rauchte seine siebte Lord Extra. In zwei Jahren würde er in Pension gehen, und zusammen mit Hannah Kalwitzki – der Kollegin, an die seine Frage gerichtet war – kamen sie auf gut und gern 70 Dienstjahre bei der Polizei in Nordrhein-Westfalen. Er selbst hatte über 15 davon im KK 11 verbracht, Hannah, die etwas jünger war als er, sogar noch mehr. Es kam also einiges an Berufserfahrung zusammen, und selbst im beschaulichen Münsterland wusste man nach dieser langen Zeit ganz sicher, auf wie viele Arten die Menschen sterben konnten. Aber so?

»Nein«, antwortete Hannah gedankenverloren, schwieg anschließend und wiederholte dann noch einmal, fast flüsternd: »Nein!«

Ziemlich jeder, der in Rosendahl-Höpingen, einem winzigen Nest im Niemandsland zwischen Münster, Steinfurt und Coesfeld lebte, war längst auf den Beinen und starrte mehr oder minder unverhohlen auf das Haus und die Unmenge von Beamten, die dort ihre Arbeit verrichteten. Es war ein herrlicher Morgen, der dem Begriff »Goldener Oktober« alle Ehre machte. Der Ort und die gesamte Landschaft um Stefan herum waren idyllisch. Eigentlich die perfekte Umgebung, um sich an einen Tisch zu setzen und einen schönen schwarzen Kaffee zu trinken.

Wenn er allerdings an das Bild dachte, das im Haus auf ihn wartete, schmeckte selbst die Kippe nach Verwesung. Dennoch war es ihm nicht möglich, sie auf den Boden zu werfen und auszutreten. Verdammte Sucht, dachte er sich.

»Sebastian Kraft, 45 Jahre alt, alleinstehend, lebte hier in seinem früheren Elternhaus, Mutter und Vater recht früh verstorben. Arbeitete als Industriemechaniker in Coesfeld. Unauffällig, früher wohl ein ziemlicher Hitzkopf. Die Putzfrau, die ihn fand, ist noch nicht wirklich ansprechbar. Man kümmert sich um sie.«

Hannah besaß die ausgesprochen angenehme Gabe, alle wesentlichen Informationen in wenigen Sätzen auf den Punkt zu bringen. Neben vielen anderen Dingen schätzte Stefan das besonders an ihr. Er war froh, dass es sie beide erwischt hatte bei diesem Einsatz. Er hatte junge Kollegen gesehen, die bei weniger schlimmen Leichensachen in Tränen ausgebrochen waren – oder ihr Essen ausgebrochen hatten. Manchmal beides.

»Die haben ein hervorragendes Restaurant im Ort, habe ich mir sagen lassen. Ich schlage vor, wir versuchen dort mal einen Kaffee aufzutreiben, solange die da drin noch beschäftigt sind. Wie ich das sehe, werden wir uns schon auf dem Weg vor lauter Zeugen nicht mehr retten können.« Er deutete mit einem Kopfnicken auf die kleine Menschentraube, die sich etwa 50 Meter entfernt gebildet hatte.

»Gute Idee«, stimmte Hannah zu. »Ich hole nur schnell mein Geld aus dem Auto.«

»Lass stecken«, meinte Stefan, »ich lad dich ein.«

Hannah bedankte sich, und gemeinsam machten sie sich auf den Weg zur Absperrung, um dem kleinen Örtchen seine noch kleineren dunklen Geheimnisse abzuringen. Doch aus der Idee wurde nichts.

»Hüfte, kommt doch mal rein!«, schallte es aus dem Haus.

Martin – seinen Nachnamen hatte Stefan sich nie merken können –, der Leiter des Spurensicherungsteams, war in voller Montur in der Tür erschienen und sah sie eindringlich an, dann verschwand er wieder im Haus.

Missmutig setzte Stefan sich in Bewegung, begleitet von Hannah, sorgsam dem »Trampelpfad« folgend, der zur Schonung möglicher Spuren angelegt worden war.

»Also«, fragte er, als sie wieder im Keller standen, dessen unerträglicher Gestank weit jenseits der Schmerzgrenze lag, »was habt ihr?«

»Sieht aus, als hat uns jemand eine Nachricht hinterlassen«, sagte Martin. »Im Bauch der Leiche steckte eine verschließbare Plastiktüte, diese Haushaltsdinger mit Zippverschluss. Wir haben alles fein säuberlich dokumentiert und die Tüte entnommen. Sie liegt dort drüben. Ich schätze, der Inhalt dürfte euch interessieren.«

Mit einem ziemlich miesen Gefühl bewegte sich Stefan auf die Tüte zu, die auf einer Werkbank abgelegt worden war. Es war eine dieser Tüten, die oft verwendet wurden, um Kosmetika im Handgepäck zu verstauen, wenn man flog. Nur dass diese keine Zahnbürste oder Deospray enthielt. Sondern Zeitungsartikel. Und wenn Stefan richtig entziffern konnte, was er da sah …

»Ach! Du! Scheiße!«, entfuhr es ihm.

»Was ist los?«, fragte Hannah, die zwar neben ihm stand, in dem miesen Licht hier unten aber unmöglich in der Lage war, zu erkennen, was in der Tüte steckte.

»Tja, meine Liebe. Ich schätze, wer auch immer das hier getan hat – das war ganz sicher nicht das erste Mal!«

KAPITEL 9

Oktober 2013

Torben Kanther hatte zwei eher bescheidene Jahre hinter sich, aber in letzter Zeit waren die Dinge langsam wieder ins Lot gekommen. Vor Kurzem hatten sie eine brutale Kindstötung aufgeklärt, die Jahresbilanz sah insgesamt sehr gut aus, und mit dem neuen Chef, der Köppen abgelöst und ihn selbst damit endlich *er*löst hatte, kam er bestens klar. Köppen hatte man befördert, er war nun beim LKA und, Ironie des Schicksals, ausgerechnet Toms Abteilungsleiter. Toms Gesicht an dem Tag, an dem die Entscheidung bekannt geworden war, würde Torben nie vergessen.

Es war ein wirklich schöner Herbsttag, und er hatte sich mit Tom zum Joggen verabredet. Treffpunkt war der Landtag, von dort aus wollten sie wie üblich in Richtung Norden den Rhein entlanglaufen. Als Torben ankam, sah er schon von Weitem, dass Tom gerade seine völlig übertriebenen Dehnübungen machte. Torben musste schmunzeln. Für ihn war das affiger Kram, mit dem er sich nicht länger als notwendig aufhielt. Allerdings konnte er auch nicht im Ansatz mit Toms Sportpensum mithalten und war nicht erst seit heute froh über jeden Kilometer, den er noch in Würde laufen konnte.

Sie begrüßten sich kurz und trabten sofort los.

»Wie war's beim BKA?«, fragte Torben, während er langsam warm wurde. Er wusste, dass Tom in Meckenheim gewesen war, um mit den Lichtgestalten beim Bundeskriminalamt die großen Strategien auszutauschen. »Sachbearbeitertagung« nannte man das.

»Ging so! Den einen oder anderen Vortrag hätten sie sich schenken können, trotzdem war es ganz gut, ein paar Leute aus anderen Bundesländern kennenzulernen. Da merkt man wieder, dass es uns im Vergleich gar nicht mal sooo beschissen geht. Aber eine extrem gute Kantine haben sie, das steht fest!«

»Wann bist du zurückgekommen?«

»Gestern Nachmittag. Ist ja nicht allzu weit, und mittags war schon Schluss. Hab mich danach noch auf einen Kaffee mit einem früheren Lehrgangskollegen getroffen, der damals ins BKA gewechselt ist.«

»Sehr schön«, sagte Torben. »Ich würde mich auch gern mal für zwei Tage verabschieden. Hatte seit Ewigkeiten keinen Lehrgang mehr. Und jetzt, wo ich langsam wieder normal arbeiten kann, müsste ich mir das eigentlich gönnen.«

»Ja, das hast du dir ganz sicher verdient. Habt ihr diesen Serienmörder-Mist also endlich hinter euch?«

»Na ja, nicht wirklich. Zumindest ist der größte Druck raus. Wir arbeiten immer noch nebenbei alte ungeklärte Fälle auf und schlagen uns mit der einen oder anderen Anfrage rum. Ein paar dämliche Hinweise kommen ab und zu rein, die natürlich ins Nichts führen. Aber ansonsten geht's. Man darf halt nicht drüber nachdenken, wie viel Arbeit wir uns gemacht haben, für nichts! Ich hab mal versucht, das aufzuschlüsseln, letztes Jahr schon. Als ich gesehen habe, wie viel Manpower wir da reingesteckt haben, musste ich damit aufhören. Ich wäre sonst endgültig durchgedreht. Ehrlich, ich habe locker fünf Lebensjahre verloren seit dem Niessen-Artikel damals.«

»Ach ja, unser Freund Niessen.« Tom grinste. »Den hab

ich vor Ewigkeiten zuletzt gesehen, als er am frühen Nachmittag in eine Spelunke spaziert ist, um sich volllaufen zu lassen. Konnte einem fast leidtun. Aber nur fast. Von dem ist jedenfalls kein Ärger mehr zu erwarten.«

»Hoffen wir's. Mitleid mit dem Mann habe ich jedenfalls nicht. Mir kommt jetzt noch die Galle hoch, wenn ich darüber nachdenke, wie viel Ärger ich wegen des Typen hatte.«

»Das glaube ich dir sofort.«

»Wenn es irgendwas Gutes hatte, dann ja immerhin, dass wir noch nie so viel Aufwand betrieben haben, um festzustellen, dass wir nichts, aber auch gar nichts haben, was uns hilft, die Mörder in zwei Mordfällen zu finden. Geschweige denn, eine Verbindung zu einem dritten Mord herzustellen, der 500 Kilometer entfernt passiert ist. Es war die ganze Zeit nicht wert, das ist klar. Aber einfach alles zu tun, um am Ende weniger als nichts zu haben, ist ja auch mal eine Erfahrung.«

»Was an sich übrigens schon erstaunlich ist. Allein der Zufall müsste eigentlich für irgendeine Gemeinsamkeit sorgen, und wenn es nur eine übereinstimmende Telefonnummer in den Funkzellen wäre«, meinte Tom.

»Ja, das ist wahr. Aber ich kann dir versichern, wir haben alles auf links gedreht. Keine weiteren Spuren, keine brauchbaren Hinweise, keine Gemeinsamkeiten, keine erkennbare Motivlage. Bei Rickens haben wir ohnehin so gut wie nichts, beim Schneemann kamen natürlich alle aus ihren Löchern, die ihre ›Ich hab' schon immer gesagt‹-Geschichten an den Mann bringen wollten. Nicht eine einzige davon hilfreich, versteht sich.« Torben hörte auf zu sprechen, um seine Atmung unter Kontrolle zu bringen. Nein, er war wirklich nicht mehr allzu gut in Form. Es dauerte eine Weile, bis er wieder genug Luft hatte, um weiterzusprechen. »Das Einzige, was mich immer noch ärgert, ist, dass wir damals den Durchsuchungsbeschluss nicht bekommen haben, um Niessen rundzumachen. Das hätte alles viel einfacher gemacht. Sein dummes Feuerzeug hätte ich ihm sonst wohin gesteckt nach den KT-Untersuchungen, und seine Quelle hätte sich todsicher als verstrahlter Quartalssäufer herausgestellt. Alles wäre gegessen gewesen. So bleibt dieser Mist immer im Hintergrund stehen, und wir haben keine Chance, ihn aus der Welt zu schaffen. Verdammtes Presserecht!«

Tom lachte trocken. »Ja, unsere vierte Gewalt hat definitiv zu viele Privilegien, wenn es um frei erfundene Berichterstattung geht.«

»Mal was anderes«, wechselte Torben plötzlich das Thema, »wie läuft's mit Köppen?« Er setzte ein derart süßes Lächeln auf, dass Tom kurz schmunzelte, obwohl er die Sache ganz und gar nicht komisch fand.

»Boah, hör mir auf! Der schafft es, mir schon auf den Keks zu gehen, bevor er auch nur ins Büro gekommen ist. Ich meine, ich bin ja nicht so dicht an ihm dran, dass ich ihn ständig vor der Nase hätte. Aber da mein werter Chef zu der Sorte Mensch gehört, die noch große Karriereziele haben, landen Köppens Spinnereien am Ende trotzdem ständig unkommentiert auf meinem Schreibtisch. Das Schlimmste ist, dass er von Anfang an getan hat, als wären wir best Buddys. Klar, er kennt bei uns kein Schwein, bekommt eine Stelle, die sich ein anderer erhofft hatte, und hat nun mal seinen gerechten Ruf weg. Aber muss er sich ausgerechnet mich aussuchen, um so zu tun, als könnte ihn jemand leiden? Du hättest ihn sehen sollen, als er letzte Woche mit einer Tasse Kaffee bei mir im Büro stand. ›Tom, erzähl mal, wie läuft's zu Hause?‹ Immerhin hat er mich nicht ›Ölprinz‹

genannt, ich bin froh genug, dass der Name langsam ausstirbt. Trotzdem wusste ich wirklich nicht, wie ich reagieren sollte. Alles in mir schrie danach, ihm zu sagen, er soll sich verziehen, aber Abteilungsleiter ist nun mal Abteilungsleiter, also habe ich den Kaffee genommen. Ich bin sicher, er hat trotzdem gemerkt, was ich von seinem Annäherungsversuch hielt. Na ja, lass uns von was anderem reden, ich kriege sonst schon wieder 'nen Riesenhals!«

Torben lachte. »Okay, verstehe. Na, dann lass uns mal langsam in den Schlussspurt übergehen.«

Tatsächlich waren sie bereits eine ordentliche Strecke gejoggt – jedenfalls nach Torbens Empfinden – und nicht mehr weit von der Stelle entfernt, an der sie sich wieder trennen würden. Torben würde ins Büro zurückkehren, Tom allerdings würde dieselbe Runde noch wer weiß wie viele Male laufen. Es reichte noch für ein bisschen Small Talk, dann verabschiedeten sie sich und Torben machte sich auf den Weg ins Präsidium, um erst einmal zu duschen.

Als er anschließend zur Bürotür hereinkam, klingelte sein Telefon. Eine Behördennummer, das erkannte er auf dem Display.

»KK 11 Düsseldorf, Kanther«, sprach er gewohnheitsmäßig in den Hörer. Er fühlte sich fit und war bereit für alles, was ihn an diesem Tag noch erwarten könnte.

»Hüffmeier, KK 11 Münster«, stellte sich sein Gesprächspartner vor. »Gut, dass ich dich erreiche, Kollege. Wir haben ein Problem, bei dem du uns hoffentlich helfen kannst.«

»Na, ich werd's mal versuchen«, sagte Torben fröhlich.

»Wer ist bei euch im Kommissariat zuständig für die Morde an Bülent Bozkurt und Sandra Rickens?«

»Öhm ... Ja, das wäre dann ich. Ich habe beide Mordkommissionen geleitet. Warum?«

»Gott sei Dank! Dann hoffe ich, dass du in den nächsten Tagen nichts vorhast, was man nicht verschieben könnte.«

»Wieso? Ich verstehe nicht ganz«, sagte Torben leicht verwirrt.

»Ich mache es kurz, alles andere können wir vor Ort besprechen. Ich denke, es wäre sinnvoll, wenn ihr so schnell wie möglich herkommen würdet. Wir haben hier einen Mord. Und zwar einen von der Sorte, die man nur einmal im Leben auf den Tisch bekommt. In Ketten an die Kellerdecke gehängt, gefoltert und komplett ausgeweidet. Beim besten Willen kein schöner Anblick.«

Torben hörte schweigend zu.

»Bislang im Prinzip keine nennenswerten Spuren, kein erkennbares Motiv, aber wir haben auch erst angefangen.«

»Und wie kommen wir da mit unseren Morden ins Spiel?« Ein übles Bauchgefühl machte sich in Torben breit.

»Na ja, eine Spur haben wir schon. Oder besser gesagt, eine Art Botschaft. In der Leiche steckten Presseartikel, sie waren in Plastik verpackt. Presseartikel über drei Morde. Und zwei davon betreffen offenbar euch, wie wir schnell herausgefunden haben. Dieser Bülent …«

Torben nahm wahr, dass sein Kollege weitersprach, aber er war nicht fähig, das Gesagte zu erfassen. Er wurde kreidebleich. Millionen Gedanken kreisten in seinem Kopf, jede noch so kleine Einzelheit der Mordfälle wurde wieder präsent, jeder Hauch einer Spur, jeder Ermittlungsansatz, zu guter Letzt jedes Telefonat mit Niessen. Mit dem einen, unausweichlichen Ergebnis: Niessen hatte es gewusst! Es gab einen Serienmörder, und Niessen hatte es gewusst. Und der Mörder hatte erneut getötet.

»Verdammt!«, sagte Torben, dann legte er ohne ein weiteres Wort den Hörer auf.

KAPITEL 10

Oktober 2013

Saure Kotze schoss aus seinem Mund. Niessen hing über der Toilettenschüssel und klammerte sich an die kalte Keramik. Dieses Bild, oh mein Gott! Seine Eingeweide krampften sich zusammen, und explosionsartig brach der Inhalt seines Magens in einem zweiten Stoß aus ihm heraus. Käsebrötchenstücke und Kaffee schwammen in der Schüssel, und der Gestank des Erbrochenen sorgte gleich für den nächsten Schwall.

Was zum Teufel? Wie krank ist der Typ? Das kann doch nicht wahr sein!, fluchte er innerlich. Seine Gedanken drehten sich wild im Kreis.

Das Polaroidfoto, das er erhalten hatte, zeigte einen Mann mittleren Alters, den man mit schweren Ketten an Armen und Beinen gefesselt und an eine Kellerdecke gehängt hatte. Teile seiner Gedärme hingen aus dem offenen Bauch, der Rest davon schien unter der Leiche auf dem Boden zu liegen. Das Gesicht war eine entsetzte, schmerzverzerrte Fratze, die jedem, der es ansah, klarmachte, dass nur stundenlange Qualen einen solchen Horror hatten hineinzeichnen können.

Auf der Wand hinter dem Mann stand in großen roten Buchstaben (Blut, es musste Blut sein, etwas anderes hielt Niessen nicht mehr für möglich) ein einziges Wort geschrieben: »RACHE«. Niessen hatte es gerade noch bis zur Toilettenschüssel geschafft, ehe er sich die Seele aus dem Leib kotzte.

Eine elendige Stunde verbrachte er im Bad, und als er endlich nicht einmal mehr Galle herauswürgen konnte, fing er an zu heulen. Anderthalb Jahre war es nun her, seit er die Gewissheit gewonnen hatte, den Killer zu kennen, dem er seit so langer Zeit hinterherjagte. Der ihm fast alles genommen hatte, was ihn einst ausgemacht hatte. Der ihn in ein Wrack verwandelt hatte, das er längst nicht mehr im Spiegel ansehen konnte, ohne wahlweise Verachtung, innere Leere oder wütenden Hass zu empfinden. Anderthalb Jahre, die ihn nicht weitergeführt hatten.

Hatte er anfangs noch die Energie aufgebracht, seiner Vermutung nachzugehen und alles zu tun, was hätte helfen können, Kanther zu überführen, so war er nach wenigen Wochen eingebrochen und hatte kapituliert. Denn was konnte er schon tun? Die Polizei würde ihm nicht helfen, das wusste er. Selbst wenn es ihm gelang, einen Polizisten zu finden, der seinen Verdacht nicht als Spinnerei abtat, würde das nichts ändern. Wenngleich für ihn selbst nur Schlechtes dabei herausgekommen war, hatte die Polizei nach seinem damaligen Artikel dank des nötigen politischen Drucks immerhin alles aufbieten müssen, um den Serienmörder zu finden. Soweit Niessen das einschätzen konnte, dürfte es selbst für Kanther in dieser Lage kaum möglich gewesen sein, alles zu vertuschen, was zu ihm selbst führen würde. Nein, so einfach war es nicht. Kanther war nicht nur ein Profi, sondern er war der Profi schlechthin, einfach perfekt in dem, was er tat. Daher gab es schlicht und ergreifend keine Spuren, keinen Hinweis, einfach nichts, was man gegen ihn verwenden könnte. Wie Niessen es auch drehte und wendete, die Polizei würde und konnte ihm nicht helfen, das wusste er.

Und er selbst? Er war tiefer gesunken als je zuvor in seinem Leben. Nicht nur, dass ihm die Möglichkeit genommen worden war, seine Worte als Waffen gegen Kanther einzusetzen. Nein, er wäre inzwischen vermutlich nicht einmal mehr in der Lage, dies überhaupt zu tun. Alkohol, Lethargie und das zunehmende Hinnehmen seines eigenen Verfalls hatten ihn zu dem gemacht, was er jetzt war. Ein nach Kotze stinkender Haufen Elend auf dem Boden seines Badezimmers.

Zusammengekrümmt lag er auf den Kacheln, schluchzend, klein. Am liebsten wäre er von der Welt verschwunden. Wie schön, wie erleichternd es wäre, nicht mehr da zu sein. Die Vorstellung, dass er jederzeit doch noch von einer Rheinbrücke springen könnte, dass er niemandem verpflichtet und vollkommen frei war, dass er dieses erbärmliche Dasein beenden könnte, wenn er es nicht länger aushielt, tröstete ihn irgendwann. Langsam raffte er sich auf und ging hinüber ins Wohnzimmer. Auf dem Tisch lag, mit dem Rücken nach oben, das Foto. Niessen beäugte es argwöhnisch, aber er drehte es nicht um. Er hatte genug gesehen.

Sein Handy klingelte.

»Unbekannter Anrufer«, stand auf dem Display.

Niessen hasste Anrufe mit unterdrückter Nummer. Es war eine Lotterie des Schreckens: Entweder ein Irrer aus dem Milieu, der sich wichtigmachen wollte, oder ein Offizieller, der meinte, sich beschweren zu müssen. Wirklich wichtige Informationen bekam Niessen persönlich, von Menschen, denen er vertraute. Nie von irgendwelchen unbekannten Anrufern.

Für einen Moment dachte er an den Kollegen Franz, eitel bis in die Spitzen seines schütteren Haares, der eine heikle Story einzig und allein auf den Hinweis eines ihm unbekannten Anrufers gegründet hatte. Als ihm die Geschichte wenig später um die Ohren geflogen war und sie einen gewaltigen Schaden in den Sicherheitsbehörden angerichtet hatte, gab er sich zwar reumütig, log jedoch unbekümmert weiter: Er habe den Informanten lange gekannt und ihm vertraut, plapperte er in jede Kamera. Das war natürlich Bullshit, doch die, die es besser wussten, deckten ihn. Und so ging Franz schließlich in den Ruhestand, überhäuft mit Preisen, als ein ehrenwerter Mann.

Niessen lachte bitter, nahm ab und murmelte seinen Namen.

»Kanther«, sagte eine ihm vertraute Stimme am Ende der Leitung.

»Hallo«, sagte Niessen und schluckte. Sein Magen rebellierte, Angst durchfuhr ihn. Ahnte Kanther, was er, Niessen, wusste? Sollte er es ihm auf den Kopf zusagen, sofort? Oder war es nicht schlauer, sicherer, das Spiel, das Kanther mit ihm spielte, noch etwas länger durchzuhalten? Vielleicht bekäme er ja so die Chance, diesen Psychopathen auffliegen zu lassen. Er nahm all seine verbliebene Kraft zusammen und fragte in bestem Reportertonfall: »Ist es Zufall, dass Sie ausgerechnet jetzt anrufen?«

»Wie meinen Sie das?«, fragte Kanther.

»Ich habe gerade eine neue Botschaft bekommen.«

»Darüber wollte ich mit Ihnen reden«, sagte Kanther, vielleicht eine Spur zu kühl. »Es könnte sein, dass Sie doch recht hatten. Wir haben eine neue Spur, die auf einen Zusammenhang zwischen den Tötungsdelikten schließen lässt.«

»Bitte was?« Niessen war verblüfft. Was bezweckte Kanther mit diesem Manöver?

»Wir haben es vielleicht tatsächlich mit einem Serientäter zu tun.« Kanthers Stimme war so sachlich wie ein Leitz-Ordner. Niessen fröstelte.

»Sie sprachen von einer Botschaft. Was meinen Sie damit?«

»Ich habe ein Bild erhalten«, antwortete Niessen zögerlich. »Das Bild eines ausgeweideten Mannes.«

»Das würde ich gerne sehen«, sagte Kanther, der plötzlich erstaunlich viel Charme in seine Stimme legte. Oder kam es Niessen nur so vor? »Können wir uns treffen?«

»Okay. Ja, ich denke schon«, brachte Niessen heraus. »Im ›Uerige‹, in einer Stunde? Passt das?«

»Passt. Bis dann.« Kanther legte auf.

Niessens Herz raste immer schneller, je länger er über das Gespräch nachdachte, er rang nach Luft, sein Hals schnürte sich zu. Rolf Günther Niessen, der meinte, alles gesehen und vieles erlebt zu haben, packte schließlich die nackte Panik. Sie überwältigte ihn, fuhr ihm in Brust, Arme, Hände und Finger, in seine Beine, die zu zittern begannen. Er schlotterte vor Angst, unfähig aufzustehen. Er dachte nur noch diesen einen Gedanken: Es ist Kanther, es ist Kanther. Der Killer muss Kanther sein.

Für ihn hatte sich das Puzzle nun endgültig zusammengesetzt, er spürte die Wahrheit, sie durchströmte seinen Körper: Kanther, der die Ermittlungen in zwei Fällen absichtlich ins Nirwana geführt hatte. Kanther, der, wie Niessen wusste, gern mal nach Hamburg fuhr – wo der Taxifahrer niedergemetzelt worden war. Kanther, der Mitglied der Gewerkschaft der Polizei war und als ehemaliger Kettenraucher sicherlich zahllose GdP-Feuerzeuge besaß und aus Gewohnheit oft noch eins mit sich herumtrug. Das er an jenem Tag neben der Leiche des Schneemanns verloren hatte.

Vor allem aber – und das machte Niessen so sicher: Kaum jemand wusste, wo er wohnte – und schon gar kein Bulle –, aber Kanther schon! Er hatte ihn vor Jahren nach einer Karnevalsparty heimgefahren. Nur er konnte Niessen die Bilder also nach Hause schicken. Da war er sich absolut sicher. Denn aus lauter Reporterparanoia, vielleicht von den Behörden überwacht zu werden, hatte sich Niessen nach seinem letzten Umzug nie beim Einwohnermeldeamt angemeldet.

Kanther war es. Und nun wollte er sich mit ihm treffen. Dafür konnte es nur einen Grund geben: Er wusste es! Kanther wusste es, und jetzt wollte er Niessen töten. Ihn loswerden, bevor er ihm doch noch gefährlich werden konnte.

Niessen war klar, dass er nicht ins Uerige gehen würde. Allein die Vorstellung, bei Mettbrötchen und Altbier einem Serienkiller gegenüberzusitzen, um auf dem anschließenden Nachhauseweg vielleicht von hinten abgeschlachtet zu werden wie dieser arme Taxifahrer, machte ihn vollkommen fertig.

Nein, er würde Kanther nicht treffen und all seine Anrufe ignorieren. Aber er würde dennoch in der Nähe sein und aus sicherer Entfernung beobachten, wie Kanther verärgert und unverrichteter Dinge abdampfte.

Und dann würde er ihm folgen. Herausfinden, wo er wohnte, wohin er fuhr, wen er traf. Er würde ihn beschatten, Tag und Nacht, Urlaub hatte er schließlich noch genug. Er musste vorsichtig sein, das war ihm klar. Aber auch er hatte in den Jahren, die hinter ihm lagen, einiges gelernt.

Vielleicht würde er etwas finden, was Kanther belastete. Vielleicht könnte er ihn auf frischer Tat ertappen, ihn überführen. Vielleicht gelänge es ihm sogar, den nächsten Mord zu verhindern. Dann wäre er, Rolf Günther Niessen, ein Held. Wieder ein Star, der Gottreporter, um den sich alle rissen. Schöller müsste sich vor ihm in den Dreck werfen. Und Clarissa … Nun ja.

Vielleicht.

Wenn er nur seine verdammte Angst besiegen würde.

KAPITEL 11

Dezember 2013

Richtige Vorweihnachtsstimmung wollte nicht aufkommen. Was nicht nur an den viel zu warmen Temperaturen lag, sondern vor allem daran, dass er seit dem Anruf aus Münster im Oktober quasi ununterbrochen gearbeitet hatte, angefangen mit einer mehrtägigen Dienstreise wegen des wohl grausamsten Mords seiner Dienstzeit.

Torben hatte seinen Münsteraner Kollegen damals, im Oktober, sofort wieder angerufen, nachdem er sich gefangen hatte. Dessen Schilderungen hatten ihn dazu bewegt, sich noch am selben Tag in Richtung Norden aufzumachen und sich die Leiche, den Tatort und den gesamten Fall aus der Nähe anzusehen. Er traf erst gegen Abend ein, aber da eine Mordkommission in den ersten Tagen keinen Schlaf kennt, war es kein Problem, sich trotz der Uhrzeit im Präsidium sofort einen ersten Überblick zu verschaffen.

Die Münsteraner hatten hervorragende Arbeit geleistet. Aber Torben war ja nicht dort, um sich ein Bild der Qualität der Arbeit vor Ort zu machen, sondern um festzustellen, ob sich eine Verbindung zu seinen Mordfällen ziehen ließ. Also ließ er sich als Erstes nach seinem Eintreffen die Kopien der drei Artikel zeigen, die man aus der Leiche gezogen hatte. Er hatte nach den Originalen gefragt, doch die waren bereits auf dem Weg zur Kriminaltechnik.

»Wir versprechen uns da wenig«, sagte Kalwitzki, die

Kollegin, die ihn einwies. »Die Artikel sind ihrerseits Kopien, und wer sie gemacht hat, hat uns vermutlich nicht den Gefallen getan, Spuren daran zu hinterlassen. Aber man weiß ja nie.«

Zwei der Artikel stammten aus der »Rheinischen Rundschau«, Torben hatte sie noch grob in Erinnerung. Der erste musste Anfang 2007 veröffentlicht worden sein. »Wer prügelte den Schneemann zu Tode?«, hatte der Autor – natürlich Niessen! – damals getitelt.

Der zweite Artikel behandelte den späteren Fall Sandra Rickens, auch hier wieder Niessens Werk mit einer erbärmlich reißerischen Überschrift: »U-Bahn-Mord: Der Killer tötete auch ihr ungeborenes Kind«.

Der dritte Artikel war ihm unbekannt gewesen. Wie bei den beiden anderen war lediglich der Beitrag selbst kopiert worden, nicht die gesamte Zeitungsseite, sodass das Veröffentlichungsdatum nicht zu sehen war. Doch das würden die Kollegen sehr schnell herausfinden. Der Autor, ein Veit Krieger, titelte »Nächtlicher Taximord – Polizei ermittelt im Rockermilieu«.

Spätestens, als er diesen Artikel las, wusste Torben mit aller Klarheit, dass Niessen recht gehabt hatte. Es traf ihn wie ein Schlag: Die These vom Serienmörder, die bisherigen Opfer, die Befürchtung, dass der Killer weitermachen würde – all das war nicht mehr von der Hand zu weisen.

Während er noch darüber nachdachte, kam Hüffmeier zu ihm und zeigte ihm ein weiteres Asservat. »Kannst du damit vielleicht was anfangen?«, fragte er Torben. »Der steckte ebenfalls in der Leiche.«

Es war die Kopie eines Zettels, vielleicht zwölf mal acht Zentimeter groß. Darauf stand nur ein einziger Buchstabe: »X«.

X … Zehn! Also stimmt auch das, kombinierte Torben sofort. Er erklärte Hüffmeier und Kalwitzki, wofür das X seiner Ansicht nach stand, ohne allerdings zu erwähnen, dass er sich dessen ziemlich sicher war. Einem Teil von ihm widerstrebte es, seine »Quelle« für dieses Wissen preiszugeben, auch wenn er in diesem Moment keinen konkreten Grund dafür hätte nennen können.

Kurz darauf verabschiedete er sich erst einmal ins Hotel. Er musste sich sammeln, denn viel zu viele Dinge schossen ihm unsortiert durch den Kopf. In dieser Nacht fand er nur sehr wenig Schlaf.

Am nächsten Morgen besichtigte er den Tatort. Das Szenario erinnerte ihn an die Horrorreihe »Saw«. Die Auffindesituation der Leiche konnte er zwar nur noch anhand der Fotos bewerten. Als er aber in dem Keller stand, in dem er Blut, Angstschweiß und andere Ausscheidungen immer noch viel zu deutlich wahrnahm, wusste er genau, wie es sich angefühlt haben musste, hier herunterzukommen und die Leiche zu sehen. Für Polizeibeamte mochten solche Situationen irgendwie erträglich sein, jedenfalls für diejenigen, die schon länger dabei oder von Natur aus hart im Nehmen waren. Wenn er jedoch an die arme Frau dachte, die das Opfer gefunden hatte, befürchtete er, dass sie noch lange Zeit an diesem schrecklichen Erlebnis zu knabbern haben würde.

Nach der Tatortbesichtigung tauschte er sich mit den Kollegen noch einmal über alle wesentlichen Details des Münsteraner Falls und seiner beiden eigenen Fälle aus. Irgendwann stellte sich unweigerlich allen Beteiligten die Frage, wie es jetzt weitergehen würde.

Torben war klar, dass er sich dringend mit Niessen unterhalten und herausfinden musste, was wirklich hinter seinen früheren Warnungen steckte, was er wusste. Er ärgerte sich, dass er ihn nicht ernst genommen hatte, war sich zugleich jedoch bewusst, dass niemand das an seiner Stelle getan hätte. Dennoch, jetzt gab es keine Entschuldigungen mehr, und Kanther hatte vor, sich gleich nach seiner Rückkehr mit Niessen zu treffen. Insbesondere weil ihm in der Nacht zuvor ein Gedanke gekommen war, den er in den ersten Stunden zwar erfolgreich verdrängt hatte, der allerdings sein mieses Bauchgefühl am Vorabend erklärte, als er Niessen eigentlich hätte erwähnen müssen:

Tom und er waren schuld daran, dass Niessen inzwischen ein ziemlich trauriges Dasein führte! Sie waren es schließlich gewesen, die damals Fotos von Niessen und seiner Flamme geschossen und sie dem Chefredakteur zugespielt hatten, der seinerseits Exklusivansprüche an die betroffene Dame zu haben glaubte.

Im Ergebnis hatten sie damit eine Existenz ruiniert, nur weil ihm der Ärger, den Niessen mit seinem Artikel verursacht hatte, damals nicht in den Kram gepasst hatte.

Torben hatte sich nach dieser nächtlichen Erkenntnis zunächst hundeelend gefühlt. Als er aber länger darüber nachgedacht hatte, siegten erneut seine Zweifel. Es war immer noch unklar, woher Niessen seine Informationen bekommen hatte, er spielte nie mit offenen Karten und hatte Torben gar nicht die Möglichkeit gegeben, ihm zu glauben.

Und letztlich hatten sie nach dem Artikel und trotz des letzten noch so winzigen Steinchens, das sie umgedreht hatten, nie auch nur den kleinsten haltbaren Hinweis in Richtung Serienmörder gefunden. Davon abgesehen: Niessen lebte und hatte noch immer einen Job, und dass er ein Verhältnis mit einer Frau gehabt hatte, mit der man besser nicht anbandelte, war nicht Torbens oder Toms Schuld gewesen.

Auf diese Weise hatte Torben sich sein Gewissen schließlich ausreichend reingewaschen, um doch noch Schlaf zu finden. Alles andere würde die Zeit zeigen. Denn mit etwas Glück würde es ein paar Tage dauern, bis die Münsteraner Kollegen sich den landesweit bekannten, wesentlich interessanteren Artikel von Niessen vornehmen und sich ebenfalls fragen würden, woher der Pressemann damals seine Informationen gehabt hatte. Torben hatte also einen Vorsprung, den er nutzen würde. Einen Vorsprung, der ihm ermöglichte, dafür zu sorgen, dass er und nur er die Federführung für die vier Mordfälle erhielt. So müsste er sich nicht mit hässlichen Fragen anderer Ermittler in Sachen Niessen auseinandersetzen.

Und, was viel wichtiger war, er bekäme die Chance, seine Schmach wiedergutzumachen. Diese Fälle abzuschließen, den Täter zu fangen, bevor er weitermorden konnte, und im günstigsten Fall Niessen dazu zu bringen, zu kooperieren, statt ein Spiel zu spielen, das er ohnehin nicht gewinnen konnte. Er entschied also, den gesamten Teil »Niessen« zunächst für sich zu behalten, als er sich am Nachmittag mit seinen Münsteraner und den zugeschalteten Hamburger Kollegen besprach. Und darüber hinaus tat er alles in seiner Macht Stehende, um die anderen davon zu überzeugen, dass die gesamten Ermittlungen in seinen Zuständigkeitsbereich fielen. Die Theorie, die er dazu präsentierte, lag auf der Hand: Die ersten beiden Morde waren in Düsseldorf erfolgt, es waren zwei von insgesamt vier Morden, und insbesondere der Hamburger Mord konnte auf einer Reise begangen worden sein, die der Täter vielleicht sogar absichtlich unternommen hatte, um weniger auffällig vorzugehen. Soweit es die Münsteraner anging, würde es keine Probleme geben, da man sich innerhalb von NRW leicht miteinander vereinbaren konnte und sie alle genug zu tun hatten. Die Hamburger waren noch nicht überzeugt, versprachen jedoch, darüber nachzudenken.

Zurück in Düsseldorf – es war ein Freitag – leierte Torben dann sofort alles Nötige an, um die vier Fälle künftig hier bearbeiten zu können. Mit weiterer Unterstützung vor Ort, das war selbstverständlich, aber doch unter seiner Ermittlungsführung. Diesen Vorgang stellten sich Laien in der Regel schrecklich simpel vor, in der Realität gab es jedoch einige, vor allem bürokratische Hürden zu bewältigen, sodass das Prozedere ebenso zäh werden konnte wie die Aufklärung des Falles selbst.

Torben musste, während er versuchte, gleichzeitig die Staatsanwaltschaft und seine eigene Hausleitung auf seine Seite zu ziehen, immer wieder an den »Ceska«-Fall denken und daran, mit welcher Vehemenz einige damals darauf bestanden hatten, ihre Fälle selbst zu bearbeiten, obwohl längst klar gewesen war, dass es sich um eine Mordserie handelte. Das BKA hingegen war auf die Übernahme des Falls nicht allzu erpicht gewesen. Nur um die Fälle Jahre später dann doch an der Backe zu haben, als klar wurde, dass es um den rechtsextremen Terrorismus des sogenannten NSU ging. Karma, Bitches, hatte Torben damals nur gedacht. Wobei ihn seine Schadenfreude schnell eingeholt hatte, als deutlich wurde, welche Baustellen sein eigenes Land in dem Fall offen hatte.

Es stellte sich zu Torbens Freude heraus, dass die Staatsanwaltschaft bei der aktuellen Mordserie ebenso mitspielen würde wie seine Vorgesetzten, was zum Teil sicher daran lag, dass alle sich gut daran erinnerten, wie vehement sie sich monatelang gegen genau den Verdacht, der nun Gewissheit wurde, zur Wehr gesetzt hatten.

Niessen allerdings, den er ebenfalls noch an besagtem Freitag angerufen hatte, versetzte ihn, obwohl er selbst Ort und Zeitpunkt des Treffens vorgeschlagen hatte. Was Torben nicht nur ärgerte, sondern auch nachhaltig böse machte: Hatte Niessen wirklich zeitgleich mit der Polizei eine Botschaft, ein Bild von dem ominösen Killer bekommen? Gab es vielleicht noch ganz andere Verbindungen zwischen den beiden? Welches Interesse hatte eigentlich jemand, der es extrem gut verstand, keine Spuren zu hinterlassen und nicht erwischt zu werden, daran, ausgerechnet einen abgehalfterten Pressefritzen in seine Taten einzuweihen? Wie passte die Polizistentheorie eigentlich in das Ganze rein? Und warum war Niessen so besessen davon?

Diese und tausende weitere Fragen ließen die anschließenden Wochen zu einer der größten Herausforderungen in Torbens bisherigem Berufsleben werden, zusammen mit der elendig zähen Klärung der Zuständigkeitsfrage mit Hamburg. Und ganz nebenbei aufgrund der Tatsache, dass er so schnell wie möglich dabei vorankommen musste, nunmehr vier ungelöste Mordfälle aufzuklären. Er hatte inzwischen jeden Mann und jede Maus eingespannt, die irgendwie verfügbar waren. Doch trotz der Tatsache, dass sie einige Spuren bereits zum vierten oder fünften Mal in jede Richtung gedreht hatten, trotz der inzwischen im Original aus Münster beziehungsweise immerhin in Kopie aus Hamburg übersandten Akten, die so einiges hergaben, was sich anzusehen lohnte: Sie waren einfach nicht vorangekommen. Es war schlicht und ergreifend frustrierend.

Pünktlich zum ersten Advent stand nun immerhin fest, dass die Hamburger Staatsanwaltschaft sich dazu durchgerungen hatte, das dortige Ermittlungsverfahren endlich an Düsseldorf abzugeben. Wo Torben allerdings neue Grabenkämpfe zu führen hatte, zumal es im LKA eine starke Fraktion gab, die sich auf einen OK-Hintergrund festgelegt hatte. Was bedeutete, dass trotz der abschließenden Widerlegung jedes einzelnen Hinweises auf Strukturen der Organisierten Kriminalität immer wieder das Damoklesschwert über ihm baumelte, dass das LKA sich den Fall früher oder später unter den Nagel reißen könnte und er dann nach deren Pfeife tanzen durfte.

Sei es drum, das Problem der Zuständigkeit war bis auf weiteres vom Tisch, und Torben hatte Gewissheit, dass es jetzt erst einmal seine Ermittlungsverfahren waren. Welcher Staatsanwalt später die Beschlüsse beantragen würde, war ihm im Grunde herzlich egal, solange er dabei war, wenn sie vollstreckt wurden. Momentan wäre er allerdings froh gewesen, wenn es überhaupt einen Anlass für irgendwelche Beschlüsse gegeben hätte.

Was Niessen anging, trat Torben ebenfalls auf der Stelle. Dieser hatte sich weder gemeldet noch einen Artikel zum Thema verfasst. Wobei Letzteres mit dessen neuer Stelle zu tun haben mochte, wie Torben trotz seiner anfänglichen Bedenken nicht ohne einen Anflug von Schadenfreude dachte. Andererseits hatte Niessen doch jetzt doppelt so gute Gründe, mit der Story noch einmal herauszukommen? Und er hatte sie nach wie vor weltexklusiv, denn Torbens Ermittlungen und alles, worauf sie hindeuteten, verliefen bisher noch unter dem Radar der übrigen Presse. Das würde nicht mehr ewig anhalten, dessen war sich Torben bewusst. Deshalb war jeder Tag, an dem sie in Ruhe arbeiten konnten, ein Geschenk, und Niessen könnte diese Zeitspanne mit einem einzigen Paukenschlag auf null verkürzen – wenn er es denn wollte.

Torben wurde nicht schlau aus dem Mann. Etwas war da oberfaul. Doch obwohl er den fauligen Gestank förmlich riechen konnte, gelang es Torben nicht, die Puzzlestücke, die er hatte, so zusammenzusetzen, dass alles einen Sinn ergab. Also musste seine »Geheimwaffe« wieder einmal herhalten. Er rief Tom an.

Am selben Abend, auf dem Altstadt-Weihnachtsmarkt, erzählte Torben Tom bei einem Glas Glühwein alles, was sie bislang hatten. Was im Grunde nicht sehr viel war.

Der Hamburger Taxifahrer, der früher recht erfolgreich gewesen war, hatte sich vor zwei Jahren von Frau und Kindern getrennt, um mit einer anderen Frau zu leben und schließlich festzustellen, dass dies von Luft und Liebe nicht allzu lange gut funktionierte. Am Ende verließ ihn zwar die neue Frau, er hatte aber immerhin einen Job als Taxifahrer. Bekannte und Kollegen beschrieben ihn als Gernegroß, der sich mit seiner Prahlerei nicht nur Freunde gemacht, doch auch niemanden ernsthaft gegen sich aufgebracht hatte. Seine Ex-Frau lebte hunderte Kilometer entfernt und hatte derart geschockt reagiert, dass man meinen konnte, sie habe ihn immer noch geliebt. Und, um es abzukürzen: Egal, wo die Hamburger angefangen hatten zu graben, sie hatten keine Spur gefunden, die zu einem Täter führte.

Die beiden Morde in Düsseldorf gaben nichts her, was nicht bereits bekannt gewesen wäre, wie die Hautfetzen beim Schneemann. Doch der Spuren- bis hin zum Massendatenabgleich mit den Funkzellen- und sonstigen Datenbeständen zwischen den Verfahren hatte bislang auch nichts Relevantes zutage gefördert.

Bei dem Mord in Münster hatte man allerdings noch nicht das Ende der Fahnenstange erreicht. Der Täter hatte sich gewaltsam Zutritt zum Haus des Opfers verschafft, zumindest einen Teil seiner Tatmittel eigens mitgebracht, mindestens eine Stunde im Haus verbracht und eine solche Sauerei veranstaltet, dass es eigentlich mit dem Teufel zugegangen sein müsste, wenn er dabei nicht irgendetwas hinterlassen hätte, was ihnen helfen würde.

Nachdem er all das geschildert hatte, kam Torben auf Niessen zu sprechen, und Tom nickte wissend.

»Ich hatte mich schon gefragt, wann unser Freund Rolf zum Thema wird«, meinte er.

»Ja, und ich komme einfach nicht weiter, was seine Rolle bei dem Ganzen angeht. Bevor ich ihn offiziell angehe, will ich sichergehen, in welcher Richtung. Ist er nur ein Zeuge? Oder vielleicht ein Komplize? Du weißt ja, wie vorsichtig man sein muss, wenn man gegen die Presse ermittelt.«

Tom bestellte zwei weitere Gläser Glühwein. Er hatte diesen Blick, den Torben zu gut kannte. Den »Killerblick« hatte er ihn immer genannt. So sah Tom aus, wenn er wusste, dass er eine Lösung gefunden und etwas aufgeklärt hatte, woran sich alle anderen die Zähne ausgebissen hatten. Eine Mischung aus Glück, Stolz, kaum unterdrückter Arroganz und, je nachdem, wo er war oder mit wem er sprach, auch so etwas wie Verachtung. Torben wusste nicht, ob er den Blick und das, was er über Tom aussagte, je wirklich mögen würde. Aber er wusste, dass er diesen Blick und das, was er bedeutete, immer geliebt hatte. Tom trank einen Schluck, setze bedächtig die Tasse ab, und noch bevor er zu sprechen begann, hatte Torben das mulmige Gefühl, dass alles, was nun folgen sollte, ebenso erhellend wie beängstigend sein würde.

»Lass uns die Sache doch mal ganz von vorn betrachten. Niessen ruft dich vor drei Jahren an – und zwar kurz, nachdem der Taxifahrer ermordet wurde – und erzählt dir, dass deine beiden Morde und der in Hamburg von ein und derselben Person begangen wurden. Richtig?«

»Korrekt«, sagte Torben. Er spürte deutlich eine freudige Erregung.

»Er tischt dir damals die sensationelle Räuberpistole vom munter mordenden Polizisten auf, der nicht ruhen wird, bis er zehn Menschen umgelegt hat. Ein Märchen, für das es bis heute keinen einzigen Beleg gibt.«

»Außer dem ominösen GdP-Feuerzeug, das er angeblich gefunden hat« ergänzte Torben.

»Ach ja, richtig, das Feuerzeug. Okay. Na klar! Ein Feuerzeug. Und er berief sich bei all dem auf eine Quelle, die er angeblich hatte – ohne sagen zu können oder zu wollen, was genau diese Quelle ihm eigentlich mitgeteilt hat?« fragte Tom.

»Genau.« Torben wurde neugieriger und ungeduldiger. Worauf zur Hölle wollte Tom hinaus?

»Und jetzt, drei Jahre später, passiert der vierte Mord, der letzte davor war wann noch mal, 2007? Und Niessen erfährt es schon wieder, und zwar direkt am nächsten Tag, denn als du ihn anrufst, weiß er es schon und erzählt dir von einer Botschaft, einem Bild des Opfers sogar, an ihn. Vom Killer höchstpersönlich. Einem Polizisten!«

»So weit super zusammengefasst, Herr Kollege.« Tom hatte die Gabe, Dinge knapp auf den Punkt zu bringen, das stand fest. Dennoch: Wohin führte das hier?, fragte sich Torben.

»Vom Killer persönlich. Nicht von einer ›Quelle‹. Sondern diesmal vom Killer persönlich?«

»Ja, das hat er gesagt, ich bin mir absolut sicher.« Torben war extrem gespannt. Hatte Tom tatsächlich den

Schlüssel gefunden, mit dem er das Rätsel Niessen knacken konnte?

»Wir sprechen von einem Reporter, der immer auf der Überholspur war, immer auf der Suche nach der noch größeren, noch heißeren Story. Einem Reporter, der über Leichen geht, um der tollste Hengst im Stall zu sein. Den wir ziemlich unsanft in die Versenkung geschickt haben, als es so richtig gut für ihn lief. Und der nach über zwei Jahren in Sack und Asche plötzlich wieder auftaucht, gerade als die heißeste aller Storys blüht, die Düsseldorf je gesehen hat?«

»Lässt sich nicht von der Hand weisen, ja.« Torben war noch immer nicht in der Lage, den zwingenden Schluss aus Toms Zusammenfassung zu ziehen.

»Sorry, Torben, aber aus meiner Sicht ist das Ganze so simpel, dass ich es fast selbst nicht glauben kann. Es gibt eigentlich nur eine Erklärung.«

»Welche?«, wollte Torben wissen.

»Du kennst doch die ganzen Fälle von den Feuerwehrleuten, die als Erste am Brandort sind, manchmal sogar noch bevor die anderen alarmiert werden?«, fragte Tom.

»Jaaaa«, antwortete Torben nachdenklich. Ihm wurde nun endlich klar, worauf Tom hinauswollte.

»Du weißt auch, dass nur die wenigsten je auf die Idee kommen würden, den festzuhalten, der ›Haltet den Dieb!‹ gebrüllt hat?«

»Auch das, ja, aber …«, begann Torben.

»Und dir ist klar, dass ein Killer, der sich unbedingt über Gebühr beweisen will, indem er die Presse in seine Taten mit reinzieht, ganz sicher keine Mittelsmänner einsetzen würde, um Niessen zu kontaktieren, wie es offenbar bei den ersten Malen gewesen sein soll? Dass ein Polizist, der aus welchem Grund auch immer die Seiten wechseln und anfangen würde, Leute umzubringen, ein viel zu großes Hintergrundwissen hätte, um überhaupt über so einen Blödsinn nachzudenken? Und last, but not least: Du weißt, dass sich außer royalen Hochzeiten nur weniges in den Medien besser verkauft als exklusive Infos zu spektakulären Mordfällen.«

»Okay, stopp, ich verstehe. Was du damit sagen willst …« Er konnte nicht weitersprechen, er wollte es lieber zuerst von Tom hören. Und der tat ihm den Gefallen.

»Was ich damit sagen will, ist: Niessen hat uns vom ersten Tag an verarscht. Quellen, Feuerzeuge, Botschaften vom Killer. All das hat keiner je gesehen, versteht sich. Weil das Zeug gar nicht existiert. Die Quelle ist Niessen selbst, mein Freund. Weil Niessen der Killer ist!«

Torben nahm seine Glühweintasse und trank sie in einem einzigen Zug aus.

TEIL 3

KAPITEL 1

Samstag, 13. August 2016

»Killing in the name of!«

Der urgewaltige Sound des Crossover-Klassikers mit der unverwechselbaren, Protest in Musik verwandelnden Stimme von Zack de la Rocha durchdrang ihn noch immer so intensiv wie beim ersten Mal. Es würde ihm bis zu seinem Tod unmöglich sein, bei diesem Song etwas anderes zu tun, als auf irgendeine Weise Unmengen an Energie zu verschwenden. Und die beiden besten Möglichkeiten, die er dafür kannte, waren rücksichtsloser Pogo – oder das schonungslose Eindreschen auf seinen Sandsack.

Nach dem Gespräch mit Isabelle hatte für ihn schnell festgestanden, dass es keinen Sinn hatte, sich mit langem Grübeln aufzuhalten. Ihre Ansage war eindeutig gewesen, und aus dem Alter, in dem Männer gern denken, sie könnten etwas ändern, wenn sie nur lange genug auf eine Frau einreden, war er schon mit 14 heraus gewesen. Also hatte er sich seine Sportklamotten angezogen und war in den Fitnessraum gegangen. Hier, wo er zwei seiner größten Leidenschaften perfekt verbinden konnte, wollte er seine Gedanken erst einmal in Ruhe sortieren, um anschließend schnell wieder in die Spur zu kommen.

Die Kombination aus der perfekten Setliste, einer laut aufgedrehten High-End-Anlage und stundenlangem Auspowern auf zahlreichen Fitnessgeräten war für Ten wie eine kleine Sucht. Er kam praktisch jeden Tag hierher, wenn er nicht auf Reisen war. Egal, ob auf dem Laufband, dem Rudergerät, an den Hanteln oder, wie jetzt gerade, am Sandsack: Ohne Sport würde er nicht leben wollen. Was im Übrigen sein Glück war, wie er wusste, da er dank seines sonstigen Lebensstils wohl ziemlich schnell fett geworden wäre.

Die Tatsache, dass Ten eher wenig geschickt und sogar ein Stück weit unbeholfen auf den Sandsack einschlug, täuschte leicht darüber hinweg, dass seine Schläge und Tritte ebenso schnell wie hart waren. Er kämpfte unschön und kompromisslos. Mehr hatte er nie gelernt, mehr hatte er aber auch nie gebraucht.

Die Fähigkeit, sich zu wehren, »verdankte« er einer etwas ungewöhnlichen Erziehungsmethode seines Vaters. Der war zwar im Großen und Ganzen kein allzu schlechter Kerl gewesen, doch er hatte offensichtlich einen ziemlichen Knall gehabt, wenn es um »echte Männlichkeit« ging. Das Wichtigste, was ein Junge lernen musste, wenn er eines Tages ein »richtiger Mann« sein wollte, war nach seiner Auffassung die Fähigkeit gewesen, sich zu wehren, wenn es nötig war. Also hatte er seinen Sohn, seit der alt genug war, um diese »Lektionen« zu verstehen, immer wieder unvermittelt angegriffen. Anfangs waren es nur harmlose, demütigende Klapse auf den Hinterkopf, Backpfeifen oder auch mal ein gestelltes Bein gewesen. Später, als Ten gelernt hatte, diesen Attacken durch ständige Wachsamkeit und zunehmendes Geschick zu entgehen, wurde es heftiger, und mehr als einmal trug er blaue Flecken, blutende Lippen oder andere kleine Blessuren davon.

Es vergingen einige Jahre, in denen Ten heimlich im Kinderzimmer trainierte, bis er eines Tages stark und schnell genug geworden war, um seinen zunehmend älter werdenden Vater – bei dessen letztem Versuch, ihm einen Schlag ins Gesicht zu verpassen – mit derart vielen Schlägen zu traktieren, dass der ihn am Ende verzweifelt anflehte, aufzuhören. Damals war er 16 Jahre alt gewesen. Aber diese plötzliche und absolute Gewissheit, nie wieder Angst haben zu müssen, hatte er bis heute in seinem Gedächtnis konserviert, als eine seiner kostbarsten Erinnerungen.

Auch jetzt dachte Ten daran, und er machte sich bewusst, dass er nichts zu befürchten hatte, ganz gleich, was aus ihm und Isabelle werden würde. Und dennoch: Er ärgerte sich, dass sie ihn so aus der Bahn hatte werfen können. Dass er die Kontrolle verloren hatte. Dass er sich schwach und unterlegen gezeigt hatte, wo er es am wenigsten erwartet hatte. Je länger er darüber nachdachte, desto wütender wurde er. Auf Isabelle, vor allem aber auf sich selbst. Er sah seinen Vater vor sich, und er sah sich selbst, klein und schwach. Das ließ seinen Zorn nur noch größer werden.

Er prügelte mit jedem »Now you do what they told ya!« härter auf den Sack ein, hämmerte die letzte körperliche Kraft aus sich heraus und fand gleichzeitig seine innere Stärke wieder. Die Bilder verschwanden, er gewann die Kontrolle über seine Gedanken und wurde mit jeder Zeile und jedem Schlag zunehmend er selbst. Bei »Motherfucker!« sprang er schließlich hoch und trat seitlich auf den Sandsack ein. Danach ließ er sich erschöpft auf die Matten fallen, um still dazuliegen und sich nur noch darauf zu konzentrieren, zu atmen.

Während er so dalag und sein Puls sank, fokussierte er seine Gedanken endlich wieder auf das, was in den kommenden sechs Tagen wichtig werden würde. Alles würde heute Nachmittag beginnen. Er war bereit!

Er gönnte sich noch einige Runden im Pool, dann machte er sich fertig und fuhr los, um den Chemiker zu besuchen.

Jetzt gibt es kein Zurück mehr, dachte er, als er aus dem Auto stieg und die Türklingel an dem unscheinbaren Hochhaus in Oberbilk drückte. Aufregung, Vorfreude und ein anderes, schwer greifbares Gefühl schienen sein Inneres an einem einzigen Punkt zu bündeln, den er am liebsten gepackt und festgehalten hätte. Aber dieser Moment verflog schnell. Zu schnell. So war es immer gewesen.

»Ich bin's!«, sagte er, als die unfassbar weibische Stimme des Nerds ihm aus der Sprechanlage entgegentönte. »Mach auf!«

Der Türöffner summte, und er betrat das Haus. Die Wohnung lag im Dachgeschoss. Da er Aufzüge hasste, nahm er lieber die Treppen, den neun Stockwerken zum Trotz.

»Hallo, Gregor!«, sagte er zur Begrüßung. »Heute ist der Tag der Tage. Du solltest dir freinehmen, mein Freund. Du wirst eine Menge zu tun haben, bis die Woche vorbei ist.«

Er betrat den Flur der trostlosen Wohnung, in der es muffig roch. Und dort stand es vor ihm, das fleischgewordene Klischee eines Chemiestudenten: schlaksig, näselnd, mit hängenden Schultern, viel zu weiten Klamotten, ungewaschenen Haaren und der Unfähigkeit, aus einem gewaltigen Verstand auch nur das kleinste bisschen für eine normale Lebensführung herauszuholen.

»Was soll ich machen?«

Das wiederum gefiel ihm an dem Jungen. Er war clever genug, keine großen Fragen zu stellen außer den wesentlichen. Außerdem wusste er mit mathematischer Sicherheit, dass Ten ihn in der Hand hatte. Ein besseres Werkzeug für seinen Plan hätte er sich nicht wünschen können; und er dankte wieder einmal dem gnädigen Schicksal, das ihm dieses Werkzeug vor einigen Jahren in die Hände gespielt hatte. Nun ja, und »Breaking Bad«, der Serie, die wie keine andere dazu beigetragen hatte, zahlreiche Volltrottel in Möchtegerndealer zu verwandeln.

»Setzen wir uns erst mal«, sagte Ten bestimmt. »Und hol dir was zu schreiben. Du wirst dir ein paar Notizen machen müssen.«

Gregor fläzte sich auf das schäbige Sofa. Ten ertappte sich jedes Mal, wenn er solche Wohnungen betreten musste, dabei, wie er fürchtete, die billigen Möbel könnten irgendwie auf seine Kleidung abfärben, wenn er sich setzte. Er tat es dennoch.

»Ich will, dass dir eines klar ist, Junge: Was ich heute von dir verlange, wird dich für immer und alle Zeit von mir befreien. Du musst nichts mehr befürchten, kannst von mir aus wieder dein Ding machen, vielleicht auch irgendwann den Nobelpreis gewinnen und am Ende sogar eine Frau abgreifen, die du nicht bezahlen musst. Alles wird möglich sein.« Er gönnte sich eine längere Pause, um das Mienenspiel des Jungen zu beobachten, das eine Mischung aus zaghafter Vorfreude und zunehmender Nervosität zeigte. »Falls dir aber einfallen sollte, irgendjemandem – verstehst du, ich meine damit jeden einzelnen Menschen auf dieser Erde, von deiner Mama über deinen Frisör bis hin zum Papst persönlich –, falls dir also einfällt, wem auch immer auch nur das Geringste zu erzählen, wenn du es nicht hinkriegst, mir zu besorgen, was ich haben will, oder etwas anderes schiefgeht, und wenn es noch so ein winziges Detail ist: Ich garantiere dir, dann ist Dantes ›Inferno‹ ein Kasperletheater im Vergleich zu dem, was dich erwartet. Dann zerstöre ich nicht nur dein Leben, sondern ich zerstöre einfach alles. Ich hacke dich in Stücke, kaue dich, spucke dich aus und setze dich so klein wieder zusammen, dass du schwören wirst, du wohnst im Auenland. Haben wir uns verstanden?«

Er sah Gregor durchdringend an und erkannte sofort, dass nur ein verdammt guter Schließmuskel dafür sorgte, dass der sich nicht die Hosen vollmachte. Ten stand sehr auf unorthodoxe Drohungen. Sie verliehen dem Ganzen, wie er fand, eine Glaubhaftigkeit, die kein Standardspruch auf der Welt je erreichen könnte. Vorausgesetzt allerdings, man war die Art Mann, vor dem andere schon Angst hatten, bevor er überhaupt eine Drohung ausstieß.

»Klar, Mann. Ich tu, was immer du willst.« Der Junge schien trotz aller Nervosität hinreichend gefasst. Und aufmerksam. Auch das gefiel Ten.

»Sehr gut. Dann wäre das ja geklärt. Also, ich erwarte genau drei Dinge von dir, und zwar bis spätestens Donnerstagabend. Erstens: Du besorgst alles, was auf meiner Liste steht. Das meiste kannst du in jedem Conrad kaufen. Eine Kleinigkeit wird schwieriger, aber das ist dein Problem, nicht meins. Bestell die Sachen bloß nicht im Internet. Zahl immer in bar! Geld habe ich dir mehr als genug mitgebracht. Notfalls lass jemand anders das eine oder andere davon kaufen, das ist mir egal. Hauptsache, du hast am Ende alles, was darauf steht, und zwar ohne Ausnahme.« Er übergab dem Jungen eine Liste, die er ausgedruckt hatte. »Hier, schreib die ab oder kopier sie, wenn das geht. Ich nehme sie wieder mit.«

Gregor ging mit dem Blatt in der Hand zu dem Drucker auf seinem Computertisch, der offenbar über eine Kopierfunktion verfügte.

Ten wartete, bis der Junge sich wieder setzte und ihm das Original zurückgab. »Zweitens: Ich brauche 500 Milliliter hoch konzentrierte Schwefelsäure. Das sollte nun wirklich kein Problem für dich darstellen. Und drittens, das wird ein bisschen komplizierter, fürchte ich.« Ten machte erneut eine längere Pause. »Bastle mir ein Kilogramm TATP.«

KAPITEL 2

Januar 2014

Was tat er hier? Was sollte das?

Niessen hockte in seinem alten Benz, der Regen prasselte gegen die Windschutzscheibe. Es war klamm im Auto, er fror. Dunkelheit umfing ihn. Drüben, hinter den erleuchteten Fenstern des geklinkerten Einfamilienhauses, saß Familie Kanther beim Abendbrot, eine Szene wie aus dem kitschig-bunten Prospekt eines Baumarkts: Mutter, Vater, drei strohblonde Kinder – ein Junge und zwei Mädchen, eines davon schon beinahe erwachsen.

»Bin ich verrückt geworden?«, murmelte Niessen. »Oder ist er es?«

Kanther. Der Vater und Ehemann.

Kanther. Der Killer.

Oder beides? Niessen schlürfte einen Schluck schwarzen Kaffee aus dem Deckel seiner Thermoskanne. Ging das überhaupt? Konnte man wehrlose Menschen töten, sich an ihrer Todesangst berauschen, konnte man sie ausweiden und sich hinterher bei Graubrot und Gouda zu Frau und Kindern setzen, als wäre nichts geschehen? Konnte ein und derselbe Mensch eiskalt, berechnend, gnadenlos sein und einen Augenblick später seinen Angehörigen nahekommen, zugewandt, offen, liebend? Dr. Jekyll und Mr. Hyde, gab es das wirklich?

Niessen schnäuzte sich.

Wie viele Stunden, wie viele Tage war er diesem Mann nachgestiegen? Wie oft hatte er gesehen, wie seine Kinder ihm abends in die Arme stürmten, wie seine Frau ihn lächelnd küsste?

Und: Kanther zögerte nie. Es gab keinen Moment des Zusammenraufens, in dem er sich vor der Heimkehr sammelte, um sich ein Lächeln ins Gesicht zu zwingen. Soweit Niessen das aus dem Auto heraus beobachten konnte, freute sich Kanther stets ebenso sehr auf seine Familie wie diese sich auf ihn.

Auch sonst hatten seine Observationen nichts Brauchbares ergeben. Kanther hatte unter Niessens wachsamen Augen niemanden getötet, er hatte keine zwielichtigen Typen getroffen, und er schien auch kein Versteck zu haben, in dem er sich für seine Morde rüstete. Kanther fuhr zur Arbeit und nach Hause. Das war alles. Na gut, manchmal traf er sich mit einem Freund auf ein Bier, meist mit diesem Widerling Hering oder wie er noch gleich hieß, aber das war es dann wirklich. Kanther war, jedenfalls nach der Arbeit, ein Spießer, wie er im Buche stand. Ein Langweiler durch und durch.

Niessen hätte schreien können.

Was er sich vorgenommen hatte, war komplett sinnlos. Er würde Kanther nie erwischen, nie irgendetwas aufklären oder verhindern. Er verschwendete mit dieser Überwachung sein Leben, nichts weiter. Stunden, Tage, Monate hatte er jetzt schon damit zugebracht – das war doch Wahnsinn. Vielleicht sollte er endlich damit Schluss machen, dachte er nicht zum ersten Mal. Und auch diesmal würde es ihm nicht gelingen, das wusste er. Der Gedanke an Kanther hatte sich in ihm festgefressen, er zersetzte ihn förmlich, wie ein Krebsgeschwür. Er musste es entweder herausreißen oder daran zugrunde gehen. Heute Abend würde er zu Brigitte fahren und sich volllaufen lassen. Und dann?

Man wird sehen, dachte Niessen und startete den alten Diesel.

Langsam rollte er aus dem Wohngebiet.

KAPITEL 3

Januar 2014

Da war es wieder, dieses Gefühl.

Torben verspürte es nicht zum ersten Mal, und er war erfahren genug, um zu wissen, wann aus einem Gefühl Gewissheit wurde. Heute hatte er keinen Zweifel mehr: Er wurde beobachtet! In den vergangenen Wochen hatte er bereits zweimal Grund zu dieser Annahme gehabt, aber nie war es ihm so deutlich bewusst gewesen wie jetzt. Ihm war, als hätte er diesen Spinnensinn von Spiderman (Segen und Fluch eines 14-jährigen Sohnes waren, dass man sich mit Superhelden und ihren Fähigkeiten zwangsläufig auskannte), der durch ihn hindurch lief und ihn elektrisierte, um ihn zu warnen. Und dieses Mal konnte er sich nicht einreden, dass es Unsinn war. Er würde herausfinden müssen, was ihm dieses Gefühl vermittelte.

Er hatte sich am Abend mit zwei alten Freunden getroffen, mit denen er, wenn möglich, zwei- bis dreimal im Jahr Skat spielte. Sie verabredeten sich immer in derselben Kneipe, die es schon gegeben hatte, als sie Teenager gewesen waren. Die Wirtin, damals eine junge und stattliche Frau, war inzwischen Großmutter und liebte es dennoch, hinter dem Tresen zu stehen, während ihr Mann nach wie vor in der Küche stand und gute, alte Hausmannskost kochte, die man heutzutage viel zu selten serviert bekam. Christa, so hieß die Wirtin, reservierte ihnen, wann immer sie kamen, den besten Tisch im Raum, ihre Gläser wurden nie leer, und es war für Torben in jeder Hinsicht eine Reise in die Vergangenheit, als es noch seine größte Sorge gewesen war, ob er und die Jungs es an diesem Wochenende endlich schaffen würden, woanders zu landen als hier in der Kneipe. Wo sie meist Skat gespielt oder gewürfelt hatten, bis alle zu betrunken gewesen waren, um noch irgendwo hinzufahren, wo es mehr gab als die immer gleichen Gesichter, Geschichten und Mädchen. Es hatte fast nie geklappt. Dennoch oder vielleicht gerade deswegen spürte er immer ein Gefühl des Heimkommens, wenn er mal wieder hier war.

Als er um halb eins die Kneipe verließ, überlegte er kurz, ob er den Nachtbus oder ein Taxi nehmen sollte. Um sich schließlich dafür zu entscheiden, die Strecke zu Fuß zu gehen. Es waren etwa vier Kilometer, und der Gewaltmarsch würde sicher helfen, bei seiner Ankunft zu Hause nüchtern genug zu sein, um gut schlafen zu können. Außerdem war die Nacht klar und trotzdem nicht allzu kalt, und überhaupt war ihm heute einfach danach, zu gehen. Also wechselte er die Straßenseite und machte sich auf den Weg.

Schon zwei Ecken weiter hatte sich das Gefühl eingeschlichen. Er hatte sich umgedreht, konnte jedoch nichts oder vielmehr niemanden sehen. Also war er weitergegangen, wachsamer. Er bemühte sich, dunklen Ecken möglichst auszuweichen, spannte seinen Körper an und hielt sich bereit, falls er angegriffen würde. Doch nichts dergleichen geschah.

Inzwischen war die Beklemmung so greifbar geworden, dass er beschloss, nicht nur für den Fall der Fälle bereit zu sein, um zu reagieren, sondern direkt selbst zu handeln. Er nutzte seine hervorragende Ortskenntnis, um sich hinter der nächsten Straßenecke so geschickt in einer Zufahrt zu platzieren, dass jemand, der ihm folgen würde, ihn nicht sehen könnte, wenn er – oder sie – an Torben vorbeikäme. Dort wartete er ab.

Gleich darauf hörte er Schritte. Und dann sah er ihn: einen Mann in dunkler Kleidung, der sich an der Straßenecke hastig in alle Richtungen umblickte. Torben konnte aufgrund der Dunkelheit nicht viel erkennen, aber eine besonders imposante Figur bot er nicht, selbst in dicken Wintersachen. Torbens Anspannung wich ein wenig. Wer immer ihm da folgte, er könnte ihm vermutlich, zumindest rein körperlich, keine großen Schwierigkeiten bereiten. Was die Frage allerdings noch komplizierter machte, was, zur Hölle, der Typ von ihm wollte. Torben dachte gerade über seine Optionen nach, als der andere sich schnell in Bewegung setzte und an ihm vorbeihastete, da ihm offenbar klar geworden war, dass er seine »Zielperson« verloren hatte.

Als der Mann etwa auf gleicher Höhe mit Torben war, trat er ins Licht einer Straßenlaterne. Torben erkannte ihn sofort. Und war vollkommen verblüfft. Man konnte es nicht anders ausdrücken: verblüfft, überrumpelt, und definitiv auch verwirrt.

Niessen? Ausgerechnet!?

Niessen war inzwischen an ihm vorbeigelaufen und näherte sich der nächsten Straßenkreuzung. Torben folgte einem Impuls und setzte nun seinerseits dazu an, Niessen hinterherzuschleichen.

Ein Teil von ihm stieß Warnungen aus, und er sah allzu deutlich Tom vor sich, wie er schlussfolgerte, dass Niessen der Killer war. Torben konnte sich sehr gut daran erinnern, wie ihm die Erkenntnis förmlich wie Schuppen von den Augen gefallen war. Es schien einfach zu logisch, zu eindringlich und zu offensichtlich, was Tom aufgezählt hatte. In den vergangenen Wochen hatte er daher alles versucht, um weitere Hinweise zu finden, die ihre Theorie beweisen würden. Allerdings ohne allzu großen Erfolg. Dieser würde sich wohl erst einstellen, wenn sie Niessen vernehmen könnten. Torben war sich ziemlich sicher, dass sie ihn schnell knacken würden.

Außerdem, wenn er ihr Killer war, *wollte* er doch irgendwie auch, dass man ihn wahrnahm. Er war immerhin arrogant (und krank) genug, sich ein Horror-Sammelalbum mit Presseartikeln anzulegen, um seine Erfolge zu dokumentieren. Vor allem aber arrogant genug, der Polizei selbst den entscheidenden Hinweis zu geben, dass sie nach einem Serienmörder suchen mussten, woran bis dahin wirklich niemand auch nur gedacht hatte (jedenfalls, wenn man Niessen selbst ausklammerte). Nein, dieser Killer würde nicht schweigen, wenn sie ihn endlich hätten. Der würde reden wie ein Wasserfall, darauf würde Torben sein doch recht ansehnliches Monatsgehalt wetten.

Aber Niessen? Das war sein großes Problem an der Sache. Niessen war so vieles: eine schreckliche Nervensäge, ein Polizeireporter der übelsten Sorte und jemand, der zumindest sprichwörtlich über Leichen ging, um eine heiße Story zu kriegen. Ein Mann mit ausreichend zwielichtigen Kontakten, um notfalls wohl jeden zehnten Fall im Präsidium allein durch eigene Nachfragen lösen zu können. Und nicht zuletzt der Mann, dem Torben die stressigsten Monate seines Lebens verdankte. Niessen war ein veritables Arschloch, ja. Gar keine Frage. Doch alles in Torben wehrte sich dagegen, Niessen für einen Killer zu halten. Er hatte sich wochenlang den Kopf darüber zerbrochen, hatte alles ins Feld geführt, was er von den Mordfällen mit dieser Theorie zumindest theoretisch in Verbindung bringen konnte, aber bis heute blieb es bei der simplen Wahrheit: Er konnte es weder beweisen noch konnte er es sich vorstellen! Andererseits, dachte er sich, konnten die Nachbarn von Kinderschändern das auch nie, bis eines Tages die Kripo das Nachbarhaus auf links dreht.

All das ging Torben durch den Kopf, als er Niessen weiter hinterherschlich. Er grübelte und grübelte, hin- und hergerissen zwischen seiner Neugierde und der theoretisch bestehenden Gefahr, dass er einem mehrfachen eiskalten Mörder folgte, unbewaffnet und angetrunken. Derart in Gedanken versunken, bemerkte er eine Sekunde zu spät, dass Niessen abrupt stehen blieb und sich umdrehte.

»Kanther!«, sagte Niessen. Er wirkte seltsam erschrocken.

»Scheiße!«, sagte Torben.

Die beiden Männer starrten sich an, vielleicht noch fünf Meter voneinander entfernt, und keiner der beiden war fähig, auch nur ein Wort zu sagen.

KAPITEL 4

Januar 2014

Kanther gewann seine Fassung zurück, bevor er selbst es konnte.

»Was zur Hölle soll das, Niessen? Warum laufen Sie mir nach?«, fragte er ihn, unsicherer, als Niessen erwartet hätte.

Er dachte nach. Ja, es war eine sehr ruhige Gegend und keine Menschenseele weit und breit zu sehen. Aber das war sein Vorteil: Es war nämlich so ruhig, dass schon ein kurzer Schrei ausreichen würde, um jemanden aus den umliegenden Häusern auf sie aufmerksam zu machen. Kanther würde also niemals das Risiko eingehen, ihn an Ort und Stelle zu töten. Er fasste Mut, gespeist nicht nur aus der vermeintlichen Sicherheit, in der er sich befand, sondern auch aus der unglaublichen Wut, die er empfand. Da stand der Mann, der unschuldige Menschen tötete und sich an ihrem Leid berauschte.

Er ging auf Kanther zu. Vorsichtig, nicht zu nah, aber doch nahe genug, um dem Mann in die Augen sehen und darin zu lesen.

»Das waren SIE!«, zischte er. »Sie waren das!« Er schleuderte Kanther die Worte entgegen, voller Abscheu und Trotz. Es war, als machte seine Angst für einen Moment Pause, als habe sich plötzlich ein Fenster geöffnet, durch das er einen stärkeren, mutigeren Rolf Günther Niessen sehen konnte. Jemand, der er wesentlich lieber sein wollte als der Mann, der er wirklich war.

»Wovon reden Sie, Mann? Was soll ich gewesen sein? Niessen, sind Sie besoffen?«

Niesen lachte. »Nein, heute ausnahmsweise nicht. Aber selbst wenn ich es wäre: Ich bin lieber ein Säufer als ein Mörder!«

»Ein Mörder? Wer soll ein Mörder sein? Niessen, hören Sie, wenn Sie schon wieder damit anfangen wollen …«

»Sie haben diese Menschen umgebracht!« Niessen spie Kanther den Satz ins Gesicht, und er begann zu weinen. Der Hass auf Kanther, die Trauer um die Opfer, seine Verzweiflung angesichts der Situation, in die diese ganze Geschichte ihn gebracht hatte, all das strömte aus ihm heraus und fand den einzigen Kanal, der, wie ihm später aufging, sinnvoll und im wahrsten Sinne hilfreich war. Er sank in sich zusammen, hockte sich auf den eiskalten Boden und schluchzte.

»Niessen, was ist los mit Ihnen? Beruhigen Sie sich.« Kanther legte ihm seine Hand auf die Schulter, vorsichtig, zögerlich. Niessen zuckte dennoch zusammen, wischte die Hand weg, stand auf und trat einen Schritt zurück. Er wollte wieder Abstand zwischen sich und den Mann bringen, der ein Monster war.

»Seien Sie doch einfach ehrlich«, sagte Niessen, »jetzt und hier und unter uns.« Er atmete tief ein. Nun war der Augenblick gekommen, es auszusprechen, seine Karten auf den Tisch zu legen. Nein, er hatte keine Ahnung, was dann geschehen und wie Kanther reagieren würde, aber ausgefeilte Pläne waren noch nie sein Ding gewesen, eher: Augen zu und durch.

»Sie sind der Killer, Kanther! Sie haben diese Menschen umgebracht und die Ermittlungen verschleppt. Sie sind derjenige, der wehrlose Frauen tötet, Männer totprügelt und sie ausweidet. Sie sind der Typ, der sich aufgeilt an der Todesangst anderer. Sie sind ein Mörder, ein eiskalter Psychopath, durch und durch böse und absolut krank!« Niessen schaute zu Boden. »Und dabei sehen Sie so gewöhnlich aus.«

Schweigen breitete sich zwischen den beiden ungleichen Männern aus. Der große, hagere Polizist und der gedrungene Reporter, der mit hängenden Schultern vor dem anderen stand, als erwarte er nur noch den Schlag, der ihn endlich niederstrecken würde. Die Nacht war düster und frostig. Kanther starrte Niessen an, Niessen aber mied seinen Blick. Er fühlte sich in diesem Moment sehr allein auf der Welt. Kanther war es schließlich, der das Schweigen brach.

»Niessen«, setzte er an und stockte. Schluckte. »Niessen, wie um alles auf der Welt kommen Sie auf diese Scheiße? Ich und ein Mörder? Mann, sind Sie jetzt völlig wahnsinnig geworden?«

»Sagen Sie einfach die Wahrheit, bitte«, flüsterte Niessen. »Ich weiß es doch sowieso schon, ich will, nein, ich muss es nur noch aus Ihrem Mund hören. Bitte: Sagen Sie die Wahrheit.«

»Ich sage die Wahrheit, Sie verdammter Idiot!« Kanther wurde lauter, und Niessen bildete sich ein, dass sich Hysterie in seine Stimme geschlichen hatte. »Und noch mal, wie kommen Sie auf diesen Schwachsinn?«

Niessen fasste wieder Mut. Er wusste, was er in der Hinterhand hatte, und er wusste auch, dass er mit seinem Verdacht richtig lag. Und wenn er dafür sterben sollte, konnte er das genauso gut aufrecht tun.

»Es war ein Bulle«, begann er, »und zwar einer, der in der GdP ist – wie Sie. Und der sich ab und zu mal in Hamburg rumtreibt. Wie Sie! Klar, das alles trifft auf eine Menge Ihrer Kollegen zu, das weiß ich selbst. Was Sie dann wirklich verraten hat, waren diese Briefe, die Sie bei mir zu Hause eingeworfen haben. Es gibt außer Ihnen keinen Bullen, der weiß, wo ich wohne. Sie sind der Einzige. Und wenn man sich dann noch ansieht, dass jeder der Morde auf Ihrem Tisch gelandet und dort versandet ist, muss man wirklich kein Genie sein, Kanther. Sie sind der Killer, also geben Sie es endlich zu.«

»Hören Sie auf!« Kanther schrie, sein Herz schien zu rasen, denn sein Kopf wurde feuerrot. »Sie sind vollkommen irre, Niessen, Sie gehören in die Klapse mit dem riesigen Aluhut, den Sie da auf dem Kopf tragen. Behalten Sie Ihre … Ihre Gehirnkotze für sich, ich will das nicht mehr hören. Nie mehr! Ehrlich, Sie widern mich an. Hauen Sie ab, Sie schwachsinniger, versoffener Idiot!«

Damit ging er los, entfernte sich kopfschüttelnd. Wartete nicht ab, ob Niessen seiner letzten Aufforderung Folge leisten würde. Nach ein paar Schritten jedoch blieb er stehen und drehte sich noch einmal um. Starrte Niessen an, mit einer Mischung aus Wut, Abscheu und – doch, ja, einer Spur Mitleid in den Augen. Und sagte etwas, worüber Niessen in den nächsten Wochen sehr oft nachdenken würde.

»Eines noch, Niessen. Hatten Sie eigentlich jemals den Gedanken, dass jemand Sie benutzt? Dass dieser Killer, dieser tatsächlich existierende Killer, *Ihr* Killer, wenn Sie es denn so wollen, Sie absichtlich auf falsche Spuren führt? Dass er mit Ihnen spielt? Denken Sie darüber nach, Niessen. Ich für meinen Teil bin fertig mit Ihnen. Und wenn Ihnen ein kleiner Rest an Verstand geblieben ist, sollten Sie besser auch fertig mit mir sein. Und fertig mit diesem Mörder, der nach wie vor frei herumläuft. Überlassen Sie das den Profis. Einen besseren Rat kann ich Ihnen beim besten Willen nicht geben. Leben Sie wohl.«

KAPITEL 5

Juli 2014

Franziska hatte ihm keine Wahl gelassen. Ganz im Gegenteil: Als sie ihn damit konfrontiert hatte, er müsse entweder selbst Isabelle alles erzählen oder in Kauf nehmen, dass sie es tun würde, hatte sie ihre Entscheidung gefällt – und damit auch seine. Sie musste sterben, und zwar so bald wie möglich.

Als ihm das klar wurde, hatte Ten trotz aller Abgebrühtheit, die er inzwischen im Umgang mit seiner tödlichen Leidenschaft gewonnen hatte, stundenlang mit sich kämpfen müssen. Der Denkprozess, der in ihm getobt und ihm sprichwörtlich den Kopf zerrissen hatte, war quälend und grausam gewesen. Er fühlte sich von Franzi bedroht, verzweifelt, in die Ecke gedrängt, im wahrsten Sinne des Wortes gefährdet. Und trotz alldem schwermütig und verunsichert, wenn er an die Lösung seines Problems dachte. Was an zwei Faktoren lag, die jeder für sich nicht nur bedenkenswert, sondern kritisch waren.

Zunächst einmal war ihm völlig bewusst, dass der Mord an einer nahen Verwandten unglaublich riskant war, da die Verwandtschaft grundsätzlich ganz oben in den Listen möglicher Verdächtiger geführt wurde. Darüber hinaus konnte er unmöglich einschätzen, ob im Rahmen der Auswertung nach ihrem Tod Hinweise auf ihr Verhältnis auftauchen und damit ein Motiv – sein Motiv! – offenkundig werden würde. Wer konnte schon sagen, ob Franzi vielleicht ein Tagebuch führte? Welche Nachrichten sich auf ihrem Handy finden ließen? Wie viele seiner Mails sie nie gelöscht hatte? Und ob sie womöglich sogar Fotos von ihm bei sich aufbewahrte?

Und es gab da noch etwas. Das war der wesentlich kompliziertere Teil des Prozesses, der sein Hirn zermarterte. Er musste die Tatsache überwinden, dass er, wenn er ehrlich zu sich war, Franzi tatsächlich liebte. Egal, was man über diese Liebe denken mochte, wie sie gelebt wurde und welche Chance sie gehabt hatte; sie war nun einmal da! War es immer gewesen, seit er Franzi zum ersten Mal begegnet und sich, damals noch halb im Scherz, gedacht hatte: Scheiße, ich hab die falsche Schwester zuerst kennengelernt.

Sie war schmerzhaft gewesen, diese Liebe, oh ja. In den vielen Jahren, in denen er so oft vor Augen gehabt hatte, was er nicht haben konnte. In denen er sich halbgaren Tagträumen hingab, die all das in leuchtenden Farben malten, was er mit Franzi hätte haben können, nur, um am Ende wieder in einer Realität anzukommen, die nichts mit diesen Traumbildern gemein hatte.

Noch schmerzhafter wurde es, nachdem ein einziger, flüchtiger Moment alles verändert hatte. Es war nur ein Blick gewesen, und keiner von ihnen war damals nüchtern gewesen. Trotzdem konnte er den Hunger, den Franzis Augen in diesem Moment ungeschützt erkennen ließen, von diesem Moment an nicht länger ignorieren. In den folgenden zwei Jahren war es ihm kaum möglich, im selben Raum zu sein wie Franzi, ohne dass es ihm die Luft abschnürte. Auch ihre Zerrissenheit wurde spürbarer, sichtbarer sogar. Es war die Hölle. Zwei Menschen, die wussten, dass sie sich mehr wollten als alles andere, und sich doch niemals haben konnten. So hatten sie es beide gesehen.

Bis es dann auf eine ganz andere, viel grausamere Weise schmerzhaft geworden war – in der Nacht, in der er zum ersten Mal mit Franzi geschlafen hatte. Und ihm klar wurde, dass das Schicksal die eine und einzige Frau in sein Leben geführt hatte, die er lieben könnte bis zur Selbstzerstörung – und ihm gleichzeitig dreckig ins Gesicht lachte, weil ausgerechnet seine Schwägerin diese Frau war.

Doch was hätte er, was hätten sie tun sollen? Es gibt in der Liebe Anziehungskräfte, gegen die Magnetismus der reinste Kindergeburtstag ist, und sie wussten, dass eine solche Anziehung zwischen ihnen existierte, sobald sie sich auch nur von Weitem sahen. Oft vergingen Monate, bevor sie die nächste Gelegenheit bekamen, sich allein zu treffen und sich den atemberaubenden Freuden hinzugeben, zu denen nur wahrhaft füreinander bestimmte Menschen fähig sind. Wenige Stunden, mehr blieb ihnen nie. Und jedes Mal, wenn ihre Zeit sich dem Ende neigte, standen sie wieder am Anfang.

Sie wussten, dass sie keine Zukunft hatten, denn Franziska hatte bislang nie einen Zweifel daran gelassen, dass sie, so weh es ihr auch tat, sich lieber ihr eigenes Herz herausreißen als das ihrer Schwester brechen würde. Sie wussten auch, wie sehr es sie beide fertigmachte, sich immer wieder voneinander zu trennen. Wie viel schwerer es bei jeder Begegnung im Familienkreis wurde, so zu tun, als sei nichts zwischen ihnen als aufrichtige Zuneigung. Und sie wussten, wie öde die Zeit werden würde, bis sie das nächste Mal ein paar sichere Stunden oder vielleicht sogar eine ganze Nacht miteinander verbringen konnten.

Oft genug hatte er geglaubt, es nicht länger aushalten zu können. Mit dem Gedanken gespielt, das zwischen ihnen zu beenden, um es damit leichter zu machen. Natürlich war er nicht der Einzige, dem es so ging. Und doch hatte kein einziger ihrer Versuche zu mehr getaugt als zu der Erkenntnis, dass ihrer beider Wille gebrochen war, sobald sie sich im selben Raum befanden.

Die wohl heftigste Erfahrung diesbezüglich hatten sie gemacht, als sie nach einem bösen Streit und der klaren Ansage, dass es ein für alle Mal vorbei war, für einige Wochen kein Wort voneinander hörten. Bis sie sich, etwa zwei Monate später, bei einem Festakt in Düsseldorf wiedersahen. Eine Gelegenheit, zu der Franzi mit einem neuen Lover auftauchte. Das Ende vom Lied war, dass sie es hinter einem schweren Bühnenvorhang so heftig trieben, dass Franzi sich anschließend klammheimlich rausschlich, weil selbst Mutter Theresa auf den ersten Blick erkannt hätte, was hier abgelaufen war. Ten würde wohl bis an sein Lebensende an diesen Tag denken und in sich hineinlächeln. Was für eine Frau!

Und trotzdem würde er sie töten.

Es hatte nicht sehr lange gedauert, bis er eine Lösung für das erste seiner beiden Probleme gefunden hatte. Es störte ihn zwar, dass er, um es zu lösen, einen Mord begehen müsste, der nicht als solcher erkannt werden durfte, und sein Stolz begehrte eine Zeitlang heftig gegen diese Idee auf, aber er sah keine andere Möglichkeit: Es würde darauf hinauslaufen, dass Franzi einen Unfall hätte.

Vielleicht würde ihm später noch etwas einfallen, um das Ganze zu »würzen«, fürs Erste musste das jedoch reichen. Ein Unfall hatte einen entscheidenden Vorteil gegenüber Selbstmord, über den er selbstverständlich auch nachgedacht hatte: Wenn ein Unfall ohne Zweifel als Unfall eingestuft wurde, würde nicht ein einziger ernst zu nehmender Ermittler seine Finger rühren. Keine Ermittlungen hieß:

keine Vernehmungen, keine Durchsuchungen, keine Auswertung ihres Handys etc., etc. Alles, worüber er sich Sorgen machte, bliebe unentdeckt. Zumal er selbst es in der Hand hatte, dass kein Familienmitglied einen Fuß in Franzis Wohnung setzte, bevor er selbst das tat. Ein unschätzbarer Vorteil daran, dass man in seinem Umfeld als derjenige galt, der in den schlimmsten Situationen am besten funktionierte. So würde sich alles wunderbar fügen, und jeglicher Hinweis auf das, was zwischen Ten und Franziska gewesen war, würde sich nur noch in seinem Kopf finden lassen.

Für sein zweites, ungleich größeres Problem gab es keine vergleichbar simple Lösung. Die einzig denkbare Alternative – Isabelle zu töten – war keine. Die Chance, mit dem Mord an der eigenen Frau davonzukommen, war minimal. Davon abgesehen: Selbst wenn Franziska ihn nicht verdächtigen würde, was er sehr stark bezweifelte, war ihm klar, dass sie ihn niemals wieder lieben könnte, wenn sie für immer beim Blick in sein Gesicht ihre tote Schwester sah. Er würde schlicht und ergreifend damit leben müssen, dass sie tot war. Sein Inneres krampfte sich bei dieser Erkenntnis immer wieder zusammen, und Tränen wollten aus ihm herausschießen, doch Ten riss sich zusammen und nahm das Unausweichliche mit der ihm eigenen kalten und berechnenden Art hin, die für den Weg, den er sich ausgesucht hatte, nun einmal notwendig war. Franziska musste sterben. Dafür würde er sein Leben weiterleben können.

Im Vergleich zu dem quälenden Prozess, den er hatte bewältigen müssen, diese Entscheidung überhaupt zu treffen, war es erheblich leichter, sie in die Tat umzusetzen. Ten musste sich zwar bei jedem Schritt konzentrieren, um gegen sich selbst und den Teil in ihm, der diesen Mord verhindern wollte, anzukämpfen. Doch er wäre nicht er selbst gewesen, wenn am Ende nicht Disziplin und innere Härte gegen sein widerspenstiges Herz gewonnen hätten.

Bei der Ausführung des Plans half ihm einmal mehr die aus seiner Sicht wunderbare deutsche Sicherheitspolitik, die sich lieber von einer kleinen Handvoll ideologisch verblendeter Nerds treiben ließ als von simplen Fakten, und daher die »Vorratsdatenspeicherung« (Als wenn!, dachte er jedes Mal bei sich, wenn er den Begriff hörte) noch immer nicht wieder eingeführt hatte. Jeder drittklassige Clown in Deutschland war also in der Lage, Anrufe zu tätigen, die nicht zurückzuverfolgen waren, spätestens, wenn er »Voice over IP« buchstabieren konnte. Sein Handy »für besondere Anlässe« hatte eine namentlich nicht registrierte SIM-Karte (die ebenfalls leichter zu besorgen war als fünf Gramm Gras), weshalb das Restrisiko selbst bei einem »normalen« Anruf ohnehin minimal gewesen wäre. Aber da Franzi es gewohnt war, Anrufe auch über Apps anzunehmen, konnte es nicht schaden, auf Nummer sicher zu gehen und es zuerst über WhatsApp zu versuchen. Er hatte Erfolg.

»Hallo?«

Franzi war schon immer clever gewesen. Dass sie ihren Namen nicht nannte, passte hervorragend in sein Bild von ihr. »Ich bin's«, sagte er.

»Hi. Was ist das für eine Nummer?«

»Neu. Spielt keine Rolle. Können wir uns treffen?«

»Jetzt noch?« Es war 23 Uhr, und es war ein Dienstag.

»Ja, bitte«, sagte er, »es ist wichtig. Ich möchte nicht, dass es so endet. Ich will, dass wir noch ein letztes Mal zusammen sind, wie wir es immer waren, dann bin ich bereit, einen Schlussstrich zu ziehen. Aber nicht auf die Art, wie du vielleicht denkst. Es gibt noch einen anderen Weg. Darüber will ich mit dir reden.«

»Glaubst du wirklich, das hat einen Sinn? Was soll das überhaupt bedeuten, ein anderer Weg?«

»Bitte, Franzi, ich möchte das nicht am Telefon besprechen. Es ist mir ernst, und es ist viel zu wichtig, um sich dabei nicht in die Augen zu sehen. Das sind wir uns auch schuldig, meinst du nicht?«

»Hmm. Wenn du meinst. Aber ich schwöre dir, morgen ist Schluss damit. Auf die eine oder andere Weise. Hast du mich verstanden? Ich kann das einfach nicht mehr, und ich will es auch nicht. Ich muss irgendwann vorwärts gehen, und das schaffe ich nicht, wenn du mein Leben lang auf die Bremse trittst und mich festsetzt.«

Franzi hörte sich zwar leicht genervt an, dennoch konnte sie die Wärme nicht ganz aus ihrer Stimme vertreiben, die ihre starken Gefühle für ihn verriet. Und, das redete er sich zumindest ein, sie klang auch ein kleines bisschen erregt. Weil sie natürlich wusste, was sie erwartete, wenn sie sich trafen.

Ihr wilder, hemmungsloser, ach was, erbarmungsloser Sex, gepaart mit einer Liebe, die durch ihre Unerfülltheit eine unmöglich in Worte zu fassende Tiefe gewonnen hatte, war für Franzi immer etwas gewesen, womit sie nicht einmal bei Freundinnen prahlen konnte, weil sie ihr sowieso niemals glauben würden. Jedenfalls hatte sie ihm das gesagt, als sie eines Nachts nackt, rauchend und schwitzend in ihrem Wohnzimmer gelegen hatten, »Mister Brightside« leise im Hintergrund, sein Schwanz in ihren Händen schon wieder hart wie Stein, ihre milchweißen Brüste mit den auf Rosinengröße verhärteten Nippeln abwechselnd von seiner Zunge verwöhnt, und der bittersüße Schmerz des Herauszögerns dessen, was folgen musste, beinahe unerträglich.

Ten riss sich von der Erinnerung los und versuchte, einen klaren Kopf zu bekommen. Noch mehr solcher Gedanken und er wäre nicht fähig, das hier zu Ende zu bringen.

»Wenn ich dir eines absolut versichern kann, dann, dass morgen Schluss ist, okay? Kommst du bitte ins Motel One?«, fragte er.

»Mache ich. Ich kann in einer guten halben Stunde dort sein.«

»Beeil dich, bitte!«

»Okay.« Sie legte auf.

Nicht einmal eine Minute später beobachtete er, wie die Lichter in ihrer Wohnung ausgingen, und er versteckte sich.

Er fuhr nie ins Motel One.

Und Franziska kam nie dort an.

Als die Feuerwehr sie eine knappe Stunde später auf der A 52 aus dem Wrack ihres Mercedes befreite, war sie bereits tot.

Ten stand unterdessen an der Rückseite des schicken Wohnkomplexes in Kettwig, in dem Franziska gelebt hatte, und sprühte mit roter Farbe »Fick das Kapital« an die Wand. Und ein Anarchie-Zeichen. Ihm war schließlich doch noch etwas eingefallen, das spannender war als die Vortäuschung eines Unfalls. Und dennoch mit ein wenig Glück so narrensicher, dass es ein Fest sein würde, in den kommenden Wochen die Ermittlungen aus sicherer Entfernung zu verfolgen.

So, lieber Staatsschutz, dachte er. Dann mal viel Spaß.

Bei aller Freude über seinen genialen Einfall und einen weiteren Mord, den nie jemand aufklären würde, verspürte Ten auch eine Bitterkeit in sich, von der er fürchtete, dass sie ihn nicht mehr verlassen würde. Zum ersten Mal empfand er nicht den leisesten Anflug dieses wunderbaren Hochgefühls, nachdem er jemanden ermordet hatte. Was er fühlte, war eine kalte Leere, die ihn von innen heraus frieren ließ. Leere, wo seit Jahren eine Liebe geherrscht hatte, die er nie wieder erleben würde.

Er ließ seinen Tränen freien Lauf.

KAPITEL 6

Oktober 2014

Niessen hockte auf seinem Sofa und dachte wie so oft über diese kalte Nacht vor neun Monaten nach. Die Begegnung mit Kanther hatte Kraft gekostet. Mehr als das. Niessen hatte sich danach tagelang ausgelaugt und niedergeschlagen gefühlt. Und doch hatte er sich im Ergebnis aufgerappelt und sein Leben wieder halbwegs in den Griff bekommen. Er trank weniger, arbeitete sorgfältiger (wenn auch nach wie vor ohne Freude) und zwang sich mit einigem Erfolg, weniger oft an den Killer zu denken, der Kanther sein konnte – oder eben auch nicht. Auf diese Weise erlangte er seine innere Ruhe und sein Selbstbewusstsein ein Stück weit zurück und fühlte sich zum ersten Mal seit Jahren wie ein Mensch, der nicht am Abgrund steht.

Seit einigen Tagen nun hatte er den Eindruck, stark genug zu sein, um erneut auf die Jagd zu gehen. Nicht mehr als heulender Waschlappen, sondern fast der Alte, bereit, es notfalls mit der ganzen Welt aufzunehmen, um diesen Mörder zur Strecke zu bringen.

Immer wieder stellte er sich dieselbe Frage: War es wirklich Kanther? Dessen Empörung im Moment der Konfrontation hatte echt gewirkt, sein Erstaunen ebenfalls. Niessen hatte sich stets vorgestellt, dass Kanther – zur Rede gestellt und in die Enge getrieben – seine Maske fallen lassen würde. Das war naiv gewesen, wie er sich eingestehen musste. Oder doch nicht?

Niessen bildete sich viel auf seine Menschenkenntnis ein. Er meinte, einer derer im Geschäft zu sein, die ein untrügliches Gespür dafür hatten, wann ihr Gegenüber sie belog. Und dennoch war er im Falle Kanthers vollkommen unsicher.

Und da war da noch dieser Satz, den der Polizist ihm nachgerufen hatte: Ob er darüber nachgedacht hätte, dass der Killer ihn benutzte.

Natürlich hatte Niessen darüber nachgedacht. Es lag ja nun wirklich auf der Hand, dass der Killer – wer immer er sein mochte – ein irres Spiel mit ihm trieb. Die Nachrichten, die Hinweise, die er bekommen hatte, waren schließlich nicht das Ergebnis seiner hartnäckigen Recherchen gewesen. Vielmehr hatte der Mörder sich aus freien Stücken entschlossen, seinen Nervenkitzel dadurch noch weiter zu steigern, dass er einen Reporter mehr wissen ließ, als der je hätte ahnen können. Ganz offensichtlich war ihm an einem Zuschauer gelegen, vielleicht ja, damit dieser sein Werk verstand und damit würdigte.

Aber ging das Kalkül des Killers nicht vielleicht noch weiter? Erfüllte der Reporter, also er selbst, womöglich einen Zweck in dem Komplott? Hatte er gar seinen Teil dazu beigetragen, dass der Plan überhaupt erst aufgegangen war? Der Gedanke quälte ihn zunehmend. War es sogar die Absicht des Killers gewesen, dass er, Niessen, Kanther verdächtigte? Und was hätte der Killer dadurch gewonnen?

Niessen wusste nicht weiter. Mehr denn je hätte er einen Vertrauten gebraucht, jemanden, mit dem er die Fakten durchgehen, mit dem er Hypothesen aufstellen und wieder verwerfen könnte. Und, ja, er sehnte sich auch nach Nähe, Zuwendung, Verständnis. »Ach, Claire«, seufzte

Niessen und trottete in die Küche, um sich Abendessen zu machen. Allein.

Er öffnete den Kühlschrank und spähte ins weiße Nichts: Margarine, ein Glas Marmelade, zwei Dosen Bier, eine abgestandene Flasche Wasser und ein grün überwuchertes Etwas, das seiner Erinnerung nach einmal Käse gewesen war. Niessen nahm sich ein Bier, stellte es dann jedoch zurück und wählte die Nummer des Pizzalieferdienstes, der inzwischen mehr Mahlzeiten für ihn zubereitet hatte als seine eigene Mutter. Wie immer bestellte er eine große Pizza Funghi. Er stellte sich an die Tischtennisplatte, nahm Schläger und Ball und vertrieb sich die Zeit, bis sein Essen eintraf.

Wenn Kanther der Killer war: Was würde er tun? Fühlte er sich bedroht? Würde er irgendwann auch Niessen töten? Falls ja, warum hatte er das nicht längst getan? Würde er sein Spiel lieber weitertreiben wollen? So wie es als Kind immer diesen einen seltsamen Jungen in jeder Nachbarschaft gab, der Fröschen die Beine ausriss, um zu testen, ob sie dann noch hüpfen konnten. Niessen fühlte sich, als wäre er dieser Frosch. »Los, spring, Rolf!« Nun ja, immerhin hatte er noch seine Beine. Bis jetzt!

Es klingelte an der Tür. Die Pizza, dachte Niessen, endlich. Er öffnete.

Vor der Tür stand ein Mann, rote Jacke, Schirmmütze, er schaute auf den Zettel in seiner Hand.

»Sind Sie Niessen?«, fragte er. Osteuropäischer Akzent.

»Ja«, sagte er.

»Dann ist das Ihrre.« Definitiv osteuropäischer Akzent, russisch vielleicht. Dieses rollende, kehlige r. Er streckte Niessen den warmen Karton entgegen. »8,50 Eurro.«

»Hier sind zehn. Schönen Abend.«

Niessen schloss die Tür und ging hinüber in die Küche. Die Pizza roch wie immer köstlich. Er kramte Messer und Gabel aus der Besteckschublade, holte sich doch das Bier aus dem Kühlschrank, setzte sich an den kleinen Küchentisch und öffnete den Karton. Dann erstarrte er.

Er ließ das Bier fallen, seine Hände zitterten.

In die Oberseite des Pizzakartons hatte jemand mit schwarzem Edding in Großbuchstaben drei Sätze geschrieben:

TÖTE, WAS DU LIEBST, ROLF. HÄTTE NIE GEDACHT, DASS ES SO SCHWER WÄRE. UND DU HOCKST FAUL RUM UND ISST PIZZA …

Und darunter, wie eine Unterschrift: »X«.

Der Pizzabote. Niessen stürzte zum Fenster und spähte hinaus. Weit und breit war niemand zu sehen.

Er hastete zurück zum Tisch und sah sich den Karton genauer an. Sein Hunger war vergessen. Er suchte nach Hinweisen, die ihm weiterhelfen würden. Vielleicht hatte der Irre einen Fehler gemacht? Die Buchstaben waren makellos, wie genormt, mit sicherer Hand geschrieben. Könnte er sie mit der Handschrift Kanthers vergleichen lassen? Wahrscheinlich nicht. Die Schrift schien wie gedruckt, als habe jemand Schablonen verwendet, um die Buchstaben auf den Karton zu zeichnen.

Der Pizzabote. War das der Killer gewesen? Ein irrer Bulle mit osteuropäischem Slang? Hatte er bloß so getan, als habe er einen Akzent? Oder war der Mann nur ein harmloser Bote gewesen, der gar nicht wusste, welche Botschaft in der Schachtel stand? Seine Gedanken überschlugen sich.

»Scheiße«, fluchte Niessen. Warum hatte er den Mann kaum angesehen?

Die Pizza würde er jedenfalls sicher nicht essen. Nicht, dass der Mörder ihn vergiften und in seine bereits ziemlich imposante Opfersammlung aufnehmen wollte. Bei wie vielen war er? Sieben? Viel zu viele, das stand fest. Nur: wen hatte er dieses Mal umgebracht? »Töte, was du liebst.« Was war das für ein neues Rätsel? Oder war es eine Aufforderung? Wen hätte Niessen töten können, geschweige denn wollen? Nein, es musste ein Hinweis sein. Es waren doch immer Hinweise gewesen. »Töte, was du liebst.« Meinte der Killer vielleicht »Töte, wen du liebst«? Hatte er jemanden getötet, der ihm nahestand? Falls ja, wäre das an Abartigkeit nicht mehr zu überbieten. Und wenn ja, wen? Frau? Kinder? Bruder, Schwester, Eltern? Freunde? Wo sollte Niessen mit der Suche anfangen, wonach sollte er suchen? Ihm kamen weit mehr Fragen als Antworten in den Sinn. Wenn der Killer ihm auch dieses Mal einen Wink hatte geben wollen, war er offenbar gescheitert. Niessen hatte keinen Schimmer, was dieser erste Teil der Botschaft zu bedeuten hatte. Dafür war ihm umso klarer, was die beiden anderen Sätze ihm sagen sollten: dass es schwer gewesen war, etwas oder sicher vielmehr jemanden zu töten, den der Killer liebte, und dass er Rolf aus der Reserve locken wollte. Es war, als gebe er ihm eine Mitschuld an dem Mord, weil es ihm bisher nicht gelungen war, ihn zu überführen. Dieses verdammte, kranke Arschloch!

Er klappte den Karton zu und schob ihn über den Tisch. Dann stützte er die Ellbogen auf, vergrub das Gesicht in seinen Händen und dachte nach. Was, zum Teufel, sollte er jetzt tun?

KAPITEL 7

Oktober 2014

Was für ein beschissenes Jahr!

Martin Fechner war das, was man in Polizeikreisen gern einen »Ewigen« nannte. In seinem Fall ein »Ewiger Kriminalhauptkommissar«. Und nicht mal einer von der gut bezahlten Sorte, also mit A 12 besoldet, sondern eines der Exemplare, die es in NRW noch zuhauf gab und die mit A 11, der ersten Hauptkommissarsstufe, in Pension gehen würden. Was nicht überraschend war, hatte er sich doch ziemlich vehement gegen alles gewehrt, was Uniform bedeutet hätte, und das war in NRW einem Todesurteil der Karriere gleichbedeutend.

Er hatte das immer gewusst und nie bereut. Mitnehmen konnte er am Ende eh nichts, und zum Leben hatte es gereicht. Was hätte es ihm also gebracht, für ein bisschen mehr Kohle ständig den Job zu wechseln? Vor allem aber in Uniform die Stiefel der Vorgesetzten lecken zu müssen, am besten in einem der unzähligen Stabsbereiche, die wie Pilze aus dem Boden geschossen waren, seit die Polizei nicht länger das war, was sie bis in die 90er hinein hatte sein dürfen?

Er war also bei seinem Job geblieben. Ein Staatsschützer durch und durch, einer, der die Namen aller bekannten RAF-Mitglieder noch ebenso auswendig kannte wie die Namen ihrer Opfer. Einer der wenigen, für die Bin Ladens Jahrhundertattentat 2001 keine allzu große Überraschung gewesen war, weil der Name Al-Qaida ihm schon etwas gesagt hatte, als die Anschläge auf die USS Cole und die amerikanischen Botschaften wirklich nur etwas für Feinschmecker in der deutschen Sicherheitslandschaft gewesen waren.

Der schwerste Fehler seiner beruflichen Laufbahn war gewesen, dass er seinerzeit nicht die Chance ergriffen hatte, sich zum BKA versetzen zu lassen. Es wäre ein Kinderspiel gewesen, damals hatte man dort händeringend Leute gesucht, und der BKA-Standort Meckenheim wäre nah genug gewesen, um eine Weile zu pendeln und später mit der Familie umzuziehen. Das hatte er gründlich vermasselt, und anschließend setzte er nur noch aufs falsche Pferd. Aus dem Islamismusbereich verabschiedete er sich schon 2002. Zu politisch das Ganze, fand er. Zu viel »Nadel im Heuhaufen suchen«. Und – darin hatte er bisher absolut richtig gelegen – letztlich ein Krieg, den sie nicht gewinnen konnten.

Er befasste sich dann eine Weile mit Spionageverfahren, fand aber auch darin keine wirkliche Befriedigung und versteifte sich irgendwann auf die These, dass sein altes Leib- und Magenthema Linksextremismus »der kommende Bereich« wäre. Anfang 2009 war das, ein paar Monate nach den Ereignissen von Heiligendamm.

Dann kam 2011, und Fechner war endgültig mit seiner Weisheit am Ende. Rechter Terror in Deutschland – in einigen Fällen nicht allzu weit vor seiner Haustür! –, damit hätte er, bei all seiner Erfahrung, niemals gerechnet. Wobei es ihn ein wenig tröstete, dass er mit dieser Fehleinschätzung nicht allein auf der Welt war. Definitiv niemand, nicht ein einziger Ermittler in ganz Deutschland, hatte auf diese Möglichkeit auch nur 100 Euro gewettet, bevor sie zur bekannten Tatsache wurde.

Diesmal ergriff er sofort die Chance, ging freiwillig in die »Besondere Aufbauorganisation Trio« des BKA und machte dort einige Monate lang einen, wie er fand, super Job. Ein spätes Übernahmeangebot, auf das er zu dieser Zeit sehr hoffte, blieb jedoch aus. Man schickte ihn zurück.

Vor lauter Frust lehnte er das Angebot seines Inspektionsleiters ab, den neuen, satt aufgestockten Bereich Rechtsextremismus mit aufzubauen (zweifellos die letzte Karotte, die sie ihm vorhalten würden, das war ihm bewusst), und blieb im Bereich Linksextremismus. Der inzwischen, »Priorisierung« sei Dank, eher die Resterampe der Kriminalinspektion Staatsschutz des PP Düsseldorf war. Ein erbärmlich kleiner Bereich innerhalb eines eigentlich starken Kommissariats, das aber im Schwerpunkt auf Rechtsextremismus ausgelegt war. Der gesamte Rest der Inspektion kümmerte sich ohnehin um Islamismus.

Die Welt, seine Welt, hatte sich ziemlich schnell weiterentwickelt, dachte Fechner oft. Nur er selbst war irgendwann stehen geblieben.

Und als wenn es nicht ätzend genug gewesen wäre, einer von zwei Sachbearbeitern für »Alles außer ...« in der Inspektion zu sein, mit einem Abo auf Spott und Häme der Kollegen, vor allem aus dem Islamismusbereich, war ihm zu allem Überfluss vor knapp drei Monaten ein Fall auf den Schreibtisch gespült worden, der ihm förmlich wie eine Zecke an den Eiern klebte. Nur, dass man Zecken wesentlich leichter entfernen konnte, wenn man sie erst einmal entdeckt hatte. Diese hier hatte sich allerdings, wie Fechner es einem Kollegen gegenüber ausdrückte, »festgehakt wie eine gottverdammte Libelle im Paarungsmodus«. Was bedeutete, dass man sie nur loswurde, wenn man sich selbst halb in Stücke riss. Und allzu metaphorisch schien ihm diese Vorstellung gar nicht zu sein.

Ein Autounfall, nichts weiter – so schien es zunächst. Eine leicht angetrunkene 34-jährige, die in ihrem Mercedes viel zu schnell über die Autobahn gejagt war, wohin auch immer unterwegs, und schließlich von der Fahrbahn abgekommen war, wie so viele vor ihr. Der Wagen hatte sich mehrfach überschlagen und wie ein ungemachtes Bett ausgesehen, als die Kollegen fast gleichzeitig mit dem Rettungsdienst vor Ort ankamen. Die stattliche Anzahl an Airbags war leider nur dazu in der Lage gewesen, einen schnellen und vermutlich weniger schmerzhaften Tod der Frau zu verhindern. Vollkommen eingequetscht und halb zertrümmert erlag sie ihren inneren Verletzungen, bevor jemand nah genug an sie herankam, um mehr zu tun als sich an letzte Hoffnungen zu klammern.

Eine Wendung erfuhr der Fall, als die geschulten Augen der Verkehrsermittler schnell erkannten, dass die Radmuttern gelockert worden waren. Damit nahm das Unheil seinen Lauf. Denn gerade als man so weit war, das Ganze sehr vorsichtig als mögliches Tötungsdelikt anzugehen und dementsprechend an eine Mordkommission zu übergeben, kam eine übermotivierte Kollegin auf die glorreiche Idee, die offenbar in der Nacht des Unfalls gesprühte, linke Schmiererei am Wohnkomplex, in dem das Opfer lebte, mit der Tat in Zusammenhang zu bringen. Und damit wurde das Ganze zu Fechners Fall.

Reiche Gegend, linker Schriftzug, gelöste Radmuttern an einem Mercedes. Das passte auf den ersten Blick natürlich lupenrein zusammen, aber Fechner hatte, im Gegensatz zu den jüngeren Kolleginnen und Kollegen, noch vernünftig Kriminologie und Kriminalistik gelernt, er war ein

»echter« Kriminalbeamter (eine Aussage, mit der man sich sensationell unbeliebt machen konnte, weshalb er solche Gedanken in der Regel für sich behielt). Fechner stellte sich also die richtigen Fragen, und danach erschien für ihn überhaupt nichts mehr lupenrein. Aus welchem Grund sollte die hiesige linke Szene, die in den vergangenen Jahren nicht durch besonders knallharten Aktionismus aufgefallen war, plötzlich darauf kommen, Radmuttern ausgerechnet an Zivilfahrzeugen zu lösen? An Polizeiautos, klar. Firmenfuhrparks, je nach Firma möglich. Aber Zivilfahrzeuge? Inkaufnahme der schweren Schädigung von Personen, von Zivilisten, wenn auch reichen Zivilisten, das wäre eine völlig neue Qualität für die Szene. Dazu hätte es zumindest einen Anlass geben müssen, doch die politische Großwetterlage war halbwegs ruhig. Auch der direkte Bezug zum Opfer fehlte völlig, wie sich später herausstellte. Und überhaupt: Wenn es die Szene gewesen wäre, warum gab es kein Bekennerschreiben? Nachdem irgendwann durchgesickert war, dass der Staatsschutz in der Sache ermittelte, gab es sogar ein klares Dementi mehrerer regionaler Gruppen auf Indymedia.

Am Ende konnten all seine unbeantworteten Fragen nichts daran ändern, dass er es war, der die Antworten finden sollte. »Was nach links aussieht, da muss auch links drin sein« – so einfach war das Ganze, jedenfalls für die Chefs. Sprich, der Fall blieb an ihm hängen, und daran sollten weder sein erstes Gefühl noch die später zusammengetragenen Fakten etwas ändern.

Um das Elend komplett zu machen, kam hinzu, dass nicht eine x-beliebige Frau bei dem Unfall ums Leben gekommen war, sondern die Schwägerin eines Kollegen. Eines recht guten und vor allem ziemlich einflussreichen

Kollegen. Auch wenn Fechner nach der Übernahme des Falls nicht ein einziges Mal offen damit konfrontiert wurde, weder durch den Kollegen selbst noch durch einen seiner Vorgesetzten, spürte er dennoch den Druck, den er sich selbst auferlegte, ebenso wie den Druck, der von der gesamten Mannschaft ausgeübt wurde. Diesen Druck, der ohne Worte auskommt, der in Blicken lebt, in scheinbar unbedeutenden Fragen, in Ungesagtem. Es war ein hässlicher Druck, und Fechner lernte, ihn täglich mehr zu hassen. Denn mit jedem Moment, den er an diesem Fall arbeitete, wurde ihm deutlicher bewusst, dass es unter keinen Umstanden wirklich sein Fall war. Dass nie und nimmer irgendwelche übereifrigen linken Anarchos übers Ziel hinausgeschossen waren, um die Frau in den Tod fahren zu lassen. Dass die Wahrscheinlichkeit für einen linken Hintergrund im Gegenteil so verschwindend gering war, dass er es inzwischen für plausibler hielt, jemand habe absichtlich eine falsche Fährte gelegt.

Zu einem Dilemma wurde das Ganze schließlich dadurch, dass jeder Versuch, den Fall loszuwerden, ihm als das ausgelegt wurde, was keinesfalls seine Absicht war: den Fall einfach nur loszuwerden. Jeder halbwegs erfahrene Polizist wusste, dass es unmöglich wäre, die Täter zu kriegen, wenn es sich tatsächlich um Linke handeln sollte. Dass man aber – immerhin ging es um eine politische Tat, sogar um ein Tötungsdelikt – notfalls jahrelang einen guten Teil der Energie investieren musste, die man hatte, um die Tat aufzuklären, selbst gegen jeden Verstand. Fechner hätte also sehr gute Gründe gehabt, den Fall von seinem Schreibtisch zu fegen. Er hatte nur noch etwa zwei Jahre, das Karriereende war erreicht, und er hätte es sich in seiner kleinen Nische bequem machen und auf den Ruhestand warten können, ohne dass ihm das jemand negativ ausgelegt hätte. Dieser Fall hingegen bedeutete harte Arbeit, Stress und Druck. Man wusste also nicht nur, dass er gute Gründe hatte, den Fall abzugeben – man erwartete es förmlich.

Und eben deshalb fügte er sich schließlich in sein Schicksal und investierte einen viel zu großen Anteil seiner verbleibenden Dienstzeit in den Versuch, einem »linken Phantom« hinterherzujagen.

KAPITEL 8

Juli 2015

Köppen.

Es musste einfach Köppen sein.

Aus zwei Gründen: erstens, weil er das größte lebende Arschloch war. Und zweitens, weil es aus Tens Sicht alles »rund« machte. Köppen war damals, nach dem Tod des Schneemanns, am Tatort gewesen. Hatte große Reden geschwungen und seine Leute ebenso nervös wie sich selbst wichtiggemacht. Und auch wenn das Ganze schon mehr als acht Jahre her war, konnte Ten sich noch genau daran erinnern, wie er damals gedacht hatte: Ja, Köppen, wenn du hier liegen würdest, würde es auch keinen jucken! Nun, das würde sich dann ja bald herausfinden lassen.

Das Dumme war nur, dass Ten nicht den Hauch einer Vorstellung hatte, wie er es anstellen sollte.

Ein Mord, als solcher erkennbar, schied von vornherein aus. Nicht, weil Ten zu nah dran gewesen wäre. Das waren Hunderte von Kollegen, und die meisten davon hassten Köppen. Nein, in diesem Fall war die persönliche Nähe zum Opfer irrelevant. Ob sein eigener Bruder ihn umbringen würde oder ein durchreisender Tourist aus Togo: Man würde es so oder so herausfinden. Denn die Maschinerie, die anlief, wenn ein Polizist getötet wurde, war, mit einem Wort beschrieben, gewaltig.

Und nicht nur das: Man könnte davon ausgehen, dass Polizisten ihre Leistungsgrenze erst erreichen, wenn das

Opfer ihnen nahestand, etwa ein guter Freund, die Ehefrau oder, Gott bewahre, das eigene Kind. Doch das stimmte nicht. Denn in solch einem Fall wäre der betroffene Polizist erstens niemals Teil des Ermittlerteams, die Betroffenheit und Befangenheit wäre viel zu groß. Und zweitens: Selbst wenn das nicht der Fall wäre, stünde das Herz diesem Polizisten viel zu sehr im Weg, was für Ermittler, deren Job äußerste Rationalität, Neutralität und faktisch auch Gefühlskälte erforderte, fatale Folgen hätte.

All das, was man sich also vorstellen konnte, wenn man an Polizisten dachte, die sprichwörtlich arbeiteten, bis sie aus den Augen bluten und dabei jeden noch so kleinen Stein nicht nur umdrehten, sondern außerdem auf Spuren überprüfen ließen; die selbst den dümmsten aller Hinweise mindestens von zwei verschiedenen Teams abklären ließen, bevor er zu den Akten gelegt wurde (um oft genug später noch einmal herausgeholt zu werden, zur Sicherheit!) – all das traf ganz sicher zu, wenn Polizisten gegen jemanden ermittelten, der einen der ihren auf dem Gewissen hatte.

Nein, Ten würde sich solch einem Risiko nicht aussetzen. Auch wenn der Gedanke verlockend war. Aber es blieb dabei: Nicht einmal Ten war dazu in der Lage, seine Chancen sicher genug einzuschätzen, wenn eine Hundertschaft der besten Ermittler, die Nordrhein-Westfalen zu bieten hatte, auf seine Fährte angesetzt würde.

Er stand also, wie schon bei Franziska, vor den Alternativen »Selbstmord« und »Unfall«, als er eines Abends beim Sport in seinem Fitnessraum eine dieser unsäglichen Talkshows ansah, die sich ausnahmsweise mal nicht mit Sicherheitsthemen beschäftigte, sondern mit Gesundheitsfragen. Die Diskussion war eher langweilig, und ohne dass Ten später genau hätte sagen können, welche Aussage ihn auf den Gedanken gebracht hatte, war er plötzlich auf einen neuen Ansatz gestoßen, der ihm verfolgenswert schien: Krankheit! Gleich am nächsten Morgen begann er zu recherchieren.

Was er fand, war einerseits ermutigend, andererseits jedoch viel zu unkonkret, als dass er damit hätte arbeiten können. Was offensichtlich war: Auch ohne Köppens genauen Gesundheitszustand zu kennen, waren bestimmte Faktoren unverkennbar. Köppen war stark übergewichtig. Natürlich, denn er trieb nahezu keinen Sport, trank seinen Kaffee mit viel Zucker und ernährte sich, wie alle jeden Mittag in der Kantine bewundern konnten, insgesamt gotterbärmlich. Zudem war er Raucher, und zwar kein Gelegenheits- und Genussraucher wie er selbst, sondern einer von der Sorte, bei denen man schon vor dem Frühstück keine Kippe mehr schnorren konnte, weil die Schachtel leer war. Um das Ganze komplett zu machen, gehörte er zu der Generation von Polizisten, für die Trinkfestigkeit nicht nur eine Ehre, sondern geradezu eine Verpflichtung war. Köppen hatte sich einst bei einer Weihnachtsfeier gerühmt, mehr Whisky zu vertragen als Johnny Walker persönlich. Und das auch eindrucksvoll bewiesen.

Die körperlichen Auswirkungen eines derart exzessiven Lebens lagen auf der Hand. Ebenso die Symptome, die vorliegen könnten. Es dauerte keine fünf Minuten, um über Google hunderttausende Seiten zu finden, die sich damit auseinandersetzten: Bluthochdruck, Herzinsuffizienz, verengte Arterien, koronare Herzkrankheit, Diabetes – das Übliche eben.

Das Problem war: Glauben heißt nicht Wissen!

Ihm kam der Onkel seiner Frau in den Sinn. Er war Arzt, Gynäkologe zwar, doch jeder Arzt verfügte ja über einen allgemeinmedizinischen Hintergrund, also schien der Weg über ihn für Ten die simpelste Möglichkeit zu sein, um an die Infos zu gelangen, die er brauchte. Und tatsächlich: Beim österlichen Familienessen plauschten sie abends in geselliger Runde, und Ten sprach bei günstiger Gelegenheit mit einem beiläufigen »Sag mal, Jens« das Thema an. Er erkundigte sich im Namen eines Kollegen nach einem vermeintlichen Mordfall, an dem gearbeitet werde. Er schilderte Köppens Lebenswandel, fügte hinzu, die Todesumstände sähen natürlich aus, aber man vermute aus guten Gründen einen Mord. Jens' erste Frage war, ob der Mann Diabetiker gewesen sei.

»Wieso?«, wollte Ten wissen. Die Antwort enthielt mehr, als er sich je hätte träumen lassen. Wenn sich jetzt nur noch feststellen ließe, ob Köppen – wofür die Chancen offensichtlich extrem gut standen – Diabetiker war.

Das Tolle an Polizeieinrichtungen war, dass alles, was man darin aufbewahrte, vor so ziemlich jedem sicher war, der von draußen rein wollte. Das Tolle für einen Polizisten hingegen war, dass er an alles, was sich in ihnen befand, kinderleicht herankam, weil das Vertrauen in die eigenen Kollegen bei den meisten Polizisten viel zu stark ausgeprägt war.

Es war also kein Problem für Ten, herauszufinden, was er wissen musste. Es kostete einen langen Abend im Büro, einen späten Gang an den Schlüsselsafe, das Aufschließen von Köppens Büro und die Feststellung, dass Köppen, wie die meisten, seine persönlichen Schränke entweder gar nicht erst abschloss oder den Schlüssel so offensichtlich »versteckte«, dass bereits jede durchschnittlich begabte Reinigungskraft ihn finden konnte. Und Ten hatte, was er suchte. Köppen war Diabetiker!

Der Rest war lächerlich einfach. Ein guter Whisky (Köppens Leidenschaft, das wusste jeder), eine ausreichende Menge K.-o.-Tropfen, um einen 110-Kilo-Mann für kurze Zeit außer Gefecht zu setzen, und ein Abend, an dem Köppen und er die Letzten auf dem Flur sein würden – mehr brauchte es nicht.

Als diese Gelegenheit nun endlich gekommen war, zögerte Ten nicht eine Sekunde lang. Er ging mit einem Whisky in Köppens Büro und investierte reichlich schauspielerisches Talent in einen Monolog, mit dem er Köppen um eine Chance auf einen Neuanfang zwischen ihnen beiden bat. Seine Anstrengungen wurden belohnt, Köppen schien ihm jedes Wort zu glauben.

Darauf nahmen sie ein Gläschen in Ehren. Köppen hatte leuchtende Augen bekommen, denn selbst bei seinem Einkommen war ein Whisky für 380 Euro pro Halbliterflasche nichts, was er sich kaufen würde. Als Köppen, nachdem er zwei Gläser auf seinen Schreibtisch gestellt hatte, an einen seiner Schränke ging, um mit den zwar weniger teuren, aber ebenfalls gut ausgesuchten Whiskys zu prahlen, die er für bestimmte Fälle im Büro aufbewahrte, konnte Ten die Tropfen leicht in dessen Glas träufeln.

Als Köppen kurz darauf an seinem Schreibtisch in sich zusammensackte, benötigte Ten nur ein paar Handgriffe, um den schwammigen Körper abzusuchen und Köppen die sechsfache Dosis an Insulin zu injizieren, die gut für ihn gewesen wäre. Ten drapierte ihn kurz für ein Foto und legte seinen Kopf anschließend auf den Schreibtisch zurück. Dann spülte er sein Glas, stellte es wieder in Köppens Schrank, ging in sein Büro und von dort kurz darauf in den Sportbereich, um zu duschen. Anschließend verließ er seelenruhig und – man wusste ja nie! – mit sichtbar nassen Haaren das LKA.

Seine Vorzimmerkraft fand Köppen am nächsten Morgen.

Die Diagnose lautete Sekunden-Herztod.

KAPITEL 9

Oktober 2015

Tom von Haehling stand in der zu jeder Jahreszeit kalten und kargen »Raucherecke« des Düsseldorfer Landeskriminalamts, qualmte seine letzte Lucky Strike und ärgerte sich, dass er vergessen hatte, sich neue Kippen zu kaufen. Jetzt würde er schnorren müssen, und er hasste es, zu schnorren. Wenn jemand das nicht nötig hatte, dann war schließlich er das. Er dachte gerade darüber nach, ob er es trotz des Regens auf sich nehmen sollte, rüber zur Tankstelle zu laufen und sich neue zu kaufen, als er von einem freundlichen, viel zu erwartungsfrohen »Guten Morgen!« aus seinen Gedanken gerissen wurde.

Es war Ronald Mitschek, ein Ermittler aus dem OK-Bereich, den er nur flüchtig und eigentlich auch allein deshalb kannte, weil die wenigen Raucher, die es im LKA überhaupt noch gab, sich zwangsläufig hier über den Weg liefen. Mitschek war einer der Typen, bei denen Tom ganz froh darüber war, sie nicht näher kennen zu müssen. Ein Schleimer und Arschkriecher vor dem Herrn, soweit Tom das beurteilen konnte. Hatte dem Präsidenten mal während einer Personalversammlung bekundet, was für ein toller Hecht der doch sei. Es hatte offenbar dennoch nie für A 13 gereicht. Das Leben war manchmal also doch gerecht, fand Tom.

»Morgen!«, sagte er knapp. Er hatte generell keine Lust auf Konversation, im speziellen noch weniger auf Small Talk mit Mitschek. Aber wie das so war mit solchen Menschen: Wenn es etwas gab, was sie schlechter konnten, als generell mal den Mund zu halten, dann war es, einzuschätzen, wann und in wessen Gegenwart sie wirklich schweigen sollten.

»Und, wie geht's dir?«, fragte Mitschek.

»Wie soll es mir gehen?«, antwortete Tom halb verwundert, halb genervt. Was wollte der Vogel von ihm?

»Na ja, ich meinte nur, wegen der Sache mit dem seltsamen Unfall letztes Jahr, und dass der Fall immer noch nicht aufgeklärt ist …«

»Das geht dich 'nen Scheißdreck an!«, blaffte Tom den anderen an. Und auch wenn er erst die Hälfte seiner Zigarette geraucht hatte, warf er sie auf den Boden, trat sie aus und stampfte ohne ein weiteres Wort davon.

»Schönen Tag trotzdem noch. Tut mir leid!«, rief Mitschek ihm hinterher.

Arschloch!, dachte Tom nur. Wenn es jemanden im Kollegenkreis gab, mit dem Tom über sein Privatleben sprach, dann war das Torben. Er würde nie verstehen, wieso manche Leute glaubten, »kennen« bedeutete »mögen«, und sich auch genauso penetrant verhielten. Wie die verdammten Schmeißfliegen, dachte er.

Dabei gab es doch wirklich spannendere Gesprächsthemen im LKA, seit Köppen tot war. Was juckte Mitschek also der Tod von Franziska? Der Fall lag seit Monaten beim Staatsschutz, und Tom hatte ganz sicher nicht die Absicht, sich in die Ermittlungen einzumischen. Fechner würde tun, was zu tun war, nicht mehr und ganz bestimmt nicht weniger.

Aber Köppen! Das war erstaunlich.

Das Klima im Haus konnte man irgendwo zwischen bedrückt und aufgeregt verorten, nachdem man Köppen vor ein paar Monaten tot an seinem Schreibtisch gefunden hatte. Die Todesursache war eindeutig gewesen, und es war nicht so, als hätte es keiner nachvollziehen können. Das hatte Tom in zahlreichen Gesprächen auf den Fluren, in der Kantine und im Büro bestätigt bekommen. Köppen liebte sein fettes Essen, Zigaretten, Alkohol im Allgemeinen und seinen Whisky im Besonderen, all das war hinlänglich bekannt. Er hatte es dann im betrunkenen Zustand offenbar mit dem Insulin übertrieben. Eine für alle tragische Geschichte, aber eine nachvollziehbare.

Dennoch gab es auch nicht wenige, die das Ganze für merkwürdig hielten. Allen voran Köppens Frau. Tom hatte es nicht selbst mitbekommen, doch sie musste beim Präsidenten persönlich gewesen sein und lautstark protestiert haben, weil niemand ihr glauben wollte, dass ihr Mann sich das viele Insulin nicht selbst gespritzt habe.

»Ich kannte meinen Mann besser als ihr Klugscheißer alle zusammen«, tobte sie angeblich, »und eines ist sicher: So besoffen konnte er gar nicht sein, dass er sich jemals mit seiner Dosis vertan hätte.« Sie bestand auf einer Obduktion, und selbst als diese kein anderes Ergebnis brachte als die vermutete Insulinüberdosis, war sie von ihrer Überzeugung, dass jemand »nachgeholfen« hatte, nicht abzubringen.

Das wiederum rief die Amtsleitung auf den Plan, die kurzerhand entschied, dass eine Ermittlungskommission eingesetzt wurde, um sich den Fall noch einmal genauer anzusehen. Bislang offenbar ohne Ergebnis. Der Flurfunk in den Tagen nach dieser Entscheidung war allerdings eine Klasse für sich. Wer da plötzlich alles mit Verdächtigungen aus der Hüfte schoss, natürlich immer mehr oder weniger unter dem Siegel vorgebracht, »nur Spaß zu machen«. Und welche »Verdächtigen« es so alles gab: angefangen bei einer heimlichen Geliebten, die Köppen auf der Dienststelle gehabt habe, über geldgierige Reinigungskräfte bis hin zu möglichen Nachfolgern für Köppens Stelle. Manche tippten auf Selbstmord, ohne natürlich erklären zu können, warum es kein einziges Wort des Abschieds gegeben hatte. Im Ergebnis gab der Fall jedenfalls nichts her, aus dem sich der Verdacht einer Straftat ableiten ließ. Die Kommission wurde eingestellt.

Ungefähr zur selben Zeit kehrte Ruhe beim täglichen Tratsch ein. Nachdem endgültig alle Gerüchte, Theorien und abstrusen Gedankengänge durchgekaut worden waren, wurde es für die meisten wieder spannender, sich über das Kantinenessen zu unterhalten. Man hatte akzeptiert, dass Köppens Tod selbstverschuldet war. Falls seiner Frau noch Restzweifel geblieben waren, ließ sie es niemanden mehr lautstark wissen. So ging alles seinen gewohnten Gang, und das LKA kehrte zur Tagesordnung zurück.

Und ist das nicht das Erstaunliche, dachte Tom bei sich, als er auf dem Weg zurück in sein Büro war, dass selbst diejenigen, die vom ersten Tag ihrer Ausbildung an darauf geschult werden, skeptisch zu bleiben, sich im Alltag so gern auf die einfachen Lösungen stürzen? Er wusste, dass das zu einem guten Teil daran lag, dass der Alltag gerade bei der Kriminalpolizei nichts anderes zuließ als dieses Vorgehen. Die Verbrechen, für deren Aufklärung man endlose Ressourcen investieren konnte, ließen sich getrost an einer Hand pro Jahrzehnt abzählen. In allen anderen Fällen lautete das Zauberwort seit Langem »Priorisierung«, was nichts anderes bedeutete als: Die Guten ins Töpfchen, die Schlechten ins Kröpfchen!

Tom hatte ein paar Jahre lang nebenher als Lehrbeauftragter Kriminalistik unterrichtet und dachte an den Satz, den er damals verzweifelt versucht hatte, in die Köpfe seiner Studenten einzuhämmern: »Das Wahrscheinliche annehmen, an das Mögliche denken, das Unmögliche nie ausschließen.« Doch nicht nur hier in NRW, sondern überall im ganzen Land hatte die Realität ihn immer wieder ausgelacht, wenn sie diese Sätze hörte. Es war ein Trauerspiel. Ob Manfred Köppen jedenfalls gestorben oder ermordet worden war, würde daher niemals ans Licht kommen, dazu war die einfache Möglichkeit der Insulin-Überdosis viel zu bequem. Tom für seinen Teil war sich jedoch absolut sicher, dass es sich um Mord handelte.

Kurz nachdem er sein Büro erreicht hatte, läutete das Telefon. Es war Torben.

»Mahlzeit, der Herr«, schallte es ihm fröhlich entgegen.

»Hi. Na, wie ist die Lage an der Serienkillerfront?«

»Hör mir auf. Wir stecken immer noch knietief im Nichts, auch wenn die KT uns immerhin saubere DNA-Spuren vom Täter präsentiert hat. Wie weit ich damit allerdings komme ohne Verdächtigen, weißt du selbst.«

»Ja, aber das ist doch ein Anfang. Von welchem Tatort habt ihr denn die Spur?«, fragte Tom.

»Beim Schneemann war es damals ja ein Hautfetzen unter dem Fingernagel des Opfers, bei Kraft hatten wir im Keller zwei Haare gefunden, die definitiv nicht von ihm selbst stammen. Mittlerweile können die in der KT ja selbst mit ausgefallenen Haaren was anfangen. Jedenfalls haben wir identische DNA an zwei Tatorten. Das kann beim besten Willen kein Zufall sein, also bin ich überzeugt, dass sie vom Täter stammt. Natürlich kein Treffer in der Analysedatei, aber das wäre auch zu schön gewesen.«

»Na immerhin«, meinte Tom, »wenn du den Drecksack irgendwann zu fassen bekommst, musst du dir über zwei

Fälle schon mal keine Gedanken mehr machen, die wären geklärt.«

»Zwei von vier, ja. Und ich habe immer noch keine Ahnung, für welche weiteren Morde der Kerl vielleicht noch infrage kommt. Dieses merkwürdige X auf dem Zettel in der Leiche in Münster; wenn das wirklich, wie Niessen damals behauptet hat, für ›zehn‹ steht, hat der Typ uns entweder nur Bröckchen hingeworfen und ist schon viel weiter, oder uns stehen noch ein paar Morde bevor. Ich weiß nicht, was mir lieber ist, ehrlich gesagt. Ungeklärte Todesfälle hat's im Land genug, selbst bei uns im Umfeld gibt es einige. Aber wo fängt man an, wo hört man auf? Ich kann mir die nicht alle ans Bein binden, ohne auch nur die kleinste Verbindung zu haben.«

»Ja, verstehe ich gut«, meinte Tom. »Und der Quervergleich der DNA hat keinen Treffer ergeben, der zu einem anderen Mord geführt hätte?«

»Negativ.«

»Und Niessen«, fragte Tom, »hat der sich denn nicht noch mal gemeldet? Wäre doch eine schöne Möglichkeit, an seine DNA zu kommen.«

»Du denkst immer noch, er war es?«, fragte Torben.

»Auf jeden Fall! Dass er sich nicht meldet, unterstreicht das nur noch mehr.«

»Da mag was dran sein. Trotzdem, Tom. Ich kann mir das einfach nicht vorstellen. Du hast ihn nicht erlebt in dieser Nacht. Ich schwöre dir, wenn er nicht nebenher der beste Schauspieler der Welt ist, glaubt er felsenfest daran, dass ich der Mörder bin, den er sucht. Wie passt das zusammen?«

»Na ja, Irre sind irre, Torben. Wir haben schon ganz andere Dinge erlebt.«

»Ja, ich weiß. Ich überlege ja selbst hin und her. Ich erinnere mich dunkel an etwas, was Niessen zu mir gesagt hat, und ich komme einfach nicht drauf, was es ist. Irgendwas, das faul war. Irgendetwas, bei dem ich damals sofort gewusst habe, dass es wichtig ist. Trotzdem hab ich's vergessen.«

»Das kommt schon wieder, keine Bange. Bei deinem Gedächtnis!«

»Das denke ich auch. Weswegen ich eigentlich anrufe: Wann gehen wir mal wieder laufen?«, fragte Torben.

Tom sah auf seinen Terminkalender. »Diese Woche wird's leider eng, aber nächsten Dienstag könnte ich, gegen Mittag. Passt das bei dir?«

»Perfekt!«, sagte Torben. »Sagen wir um 11:30 Uhr. Und anschließend gehen wir was essen und überlegen uns, ob der mysteriöse Killer nicht am Ende auch deinen heißgeliebten Abteilungsleiter auf dem Gewissen hat.«

Tom lachte herzhaft. »Genau, damit würden wir Niessens Bullentheorie dann wirklich auf die Spitze treiben.«

»Super. Dann sehen wir uns Dienstag um 11:30 Uhr, und bis dahin stelle ich mal eine Liste mit allen beim LKA zusammen, denen ich zutraue, reihenweise Morde zu begehen. Fürchte, die wird fast so lang wie euer Telefonverzeichnis.«

Tom lachte erneut, als er sich verabschiedete und den Hörer auflegte. Dann verstummte er, und sein Gesicht wurde ernst.

Er entschied, heute früher als gewohnt Feierabend zu machen, und verließ das Büro. Auf dem Heimweg hielt er bei einem Briefkasten, der auf halber Strecke lag. Er griff in seine Aktentasche und zog einen braunen Umschlag hervor, den er endlich abschicken wollte.

Es war an der Zeit. Die letzte Runde hatte begonnen.

Der Brief war adressiert an Rolf Günther Niessen.

KAPITEL 10

Oktober 2015

Irgendwie hatte Niessen sich fast schon daran gewöhnt, das Grauen in seinen Händen zu halten. Das Bild war einmal mehr kein Meisterwerk der Fotografie, grell überbelichtet wegen eines amateurhaft bedienten Blitzes, zudem hatte der Killer einen Ausschnitt gewählt, der weitaus mehr zeigte als das Wesentliche: und zwar die Leiche eines Mannes, den Niessen seit vielen Jahren von unzähligen Pressekonferenzen kannte – oder vielmehr gekannt hatte.

Manfred Köppen, zu Lebzeiten ein aufgeschwemmter Bürohengst von Kriminalpolizist, ein Typ, der am liebsten bedeutungsschwer etwas daher raunte, mit dem journalistisch gesehen aber überhaupt nichts anzufangen war. Niessen hatte bis zuletzt nicht verstanden, ob Köppen sich mit seinen Andeutungen am Rande von irgendwelchen Tagungen nur wichtigmachen oder ihn – den Reporter – verladen wollte. Am Ende war Köppens Gequatsche nie relevant genug gewesen, sich darüber wirklich den Kopf zu zerbrechen, weshalb Niessen sich der Einfachheit halber entschieden hatte, Köppens kumpelhafte Hinweise für eine Mischung aus beidem zu halten. Doch so wie es aussah, war damit jetzt Schluss.

Das Bild zeugte nicht direkt von Manfred Köppens gewaltsamem Ende, sondern deutete es nur an. Seine Leiche saß an einem Schreibtisch, der Kopf fiel seitlich leicht nach vorn, die Augen waren geschlossen. Als würde er schlafen, dachte Niessen, aber dann hätte ich dieses Foto nicht bekommen.

Auch wenn keine äußerlichen Verletzungen erkennbar waren, zweifelte Niessen nicht eine Sekunde daran, dass Manfred Köppen ermordet worden war. Womöglich war ihm Gift verabreicht worden, denn am linken Rand des Fotos, neben Köppens ausgestrecktem Arm, stand ein Glas, das vermutlich gefüllt gewesen war, ehe der Beamte zusammenbrach. Zumindest deutete darauf eine Pfütze hin, die sich auf dem Schreibtisch gebildet hatte.

Plötzlich durchfuhr es Niessen. Er sprang von seinem Sofa hoch und hastete durch das enge Wohnzimmer. Wenn ihn jemand gesehen hätte, müsste er denken, Niessen sei von etwas gestochen worden. Der Reporter warf die Hände in die Luft und verschränkte sie hinter seinem Kopf. »Das gibt es doch gar nicht«, murmelte er. »Ich hatte recht! Das gibt es doch gar nicht.«

Was Niessen so elektrisierte, war der Umstand, dass Köppen offensichtlich in einem Dienstgebäude der Polizei umgebracht worden war. Auf dem Bild hatte der Reporter in einem Regal im Hintergrund Plaketten und Wimpel erkannt, wie sie Polizisten von Tagungen und internationalen Schulungen mitbringen. Und auf dem Monitor, dessen Rückseite zu sehen war, war ein Aufkleber mit dem Schriftzug »Eigentum der Polizei des Landes Nordrhein-Westfalen« aufgebracht, darunter stand eine Inventarnummer, die Niessen nicht entziffern konnte. Klar war jedoch: Köppen war nicht irgendwo gestorben, sondern in einem Polizeibüro, wahrscheinlich sogar in seinem eigenen. Nun hatten zwar nicht wenige Schwerkriminelle Zugang zu diesen heiligen Hallen, etwa wenn sie zu Vernehmungen erscheinen mussten. Doch üblicherweise waren sie dann nicht unbedingt in der Lage, Beamte zu vergiften. Und als vollkommen ausgeschlossen durfte gelten, dass irgendein dahergelaufener Killer sich einem Angehörigen des höheren Dienstes, der Führungskaste der Polizei, nähern konnte, um ihm tödliche Tropfen in sein Glas zu träufeln.

Dieser Mord beweist endgültig, dass es ein Bulle war, dachte Niessen. Und es muss einer gewesen sein, den Köppen kannte und den er in sein Büro gelassen hat. Wahrscheinlich sogar spät, nach Dienstschluss, denn der Killer wird sein Opfer wohl kaum um die Ecke gebracht haben, während nebenan die Kollegen saßen. Er lief hin und her wie ein hungriger Tiger im Käfig, und so ähnlich war auch sein Gesichtsausdruck.

»Ich muss also nur noch herausfinden, wer die Gelegenheit hatte, Köppen zu töten«, murmelte Niessen. Gleich morgen würde er damit beginnen, sich Köppens Abteilung genauer anzusehen. Wenn er es richtig in Erinnerung hatte, konnte man die Räumlichkeiten der Staatsschützer im LKA nur mit einem entsprechenden Code betreten. Es war also nicht nur ein Kollege, sondern wahrscheinlich sogar jemand aus Köppens eigener Abteilung. Das schränkte den Kreis der Verdächtigen erheblich ein. Konnte es trotzdem Kanther gewesen sein? Der arbeitete zwar nicht im LKA, aber war es für ihn in seiner Position möglich, dort reinzukommen? Fragen über Fragen.

Jetzt brauchte er erst mal was zu trinken. Brigitte würde das verstehen – und ihn auch.

In den vergangenen Monaten war Niessen immer seltener in der Bar gewesen. Die kaputten Typen, in deren Mitte er sich eine Zeit lang wohlgefühlt hatte, weil sie ihn nicht kannten und nicht kennen wollten, stießen ihn zunehmend ab. Vielleicht lag es daran, dass er zwar seine Selbstachtung noch nicht vollständig wiedergefunden hatte, doch zumindest so etwas wie Zuversicht.

Schöller, diesen Hurensohn von Chefredakteur, hatte nämlich kürzlich das Schicksal der meisten Chefredakteure ereilt. Er hatte es, wie viele andere, nicht geschafft, den steilen Sinkflug der Printauflage aufzuhalten, weshalb der Verleger der »Rheinischen Rundschau« sich einen neuen, weiblichen Messias gesucht und Schöller vom Hof gejagt hatte. Zwar wussten alle, dass Schöller wohl wenig dafür getan hatte, die Auflage zu stabilisieren, für den stetigen Abwärtstrend dennoch sicherlich nicht allein verantwortlich war – den hatte es vorher gegeben, den würde es nach ihm geben. Keine gedruckte Zeitung in Deutschland konnte gegen die Digitalisierung gewinnen. In Zeiten, in denen 19 von 20 Fahrgästen in U-Bahn-Waggons auf ihre Handys starrten, war mit »totem Holz«, wie man in der Branche spottete, nicht mehr viel Geld zu machen.

Doch die Mechanismen in vielen Medienunternehmen, die sich für ach so mondän und intellektuell hielten, unterschieden sich in Augenblicken der Krise – und wann hatte es die eigentlich nicht gegeben in den Jahren nach der Erfindung des Internets? – kaum von denen panischer Bundesliga-Clubs im Abstiegskampf, in denen sich Machiavellismus, Hysterie und das Prinzip Hoffnung paarten. Deshalb war Chefredakteur Schöller nun Geschichte und Niessen frohen Mutes, von dessen Nachfolgerin irgendwann aus dem Straflager Leserredaktion befreit und zurück auf seinen Posten als Polizeireporter der »Rheinischen Rundschau« versetzt zu werden.

Und dann, um seine Glückssträhne zu vervollkommnen, hatte ihm Doris, die Sekretärin der Chefredaktion, auch noch gesteckt, dass Schöllers außereheliche Unternehmungen mit Claire aufgeflogen und in einem großen Krach geendet waren. Schöllers Frau hatte den untreuen Gatten rausgeschmissen, und auch Claire schien inzwischen das Interesse an Schöller verloren zu haben. Da liefe nichts mehr, hatte jedenfalls Doris behauptet. »Naaa, sind das nicht tolle Neuigkeiten, Rolf?«, hatte sie ihn gefragt, begierig darauf, seine Reaktion den Kollegen überliefern zu können.

Niessen hatte sich zusammengerissen und bemüht, ein möglichst gelassenes »Joah« zu erwidern, auch wenn in diesem Augenblick alles in ihm geschrien hatte: »SIEG!«

Es wurde kein gewöhnlicher Abend bei Brigitte. Er trank nicht um des Trinkens willen, wie viele Male zuvor, sondern er betrank sich in feierlicher Stimmung – und nur so weit, wie er es auch wollte. Dabei dachte er an alles, was er nach seinem gewaltigen Absturz gegen alle Widrigkeit erreicht hatte und was ihm vielleicht noch gelingen könnte. Claire tauchte in diesen Gedanken immer wieder auf, was angesichts der Neuigkeiten kein Wunder war. Aber mindestens ebenso oft auch der Killer, der endlich zum Greifen nah schien und ihm durch seinen Leichtsinn wohl doch noch den Triumph ermöglichte, ihn zu Fall und die Story seines Lebens zu Ende zu bringen.

Am nächsten Mittag saß er in der Kantine des Redaktionsgebäudes, in die er sich inzwischen wieder aufrechten Hauptes traute, und sinnierte über die verschiedenen Möglichkeiten, den Killer ein für alle Mal zu überführen. Die Polizei schied mehr denn je als Partner aus, das verstand sich von selbst. Für einen weiteren Artikel war es viel zu früh. Und seine sonstigen Quellen und Kontakte waren, nachdem auch der letzte Heckenpenner erfahren hatte, dass Niessens Position bei der Rundschau sich spürbar verschlechtert hatte, von Woche zu Woche weniger geworden. Es war zum Haareraufen. Niessen überlegte, an welchen seiner Kollegen er sich ranschmeißen müsste, um mehr zu erfahren, vor allem über den Köppen-Mord, von dem erstaunlicherweise noch nirgends zu lesen war.

Und während er noch darüber nachdachte, setzte sich der Zufall an seinen Tisch, in Person von Brigitte Wormsinger, genannt Biggi, der ebenso drallen wie lauten und überaus gut informierten Society-Reporterin der Rundschau, die sich viel darauf einbildete, dass in Düsseldorfs besseren Kreisen wenig geschah, wovon sie keine Ahnung hatte. Womit Niessen in dieser Sekunde niemals gerechnet hätte, war, dass ihn in wenigen Minuten, dank Biggi, ein ganz anderer Mord auf die Fährte des Killers führen sollte.

Vor einigen Monaten schon hatte er in einem der bekannten braunen Umschläge das Bild eines völlig derangierten Mercedes geschickt bekommen, in dem – wie er schnell in Erfahrung hatte bringen können – eine der attraktivsten Jungunternehmerinnen der Stadt ums Leben gekommen war: Franziska von Haehling war so Düsseldorf gewesen wie Rochusclub und Königsallee zusammen, schön und mondän, abgehoben und verwöhnt, unverheiratet, wohlhabend seit Kindertagen, trotzdem verbissen arbeitend für ihre PR-Agentur. Soweit er das nachlesen konnte, war die von Haehling mit ihrem Wagen von der Autobahn abgekommen und noch am Unfallort verstorben. Die Tatsache, dass er das Foto bekommen hatte, sprach allerdings klar gegen einen Unfall. Irgendetwas in ihm hatte geklingelt, als er den alten Pressebericht mit dem Namen des Opfers gelesen hatte. Da er allerdings beim besten Willen nicht darauf gekommen war, woran der Name ihn erinnerte, obwohl es ihm förmlich auf der Zunge lag, hatte er beschlossen, erst einmal nicht weiter darüber nachzudenken, weil einem Dinge, auf die man nicht gleich kommt, bekanntermaßen schneller wieder einfallen, wenn man es nicht erzwingen will. Er hatte nicht mehr daran gedacht – bis heute.

»Hast du schon das Neueste von der von Haehling-Geschichte gehört?«, fragte Biggi ihn nun unverhohlen, wie es ihre Art war.

»Nein«, antwortete Niessen. »War das nicht dieser Autounfall?«

»Gott, man merkt wirklich, dass du inzwischen im Keller lebst, Rolf. Der Staatsschutz ist seit Monaten an dem Fall dran. Das war kein Unfall! Irgendwelche Linken haben die Radmuttern am Auto manipuliert, munkelt man. Haben ihre Hauswand mit Parolen beschmiert. Ganz geheime Sache, versteht sich.« Sie zwinkerte.

Staatsschutz, dachte Niessen. Jetzt wird es interessant.

»Kanntest du sie näher?«, fragte er Biggi so unverbindlich wie möglich. Die Antwort übertraf seine kühnsten Erwartungen. Sie redete und redete, überschüttete ihn überwiegend – ihrer Profession folgend – mit belanglosen Informationen, die er bereits abgehakt hatte, als sie noch nicht einmal den Weg vom Ohr ins Gehirn gefunden hatten. Doch irgendwann begann er aufzumerken, als es um die Schwester der Toten ging.

»Ja, die Isabelle. Die sollte eigentlich den elterlichen Familienbetrieb übernehmen«, schmatzte Biggi, während sie wenig ladylike einen Cheeseburger verdrückte. »Du weißt doch, der alte von Haehling hat diese Fabrik da in Neuss, die machen Konservendosen im großen Stil. Jedenfalls hatte Isabelle andere Pläne.«

Niessen rührte gelangweilt in einer Tomatensuppe, die er sich nur bestellt hatte, weil er Biggi nicht allein hatte essen lassen wollen.

»Erst ist sie jahrelang durch die Welt getingelt, für ›Ärzte ohne Grenzen‹ oder so eine Truppe, der Alte ist fast verrückt geworden, sein Goldkind immer von einem Krisengebiet ins nächste. Und kaum war sie endlich wieder da, was macht sie?«

Biggi legte eine Kunstpause ein, biss kraftvoll von ihrem Burger ab und drückte sich sofort die Serviette auf die knallroten Lippen. Dann malmte sie: »Statt einen von den Golf-Heinis aus Kaiserswerth zu ehelichen, den ihr Vater für standesgemäß erachtet hätte, und fortan jeden Tag im Cayenne den Nachwuchs in die Kita zu schaukeln, ehe sie sich vom Personal Trainer fit machen lässt …« Biggi lachte dreckig. »Da verguckt sich die Kleine doch tatsächlich in einen Polizisten. Ich meine, einen Beamten, also, irgend so einen kleinen Kommissar! Der Vater war, vorsichtig ausgedrückt, entsetzt. In seinen Augen hätte sie genauso gut den Gärtner heiraten können, der vor der Familienvilla den Rasen mäht. Und dann ist der Typ auch noch einer von diesen schmierigen Ehrgeizlingen. Warte, wie heißt der gleich …?«

Niessen krächzte mehr, als dass er sprach, von der plötzlichen, endlich einsetzenden Erkenntnis ebenso erdrückt wie von der Gewissheit, die sich daraus ergab: »Tom!«

»Richtig, Rollo, mit Bullen kennst du dich aus, was?« Biggi lachte ihr heiseres Lachen. »Tom von Haehling, ein Schmierlappen vor dem Herrn, aber wohl die große Liebe unserer Isabelle. Na ja, du weißt ja, wie das mit der Liebe ist. ’tschuldigung, Rolf, das war nicht so gemeint.«

Sie stockte und schaute ihn leicht mitleidig an, doch Niessen hatte ihr kaum noch zugehört. Er sprang so hastig auf, dass er beinahe den Stuhl umgestoßen hätte, und lief ohne ein Wort des Abschieds zurück in sein Büro.

Wenn von Haehling in Köppens Abteilung arbeitete, dachte Niessen, während er die rot gekachelte Treppe hochhastete, dann …

Kanther war gar nicht der Killer.

Nein. Es war Tom von Haehling!

TEIL 4

KAPITEL 1

Samstag, 13. August 2016

Wenn es den perfekten Ort für Menschen gibt, die keine Karten mehr für ein Konzert bekommen haben, dann sind das die Kölner Jahnwiesen. Tom war oft mit Isa hergekommen, als sie jünger waren. Nicht, weil sie sich die Tickets für das Stadion nicht leisten konnten. Sondern, weil sie es cooler gefunden hatten, sich mit Rotwein und Tapas zu versorgen und mit all den anderen die Wiese zu teilen, die sich versammelt hatten, um außerhalb des Stadions ihre eigene Party zu feiern. Das Konzerterlebnis war natürlich nicht dasselbe. Aber wenn der erste anständige Gitarrist auf der Wiese sitzt und die erste Tüte kreist, bekommt man irgendwann sowieso nicht mehr mit, ob im Stadion die Foo Fighters spielen oder Philipp Poisel.

Heute war er allein hergekommen, aber es störte ihn nicht im Geringsten. Nachdem klar war, dass der Junge alles verstanden hatte und ihn nicht enttäuschen würde, hatte Tom Lust gehabt, ein wenig zu feiern. Es war doch erstaunlich, wie viel Angst ein Würstchen wie Gregor aushalten konnte, wenn der Druck nur groß genug war. Klar, TATP herzustellen war nichts, worum Tom ihn beneidete. Der Stoff war so verdammt instabil, dass dir mit etwas Pech beim Niesen die Bude um die Ohren flog, wenn du gerade fertig warst. Entsprechend entsetzt hatte Gregor auch reagiert.

»Du kannst es dir aussuchen, Junge«, hatte Tom gesagt. »Eine Gefahr, die du selbst in der Hand hast – oder eine unkalkulierbare Gefahr, in die du dich bringst, wenn du mich zum Feind hast.« Damit war das Thema erledigt gewesen. Und er hatte die Gewissheit, dass das Zeug, das er bekam, immerhin stabil genug sein würde, um den weiteren Transport zu überstehen. Und zwar den fahrenden und den fliegenden!

Gut gelaunt war er also an seinem Notfallweinladen vorbeigefahren, hatte sich einen hoffentlich brauchbaren Syrah aus Rheinhessen mitgenommen und sich auf den Weg nach Köln gemacht. Warum sollte er nicht das Angenehme mit dem Nützlichen verbinden?

Es war Konzertsommer, und sie schienen das Stadion an fast jedem Wochenende mit sämtlichen Bands besetzt zu haben, die ansatzweise in der Lage waren, ein solches zu füllen. Er hatte Glück, heute waren Depeche Mode in der Stadt. Die hätte er sich zwar gern im Stadion angesehen, statt sie nur hier draußen zu hören. Aber es hätte ihn schon genervt, dass er da drin schales Kölsch aus Plastikbechern trinken müsste. Und irgendeinen Tod muss man sterben, also hatte er sich für die Variante »draußen bleiben und genießen« entschieden. Der Wein enttäuschte ihn zum Glück nicht, also schien er die richtige Wahl getroffen zu haben.

Er lehnte sich zurück und genoss die Stimmung um sich herum. So viele Menschen. Alle feierten ausgelassen. Wie friedlich. Niemand wäre auf die Idee gekommen, darüber nachzudenken, wie schnell sich diese Idylle in das totale Chaos verwandeln könnte. Niemand außer Tom. Er spielte grundsätzlich alle denkbaren Varianten und Szenarien durch, da sein Geist nie wirklich zur Ruhe kam, wenn er sich nicht dazu zwang. Dieser Tatsache verdankte er es auch, dass sich eines Tages die Frage nach seiner letzten

Tat an einem ganz ähnlichen Abend wie diesem hier beantwortet hatte.

Er sah sich um. Es war doch immer wieder erstaunlich, wie wenig Polizei bei solchen Events eingesetzt war. Immerhin hatten sich hier tausende Menschen versammelt. Aber der Blick der verantwortlichen Einsatzleiter schien für alles mit Ausnahme von Fußballspielen nicht allzu sehr geschärft, was beim FC und seinen berüchtigten Ultras ja auch einen guten Grund hatte. Nun ja, ihm konnte es recht sein. So durfte er wenigstens darauf hoffen, dass irgendwer bald eine Tüte auspacken und ihm damit die Chance geben würde, mitzurauchen. Bis dahin genügte ihm der unerwartet gute Wein vollkommen, von dem er sich gleich ein weiteres Glas eingoss, um sich anschließend entspannt an den Baum zu lehnen, an den er sich gesetzt hatte.

Tom ging seinen Plan im Kopf durch, Punkt für Punkt, wie er es seit Monaten immer wieder getan hatte, um noch die kleinste Schwachstelle zu finden und auszumerzen. Er konnte keine mehr finden – solange Isabelle ihm keinen Strich durch die Rechnung machte. Aber auch dafür würde er eine Lösung finden. Sollte sie ihn rauswerfen, wovon sie bisher nichts gesagt hatte, würde er alles Notwendige packen und ins Hotel umziehen. Was er dort nicht unterbringen konnte, würde er am Montagabend ins Refugium bringen, wenn er sowieso dorthin fuhr. Es könnte etwas eng werden, aber das Risiko, dass in den nächsten fünf Tagen jemand dort auftauchen und sein kleines Versteck durchsuchen würde, war mehr als gering. Die Ermittlungen zu Franzis Tod versandeten, wie gehofft, auf Fechners Schreibtisch, Köppen hatte man vor über einem halben Jahr als Unfall abgehakt, und seine anderen Taten lagen so weit zurück, dass nicht einmal Torbens Fähigkeiten noch zu mehr reichten als zu regelmäßigem Haareraufen.

Doch so sicher er sich auch fühlte, er war nie dumm genug gewesen, einen Zufall auszuschließen. Der hatte schon ganz andere in den Knast gebracht. Daher hatte er die Ausrüstung, die mit seiner letzten Tat zu tun hatte, bislang getrennt von seiner Devotionaliensammlung im Refugium aufbewahrt. Aber es half nichts, für wenige Tage würde er das Risiko eingehen müssen, wenn Isa ihn dazu zwingen sollte.

Als seine Weinflasche leer und weit und breit keine Gruppe in Sicht war, zu der er sich hätte gesellen können, war Tom enttäuscht. Allein zu feiern hatte er noch nie nötig gehabt, und heute war sicher nicht der Tag, um damit anzufangen. Also packte er zusammen und ging zu seinem Auto. Eigentlich hatte er keine Lust, nach Hause zu fahren, aber etwas sagte ihm, das sei möglicherweise gar keine schlechte Idee.

Wer weiß, vielleicht hat Isa sich ja sogar wieder eingekriegt, dachte er. Eine heiße Nummer, zusammen noch was Nettes trinken, und ab morgen sauber weiter im Plan. Diese Vorstellung gefiel ihm, und in seinem halb betrunkenen Zustand fiel es ihm leicht, sich wunderbar in sie hineinzusteigern. Er gab Gas und beeilte sich jetzt, nach Hause zu kommen. Ein zufriedenes Grinsen machte sich zunehmend auf seinem Gesicht breit, und als er ihr Wohngebiet erreichte, hatte er sich bereits erfolgreich eingeredet, dass alles ins Lot kommen würde und sein Abend gerettet war. Er parkte den Wagen, rannte ins Haus und rief überschwänglich: »Isabelle, ich bin zu Hause!«

Doch auch nach mehrfachem Rufen stellte sich keine Antwort ein, und Tom erkannte, dass er allein war. Damit hatte er nicht gerechnet. Es ärgerte ihn, dass er falsch gelegen hatte. Dass er sich in eine Vorstellung verrannt hatte, die, wenn er ehrlich war, völlig idiotisch gewesen war. Und dass Isa ihn heute schon zum zweiten Mal auf unschöne Weise überrascht hatte.

Dennoch, ganz verderben lassen wollte er sich den Abend nicht. Er ging in den Weinkeller, nahm sich eine der letzten Flaschen seines Lieblingsweins und öffnete sie. Ein wunderbarer 2011er Amarone, den sie 2014 während eines spontanen Kurztrips nach Venetien gekauft hatten.

Als er damit zurück ins Wohnzimmer kam, drehte er die Stereoanlage auf, nahm sich ein Weinglas aus der Vitrine, setzte sich auf das Sofa und schenkte sich ein Glas ein. Er genoss den Augenblick. Den satten, fruchtigen Roten in seinem Mund, den außerordentlichen Klang von Eric Claptons Akustikgitarre im Ohr, die »Wonderful Tonight« spielte, das gedämpfte Licht und das Wissen darum, dass er nur wenige Tage von seinem Ziel entfernt war; so ließ es sich aushalten. Von »wonderful« war der Abend zwar bislang ein gutes Stück entfernt, aber ihm würde schon noch etwas einfallen.

Plötzlich zog ein Gegenstand auf dem Kaminsims seinen Blick auf sich, der dort nicht hingehörte. Er ging hinuber, und tatsächlich, da stand ein großer weißer Umschlag, darauf sein Name in Isabelles Handschrift. Er riss ihn auf. Dann drehte er das Licht heller, setzte sich und begann zu lesen:

Meine ewige Enttäuschung,
es kann keine andere Entscheidung geben: Ich werde dich verlassen. Nicht, weil es die einzige Lösung wäre. Sondern, weil es die einzig richtige Lösung ist. Ich

glaube, wenn du ganz ehrlich zu dir selbst bist, wirst du wissen, dass das für uns beide gilt. Niemand sollte eine Ehe führen, in der Dinge möglich sind wie die, die du getan hast. Und niemand sollte eine Ehe führen, in der sich einer diese Dinge gefallen lässt.

Ich kann nicht einmal sagen, dass ich dich nicht mehr liebe. Es ist merkwürdig, und vielleicht wird es niemand verstehen, aber da ist noch Liebe in mir, und ich will diese Liebe gar nicht verleugnen. Das muss ich auch nicht, denn ich weiß ganz sicher, ich kann nicht länger mit dir zusammen sein. Weil es mich zerstören würde, noch viel stärker, als du mich bereits zerstört hast. Und ich will mehr als ein solches Leben. Mehr, als eine zerstörte Frau zu sein, die alles ihrer Liebe unterordnet. Um mir das zu nehmen, muss ich dich loslassen. Anders lieben lernen. Andere lieben lernen. Ich weiß, dass ich das kann. Und ich weiß, dass von meinem Leben genug übrig ist, dass es sich lohnt, darauf zu setzen. Und bald damit zu beginnen, ein erfülltes Leben zu leben. Ein Leben, in dem es nicht nur Liebe gibt, sondern auch Vertrauen, ein Miteinander und diese Bedingungslosigkeit, nach der ich mich immer gesehnt habe.

Das alles geht nicht mit dir. Frag dich also nicht, ob es einen Weg zurück gibt, sondern nur, welchen du ohne mich gehen willst. Denn wohin auch immer dich deine Wege in den letzten Jahren geführt haben, ich weiß, dass du am Ende in den Abgrund blicken wirst. Ich werde dann nicht mehr da sein, um dich aufzufangen. Also musst du das selbst tun.

Ich habe ein paar Sachen zusammengepackt und werde erst einmal zu meinem Vater ziehen. Ruf mich

nicht an, komm nicht vorbei. Wenn ich genau weiß, wie es weitergehen soll, werde ich mich melden, und wir können uns treffen. Bis dahin:
Pass auf Dich auf!!
Isabelle

Er las den Brief noch einmal.

Und noch einmal.

Schließlich faltete er ihn zusammen, steckte ihn zurück in den Umschlag und legte ihn auf den Wohnzimmertisch. Er griff sich sein Weinglas und nahm einen langen, tiefen Schluck.

Dann warf er das Glas an die Wand, riss den Kopf nach hinten und schrie: »Fuck!«

KAPITEL 2

Samstag, 13. August 2016

Torben Kanther saß in seinem Lieblingssessel, hielt ein alkoholfreies Weizenbier in der Hand und sah sich, seiner Tochter zuliebe, den Müll an, bei dem Menschen ihre zweit- bis viertklassigen Talente einem Millionenpublikum präsentierten, um am Ende vielleicht zu einer weiteren tragischen Figur zu werden, die nach zwei Wochen Ruhm in ewiger Vergessenheit versank. Oder, schlimmer noch, dazu verdammt, lebenslang vor Supermärkten oder auf Kleinstadtfesten aufzutreten, um über die Runden zu kommen. Ihm war das im Grunde gleich, im Gegensatz zu seiner Tochter; er wusste oft nicht einmal, ob gerade die Werbung oder noch die Show lief. Aber das Bier war kalt, zum Abendessen hatte es Steak gegeben, und sehr bald würde sich seine Frau an ihn kuscheln. Beste Voraussetzungen also für einen entspannten Abend, an dem jeder vernünftige Mensch einfach mal abschalten würde.

Torben Kanther nicht.

Torben hatte einen vierwöchigen Urlaub hinter sich und war erst seit einer Woche wieder auf der Arbeit. Bestens erholt, hatte er zunächst einmal festgestellt, dass die Lage in seiner Abwesenheit erfreulich ruhig gewesen war. Was bedeutete, dass er Zeit hatte. Und Zeit war ein sehr kostbares Gut für Mordermittler. Denn wenn man Zeit hatte, konnte man sich dem widmen, was einem am meisten zu schaffen machte: den ungelösten Fällen.

Torben hatte also bereits am Dienstag damit begonnen, sich ein weiteres Mal die Mordserie vorzunehmen, die er seit Jahren aufzuklären versuchte. Neun Jahre war der erste dieser Morde schon her, und seine Hoffnung, den Mörder zu ermitteln, der damals den Schneemann tötete, anschließend einen Hamburger Taxifahrer, die arme, schwangere Sandra Rickens und schließlich diesen seltsamen Typen aus dem Münsterland, schwand mehr und mehr. Und Torben war sich sicher, dass er nicht alle Morde kannte, die auf das Konto dieses Mörders gingen. Auch wenn es nur eine Theorie blieb, aber das X, das auf einem Zettel gestanden hatte, den sie in Krafts Leiche gefunden hatten, zusammen mit den Artikeln, auf die sich Niessen damals berufen hatte, blieb für Torben eine deutliche Warnung.

Daher hatte er sich längst Kopien der Sachstandsberichte aller ungeklärten Mordfälle schicken lassen, die in den Präsidien des Landes bearbeitet wurden. Er hatte oft darüber nachgedacht, dieses Vorgehen auch bundesweit umzusetzen – aber das würde am Ende nur den Heuhaufen vergrößern, die Suche nach der Nadel jedoch nicht leichter machen. Wenn es irgendwo eine Spur in einem Mordfall gab, die zu einem seiner Fälle passte, würde er über die obligatorischen Abfragen in der DNA-Analysedatei ohnehin fündig werden. Und wo es keine Spuren gab, wären die Kollegen genauso weit wie Torben – sie hatten absolut nichts.

Was ihm vor allem fehlte, war ein klares Muster. Etwas, das ihm half, eine Verbindung zwischen den Taten herzustellen. Aber so verzweifelt er sich auch bemühte, er konnte nichts finden. Ein Gewohnheitsverbrecher, zu Tode geprügelt. Ein x-beliebiger Taxifahrer, mit einem Messer im eigenen Taxi erstochen. Eine kreuzbrave Reiseverkehrskauffrau, vor eine U-Bahn gestoßen. Ein Industriemechaniker mit gewalttätiger Neigung, gefoltert und zerstückelt. Immerhin hatten zwei der Morde in Düsseldorf stattgefunden, das war auch schon alles.

Torben hatte deshalb das Einzige getan, was ihm sinnvoll erschienen war: Er hatte versucht, aus all den Morden, deren Berichte er studierte, diejenigen herauszufiltern, die besonders professionell und kaltblütig wirkten. Und selbst auf diese Art blieben nicht weniger als 19 weitere Morde aus 15 Jahren übrig, deren Berichte ihn nicht losließen. Zu viele, um sich von jedem einzelnen die gesamten Akten kommen zu lassen.

Die Berichte hatte er sich im Laufe der letzten Woche noch einmal vorgenommen. Keine leichte Kost, wie üblich bei seinem Job. Die Bandbreite der Opfer bot einiges: ein 70-jähriger Millionär, ein Zuhälter, meist aber Menschen wie du und ich: ein achtjähriger Junge, eine vergewaltigte Schülerin – das volle Programm also. Besonders bemerkenswert fand er zwei Prostituierte, die in einem Weiher im Süden von Köln ertrunken waren. Angeschnallt auf dem Rücksitz eines gestohlenen Autos, das offenbar so manipuliert worden war, dass sich weder die Gurte öffnen ließen noch die hinteren Türen. Ein perfekt geplanter und umgesetzter Mord also, das würde seinem Mörder ähnlich sehen. Doch auch hier fehlte ihm eine wie auch immer geartete Verbindung, also hatte er es zunächst dabei belassen, den Bericht ganz oben auf seinen Stapel zu legen.

Nun saß er hier in seinem Lieblingssessel und verbrachte seine freie Zeit wieder einmal mit der Grübelei über ungelöste Morde, statt sich ein bisschen Ruhe zu gönnen.

Und wie immer, wenn er das tat, landete er irgendwann bei Niessen. Er war sich inzwischen absolut sicher, dass

Niessen zwar der Schlüssel zur Aufklärung dieser Fälle war – aber nicht der Mörder selbst. Es musste eine Verbindung geben, und Niessen musste sehr viel mehr wissen, als er ihm gegenüber preisgegeben hatte. Sein Problem bei der Sache war nur, dass Niessen ein Teil der Presse war. Und damit stand er leider ein Stück weit außerhalb des Gesetzes. Selbstverständlich wäre eine Durchsuchung bei ihm sinnvoll gewesen, schon allein, um endlich herauszufinden, aus welcher Quelle Niessen damals seine Erkenntnisse bezogen hatte. Und dieser Quelle dann ordentlich auf den Zahn zu fühlen. Aber bei der Presse zu durchsuchen, weil man auf deren Quellen aus ist, das hatte sich spätestens nach der bösen Watsche, die das BKA damals für die »Cicero«-Nummer kassiert hatte, ein für alle Mal erledigt. Leider!

Auch jetzt ging Torben wieder seine letzte seltsame Begegnung mit Niessen durch den Kopf. Und noch immer konnte er nicht wirklich greifen, was von dem ganzen wirren Zeug, das Niessen damals gebrabbelt hatte, ihm im Nachhinein wichtig, ja sogar bedeutend vorgekommen war. Niessen hatte ihn selbst als den Killer bezeichnet, eine Vorstellung, die so abwegig war, dass Torben keine Ahnung hatte, wie Niessen überhaupt darauf gekommen war.

Die abstruse Idee, in die Niessen sich verrannt hatte, der Killer müsse unbedingt ein Polizist sein, war ohnehin das Abwegigste, was Torben je gehört hatte. Bei einem Vortrag hatte ein ehemaliger Kollege, der als Sicherheitschef in die Wirtschaft gewechselt war, einmal einen sehr interessanten Satz gesagt, den Torben für unumstößlich hielt: »Polizist ist kein Beruf, sondern eine Charaktereigenschaft.« So war es. Polizist wurde man aus Leidenschaft für diesen Beruf, es musste einem förmlich im Blut liegen. Und niemand, der diese Leidenschaft in sich trug, wäre dazu in der Lage, gleichzeitig alles zu verraten, wofür er stand. Davon war Torben felsenfest überzeugt.

Immerhin war bei der nächtlichen Unterhaltung damals klar geworden, dass sein eigener Verdacht gegen Niessen genauso abwegig gewesen war.

Die einzige Frage, die sich seither immer wieder stellte, war, ob Torben ihn eines Tages vorladen sollte oder nicht. Und bisher hatte er diese Frage stets verneint. Was sollte das bringen? Niessen würde der Ladung Folge leisten, einen guten Medienanwalt mitbringen und ihn bei so ziemlich jeder Frage genüsslich darauf hinweisen, dass er sich auf sein Zeugnisverweigerungsrecht berufe. Dieses Spiel konnte Torben nicht gewinnen. Und nicht nur das: Es würde ihn extrem ärgern und furchtbar aufregen. Das wollte er sich gern ersparen. Und dennoch, ohne Niessen würde er nicht weiterkommen, das war ihm klar.

Vielleicht sollte er sich einfach noch einmal mit dem Mann treffen und es im Guten und abseits der Strafprozessordnung versuchen. Niessen konnte schließlich – jedenfalls hoffte Torben das – kein Interesse daran haben, einen Mörder zu schützen. Wenn es Torben gelingen sollte, ihn von seinem »Es muss ein Polizist sein!«-Kreuzzug abzubringen, sprang am Ende vielleicht sogar eine Exklusivstory für Niessen heraus, die ihm sicher helfen würde, sich zu rehabilitieren. Dass Torben mit dafür verantwortlich war, dass Niessen das überhaupt nötig hatte, sollte er selbstverständlich nie erfahren.

Torben entschied sich schließlich dazu, diesen Schritt zu gehen. Gleich am Montag würde er Niessen anrufen und ein Treffen mit ihm vereinbaren.

Und jetzt würde er sich ein weiteres Bier holen und endlich damit anfangen, sein Wochenende zu genießen.

Auch wenn die halbnackte Gestalt, die gerade im Fernseher einen Regentanz aufzuführen schien, ihm wenig Hoffnung auf Genuss machte.

KAPITEL 3

Sonntag, 14. August 2016

Niessen verschränkte die Arme hinter dem Kopf, lehnte sich weit zurück und seufzte hörbar. Sein Bauch berührte den massiven Konferenztisch, der in dem schmucklosen, neonlichtgefluteten Raum stand, in dem die »Rheinische Rundschau« ihre morgendlichen Konferenzen abhielt.

Zum Ritual der Zeitung gehörte, dass ein Kollege das aktuelle Blatt besprechen musste. Das war meist eine abgekartete Sache, eine Art diplomatischer Akt auf niedrigem Niveau: Man lobte die, mit denen man gut konnte oder können musste; man kritisierte die Arbeit derer, mit denen man nicht gut konnte oder mit denen die nicht gut konnten, mit denen man selbst gut konnte, können musste oder eigentlich können müsste. Wer also glaubte, in Zeitungskonferenzen würde »die Wahrheit und nichts als die Wahrheit« gesprochen, war entweder blutiger Anfänger oder naiver Idealist.

Absurderweise maßen jedoch so gut wie alle Beteiligten dem taktischen Ausschütten von Lob und der nicht weniger taktischen Verteilung von Tadel große Bedeutung zu. Niessen hielt sich so weit wie möglich aus all dem raus. Manchmal fragte er sich jedoch, ob das alles gar nicht anders sein könnte. Denn damit bewies die Belegschaft der »Rheinischen Rundschau« doch nur, dass das viele Jahre alte Bonmot eines Hamburger Verlegers noch immer seine Gültigkeit hatte: »Mit geistig Gesunden«, hatte der weißhaarige

Grandseigneur des Journalismus einst doziert, »kann ich keine Zeitung machen.«

Niessen allerdings hielt sich für vergleichsweise geistig gesund, einigermaßen stabil in seinem Selbstbild, weniger eitel und deutlich unabhängiger von den falschen Komplimenten seiner Kollegen als die meisten, die an diesem Sonntagmorgen im Konferenzraum versammelt waren. Aber auch er hatte seine empfindlichen Stellen, und was er gerade ertragen musste, zehrte an seinen Nerven. Ein junger Kollege, noch keine 30 Jahre alt, ein Schönschreiber aus dem Feuilleton, dozierte in einer derart hochnäsigen Art und Weise über »Framing«, dass es in Niessens Innerem gefährlich zu brodeln begann.

Framing, dachte Niessen, ist exakt was für die Menschen, deren größte Sorge im Leben es ist, ob sie korrekt gegendert haben. Der soll endlich den Mund halten, raus in die Welt gehen und unseren Lesern schildern, was da los ist!

Er spürte, wie der Ärger in ihm mit jedem weiteren Wort, das er hörte, weiter anschwoll und sich zu einer geballten Faust formte, die sich gewaltsam ihren Weg durch seine Luftröhre bahnte, um als donnerndes »Jetzt halt endlich die Fresse!« hervorzubrechen. Aber er wusste auch – viel zu gut! –, dass er sich aktuell keine solchen Szenen leisten konnte. Er war noch auf Bewährung.

Es war erst vier Monate her, dass die Nachfolgerin des geschassten Chefredakteurs Schöller ihn in ihr Büro zitiert hatte. Anna Tiemeyer war die ebenso angenehme wie beeindruckende Verkörperung einer Wagner'schen Walküre. Groß, blond, vollbusig, Donnerstimme – und in Niessens Fall: gütig.

»Mein lieber Rolf«, hatte sie ihn begrüßt, um ohne Umschweife oder Vorrede zum Punkt zu kommen: »Was haben sie denn mit dir angestellt?«

»Nun, ja, das ist irgendwie …«, hatte Niessen gestammelt, sichtlich überrumpelt.

»Papperlapapp, Schnee von gestern! Jedenfalls ist die Zeit des Exils für dich vorbei. Ich möchte, dass du wieder das tust, was du am besten kannst. Mach dich auf die Jagd, wühl dich durch den Dreck, schaff uns Neuigkeiten ran. Hässliche, schmutzige, gemeine, von mir aus auch perverse, aber für uns und das Blatt gute Neuigkeiten, Rolf. Das ist es, was du kannst. Ich bin doch nicht verrückt und lasse meine besten Leute in der Leserredaktion versauern. Zumal du dafür viel zu teuer bist, mein Bester!«

Tiemeyer hatte sich aus ihrem Bürosessel gewuchtet, den Schreibtisch umrundet und Niessen ihre Hand entgegengestreckt. »Willkommen zurück!«

»Vielen Dank«, hatte er gemurmelt, überwältigt von den Worten der Chefin, die für ihn eine so gewaltige Tragweite hatten, dass er das Ganze noch eine Weile verdauen musste. Eines hatte er jedoch sofort gewusst, und er hatte es ausgesprochen, ohne lange nachzudenken: »Ich hätte da tatsächlich einen Knaller, an dem ich seit einiger Zeit arbeite. Es geht um einen Serienmörder, vielleicht haben Sie die Story damals mitbekommen …«

»Lass uns über die Details bitte die Tage sprechen«, hatte ihn Tiemeyer unterbrochen, »ich habe gleich den nächsten Termin. Ich komme auf dich zu.« Dann hatte sie den verwirrten Niessen in ihr Vorzimmer bugsiert, ihm »Ich freue mich« zugeflötet und die Tür geschlossen.

Niessen freute sich auch, und wie! Als er die Bedeutung des Gesprächs später endgültig erfasst hatte, fühlte er sich wie ein kleiner Junge, der, kurzzeitig aus der Fußballmannschaft verbannt, nach dem gnädigen Wink des Trainers wieder mitmachen durfte. Er hätte tanzen können, jauchzen und springen, und wäre er allein gewesen, hätte er wohl nichts davon ausgelassen. Doch auch ohne diese Ausgelassenheit waren zwei Dinge sicher: Rolf Günther Niessen war überglücklich – und er war zurück!

Also machte er sich an die Arbeit. Der Serienmörder, sein Serienmörder, war der Fall seines Lebens. Wie viele Stunden hatte Niessen über die Jahre in diese Sache investiert? Es mussten tausende gewesen sein; im Büro, zu Hause, im Auto, telefonierend, grübelnd, dem Dämon folgend, den er lange Zeit für Torben Kanther gehalten hatte.

Doch seit dem Moment der Konfrontation, als Kanther und er sich gegenübergestanden hatten, wusste Niessen, dass Kanther es nicht sein konnte. Der Mann war so ehrlich entsetzt, so entrüstet gewesen, wie er es niemals hätte spielen können. Kanther mochte zwar ein abgefeimter Bulle sein, aber ein guter Schauspieler war er nicht, dafür hätte Niessen beide Hände ins Feuer gelegt. Nein, Kanther war raus, das war Niessen schon klar gewesen, bevor er die Wahrheit herausgefunden hatte.

Von Haehling.

Nach dem enthüllenden Gespräch mit Biggi Wormsinger im letzten Herbst hatte er sich zunächst noch eine Weile professionelle Restzweifel geleistet. Da er sich bei Kanther geirrt hatte, schien es ihm umso mehr angebracht, nicht ausschließlich auf seinen Instinkt zu vertrauen, sondern sich zudem an die Fakten zu halten. Was gar nicht so einfach war.

Der Mord an Köppen, den alle für einen Unfall hielten, brachte ihn immerhin so weit, dass der Killer mit Gewissheit ein Polizist war. Zudem einer, der nahe genug an Köppen herangekommen war, um die Tat so zu begehen, wie sie offenbar begangen wurde: ohne jegliche Form der Gewaltanwendung. Außerdem war es nicht schwer gewesen, herauszufinden, dass Köppen der Abteilungsleiter von Tom von Haehling war, und beide sich schon lange vorher gekannt hatten, da sie ursprünglich aus dem K 1 des Polizeipräsidiums Düsseldorf kamen. Köppen schon damals als Chef, von Haehling als Mordermittler. Es passte also alles zusammen. Das Problem war: In Köppens Abteilung gab es noch zig andere Beamte und sonstige Mitarbeiter, und für die meisten von ihnen dürften die Bedingungen ähnlich gewesen sein wie für von Haehling. Niessen war klar, dass er, wenn er dieses Mal wirklich die Story seines Lebens schreiben wollte, keinen einzigen Fehler machen dürfte. Dass er die Wahrheit aufdecken musste, ohne den geringsten Hauch einer Chance, falsch zu liegen. Die Story musste am Ende dermaßen heiß sein, dass die ganze verdammte Stadt brennen würde. Und so ärgerlich es für ihn auch war: Dafür war das, was er hatte, noch immer viel zu wenig.

Der Unfall von Franziska von Haehling blieb ihm außerdem ein Rätsel. Natürlich zweifelte er keine Sekunde daran, dass es sich um einen Mord handelte, und zwar nicht um die Tat übergeschnappter Linker, die es endgültig zu weit getrieben hatten mit ihrer Kapitalismus-Kritik. Sondern um die Tat »seines« Killers. Schon das Foto, das er ihm geschickt hatte, bewies das. Leider allerdings allein für ihn. Ließ man die »besondere Beziehung« zwischen ihm und dem Mörder außer Acht, hätte er, jedenfalls für Außenstehende, nichts in der Hand. Außerdem: Welchen Grund hätte von Haehling haben sollen, seine Schwägerin zu ermorden? Wenn man Biggi glaubte, hätte von Haehlings Frau Isabelle noch am ehesten ein Motiv. Aber eine solche Anschuldigung wäre nicht nur heftig, sondern würde ihn endgültig seinen Job kosten, wenn er nicht mehr aufzuweisen hätte als seinen Instinkt. Von den – mit den Augen seiner

Kollegen, geschweige denn denen der Polizei betrachtet – mindestens fragwürdigen bis hin zu äußerst verdächtigen Interaktionen des Killers mit ihm einmal abgesehen. Immer wieder hatte Niessen sich die Botschaft angesehen, die er mit der Pizzaschachtel bekommen hatte, einige Wochen nachdem Franziska von Haehling verunglückt war.

»TÖTE, WAS DU LIEBST, ROLF. HÄTTE NIE GEDACHT, DASS ES SO SCHWER WÄRE. UND DU HOCKST FAUL RUM UND ISST PIZZA ...«

Das Foto wiederum hatte er erst Monate später bekommen. Warum?

Zu viele Fragen, zu wenige Antworten. »Töte, was du liebst.« Hatte Tom von Haehling Franziska geliebt? Die eigene Schwägerin? Und falls ja, umso mehr auch hier die Frage: Warum hatte er sie getötet, wenn er sie doch liebte?

Die Frage nach den Motiven hatte ihn all die Jahre beschäftigt, in denen er seinem Killer hinterherjagte. Wer auch immer der Mörder war, welche Gründe gab es für seine Taten? Gab es überhaupt mehrere Gründe? Oder war es nur ein einziger? Und wenn ja: welcher? Und wenn er von Haehling als den Killer sah, wie würden die möglichen Motive dann ins Bild passen?

Eines Morgens, als Niessen einmal mehr das GdP-Feuerzeug betastete, das ihm Didi Peters einst zugesteckt hatte, schoss ihm ein Bild in den Kopf, eine Sequenz, eine Szene wie ein kurzer Clip: Niessen erinnerte sich relativ klar an Tom von Haehling, wie der am Tatort, an dem der Schneemann gestorben war, eine Zigarette ausgetreten hatte, ehe er ihn begrüßte. Den »Ölprinzen«, wie die Kollegen von Haehling offenbar seines Geldes wegen nannten, umwehte für ihn schon damals eine leichte Aura der Gewalttätigkeit. In Polizeikreisen galt er zudem als Hitzkopf, als einer, mit dem man sich besser nicht anlegte – was nun wirklich etwas hieß.

Aber auch wenn er schnell aus der Haut fährt und vielleicht sogar gewalttätig ist, dachte Niessen, die Frage bleibt dennoch, was sein Motiv für die Morde wäre. Nach allem, was er über ihn wusste, war von Haehling ein gemachter Mann, wohlhabend und recht erfolgreich in seinem Job. Auf der anderen Seite stellte sich die Frage nach dem Motiv zwar immer, eine befriedigende Antwort fand man jedoch nur selten, wie Niessen aus den vielen Jahren in seinem Job wusste. Die Leier von der schweren Kindheit war im Grunde genommen oft nur eine Hilfskonstruktion, weil die Gesellschaft eine Antwort auf die Frage brauchte, warum A den wehrlosen B niedergemetzelt hatte. In Wahrheit suchte man nach einer Antwort, die beruhigte, die den Bürgern signalisierte: A ist nicht wie du. Und A ist auch nicht wie dein Nachbar oder dein Kollege oder deine Frau. Ergo: Dir kann so etwas nicht passieren. Was natürlich Unsinn war. Es gab sehr viele Menschen vom Typ A. Im Grunde steckte in allen Menschen irgendwo ein Typ A. Die meisten jedoch wurden von etwas im Zaum gehalten, was ihnen Halt gab: Familie, Geld, Erfolg, Anerkennung, Liebe – in jeweils unterschiedlicher Dosierung.

Hatte Tom von Haehling diesen Halt verloren?

Niessen musste es herausfinden. Die Redaktionssitzung war fast zu Ende, er brachte also eine halbseidene Entschuldigung hervor und stahl sich vorzeitig davon.

Kurz darauf setzte er sich, wie gefühlt hunderte Male zuvor, in sein Auto und machte sich auf den Weg, um von Haehling zu beobachten.

KAPITEL 4

Sonntag, 14. August 2016

Tom war, wie er mit Freude bemerkte, auf die beste aller Arten betrunken. Es war dieser Zustand, in dem man zwar noch Herr seiner Gedanken war, aber schon mutig genug, all das zu tun, was man sich nüchtern nicht traute. Wie zum Beispiel allein durchs Wohnzimmer zu tanzen, ohne sich dabei total bescheuert zu fühlen. Und genau das tat er. Er tanzte, er trank, und er ließ seinen Gedanken freien Lauf.

Nachdem er am gestrigen Abend beschlossen hatte, sich erst einmal schlafen zu legen, um das Thema Isabelle bei Tageslicht zu durchdenken, war er am Morgen bereits in deutlich besserer Stimmung aufgewacht. Die anschließenden vier Stunden Sport und Sauna hatten hervorragend geholfen, jeglichen Rest an Frust und anderen negativen Gefühlen loszuwerden. Mittags war er dann schon wieder ganz der Alte gewesen. Er hatte sich nur geärgert, dass Isabelle ihn mit ihrem Brief erneut – und, wie er sich schwor, zum letzten Mal! – überrascht und aus der Bahn geworfen hatte. Aber auch diesen Ärger hatte er inzwischen fast vergessen.

Als er darüber nachdachte, was er mit dem leeren Haus an einem Sonntag anfangen könnte, fiel ihm etwas ein, was er wirklich schon immer hatte tun wollen. Sein ansonsten beträchtlicher Mut in diesen Dingen hatte aber bisher nie dafür gereicht. Heute war es anders. Denn seit heute war es egal. Isabelle war weg, und sie würde weg bleiben. Er war ein freier Mann, der machen konnte, was er wollte. Was für ein herrliches Gefühl, und was für eine einzigartige Gelegenheit! Er rief also bei »Love Letters« an, bestellte, was er brauchte (und mehr), und verbrachte den Nachmittag damit, sich im befriedigendsten Wortsinn quer durch das Haus zu vögeln.

Als er damit fertig war, hatte er den Kopf so freibekommen wie seit Jahren nicht. Er kochte sich etwas zu essen und war fest entschlossen, seinen ersten Abend als Single anschließend ordentlich zu begießen. Ab morgen würde er keine Zeit mehr dafür haben. Erstens würde er wieder arbeiten, und zweitens gab es noch sehr viel zu erledigen, bis er am Freitag endlich am Ziel wäre.

Fünf Tage nur noch. Beim Gedanken daran geriet er ins Träumen. Er wollte endlich wissen, wie es wäre, so viele Menschen auf einmal zu töten. In seiner Vorstellung stand bereits fest, dass alles, was er bisher empfunden hatte, wenn er anderen Menschen das Leben nahm, keinem Vergleich standhalten konnte mit dem, was er am Freitag erleben würde. Das Gefühl, als Einzelner dutzende, vielleicht hunderte Menschen zu töten, musste einfach unbeschreiblich sein. Er konnte förmlich spüren, wie mit jedem Todeskampf, mit jedem Schrei, mit jeder Sirene das Adrenalin stärker durch seinen Körper rasen und sich mit diesem pulsierenden Hauch von Göttlichkeit verbinden würde, der ihn so süchtig machte. Ein gewaltiger Schauer durchdrang ihn, und er seufzte.

Verdammt, dachte er, warum habe ich die Nutten nach Hause geschickt?

Tom ging in den Weinkeller und suchte nach einer Flasche, die diesem Anlass zur Ehre gereichen würde. Er fand sie in einer Kostbarkeit, die er vor Jahren auf Empfehlung eines Freundes an der nahegelegenen Ahr gekauft hatte. Ein junger und offenbar ziemlich wahnsinniger Winzer hatte dort Zinfandel angebaut. Eine Rebsorte, die hierzulande vermutlich nicht mal alle fünf Jahre reif genug werden würde, um Wein daraus zu machen. Aber 2011 war es nicht nur gelungen, sondern es war ein echter Jahrhundertwein geworden. »Cuvée Z« hatte der Winzer den Wein genannt, um zu vertuschen, dass reiner Zinfandel drin war – den er offiziell gar nicht anbauen durfte. Ten war das völlig egal. Das Zeug schmeckte einfach göttlich, und immerhin drei Flaschen hatte er noch.

Als er ihn geöffnet und den ersten Schluck getrunken hatte, seufzte er erneut. Die ultimative Kombination wäre eigentlich, jemanden zu töten, während man von so einem Tropfen betrunken ist, dachte er. Zu schade, dass das eine das andere wirklich ausschloss, jedenfalls, wenn man, wie er, nicht erwischt werden wollte. Und das sollte so bleiben, auch am Freitag.

Ach ja, Freitag … Er fragte sich ein weiteres Mal, wieso eigentlich niemand vor ihm diese Idee gehabt hatte? Tausende islamistischer Terroristen auf der Welt, und keiner verübte diesen naheliegenden, wirklich bösartigen Anschlag. Aber gut, die Jungs lebten ja auch in ihrer eigenen, bekloppten Welt. Wie dumm musste man sein, zu denken, dass man selbst draufgehen muss, damit man mit Verbrechen groß rauskommt – vor einem Gott, von dem man nicht weiß, ob es ihn wirklich gibt?

Religiöse Verblendung war Tom schon immer suspekt gewesen. Das hatten die Katholiken bereits vor Jahrhunderten übertrieben, und kein klar denkender Mensch könnte heute noch davon überzeugt sein, dass es auf irgendeine Art schlau wäre, wenn man für seine perverse Vorstellung von Religion tötet. Aber sei es drum, das war nicht sein Problem.

Er hatte mit diesen Anfängern nichts gemein. Diesen Muttersöhnchen, die früher auf dem Schulhof verprügelt worden waren, ständig allein in der Ecke gestanden hatten und heute allen zeigen wollten, wie cool sie waren, weil irgendein noch dümmerer Hund ihnen eine Kalaschnikow in die Hand gedrückt hatte.

Er jedoch wusste, was er tat. Er konnte es. Und er würde der Welt zeigen, was perfekte Verbrecher ausmacht: Die Fähigkeit, selbst mit der schlimmsten denkbaren Tat einfach so davonzukommen.

Und das alles, nachdem er es sich selbst zunehmend schwerer und den Ermittlern immer leichter gemacht hatte. Er hatte sich weiter und weiter vorgearbeitet in der kriminalistischen Wahrscheinlichkeitslehre. Und trotzdem hatte es jedes Mal aufs Neue funktioniert.

Alle, die sich mit Kriminalistik auskannten, würden – sofern ein solches Gespräch jemals infrage käme – potenziellen Mördern raten: Niemals Freunde oder Verwandte töten – und auf gar keinen Fall Polizisten! Die Wahrscheinlichkeit, damit davonzukommen, tendierte hart gegen null.

Und hier war sie, die berühmte Ausnahme von der Regel. Der Killer, den die Welt nicht kannte und der stets ein bisschen Wehmut empfand, wenn er sich selbst »Ten« nannte in dem Wissen, dass niemand anders ihn je unter diesem Namen kennen würde. Vor die Wahl gestellt, womit er seine Karriere als Killer krönen könnte, war er – nachdem er Politiker verworfen hatte, da fiel ihm die Auswahl zu schwer – zwangsläufig auf die Idee gekommen, mehrere Menschen auf einmal zu töten. Und wenn es schon mehrere sein sollten, dann konnten es auch gleich viele Menschen sein. Sehr viele! So war sein Plan langsam und immer weiter gereift, bis heute. Jetzt konnte ihn nichts mehr davon abhalten, und er würde in die Geschichte eingehen – nicht mit seinem Namen, aber immerhin mit seinen Taten.

Vor lauter Denken und Tanzen hatte Ten fast vergessen, den Wein zu trinken. Er setzte sich also auf das Sofa, nahm sein Weinglas, trank und lehnte sich entspannt zurück. Er musste an den genialen Zwerg Tyrion aus »Game of Thrones« und seinen Spruch denken: »Das ist es, was ich tue. Ich trinke und ich weiß Dinge!« Er lachte laut und herzlich. Mancher Aphorismus war einfach zu perfekt!

Mit einem Mal konzentrierte sich Tom völlig auf die Musik, und das aus gutem Grund. Es gab diese Songs, die er sich anhörte, wieder und wieder, seit Jahrzehnten schon, und bei denen noch immer bei jedem Hören Gefühle aufkamen, die nichts auf der Welt außer Musik auslösen konnte. Ein Gitarrenriff, ein Schlagzeugpart, eine einmalige Stimme, eine bestimmte Strophe, selbst ein paar wenige Textzeilen: Musik hatte schon immer diese Wirkung auf ihn gehabt, die er nicht im Ansatz beschreiben konnte, so sehr er das auch wollte.

Wie erklärt man auch Menschen, die das nie gefühlt haben, was es bedeutet, wenn die einzigartige Kombination aus E-Gitarre und Schlagzeugbreak in wenigen Sekunden die komplette Emotion auf den Punkt bringt und mit einem den gesamten Körper erfassenden Beben explodieren lässt – allein aus dem Grund, dass der Hörende selbst beim tausendsten Mal nichts anderes heraushören kann als den endgültigen Beweis, dass etwas Göttliches existiert und in Musik zum Vorschein kommt? Er hatte es versucht, oft sogar. Mit dem Ergebnis, dass er entweder Menschen mit Musikverstand traf, denen er das nicht erklären musste, oder, was wesentlich häufiger der Fall war, Menschen ohne Musikverstand, die sich die Stelle anhörten und Dinge sagten wie »Ja, verstehe!« oder, ebenfalls häufiger, »Ahhh ja, mhmm.«

Einer dieser Songs lief gerade in seiner Playlist. Es war »Disarm« von den Smashing Pumpkins. Wenn es eine Ballade gab, die auf seiner ewigen Hitliste unter die ersten drei Plätze kommen würde, dann ganz sicher diese.

Tom hörte einfach nur zu. Er schloss die Augen, schmeckte den perfekt temperierten Zinfandel und genoss jede Note und jedes Wort dieses einzigartigen musikalischen Werks.

Jeder, der sein entrücktes Gesicht sehen könnte, würde unweigerlich denken, den glücklichsten Menschen auf der Welt vor sich zu haben. Und das war er auch. Hier, jetzt, allein, mit sich selbst; mit Isabelle und mit allem, was passiert war, vollkommen im Reinen. Und nur noch fünf Tage bis zur Vollendung seines Lebenswerks. Es war ein kleines, inneres Wunder, dessen bester Teil ihm bald bevorstand.

Der Song war beinahe zu Ende. Tom öffnete seine Augen. Wer ihn jetzt gesehen hätte, dem wäre niemals der Gedanke gekommen, an den glücklichsten Menschen der Welt zu denken. Denn in seinem Blick war nur noch brutale Mordlust. Bösartig lächelnd, sein Weinglas sanft schwenkend und den Kopf weit zurückgelehnt, starrte er an die Decke und sang immer und immer wieder die letzten Zeilen mit:

»The killer in me is the killer in you – send this smile over to you.«

KAPITEL 5

Sonntag, 14. August 2016

Was immer man sonst noch von Tom von Haehling behaupten konnte, er verstand es definitiv, zu leben. Niessen hatte ihn inzwischen schon so oft beobachtet, dass er ihn und seine Gewohnheiten nicht nur gut kannte, sondern außerdem merkte, wann er von ihnen abwich. Heute war ein solcher Tag. Aus welchem Grund auch immer – vielleicht war er einfach nur lebensmüde – hatte von Haehling sich zwei Edelprostituierte nach Hause bestellt, mit denen er es dann quer durch die Bude getrieben hatte, als gäbe es kein Morgen. Entweder war seine Frau, die Niessen gestern Abend schon nirgends gesehen hatte, für längere Zeit verreist, oder von Haehling pokerte extrem hoch. In jedem Fall pokerte er ausgiebig, das musste der Neid ihm lassen.

Auch sonst hatte es sich von Haehling den ganzen Tag gut gehen lassen mit seinen drei Lieblingsbeschäftigungen: Sport, Musik und Wein. Der Typ musste im Schnitt etwa drei Stunden Sport am Tag machen. Jedenfalls konnte Niessen sich nicht erinnern, an auch nur einem Tag, an dem er ihm hinterhergeschnüffelt hatte, etwas anderes erlebt zu haben. Das erklärte jedenfalls, warum er so gut in Form war, obwohl er soff wie ein Loch und in etwa all das aß, was Niessen sich von Jahr zu Jahr mehr verkniff, um nicht vollständig zu verfetten.

Momentan saß von Haehling auf dem Sofa in seinem Wohnzimmer und trank einen weiteren, sicher sehr edlen

Tropfen, der ihm offensichtlich gut schmeckte, dem seligen Gesichtsausdruck zufolge, den er aufgesetzt hatte. Und wieder einmal war Niessen kurz davor, nach Hause zu fahren, weil an diesem Abend vermutlich kaum noch etwas Relevantes geschehen würde. Nicht, dass sich all die Observationen der vergangenen Monate nicht gelohnt hätten. Es war nur so, dass Niessen trotz allem, was er nun wusste, nicht viel weitergekommen war, was die wirklich wichtigen Fragen anging. Und die lauteten: Warum hatte von Haehling, wenn es wirklich von Haehling war, all diese Morde begangen? Und: Was kam als Nächstes?

Vor ein paar Wochen, als Niessen von Haehling unmittelbar nach der Arbeit gefolgt war, hatte er etwas erfahren, was ihn der Antwort auf die zweite Frage vielleicht näher gebracht hatte.

Von Haehling war ziemlich weit gefahren, bis in den hintersten Winkel von Grevenbroich, wo er in einem Industriegebiet einen Schrottplatz ansteuerte und es Niessen damit unmöglich machte, ihm weiter mit dem Auto zu folgen. Also parkte Niessen seinen Wagen möglichst unauffällig um die Ecke und ging den Rest der Strecke zu Fuß, um zu sehen, was von Haehling auf dem Schrottplatz zu suchen hatte. Es dauerte eine Weile, bis Niessen ihn aus einer der Garagen kommen sah, die auf dem Schrottplatz standen und vermutlich an Kunden mit weniger schrottreifen Fahrzeugen vermietet wurden. Niessen fragte sich, was von Haehling dort wohl untergestellt hatte. Noch interessanter fand er jedoch, was er in seiner Hand hielt. Von Haehling ging zur südlichen Seite des Schrottplatzes, die an eine Straße grenzte, und von dort aus westlich die Straße entlang. Dann überquerte er die Bahnschienen, die parallel zur Straße verliefen, und betrat ein kleines Waldstück, das – von den Gleisen, einer Autobahn sowie in östlicher Richtung einem großen Industriekomplex eingesäumt – ein nur wenige Hektar großes grünes Dreieck bildete. Niessen folgte von Haehling, so vorsichtig er nur konnte. Es war ohnehin ein kleines Wunder, dass der ihn bislang nie bemerkt hatte, und das durfte Niessens Meinung nach gern so bleiben.

Wenige Minuten nachdem sie das kleine Waldstück betreten hatten, blieb von Haehling auf einer Lichtung stehen. Dort öffnete er den schwarzen Kasten, den er mit sich trug, und aus der Tasche des »Bund Deutscher Kriminalbeamter«, die er ebenfalls dabeihatte, nahm er einen Gegenstand heraus, der wie eine dieser neumodischen Virtual-Reality-Brillen aussah. Es stellte sich heraus, dass der Inhalt des schwarzen Kastens eine ziemlich große und sicher ziemlich teure Drohne war. Niessen wurde dann auch schnell klar, wozu die Brille diente: Von Haehling wollte das Teil damit irgendwie steuern.

Und tatsächlich: Von Haehling zog sich die Brille an, schaltete die Drohne ein und ließ sie, eine Fernbedienung in der Hand, starten. Niessen verstand nicht viel von diesen Dingen. Außer den klassischen 50-Euro-Spielzeug-Fluggeräten, mit denen Erwachsene oft lieber spielten als die Kinder, denen sie sie schenkten (jedenfalls, wenn man seinen Kollegenkreis als Grundlage für diese Feststellung heranzog), hatte er davon noch wenig gesehen. Was er aber wusste, war, dass die Dinger immer leistungsfähiger und zugleich erschwinglicher wurden. Und – hier wurde es interessant – dass sie zunehmend in den Fokus der Sicherheitsbehörden gerieten, weil Spielzeug, das in ausgereifter Form vom Militär zum Töten verwendet wird, zwangsläufig auch den einen oder anderen Kriminellen auf den Plan rufen musste. Niessen kannte die Storys dazu, bis hin zu der Drohne, die den Personenschutz in Dresden damals in helle Aufregung versetzt hatte, weil sie bei einer Veranstaltung gefährlich nah an die Kanzlerin herangekommen war.

War es das? Plante von Haehling, eine Drohne einzusetzen, um jemanden zu ermorden? Ein Schauer lief ihm über den Rücken. Nein, dachte er mit plötzlicher Gewissheit, er hat so viele Menschen mit einfachsten Mitteln getötet. Wenn er wirklich plante, eine dieser Drohnen einzusetzen, dann für etwas Schlimmeres. Etwas viel Schlimmeres!

Niessen machte ein paar Fotos, die von Haehling bei seinen mehr oder weniger gelungenen Versuchen zeigten, die Drohne mit der Brille, die er trug, in den Griff zu bekommen. Nach etwa einer Stunde fuhr Niessen nach Hause, um zu verhindern, dass von Haehling ihn doch noch bemerkte. Er hatte ohnehin genug gesehen.

Seither hatte ihn der Gedanke an die Drohne und alles, was von Haehling damit anstellen könnte, nicht mehr losgelassen. Er machte sich im Internet schlau, wie leistungsfähig handelsübliche Drohnen waren, wie schwer man sie beladen konnte, welche technischen Möglichkeiten sie boten, wie man sie steuern konnte und was es sonst noch herauszufinden gab. Außerdem las er zahlreiche Berichte zu Fällen, bei denen Drohnen in tödlicher Absicht, zum Beispiel von IS-Terroristen, eingesetzt worden waren. Und je mehr er dazu gelesen hatte, desto beklemmender wurde ihm zumute, wenn er sich die Bilder ansah, die er gemacht hatte. Für Niessen war völlig klar, dass jemand mit von Haehlings Fähigkeiten, seiner Professionalität und seinen Möglichkeiten, vor allem aber seiner Kaltblütigkeit mit einer solchen Drohne einfach alles hätte tun können. Gemessen an den Taten, von denen Niessen wusste, musste er auch mit wirklich allem rechnen.

Trotz allem hatte Niessen noch immer zu wenig in der Hand. Einer der wenigen Vorteile, die er hatte, war immerhin, dass er, jedenfalls war er zu 99 Prozent davon überzeugt, mit von Haehling den Richtigen hatte, also wusste, wer der Killer war. Dieser wiederum hatte keine Ahnung, dass dies der Fall war. Alles, was er sonst hatte, war nach wie vor seine »Feder«. Damit würde er von Haehling irgendwie zur Strecke bringen müssen. Und zwar bald, denn etwas in ihm schrie ihn an, dass es nicht mehr lange dauern könnte, bis von Haehling mit dem Morden weitermachen würde. Zwei Morde standen immerhin noch bevor, wenn es insgesamt zehn werden sollten.

All diese Gedanken gingen Niessen auch jetzt wieder durch den Kopf, als er von Haehling dort sitzen sah, in seinem bahnhofsgroßen Wohnzimmer mit dem weißen Edel-Ledersofa und den maßgeschneiderten Eichenregalen voller Bücher und sündhaft teurer Dekogegenstände. Was ihn immer irritiert hatte, auch in diesem Moment, war der massive Widerspruch zwischen dem »Ich kann kein Wässerchen trüben«-Gesicht, das von Haehling gerade wieder zur Schau trug, und dem eiskalten, brutalen Killer, den Niessen in ihm sah oder zumindest sehen wollte. So, wie von Haehling sich gerade auf dem Sofa fläzte, das Rotweinglas in der Hand, die Augen geschlossen und mit entrücktem, seligem Lächeln im Gesicht, wirkte er wie jeder andere glückliche Trinker, der durch Alkohol nicht aggressiv wird, sondern eher melancholisch. Von einem Killer war er in diesem Augenblick jedenfalls meilenweit entfernt.

Doch plötzlich öffnete von Haehling seine Augen.

Niessens verbliebene, ohnehin nur minimale Zweifel verflogen binnen Millisekunden.

Auch wenn von Haehling Niessen, der sich weitgehend hinter einer riesigen Säuleneibe versteckt hielt, natürlich nicht direkt ansah, würde der Reporter das, was in diesem Moment in von Haehlings Augen stand, nie vergessen können: Es war pure, unverfälschte Mordlust. Niessen lief es eiskalt den Rücken runter.

30 Minuten später stolperte er in sein Büro. Ich muss das aufschreiben, dachte er, ich muss das, verdammt noch mal, aufschreiben. Er setzte sich an seinen Schreibtisch und startete den Computer. Niessen verschwendete keinen Gedanken daran, ob der Artikel gedruckt würde. Wie viele Journalisten war er in solchen Momenten gefangen in einem Tunnel, einem Pianisten gleich, der sich in der Konzerthalle an seinen Flügel setzt und zu spielen beginnt. Niessen dachte nicht an sein Publikum, also die Leser, auch nicht an seine Vorgesetzten, er sah nur, was er wusste, und was er aufschreiben wollte. Die Konsequenzen seiner Arbeit waren ihm in diesem Augenblick völlig egal. Das Redaktionssystem öffnete sich langsam, Niessen trommelte mit den Fingern auf den Schreibtisch.

»Mach schon, du Drecksmaschine«, fluchte er und funkelte den altersschwachen Rechner grimmig an. Vor ihm erschien auf dem Bildschirm das Bild, das sein Leben war: Graue Linien deuteten die Konturen einer Zeitungsseite an, darin quadratische Formen, in die Texte, Überschriften und Dachzeilen einzugeben waren. Niessen überkam, wenn er auf eine jungfräulich weiße Zeitungsseite blickte, immer eine gewisse Ehrfurcht. Wie viel Wahrheit ließ sich dort hineinfüllen? Wie viel Erkenntnis, Aufklärung, wie viele Informationen, die Menschen helfen könnten zu wissen, in welcher Realität sie leben? Oder wie viel Falschheit, Lüge und Verirrung? Es lag nun an ihm, Rolf Günther Niessen, alle Welt wissen zu lassen, was Tom von Haehling getan hatte.

EXKLUSIV
»Rheinische Rundschau« deckt auf – Ein Polizist als Serienmörder

Bei der nordrhein-westfälischen Polizei deutet sich ein Skandal ungekannten Ausmaßes an. Ein Staatsschützer des Düsseldorfer Landeskriminalamts (LKA) hat nach Informationen der »Rheinischen Rundschau« mehrere Menschen ermordet. Es handelt sich, darauf deutet eine Vielzahl von Indizien hin, bei dem Serienmörder offenbar um den Kriminalhauptkommissar Thomas von Haehling. Doch der Beamte ist immer noch im Dienst.
Nach »Rundschau«-Erkenntnissen soll von Haehling unter anderem für die Morde an dem Kleinkriminellen Bülent B., an der Bürokauffrau Sandra R., der PR-Managerin Franziska v. H. und der Milieu-Größe S. verantwortlich gewesen sein. Auch könnte von Haehling seinen Vorgesetzten Manfred K. vergiftet haben.
Die »Rheinische Rundschau« hat während einer jahrelangen Recherche Indizien zu den Morden zusammengetragen, die in ihrer Gesamtheit nur einen Schluss

zulassen: Tom von Haehling hat bei seinen Taten mindestens neun Menschen getötet – und er scheint weitere Bluttaten zu planen. Darauf deuten Vorbereitungen hin, bei denen »Rundschau«-Reporter ihn beobachteten.
Rätselhaft erscheint derzeit noch das Motiv des Killers. Von Haehling gilt als ausgesprochen fähiger Polizist, lebt – nach allem, was man über ihn weiß – in geordneten Verhältnissen und kannte wohl nur wenige der Opfer persönlich. Womöglich leidet der Beamte an einer psychischen Störung, die bislang nicht aufgefallen ist.
Besonders skandalös erscheint, dass die Ermittlungsbehörden in der Sache immer noch im Dunklen tappen. Obwohl ihnen viele der von der »Rundschau« zusammengetragenen Belege ebenfalls bekannt sind, gilt von Haehling Staatsanwaltschaft und Polizei bislang nicht als Verdächtiger. Womöglich ist das dem Umstand geschuldet, dass einer der engsten Vertrauten von Haehlings, der Hauptkommissar Torben K., die Mordkommission im Präsidium leitet. Schützt er seinen Freund?«

Fast fertig, dachte Niessen. Einen Absatz würde er noch ergänzen, wenn er von Haehling und Kanther mit seinen Erkenntnissen konfrontiert hatte. So verlangte es das

Presserecht: Diejenigen, über die man schrieb, mussten die Möglichkeit bekommen, sich vor der Veröffentlichung zu äußern. Niessen wusste nicht, wie von Haehling reagieren würde. Immerhin hatte er vor, ihn als Serienkiller zu enttarnen. Der würde das wohl kaum lustig finden.

Plötzlich wurde Niessen sehr kalt und er merkte, wie er zu zittern begann. Nein, dachte er, das wird er ganz sicher nicht lustig finden. Und zum ersten Mal in all den Jahren, in denen er sich mit diesen Morden und der Suche nach dem Killer beschäftigt hatte, machte Rolf Günther Niessen sich ernsthafte Sorgen darüber, dass er selbst am Ende sterben könnte.

KAPITEL 6

Montag, 15. August 2016

Tom lächelte. Er übte sich auch heute Abend wieder im Steuern der Drohne und hatte – wie so oft – seinen »Schatten« bemerkt. Er lachte dreckig in sich hinein. Niessen, dachte er, du könntest genauso gut eines dieser »Just Married«-Gebinde fürs Auto hinter dir herziehen, so auffällig bist du. Interessanterweise wiegte Niessen sich im Gegensatz dazu wohl mit jedem Mal mehr in Sicherheit. Gestern Abend hatte er quasi direkt vor seinem Wohnzimmer gestanden wie ein perverser Spanner. Genau genommen konnte er das »wie ein« streichen, denn als Tom Stunden zuvor eine der Nutten am Wohnzimmerfenster genommen hatte, während die andere mit ihrer Zunge seine Eier bearbeitete, hatte Niessen bereits seinen Posten bezogen.

Tom genoss das Spiel mit dem Reporter jeden Tag mehr. Es waren allerdings nur noch wenige übrig, sodass er fast wehmütig wurde. Tom hatte Niessen inzwischen genau dort, wo er ihn haben wollte. Wenn er seine Falle aufstellen würde, käme der alte Trottel ohne Zweifel blindlings hineingetappt und würde sich dabei auch noch gut fühlen. Es blieb lediglich abzuwarten, ob Niessen von sich aus den ersten Schritt machen oder ob Tom dazu gezwungen sein würde. Doch das konnte noch warten, zumindest bis morgen.

Tom packte seine Sachen zusammen und schlenderte

entspannt zurück zum Refugium, wohl wissend, dass Niessen bereits das Weite gesucht hatte.

*

Was Niessen gesehen hatte, machte ihn nervös. Von Haehling schien im Umgang mit dem Gerät, das da sirrend durch die Luft schoss, zunehmend an Sicherheit zu gewinnen.

Was hat der vor, dachte Niessen, wen oder was will er angreifen?

Wenn sich nur Claire endlich melden würde. Gestern Abend hatte er ihr den Entwurf seines Artikels gemailt. Zum einen wollte er sie mit der Wahnsinnsstory beeindrucken, zum anderen brauchte er ihren Rat. Der Text war der wichtigste und wahrscheinlich auch gefährlichste Artikel seines Lebens. Er suchte Zuspruch, ein Schulterklopfen, ein Zeichen, dass es richtig und gut war, was er vorhatte. Und was tat Claire? Sie schwieg. Niessen wusste nicht, was er davon halten sollte. Das Schweigen verunsicherte ihn: War Claire so entsetzt, dass sie ihm nicht antworten wollte?

Niessen lief die Zeit davon, das spürte er. Notfalls, das war ihm bewusst, müsste er die Sache auch ohne Claire durchziehen. Denn was er gesehen hatte, ließ keinen Zweifel: Es war bald so weit. Von Haehling war bereit.

Als dieser seine Sachen zusammenräumte, stahl Niessen sich einmal mehr vorsichtig zu seinem Auto zurück. Er hatte kaum darin Platz genommen, als plötzlich sein Handy klingelte.

»Niessen«, meldete er sich vorsichtig.

»Kanther hier«, sagte der Anrufer knapp. »Hören Sie, Niessen, ich habe monatelang über all das nachgedacht, was Sie gesagt haben, habe versucht, Ihre Polizistentheorie nachzuvollziehen, habe recherchiert und Akten gewälzt wie ein Irrer. Aber es bleibt dabei: Ich sitze vollkommen auf dem Trockenen. Und das heißt: Wir müssen mit den Spielchen aufhören. SIE müssen mit den Spielchen aufhören, Niessen! Da draußen rennt ein Irrer herum! Mindestens darin sind wir einer Meinung. Und dieser Irre hat schon vier Menschen auf dem Gewissen. Vier Menschen, von denen wir wissen. Und weiß Gott, wenn Sie recht haben, sind es vielleicht noch mehr. Oder werden noch mehr. Also hören Sie auf, Niessen. Hören Sie auf, Wissen für sich zu behalten, das der Polizei zusteht. Das wir brauchen! Ohne das wir blind bleiben und nicht verhindern können, dass der Typ wieder zuschlägt. Denn eines muss Ihnen klar sein, Niessen.« Kanther machte eine Pause, die ihre Wirkung nicht verfehlte. »Wenn Sie nicht endlich den Mund aufmachen …, dann geht der nächste Mord auf Ihre Kappe!«

Niessen schluckte. So hatte er Kanther bislang nicht kennengelernt. Er klang nicht wie sonst – selbstbewusst, unnahbar und über den Dingen stehend. Sondern fast schon verzweifelt. Das Ganze konnte, das machte er sich schnell klar, natürlich auch eine List sein. Dennoch: Dieser Anruf war eine Chance. Niessen würde sie nutzen.

»Gut gebrüllt, Löwe«, begann er zu sprechen. »Ich schlage Ihnen vor, wir machen Folgendes: Sie legen jetzt erst mal Ihre Karten auf den Tisch und sagen mir, was Sie haben. Dann lege ich meine daneben. Und ich verspreche Ihnen: Am Ende dieses Gesprächs haben wir beide einiges, worüber wir nachdenken können.«

KAPITEL 7

Dienstag, 16. August 2016

Torben Kanther war bereits vor 6 Uhr im Büro. Nach seinem Telefonat mit Niessen gestern hatte er zuallererst etwas getan, was für ihn so untypisch war, dass die wenigen Leute, die noch im Büro waren, verwundert die Augenbrauen hochzogen: Er hatte sich zwei Flaschen Bier besorgt. Während er sie getrunken hatte, hatte er das Telefonat mit Niessen noch einmal in Ruhe Revue passieren lassen. Torben hatte dem Reporter zunächst alles geschildert, was er hatte und wusste. Was im Grunde nicht sehr viel war. Niessen kannte nun also die Spurenlage jeder einzelnen der vier bekannten Taten, er wusste von den 19 weiteren Morden, die theoretisch auf das Konto des Serienmörders gehen könnten, und hatte sich jegliche Theorie angehört, die Torben und seine Leute bislang verfolgt hatten. Und dann, als Torben schon gedacht hatte, Niessen würde auch noch wissen wollen, wie die Staatsanwälte hießen, die in den einzelnen Taten federführend waren, war Niessen endlich mit der Sprache rausgerückt. Mit dem Ergebnis, dass es Torben die seine verschlagen hatte.

Als er die zweite Flasche Bier geöffnet hatte, lagen bereits zwei Berichte auf seinem Schreibtisch und warteten darauf, dass Torben sie las. Drei weitere Taten hatte Niessen ihm genannt. Und alle drei hatte er gekannt, die ganze Zeit schon.

Da war zum einen der Mord an den beiden Prostituierten, der ohnehin bereits im »engeren Kreis« der Taten war, die Torben am ehesten zu passen schienen. Dann der Mord an

Armin Scholz, dem Krefelder Prollzuhälter, um den keine Menschenseele getrauert hatte und der so übel zugerichtet worden war, als hätte jemand verschiedene Sorten von Abrissbirnen an seinem Gesicht getestet. Der eigentliche Kracher aber, der Torben nicht nur fassungslos machte, sondern dafür sorgte, dass er zweifelte – sogar zweifeln musste, wenn er nicht zulassen wollte, dass sein gesamtes Weltbild auseinanderfiel wie ein Kartenhaus –, war der vermeintliche Mord an Manfred Köppen. Ein Fall, in dem monatelang ermittelt und der am Ende als das behandelt worden war, was er aller Wahrscheinlichkeit nach sein musste: ein tragischer Unfall!

Doch eins war sicher: Wenn die Geschichte von den regelmäßigen Botschaften des Killers stimmte, die Niessen ihm aufgetischt hatte, konnte ein Foto des leblosen Köppen an seinem Schreibtisch in der Tat wenig anderes bedeuten. Dennoch, in Torben lehnte sich alles dagegen auf, zu glauben, Manfred Köppen könnte ermordet worden sein. Nicht nur wegen der Ungeheuerlichkeit der Tat an sich. Nicht, weil das Ergebnis der bisherigen Ermittlungen damit sofort zu Staub zerfallen wäre. Sondern vor allem, weil es bedeutet hätte, dass Niessen mit seiner schon vor Jahren geäußerten These recht hatte. Der Mörder, den sie suchten, musste ein Polizist sein!

Torben war sehr spät nach Hause gefahren und hatte in der Nacht keine Ruhe, geschweige denn Schlaf gefunden. Um vier war er aufgestanden, hatte sich seinen »Spezialkaffee« gekocht, von dem seine Frau immer behauptete, dass er weniger Wasser als Kaffeepulver beinhaltete, und war um kurz nach fünf zur Arbeit gefahren.

Dort hatte er damit begonnen, sich die Rufnummern zusammenzusuchen, die er heute Morgen brauchen würde, und sich eine To-do-Liste auf dem Whiteboard in seinem Büro zu notieren, die er noch heute abarbeiten wollte. Als die ersten seiner Leute eintrudelten, machte er ihnen sofort Dampf. Er schickte ein Team nach Krefeld und eines nach Köln, um die Akten der beiden dortigen Mordfälle zu kopieren. »Und zwar nicht nur die Sachakten, verstanden? Ich will auch die Handakten, und mir ist egal, wie viele Tonnen überflüssiges Geschmiere da drin hängen.«

Wie er mit dem Tod von Köppen umgehen sollte, war ihm noch nicht ganz klar. Er wusste, sobald er daran rührte, würde er Aufmerksamkeit erzeugen. Eine Menge Aufmerksamkeit, und ganz bestimmt keine von der Sorte, die er brauchen könnte. Dazu war ihm das Ganze hier zu fragil. Er vertraute relativ blind einem Reporter, und das war gefährlich, das war Torben bewusst. Also hielt er es für das Beste, zumindest den Fall Köppen noch ruhen zu lassen, bis er endgültig Klarheit hatte. Weglaufen würden ihm die Akten schließlich nicht.

Ein weiteres seiner Teams bekam den Auftrag, eine Liste aller Zeugen anzufertigen, die man im Kontext der vier bisher bekannten Morde noch einmal vernehmen könnte. Er erinnerte sich zum Beispiel an den Wirt der Kneipe, hinter der man den Schneemann aufgefunden hatte. Hatte der nicht gesagt, es sei ein ganz normaler Abend ohne besondere Vorkommnisse gewesen, von dem schmierigen, reichen Spinner abgesehen, den sie irgendwann rausschmeißen mussten? Was war das für ein Spinner gewesen? Hatte man seinerzeit intensiv genug nachgefragt? Gab es eine Beschreibung zu dem Mann? Soweit Torben es im Kopf hatte, war das nicht der Fall. Völlig nachvollziehbar einerseits, aus damaliger Sicht. Im Lichte der heutigen Erkenntnisse betrachtet, musste er aber nach jedem Strohhalm greifen. In der Hoffnung, dass er irgendwann endlich fündig würde.

Torben verteilte etliche weitere Aufträge und arbeitete selbst den gesamten Tag ohne eine Pause. Sein Telefon klingelte häufig, doch Torben ignorierte die meisten der Anrufe, denn er war im Jagdfieber. Er verspürte weder Durst noch Hunger. Jegliche Müdigkeit hatte ihn verlassen, als er heute Morgen sein Büro betreten hatte. Für ihn gab es nichts mehr außer diesem Serienmörder. Und Torben würde ihn zur Strecke bringen.

Gegen Abend stand er vor dem vollgekritzelten Whiteboard in seinem Büro, hörte sich den Bericht des Teams an, das den Krefelder Mord auswertete, und nickte geistesabwesend. Sieben Morde, dachte er in diesem Moment, acht Tote, und ohne den alten Presseschnüffler würde ich immer noch auf nur vier davon herumkauen.

Enttäuschung machte sich in ihm breit, gepaart mit Wut auf sich selbst, aber auch auf Niessen, der all das schon so lange gewusst hatte. Andererseits: Hatte er Niessen eigentlich in all den Jahren je richtig zugehört? Der Gedanke machte ihn noch wütender, und er zwang sich, noch einmal alles durchzugehen, was ihm von seinen Gesprächen mit Niessen in Erinnerung geblieben war. Er wusste, dass man nichts erzwingen konnte, was einem nicht einfallen wollte. Dabei war sein Kopf doch so schön voll mit neuen Informationen – war das nicht die perfekte Grundvoraussetzung, sich an eine Kleinigkeit zu erinnern, die ihm seit Monaten nicht einfallen wollte?

Er nahm die Pfeile von seiner Dartscheibe, auf die er irgendwann ein Bild des Kölner Doms geklebt hatte. Weniger, weil ihm die alte Feindschaft der Düsseldorfer mit den Kölnern so wichtig gewesen wäre, sondern vielmehr, weil seine Leute ihn dafür regelmäßig feierten. Dann begann er zu werfen, einzig mit dem Ziel, den Kopf so frei zu kriegen, wie es unter den momentanen Umständen möglich war. Er atmete tief und laut, bemühte sich, ohne es je geübt zu haben, irgendwie meditativ zu werden, und spürte tatsächlich, wie die tausenden Gedanken in seinem Kopf leiser wurden, langsamer, träger.

Und dann, als das Werfen der Pfeile mehr Automatismus geworden war als bewusste Handlung und Torben sich in einem Dämmerzustand befand, der gefährlich nah ans Einschlafen im Stehen herankam, fiel es ihm wie Schuppen von den Augen.

»Es gibt außer Ihnen keinen Bullen, der weiß, wo ich wohne. Sie sind der einzige.« Das hatte Niessen ihm damals gesagt, bei ihrer durch und durch merkwürdigen nächtlichen Begegnung.

Das Dumme war nur: Es stimmte nicht! Nicht, nachdem sie Niessen damals observiert hatten, um ihm etwas anhängen zu können, was ihn fertigmachen würde. Seitdem wusste mindestens ein weiterer Polizist, wo Niessen wohnte.

Und das war Tom.

War das möglich?

Torben zitterte. Ihm wurde heiß und kalt, und die professionelle, rationale, mit der Erfahrung von zahllosen Dienstjahren bewaffnete Seite in ihm lieferte sich einen erbitterten Kampf mit dem emotionalen Teil, der nicht wahrhaben wollte, dass der beste Freund, den er bei der Polizei hatte, ein Killer sein könnte.

Was sollte er jetzt tun? Ihm war klar, dass er nichts in der Hand hatte und die Eingebung, Tom könnte ein Mörder sein, nicht nur ihm selbst Kopfschmerzen bereitete, sondern auch auf wenig Gegenliebe bei allen Kollegen stoßen würde. Wenn er diesen Verdacht tatsächlich laut aussprechen wollte, sollte er sich schon verdammt sicher sein. Denn hier ging es um mehrfachen Mord.

Doch so sehr er es drehte und wendete, der Gedanke hatte sich in ihm festgesetzt und wollte nicht mehr verschwinden. Torben war jedoch klar, dass er ihn für sich behalten würde, und zwar nur für sich. So lange, bis aus seinem Gedanken, nein, aus seinem Verdacht eine unumstößliche Gewissheit werden würde. Und um diese Gewissheit zu erhalten, gab es nur eine Möglichkeit.

Er wählte eine Nummer und wartete.

»Isabelle von Haehling«, hörte er die warme, schmeichelnde Stimme Isabelles.

»Isabelle«, hauchte Torben fast, »ich brauche deine Hilfe. Bitte frag mich nicht, wieso, sondern tu einfach, worum ich dich bitte. Kannst du das?«

*

Wieso, dachte Niessen, klingelt das verdammte Handy immer dann, wenn man es nicht brauchen kann? Er versuchte gerade, seinen Golf rückwärts in eine viel zu kleine Parklücke zu zwängen und verzweifelte daran. Fluchend kurbelte er das Lenkrad zurück, schaltete in den ersten Gang und gab Gas. Zwei Sekunden später hielt er sein Handy in der Hand, das immer noch rappelte. »Anonym« stand auf dem Display. »Hallo«, meldete sich Niessen ärgerlich.

»Rolf«, klang es aus dem Hörer. Pause. »Mein lieber Rolf …«

Niessen wusste sofort, wer das sein musste. Es war von Haehlings Stimme. Dieser überheblich-abgeklärte Ton, dieses Schnoddrige war unverkennbar, selbst wenn man es erst ein einziges Mal gehört hatte. »Ja«, krächzte Niessen, nicht mehr ärgerlich, sondern zwischen Vorsicht und Furcht schwankend.

»Ich nehme wahr, dass du dich für mich interessierst. Stimmt das?«

Niessen war baff. Woher wusste von Haehling das? Hatte Kanther ihn verraten? Oder hatte von Haehling bemerkt, dass er ihn beobachtet hatte? Eigentlich spielte es keine Rolle mehr. Niessen hätte von Haehling sowieso mit seinem Wissen konfrontieren müssen, ehe er den Artikel brachte. Also könnte er jetzt auch alles auf eine Karte setzen. Er hatte keine Ahnung, woher er seinen Mut nahm, aber wenn es um seinen Beruf ging, hatte er ihm nie gefehlt. Mit deutlich gefasster und beinahe herausfordernder Stimme antwortete er: »Ja, das stimmt. Ich weiß, dass Sie es waren, Herr von Haehling! Ich weiß, dass Sie neun Menschen umgebracht haben. Und ich beabsichtige, das zu veröffentlichen. Was sagen Sie dazu?«

»So etwas soll ich getan haben, lieber Rolf, so etwas Schreckliches? Aber das wäre doch ungesetzlich. Darf ich fragen, warum du mich verdächtigst? Womit habe ich diese Aufmerksamkeit verdient?«

»Ich habe so viel gegen Sie in der Hand«, sagte Niessen eine Spur zu hastig. »Zum Beispiel …«

»Rolf, warte doch mal, nicht so schnell!«, unterbrach von Haehling seine beabsichtigte Brandrede. »Ich möchte dir etwas vorschlagen: Wir sollten uns treffen, um darüber zu sprechen. Immerhin wird der Artikel, den du gerade vorbereitest, ein ziemlicher Hammer. Und ich darf an dieser Stelle schon sagen: Du bist absolut auf der richtigen Spur. Aber, Rolf, dir fehlen noch so viele Informationen, so viele Details. Das alles ist viel größer, als du überhaupt ahnst. Willst du wissen, was wirklich passiert ist? Willst du wissen, was ich getan habe? Ich verspreche dir, das wird nicht nur die Story deines Lebens, sondern die Story aller Leben! Eine Story, die dir ein Denkmal setzen wird, und zwar weltweit, nicht nur bei diesem kleinen Käseblatt, für das du schreibst. Und ich werde sie dir erzählen. Wenn wir uns treffen.«

Niessen schluckte trocken. Sollte er sich darauf einlassen? Einen Mörder treffen? Wie irre konnte man sein? Auf der anderen Seite hatte er so viel Zeit investiert, hatte er sich derart festgebissen, dass er nie ertragen würde, nicht jeden Versuch unternommen zu haben, um am Ende alles zu wissen. Und natürlich konnte von Haehling ihn sowieso jederzeit aus dem Weg räumen. Er wusste offensichtlich, wo er wohnte, er wusste, wo er arbeitete, er kannte sein Auto. Wenn von Haehling ihn töten wollte, bräuchte er dazu keine Verabredung. Das war Niessen klar. Vielleicht suchte dieser Psychopath ja wirklich die große Bühne, die allein Niessen ihm bieten konnte? Vielleicht war er einer dieser Wahnsinnigen, die dachten, ihre Verbrechen erzählten eine Geschichte, von der die Welt erfahren müsse? Es hörte sich ganz so an, und der Teufel sollte Niessen holen, wenn er diese Chance nicht ergreifen würde. »In Ordnung, Herr von Haehling, wir treffen uns. Aber: Ich werde Vorkehrungen treffen, ich werde mich absichern. Ich bin nicht scharf drauf, Ihr nächstes Opfer zu werden.«

»Mach das gerne, lieber Rolf, alles, was du willst. Und wenn es dir hilft: Ich verspreche dir bei meiner Ehre, dass du in Sicherheit bist. Ich brauche dich doch, ich will schließlich den Artikel in der Zeitung sehen. Warum sollte ich den einzigen Menschen umbringen, der mein Werk zu verstehen scheint? Komm am Freitag um genau 19 Uhr auf den Schrottplatz.« Von Haehling lachte herablassend. »Du weißt ja, wo der ist, nicht wahr? Dort werde ich dir alles zeigen. Einverstanden?«

»Okay«, hauchte Niessen und legte auf.

*

Das wäre erledigt, dachte Tom zufrieden und blickte auf sein Handydisplay. Tatsächlich, Gregor hatte sich zwischenzeitlich gemeldet und Toms Frage, ob mit Donnerstag alles in Ordnung gehe, mit einem knappen »Ja, bin morgen fertig« beantwortet. Ein weiterer Punkt auf seiner Checkliste, der abgehakt werden konnte. Bisher folgten also alle artig seinem Drehbuch, was ihn in ausgezeichnete Stimmung versetzte. Er überlegte, was er mit dem angebrochenen Abend anfangen sollte, und steckte sein Handy gerade zurück in die Tasche, als das Nachrichtensignal ertönte.

Es war Isabelle. Sie wollte vorbeikommen und reden. Reden, dachte Tom sich, warum nicht. Und wer weiß? Vielleicht bleibt es ja nicht dabei.

Aber heute nicht mehr. Heute wollte er den Abend genießen und noch einmal in Ruhe alles durchgehen, was er in den beiden kommenden Tagen zu tun hatte, damit alles für Freitag bereit war. Er nahm das Handy und tippte die Antwort: »Sehr gern. Morgen, 19 Uhr zu Hause?« Isabelle bestätigte nur wenige Sekunden später, und Tom schrieb: »Ich freue mich.« Einem Impuls folgend, hängte er einen Kuss-Smiley an den Text. Dass er keine Antwort darauf erhielt, tat seiner guten Laune keinen Abbruch.

KAPITEL 8

Mittwoch, 17. August 2016

Tom hatte nichts dem Zufall überlassen. Isabelles Lieblingsweißwein stand im Kühlschrank, er hatte tonnenweise Sushi bei »Wakizashi« bestellt, und die Setliste, die lief, bestand aus 20 Songs, von denen Tom wusste, dass Isabelle sie liebte. Tom selbst trug einen Valentino-Anzug, in dem er, wie er wusste, unwiderstehlich auf Isabelle wirkte. Wenn es eine Chance gab, an dem Abend mehr als nur zu reden, wollte Tom sie nutzen, das stand fest. Er setzte sich auf einen der Barhocker, die zwischen Küche und Esszimmer standen, und nippte an seinem Chablis.

Dann hörte er, wie der Haustürschlüssel ins Schloss gesteckt wurde. Kurz darauf betrat Isabelle das Wohnzimmer. Sie sah umwerfend aus. Tom hatte in seinem Leben schon oft gehört und manchmal auch selbst wahrgenommen, dass Frauen nach einer Trennung alles taten, um das Maximum aus sich herauszuholen. Nicht nur, aber eben auch optisch. Ob bewusst oder unbewusst, mit Sicherheit jedoch mit dem Ziel, ihren Ex-Partnern das Gefühl zu geben, etwas verloren zu haben. Und so weit es Tom anging, funktionierte das gar nicht mal schlecht. Er wollte sie. Die Frage war: Was wollte sie?

Isabelle begrüßte ihn höflich, aber kühl, ging durch den Essbereich in die Küche und nahm sich ein Glas Wein. Damit setzte sie sich zu ihm an die Bar. Dann kam sie ohne weitere Umschweife auf den Punkt. »Ich will, dass du ausziehst, Tom. Ich will wieder nach Hause.«

Tom war, anders als bei ihrer letzten Begegnung, auf alles gefasst. Er schmunzelte wissend und nippte genüsslich an seinem Weinglas, ihr dabei tief in die Augen blickend. »So etwas in der Art hatte ich schon erwartet«, sagte er. »Wann?«

Tom kannte Isabelle gut genug, um zu erkennen, dass diesmal er sie aus der Fassung gebracht hatte. Auch wenn sie sich erstaunlich schnell im Griff hatte. Gut. Endlich mal wieder ein Punkt für ihn.

»Ich dachte an dieses Wochenende«, sagte sie. »Natürlich nicht vollständig, das ist klar. Aber doch so weit, dass du erst einmal woanders leben kannst, vielleicht in einem Hotel oder bei Freunden? Deine restlichen Sachen kannst du dir ja noch holen, wenn wir alles Nötige geregelt haben und du eine passende Wohnung gefunden hast.«

»Was immer du willst, Isabelle. Ich weiß, dass ich keine Forderungen zu stellen habe. Schließlich war ich es, der unser Glück zerstört hat, das ist mir klar. Ich werde gleich morgen schauen, wo ich unterkomme, und spätestens am Sonntag alles zusammenpacken, was ich brauche, versprochen.«

Isabelle wirkte erleichtert, zugleich jedoch verunsichert.

»Nachdem wir das nun geklärt haben«, fuhr er fort, »sieht es ja nun so aus, als sei das der letzte gemeinsame Abend in unserem Haus.«

Isabelle sah ihn mit undurchdringlicher Miene an.

»Wollen wir das nicht feiern?«, fragte Tom mit, wie er hoffte, ebenso viel Bass wie Demut in der Stimme. Die Anlage spielte gerade die unglaubliche »S&M«-Version von »Nothing else matters«, einem Song, zu dem sie sich nicht nur einmal gemeinsam auf dem Wasserbett gewälzt hatten. »Wir sollten Abschied voneinander nehmen.«

»Ach, Tom«, seufzte Isabelle.

Er wusste nicht, was er davon halten sollte. Hörte er Sehnsucht in ihrer Stimme, war das Zustimmung oder bildete er sich das ein?

Dann sagte sie: »Ich muss mal schnell ins Bad.«

Tom grinste: Zustimmung, jetzt war es klar. Die Tür würde sich öffnen und Isabelle würde dastehen, entweder nackt oder in schwarzer Spitze oder wie auch immer sie sich das gedacht hatte. Tom ertappte sich dabei, wie er einen Moment lang ein dämliches, geiferndes Grinsen aufsetzte, als sei er 16 Jahre alt. Isabelle hatte es nicht gesehen – hoffte er.

*

Isabelle hatte ganz andere Pläne. Sie hatte einen Auftrag. Den würde sie ausführen und dann verschwinden. Torben hatte sie darum gebeten, nein, er hatte sie förmlich angefleht, eine Haarprobe von Tom zu organisieren. Isabelle hatte ihn nicht gefragt, weshalb er sie wollte, auch wenn es selbst für sie als Laien nur einen einzigen Grund dafür geben konnte: die DNA. Aber sie machte sich ohnehin ihre eigenen Gedanken, seit Langem schon.

Es war jetzt viele Jahre her, dass sie Rolf Günther Niessen kontaktiert hatte, weil sie gedacht hatte, er könnte ihr helfen, Gewissheit zu erlangen. Doch Niessen war eine herbe Enttäuschung gewesen, und nach der Veröffentlichung eines einzigen Artikels hatte er ihrer Wahrnehmung nach nichts mehr unternommen, und vor allem nichts mehr veröffentlicht. Isabelle hatte sich das Ganze damals schöngeredet und versucht, den Verdacht zu verdrängen, den sie in sich trug, seit sie diesen seltsamen Hefter mit Zeitungsartikeln gefunden hatte. Die Polizei hatte sie zu keiner Zeit einschalten wollen, dazu war ihr Verdacht zu vage und die Chance, dass man sie ernst nehmen würde, ihrer Ansicht nach zu gering.

Doch spätestens seit Torbens Anruf musste sie davon ausgehen, dass der Mann, den sie geliebt hatte und der da draußen darauf gierte, sie zu vögeln, tatsächlich ein eiskalter Mörder war. Sie verbot sich, diesen Gedanken zu Ende zu denken, hätte er ihr doch endgültig bewiesen, wie naiv und blind sie jahrzehntelang durch ihr Leben mit Tom gestolpert war.

Isabelle zog einen Gefrierbeutel aus ihrer Handtasche, griff sich den Kamm, der auf der Ablage unter dem Spiegel lag, und eine Pinzette und entfernte damit zwei von Toms noch immer satt braunen Haaren. Ein weiteres fand sie auf dem Waschbecken. Sie verstaute die Haare in der Tüte und steckte sie ein. Danach drückte sie die Spülung der Toilette, wusch sich die Hände und öffnete die Tür. Als sie ins Wohnzimmer zurückkam, merkte sie fast augenblicklich, wie enttäuscht, ja fassungslos Tom sie ansah, vermutlich, weil sie nicht splitternackt im Türrahmen stand. Eine Welle der Verachtung für diesen Mann durchflutete sie.

»Ich weiß immer noch nicht«, sagte sie, »ob ich dich jemals wirklich gekannt habe.« Damit ging sie zur Haustür.

KAPITEL 9

Donnerstag, 18. August 2016

Torben schritt in seinem Büro auf und ab. Es war eine Sache, dass Isabelle sich erst gestern Abend mit Tom getroffen hatte und vorher keine Proben hatte besorgen können. Aber es war eine ganz andere, dass sie sich seither noch nicht gemeldet hatte. Wenn sie hatte, was er wollte, konnte es doch keinen Grund geben, bis zum späten Nachmittag zu warten, um ihm das Zeug endlich zu bringen? Beim Versuch, sie zu erreichen, meldete sich lediglich die Mailbox. Torben hoffte inständig, dass es Isabelle gut ging und es einen harmlosen Grund für die Verzögerung gab.

Das Schlimme war: Ihm lief die Zeit davon! Er wollte Gewissheit haben, und ein mehr als ungutes Gefühl plagte ihn, seit er erkannt hatte, dass sein Freund Tom tatsächlich für all diese grausamen Morde verantwortlich sein könnte. Er war unruhig, und zwar bis in die Zehenspitzen. Schon gestern war er kaum in der Lage gewesen, all dem zu folgen, was seine Leute ihm an Neuem zu berichten hatten. Heute war es sogar noch schlimmer. Einmal hatte er mit einem geistesabwesenden »Hm?« deutlich gemacht, dass er nicht mal mit halbem Ohr dem Bericht einer seiner besten Beamtinnen zugehört hatte, die ihm zudem noch etwas Wichtiges erzählte, wie er auf Nachfrage erfahren hatte: Bei dem Zuhältermord waren Faserspuren an einer Hecke gesichert worden, die dem Material nach von einem handelsüblichen, aber schwarz eingefärbten Maleranzug oder etwas Ähnlichem stammten. Nur eine winzige Spur, klar. Doch es war immerhin eine Spur! Torben war es sehr unangenehm, dass er nicht ausreichend bei der Sache war, weil das, was ihn beschäftigte, nein, ihn von innen heraus auffraß, so unvorstellbar für ihn war.

Er streunte noch immer hin und her, als gegen halb sechs endlich an seine Bürotür geklopft wurde. Es war Paulus, einer seiner jungen und aufstrebenden Mitarbeiter. »Eine Frau von Haehling für dich, Chef«, sagte er. »Sie sagt, es sei dringend und du wüsstest Bescheid.«

»Schick sie herein, na los«, sagte Torben eine Spur herrischer als angebracht.

Als Isabelle ins Büro trat, nickte sie ihm wortlos zu und übergab ihm einen Gefrierbeutel mit drei Haaren darin. Genug für eine DNA-Analyse, dem unaufhaltbaren Fortschritt sei Dank. Torben sah Isabelle dankbar, aber auch bedrückt an.

»Danke, Isabelle. Ich hoffe wirklich, dass sich das, was ich vermute, nicht bestätigt. Aber wenn doch, steckt Tom in ernsten Schwierigkeiten. Ich weiß, ihr habt gerade ohnehin eure Probleme, aber ich will auf jeden Fall, dass du Abstand zu ihm hältst, okay? Keine weiteren Treffen, bis ich dir Entwarnung gebe.«

Isabelle warf ihm einen halb spöttischen, halb feindseligen Blick zu. »Denkst du, nach 13 Jahren Ehe mit ihm gäbe es irgendetwas, vor dem ich plötzlich mehr Angst haben müsste als das bisher der Fall war?«

Torben wusste nicht, worauf Isabelle hinauswollte, und es war ihm auch egal. Denn ja, wenn sein Verdacht zutraf, dann gab es etwas, vor dem sie sich fürchten müsste. Und zwar mehr, als sie sich vorstellen konnte. »Ja, Isabelle. Genau das denke ich. Und falls nicht, dann werde ich es dich wissen lassen, so schnell wie ich kann. Und jetzt musst du gehen, ich muss wirklich sofort weiterarbeiten.«

Isabelle sah ihn unverwandt weiter an und sagte: »Du hast keine Ahnung, was ich über meinen Mann weiß, Torben. Aber eins kann ich dir sagen: Meine schlimmsten Befürchtungen, die ihn betrafen, haben sich schon bestätigt. Ich sehe nicht, wovor ich jetzt noch Angst haben sollte. Tom ist dein Problem, meines nicht mehr. Ich hoffe, dass du ihn aufhalten kannst, was immer er getan oder noch vorhat. Pass auf dich auf!«

Ohne ein weiteres Wort ging sie aus seinem Büro und schloss die Tür, bevor Torben auch nur erfassen konnte, was er soeben gehört hatte.

Dann lief er eilig zur KT hinunter. Als er dort ankam, war jedoch, wie er schon befürchtet hatte, niemand mehr dort. Ein kurzer Anruf im LKA bestätigte ihm, dass auch dort die alten Beamtengrundsätze noch galten und um kurz vor sechs jeder Anrufversuch zwecklos war.

Scheiße, dachte Torben und warf den Gefrierbeutel auf seinen Schreibtisch, jetzt verliere ich noch eine Nacht!

Isabelles Worte gingen ihm durch den Kopf. Sie hatte recht, Tom war sein Problem. Wenn er der Killer war und es wirklich auf zehn Morde hinauslief, war er noch nicht fertig. Wie viel Zeit blieb also bis zum nächsten Mord?

Torben wurde ruhelos. Er war hin- und hergerissen zwischen seiner Professionalität als Ermittler, die ihm riet, abzuwarten, bis die Beweislage klar war, und der leider ebenfalls ganz und gar berufsbedingten Sorge davor, was passieren könnte, wenn er zu lange wartete.

Sollte er Tom aufsuchen, heute noch? Ihn mit seinem Verdacht konfrontieren? Aber was hätte er in der Hand, wenn er es täte? Einen Verdacht. Hinweise. Gedankengänge. Nichts, womit man einen Tom von Haehling aus der Reserve hätte locken können. Aber er wäre dann gewarnt, und Torben würde mit einer vorschnellen Konfrontation alle Trümpfe aus der Hand geben.

Nein, dachte Torben, ich werde den Teufel tun und meiner Angst nachgeben. Solange ich allein das in der Hand habe, werde ich erst zuschlagen, wenn ich die nötigen Beweise habe.

Seine Entscheidung stand fest. Er würde warten bis zum nächsten Morgen, sich ab Schlag 6 Uhr an der KT positionieren und die erste verfügbare Kraft schnappen, die für ihn eine DNA-Analyse vornehmen könnte. Was er danach täte, würde er sehen, wenn das Ergebnis vorlag. Bis dahin konnte er heute nichts mehr tun.

Er fuhr also nach Hause, in dem Wissen, ihn würde eine weitere schlaflose Nacht erwarten.

*

Der Laden in der Nähe des Düsseldorfer Bahnhofs hieß »Gran Canaria«, schimpfte sich Diskothek und hatte seine besten Tage seit Jahrzehnten hinter sich. Seltsamerweise hielt Didi Peters dem Schuppen schon fast ebenso lang die Treue, was vielleicht daran lag, dass man im »Gran Canaria« noch Asbach-Cola bestellen konnte, ohne verständnislos angestarrt oder sogar ausgelacht zu werden. Vielleicht war es auch einfach nur Nostalgie, weil Peters, der gealterte Zuhälter, hier in seiner Jugend so viele erfolgreiche Gespräche mit jungen Frauen geführt hatte, die sich wenig später bereit erklärt hatten, für ihn zu arbeiten.

Jedenfalls fand Niessen den breitschultrigen, letzten auf rechten Vokuhila-Träger Deutschlands an der Theke. Er setzte sich auf den Stuhl neben ihm, bestellte mit einem Kopfnicken ein Bier und wandte sich Peters zu. »Didi«, sagte er, »ich mach es kurz, bin in Eile. Ich brauche eine Knarre. Und zwar heute noch.«

Peters schaute geradeaus, keine Regung im Gesicht. Dann knurrte er langsam, leicht drohend: »Rollo, Rollo, das wird sehr teuer. Das ist dir klar, oder?«

Niessen nickte, nahm einen Schluck aus dem Bierglas, das die Bedienung ihm soeben lieblos hingestellt hatte, und fragte: »Wie viel willst du haben?«

»Du meinst, wie viel muss ich haben, Rollo; wie viel muss ich haben, um meine Unkosten zu decken. Die Antwort ist: 1.500«, sagte Peters.

»Okay«, antwortete Niessen. Er ahnte, dass es hier nichts zu verhandeln gab, aber er wollte sich wenigstens erklären. So kurz angebunden zu sein behagte ihm nicht. Er kam sich unfreundlich vor, und Peters würde ihm ja schließlich helfen. »Weißt du, Didi, ich muss morgen Abend zu einem Treffen, das gefährlich …« Weiter kam er nicht.

Peters drehte sich ruckartig zu Niessen um. »Halt die Klappe, Rolf!«, zischte er und ließ ihm seinen Zeigefinger vor die Nase schnellen. »Ich will das nicht wissen. Und du willst auch nicht, dass ich es weiß. Bring mir das Geld hierher, in zwei Stunden, dann habe ich, was du brauchst. Und jetzt zieh ab!«

Zwei Stunden und zehn Minuten später verließ Rolf Günther Niessen das »Gran Canaria« zum zweiten Mal an diesem Abend. In der rechten Tasche seines alten Bundeswehrparkas spürte er das Gewicht der Pistole – einer Tokarew, wie Peters ihm gesagt hatte –, und Niessen musste sich eingestehen, dass es sich nicht schlecht anfühlte, bewaffnet zu sein. So, als wäre er irgendwie größer, stärker und gefährlicher. Es verlieh ihm ein leises Empfinden von Unverwundbarkeit, obwohl statistisch gesehen wahrscheinlich das Gegenteil stimmte: Die Gefahr, selbst verletzt oder getötet zu werden, stieg vermutlich mit der Anzahl der Waffen, die man bei sich trug. Einfach weil man, derart ausgestattet, seine Angst verlor und sich viel eher in Situationen begab, die potenziell tödlich enden könnten.

Und genau das hatte Niessen vor.

Doch zunächst wollte er eine weitere Vorkehrung treffen. Claire. Sie sollte seine zweite Lebensversicherung werden oder besser: seine Nachlassverwalterin. Sie hatte ihm heute früh eine kurze Nachricht geschickt, die sein Herz hatte hüpfen lassen: »Rolf, die Story ist der Wahnsinn! Das muss gedruckt werden. Wann ist es so weit?« Niessen nahm nun sein Handy und antwortete ihr: »Claire, wenn ich mich bis morgen Abend 21 Uhr nicht bei dir gemeldet habe, musst du dafür sorgen, dass der Artikel in der Montagsausgabe erscheint. Koste es, was es wolle. DU MUSST! Denn dann ist von mir nur noch dieser Text übrig. Danke! Dein Rolf.« Er schickte die Nachricht ab und schaltete das Handy aus.

Danach zwängte er sich in seinen alten Golf, lenkte ihn aus der Straße und dachte darüber nach, was seine Nachricht in Claire wohl auslösen würde, als ihn plötzlich ein Gedanke wie ein Hammerschlag traf. Was, wenn von Haehling auch jetzt mit ihm spielte? Ihn manipulieren wollte? Und was, dachte er, wenn er mich nur hinhalten will? Es war Donnerstag, und von Haehling hatte ihn für den nächsten Abend um 19 Uhr zu dem Schrottplatz bestellt, den er offenbar als Lager und Versteck benutzte. Er konnte also halbwegs sicher sein, dass Niessen bis dahin nichts weiter machen würde als abzuwarten, bis das Treffen stattfand und all seine Fragen eine Antwort erhielten.

Und wenn es ihm genau darum geht, fragte er sich. Wenn er das, was immer er vorhat, schon morgen Nachmittag tun will? Oder morgen früh?

Niessen überfiel bei dieser Vorstellung ein dunkles Grauen. Es war ihm unmöglich, nach Hause zu fahren und an Schlaf auch nur zu denken. Nein, er musste zu von Haehling. Sofort.

Er wendete den Golf, fuhr nach Meerbusch und besorgte sich unterwegs zwei starke Kaffee, von denen er den ersten schneller hinunterschüttete als seinerzeit die Bierdosen, die sie als Schüler »geshootet« hatten. Am Ziel angekommen, postierte er sich so, dass er aus seinem Auto heraus die Zufahrt der von Haehlings im Blick hatte.

Dann wartete er.

Von Zeit zu Zeit glitt seine Hand dabei in die rechte Jackentasche und fand dort den kalten und beruhigenden Stahl der Tokarew.

*

»Hier, das sollte alles sein, was du gewollt hast, Tom«, näselte Gregor devot vor sich hin. »War gar nicht so einfach, aber ich habs hinbekommen. Solltest nur mächtig vorsichtig sein, was immer du damit vorhast.«

Tom betrachtete die Schätze, die Gregor auf dem Wohnzimmertisch seiner Muffbude vor ihm ausgebreitet hatte. Das bestellte TATP befand sich in einem Einmachglas und sah – seiner zugegeben nicht wirklich fachmännischen Meinung nach – wirklich gut aus. Der Behälter für die Säure war eine reine Pracht. Gregor hatte es tatsächlich geschafft, dass sich der zweifache Boden auf Knopfdruck fernbedienbar um wenige Millimeter gegeneinander verdrehte und damit die Löcher öffnete, die für eine kontrollierte Freigabe der Säure in kleinen Dosen sorgen würden. Die Säure an sich befand sich in einer handelsüblichen Ein-Liter-Glas-Wasserflasche. Tom überzeugte sich mehrfach davon, dass die Fernsteuerung für den Säurebehälter einwandfrei funktionierte. Sie war so klein, dass er sie leicht in seine Hemdtasche stecken konnte. Gregor schwor dennoch, dass der Sender stark genug war, um auf mehr als 100 Meter Reichweite hin den Behälter zu öffnen. Tom würde das später noch testen.

Das eigentliche Highlight war jedoch der Zünder für das TATP. Gregor erklärte ihm genau, was er zu tun hatte, damit das TATP auch ganz sicher in die Luft ging. Auch wenn Tom davon ausging, dass spätestens ein unsanfter Absturz der Drohne den empfindlichen Sprengstoff ohnehin zünden würde, hörte er aufmerksam zu und ließ sich alles noch ein zweites Mal schildern.

Schließlich war Tom vollständig und endgültig zufrieden. Er hatte das bekommen, was er gewollt hatte, er hatte verstanden, was er verstehen musste, und war sicher, dass alles, was er einsetzen wollte, seinen Zweck erfüllen würde. Mehr konnte er nicht erwarten. Er strahlte Gregor an.

»Das hast du wirklich gut gemacht, mein Junge«, sagte er.

Gregor lächelte so dümmlich, dass Tom ihm am liebsten mit der Faust ins Gesicht geschlagen hätte. Stattdessen griff er in seinen Mantel, nahm Handschellen heraus und hatte diese bereits um eines von Gregors Handgelenken gelegt, bevor der auch nur merkte, wie ihm geschah. Tom zerrte den Jungen unsanft in Richtung des Heizkörpers, schlang die Kette darum und befestigte die zweite Schließe an Gregors anderem Arm. Er versicherte sich, dass es Gregor weder möglich sein würde, sich selbstständig zu befreien, noch irgendwelchen anderen Unfug zu unternehmen, der ihm gefährlich werden konnte. Dann drückte er ihn zu Boden, stopfte ihm den mitgebrachten Knebel in den Mund und sagte: »Es hilft leider nichts. Du musst jetzt eine ganze Weile den Mund halten, Gregor. Wie ich dich und deinen gewaltigen Freundeskreis kenne, wird es mindestens bis morgen dauern, bis jemand nach dir sieht. Aber selbst wenn ein Wunder geschieht und jemand dich vorher findet: Ich schwöre dir, Gregor, fällt auch nur ein einziges Wort von dir in Bezug auf mich, finde ich es heraus, komme wieder und reiße dir den Dickdarm aus dem Leib, damit du ihn anschließend fressen kannst. Hast du mich verstanden?«

In Gregors Augen loderte die nackte Panik.

Tom drehte sich um, packte die Sachen zusammen und verließ die verhasste Wohnung zum letzten Mal.

TEIL 5

KAPITEL 1

Freitag, 19. August 2016 – Vormittag

»Von Haehling hier, guten Morgen, Frau Koller.«

»Guten Morgen«, antwortete die Vorzimmerdame mit ihrer dunklen, angenehmen Stimme. »Sie hören sich aber nicht gut an.«

»Ja, mich hat's erwischt, sicher irgendein Infekt, der gerade durch die Luft schwirrt. Ich möchte mich für heute krankmelden.«

»Alles klar, ist notiert. Gute Besserung«, flötete Frau Koller.

Tom verabschiedete sich und legte auf.

Das Wichtigste war jetzt, sich in eine euphorische Stimmung zu versetzen. Und dazu gab es nur eins: Tom zog seine Trainingskleidung an, ging in den Fitnessraum und stellte sich auf sein Laufband. Dann schaltete er den Fernseher ein, öffnete YouTube und startete das einzige Video, das er sich noch öfter angesehen hatte als seinen Lieblingsporno: »Die Katastrophe von Sheffield«.

96 Tote und 766 Verletzte auf einen Schlag, das musste man sich mal vorstellen. Der Grund für die Tragödie war damals eine Mischung aus menschlicher Ungeduld, mieser Konstruktion und völliger Unfähigkeit gewesen. Und, das durfte man nicht vergessen, es hatten sich lediglich Menschen auf den Rängen des Stadions befunden. Der Platz war, mit Ausnahme der Spieler und Offiziellen, leer gewesen.

Toms Anspruch war das nicht. Was er vorhatte, würde so viel perfekter sein, so perfide und tödlich, dass hunderte Menschen sterben müssten. Tausende würden verletzt sein, und sein Werk würde damit in die Geschichte eingehen als das größte Verbrechen seit 9/11. Kunststück, mit einem Flugzeug als Waffe könnte er das auch, aber er war ja kein Selbstmörder. Er war die personifizierte Mischung aus … Ein lautes Hupen riss ihn aus seinen Gedanken. Er konnte es durch das geöffnete Fenster hören, das zur Straßenseite rausging. Galt das ihm?

Nachdem er kein weiteres Hupsignal hörte, tauchte er wieder in die Welt seiner Gedanken ein, die sich um nichts anderes drehten als den heutigen Abend und das, was geschehen würde.

*

Hinterher wusste Niessen nicht, was ihn geweckt hatte. Der Schmerz, als er mit dem Kopf auf das Lenkrad geschlagen war, oder das Tröten der Hupe, das er damit ausgelöst hatte. Jedenfalls war er in seinem Leben schon deutlich angenehmer aufgewacht als an diesem Freitagmorgen, in seinem ranzigen Golf, vor dem Haus eines Serienmörders. Niessen brannte der Rücken, er wischte sich Sabber vom Mund, fuhr sich mit der Hand durch das zerzauste Haar und tastete nach der Tokarew in seiner rechten Parkatasche. Dann schaute Niessen hinüber auf das prächtige Anwesen und registrierte erleichtert, dass von Haehlings schwarzer Jaguar noch immer vor der Doppelgarage stand. Immerhin hatte er nicht verpennt, wie der Killer ausgeflogen war. Hoffte er jedenfalls.

Niessen war sich sicher, dass an diesem Tag etwas ganz Entscheidendes passieren würde, etwas Monströses, etwas,

was von Haehlings Pläne zum Abschluss bringen würde. Die Frage war nur: was? Und wann? Jedenfalls hatte er vor, von Haehling nicht aus den Augen zu lassen, bis sie sich am Abend auf dem Schrottplatz in Grevenbroich treffen würden. Allerdings merkte er schon jetzt, wie viel Kraft ihn die beinahe schlaflose Nacht im Auto gekostet hatte. Und an Frühstück und Kaffee war leider nicht zu denken.

*

»Kanther«, blaffte Torben in sein Telefon.

»Schmickler hier«, antwortete der Kriminaltechniker ruhig, »ich habe deine Proben abgeglichen. Volltreffer! Soll ich das Ganze mit 'ner Laufmappe rüberschicken, oder kommt es jemand abholen?«

»Danke«, brachte Torben heraus, um Fassung bemüht, so gut es ging, »ich schicke jemanden.«

Dreh jetzt nicht durch, Torben, dreh jetzt ja nicht durch, mahnte er sich, während er unruhig mit einem Kugelschreiber auf sein Stehpult trommelte.

»Volltreffer«, hatte Schmickler gesagt. Es waren also keine Zweifel möglich. Die Haarproben, die Torben zum Abgleich übergeben hatte, hatten eine Übereinstimmung mit der DNA ergeben, die sie im Mordfall Bülent Bozkurt und Sebastian Kraft gefunden hatten.

Im Ergebnis hatten sich also Fetzen von Tom von Haehlings Haut unter den Fingernägeln des vor neun Jahren getöteten Kleinkriminellen befunden, und, was noch offensichtlicher war, seine Haare hatten in einem 130 Kilometer entfernten Keller gelegen, in dem ein Mann bestialisch geschlachtet worden war. Und wo der Mörder, nicht zu vergessen, eine »Visitenkarte« sowie Hinweise darauf hinterlassen hatte, dass das nicht der einzige Mord war, der auf sein Konto ging.

Torben konnte der Wahrheit nur noch direkt ins Auge blicken: Sein alter Freund Tom, einer der besten Polizisten dieses Landes, der ihm näher stand als jeder andere Mensch außerhalb seiner Familie, war ein brutaler Serienkiller.

Ihm wurde schwindlig. Er versuchte, sich zu setzen, schaffte es aber nicht und landete unsanft auf dem Boden. Als der schwarze Schleier vor seinen Augen sich etwas gelichtet hatte, versuchte er sich aufzurichten. Mit dem Ergebnis, dass er sich auf den Fußboden erbrach.

Danach blieb er sitzen, wo er war, und versuchte, ruhig zu atmen.

Als er sich wieder kräftig genug fühlte, sah er auf die Uhr. Es war halb zwei. Tom müsste bei der Arbeit sein. Wenn Torben ihn anrief und fragte, ob er vorbeikommen könnte, um ihm bei einem schwierigen Fall zu helfen, würde Tom vermutlich nicht zögern. Auf seine Hilfe hatte er sich immer verlassen können. Wenn Tom erst einmal hier wäre, wäre es leicht, ihn mit den Beweisen zu konfrontieren und festzunehmen. Es war Torben wichtig, dass er selbst die Festnahme durchführte. Nicht nur wegen ihrer Freundschaft. Sondern weil er, jetzt, wo er wusste, was Tom getan hatte, *alles* wissen wollte. Das ging nur, wenn er ihn sprechen konnte, bevor das auf den Plan trat, was unvermeidlich wäre: Anwälte. Und Schweigen! Das hatte Torben nicht verdient, Torben wollte die Wahrheit, er wollte das »Warum«, und er wollte, dass sein Freund ihm ins Gesicht sah, während er seine Taten gestand.

Torben wischte die Sauerei vom Fußboden auf und griff zum Telefonhörer. Am anderen Ende der Leitung nahm jedoch niemand ab. Torben rief das Vorzimmer des Dezernats an, in dem Tom arbeitete, und erfuhr, dass er sich krank gemeldet hatte. Also wäre er vermutlich zu Hause – wenn er wirklich krank war. Was hatte Isabelle noch gesagt? »Ich hoffe, dass du ihn aufhalten kannst, was immer er getan oder noch vorhat.« Etwas hatte er noch vor, das wusste Torben. Nur: Wie bald? Und wie schlimm?

Torben wurde hektisch. Er griff erneut zum Hörer und rief Isabelle an.

»Weißt du, ob Tom zu Hause ist?«, fragte er sie ohne weitere Umschweife.

»Nein, ich bin bei meinen Eltern«, antwortete Isabelle. »Wieso, was ist los?«

»Das kann ich dir nicht sagen. Falls er sich bei dir meldet, gib mir bitte sofort Bescheid, ja?«

Torben stürmte aus seinem Büro. Er hatte keine Zeit für lange Erklärungen, also musste die Kurzversion reichen.

»Wir haben einen Verdächtigen«, rief er so laut, dass alle ihn hören konnten. »Ich brauche jemanden, der mit mir kommt.«

Paulus meldete sich als Erster. Torben nickte und rannte los in Richtung seines Dienstwagens.

KAPITEL 2

Freitag, 19. August 2016 – Nachmittag

Plötzlich sah Niessen eine Bewegung. Von Haehling, in Jeans, Turnschuhen und T-Shirt, trat aus der Tür, in den Händen hielt er einen dunkelbraunen Kasten, ähnlich groß wie eine Getränkekiste, aber offenbar nicht ganz so schwer. Von Haehling trug den Kasten mit ausgestreckten Armen vor sich her und bewegte sich dabei sehr vorsichtig, als enthielte das Ding hunderte rohe Eier.

Der Reporter sah, wie von Haehling den Kofferraum seines Jaguar öffnete, die Kiste hineinhob und die Klappe wieder schloss. Dann schloss er auch die Haustür, setzte sich in die Limousine und glitt langsam aus der Einfahrt. Für einen kurzen Moment schien es Niessen, als habe von Haehling zu ihm hinübergesehen. Er hockte etwa 100 Meter entfernt auf der anderen Straßenseite in seinem Golf. Aber vielleicht hatte sich Niessen das nur eingebildet – müde, wie er war. Auch er startete jetzt den Motor, immer hinterher.

Von Haehling fuhr langsam, viel langsamer als sonst, wie Niessen bemerkte, als sie in Meerbusch-Büderich die Autobahn 52 erreichten. Mit kaum 100 Stundenkilometern glitt sein schwerer Wagen dahin, Niessen folgte in einigem Abstand. Als sie am Autobahnkreuz Kaarst auf die A 57 in Richtung Köln abbogen, wusste Niessen ziemlich sicher, wohin die Reise gehen würde. Von Haehling steuerte wieder einmal den Schrottplatz in Grevenbroich an, sein Versteck.

*

Bis hierher hatte er es geschafft. Der Transport des Sprengstoffs war ein großes Risiko, weshalb Tom den Jaguar, ganz entgegen seiner Gewohnheit, so langsam nach Grevenbroich bewegte, dass er genauso gut zu Fuß hätte gehen können. Was es Niessen, der ihm selbstverständlich folgte, sehr leichtmachte, hinterherzukommen. Denn Tom ging davon aus, dass der alte Sack nicht ansatzweise so gut geschlafen hatte wie er selbst.

Er erreichte den Schrottplatz gegen 15 Uhr. Damit lag er sehr gut in der Zeit. Niessen hatte er für 19 Uhr hierher bestellt, bis dahin würde der sich im Hintergrund halten. Und für das, was Tom jetzt zu tun hatte, würden zwei Stunden hoffentlich ausreichen, danach bliebe immer noch genug Zeit für etwas Entspannung, bis Niessen sich schließlich seinem Schicksal stellen würde.

Er öffnete den Kofferraum und trug alles, was sich darin befand, vorsichtig in die Garage. Toni, der Besitzer, grüßte ihn kurz und abwesend, war aber wie üblich nicht allzu neugierig und ließ ihn in Ruhe. Tom reihte erst einmal alles, was er heute Abend benötigen würde, ordentlich auf. Dann dachte er nach. Die Drohne konnte, das hatte er mehrfach getestet, gut ein Kilogramm zuladen, danach wurde es eng. Tom füllte also den Behälter, den Gregor konstruiert hatte, zur Hälfte mit der hoch konzentrierten Schwefelsäure. Anschließend brachte er den Zwischenboden an und begann, so vorsichtig er nur konnte, das TATP einzufüllen. Zwischendurch klingelte dreimal sein Handy. Zweimal war es Torben, einmal Isabelle. Er konnte keine Ablenkung gebrauchen, daher entschied er sich nach Torbens zweitem Versuch, ihn zu erreichen, dafür, das Handy in den Flugmodus zu versetzen.

Als er mit dem Umfüllen des TATP fertig war, war sein ganzer Körper schweißnass. Er hasste Sprengstoff. Leider hatte er absolut keine Wahl. So simpel eine Kalaschnikow oder ein geleaster 7,5-Tonner auch waren, sie blieben doch Tatmittel für Idioten, die keine Chance hatten, mit ihren Anschlägen davonzukommen. Toms Vorgehen war um einiges effektiver und bot gleichzeitig die Möglichkeit, alles aus sicherer Entfernung zu erledigen. Da er die maximale Wirkung erzielen wollte, reichte der Effekt der Säure jedoch nicht aus. Erst die Explosion würde am Ende die Panik verursachen, die er brauchte.

Schließlich war es so weit, und er konnte den Zünder installieren. Auch dabei ging er mit so übertriebener Vorsicht zu Werke, dass es sich wie Stunden anfühlte, bis er endlich Behälter und Drohne miteinander verbinden konnte.

Am Ende hatte es ein wenig länger als zwei Stunden gedauert, bis er alles zusammengebaut hatte. Damit er die Drohne transportieren konnte, ohne dass sie ihm um die Ohren flog, hatte er sich schon vor Längerem einen großen, mit reichlich Schaumstoff und Watte ausgekleideten Transportkoffer besorgt. Als seine Hände wieder trocken waren und er wieder voll konzentriert, verstaute er sein Konstrukt so, dass es fest umhüllt, dabei aber auch ausreichend weich und abgefedert verpackt war, und trug den Koffer zu dem Auto, das für den heutigen Abend bestimmt war. Er wusste, dass der Jaguar bereits durch sein Aussehen eine Einladung an jede übereifrige Streife war, ihn zu kontrollieren, also wäre es selten dumm gewesen, eine mit einer

Sprengladung versehene Drohne damit durch die Gegend zu kutschieren. Toni hatte ihm freundlicherweise eines der alten Autos geliehen, die er immer kurzfristig anmeldete, bis sie endgültig auseinanderfielen und dem Schrott zukamen, für den sie ohnehin vorgesehen waren. Ein 1999er Polo in Dunkelblau war für Toms Vorhaben exakt das richtige Fahrzeug. Ein CD-Radio hatte er auch, sodass Tom Bob Segers »Turn the page« in Endlosschleife laufen lassen konnte, wie er es sich für diese letzte, triumphale Fahrt vorgestellt hatte.

Als er alles ordentlich verstaut hatte, setzte er sich auf das Sofa, nahm ein Buch und begann zu lesen. Es war 20 Minuten nach fünf. Es blieb ihm also noch genug Zeit, um zu entspannen, bevor es losging.

*

»Stell die scheiß Kiste da weg!« Torben brüllte auf den Fahrer des auf der Straße vor ihm parkenden Autos ein, als würde sein Leben davon abhängen. Leider ließ dieser sich nicht davon beeindrucken, und es dauerte etwas, bis sie sich bei dem vielen entgegenkommenden Verkehr an ihm vorbeischlängeln konnten. Das hatte ihm gerade noch gefehlt. Seine Nerven lagen ohnehin längst blank, nie zuvor in seinem Leben hatte er so unter Strom gestanden. Und er hatte Angst. Auch wenn er es sich ungern eingestand, war es doch die Wahrheit.

Paulus hatte Torben eingeholt, kurz bevor dieser den Dienstwagen erreichte. Torben hatte überhaupt nicht registriert, dass sein Mitarbeiter Paulus ihn um die Schlüssel gebeten und ihm dann die Beifahrertür geöffnet hatte, damit er dort einstieg. Erst als sie bereits das Präsidium verließen, war er wieder ganz bei sich gewesen und hatte damit begonnen, zu telefonieren. Zuvor hatte er Paulus die Adresse gegeben, die sie so schnell wie möglich erreichen mussten.

Während der Junge fuhr – bemerkenswert entspannt für das Tempo, das sie draufhatten, Torben nahm sich vor, sich diesen Punkt zu merken –, telefonierte er selbst mit allen, die er erreichen konnte, um die Maschinerie in Gang zu setzen, die ihn immer wieder beeindruckte und stolz machte: der gewaltige Polizeiapparat. Es war überwältigend, wie schnell und unkompliziert sich hunderte von uniformierten Kräften auf die Suche begaben, Hubschrauber starteten, Fahndungen quer durch die Stadt, das Land oder den ganzen Staat aufbauten, wie nichts anderes mehr zählte, niemand auf die Uhr sah und die Welt, jedenfalls die Welt der Sicherheitsbehörden, für kurze Zeit den Atem anhielt. Torben liebte es.

Normalerweise.

Heute betete er einfach nur im Stillen, dass sie schnell genug waren.

Als sie in Meerbusch ankamen, hatte Torben alles erledigt. Nach Toms Fahrzeugen, jedenfalls den beiden, die er regelmäßig verwendete und von denen Torben die Kennzeichen auswendig kannte, und auch nach Tom selbst wurde gefahndet. Die Kollegen in der ganzen Stadt und, seinen guten Kontakten sei Dank, auch die der angrenzenden Präsidien waren alarmiert und würden bis auf weiteres besonders wachsam sein. Seine eigenen Leute arbeiteten fieberhaft daran, so schnell wie möglich alles zusammenzutragen, was sich finden ließ, damit Torben die Staatsanwaltschaft einbinden und einen Haftbefehl erwirken könnte. Denn, das war das Problem: die Haarprobe von Tom konnte er nicht ohne weiteres verwenden.

Er hatte sie unrechtmäßig erlangt, das wusste er, und ein cleverer Anwalt würde die DNA somit als Beweismittel in der Luft zerreißen. Wobei Torben das als erfahrener Ermittler entspannt sah. Der Richter müsste erst noch geboren werden, der ein solches Beweismittel komplett ignorierte, wenn er es erst einmal zur Kenntnis genommen hatte, Verwertungsverbot hin oder her. Dennoch, Torben war sich bewusst, dass er sich auf dünnem Eis bewegte.

Als sie Toms Haus erreichten, stellte er fest, dass nur eines der beiden Fahrzeuge in den Garagen stand. Tom musste mit dem Jaguar unterwegs sein. Sehr gut! Selbst in einer reichen Stadt wie Düsseldorf war ein Jaguar keine alltägliche Erscheinung, und das eigenwillige Carbon-Design, das Tom sich ausgesucht hatte, tat sein Übriges. Torben telefonierte erneut und gab die Information weiter, dass die Fahndungsmaßnahmen sich auf dieses Fahrzeug konzentrieren sollten. Es müsste mit dem Teufel zugehen, wenn sie ihn nicht finden würden.

Mittlerweile war es halb drei, und Torben wusste nicht, was er nun tun sollte. Das Haus zu durchsuchen kam zwar infrage, würde aber nichts bringen. Im Büro könnte er nichts ausrichten, was seine Leute nicht bereits taten. Tom zu suchen, war ebenso aussichtslos, zumal das bereits jede einzelne Streife der Stadt tat. Also entschied er sich schließlich für das Einzige, was ihm logisch erschien. Er nahm sein Handy in die Hand und wählte erneut Toms Nummer. Nach den ersten beiden Malen, bei denen es nur geklingelt hatte, meldete sich jetzt nur noch die Mailbox. Tom gehörte zu den Menschen, die Anrufe von Freunden immer annahmen, wenn es keinen verdammt guten Grund gab, es nicht zu tun. Torben wäre deutlich wohler gewesen, wenn er den Grund gekannt hätte.

Oder auch nicht. Je nachdem.

Torbens Angst steigerte sich langsam zu Panik. Niessen, Isabelle, all die Akten, die er gelesen hatte, sämtliche Puzzlestücke stürzten auf ihn ein und ließen ihn keuchend vor Anstrengung zurück. Paulus sah ihn nervös an und fragte, ob alles okay sei. Torben kannte die Antwort. Er kannte sie nur zu gut. Dennoch sagte er: »Ja, alles okay. Fahren wir. Das Haus bleibt erst mal gesichert.«

Innerlich kämpfte Torben gegen eine Verzweiflung an, wie er sie noch nie im Leben gespürt hatte. Sehr weit hinten in seinem Kopf hörte er die Stimme des Profis in ihm, die versuchte, ihm klarzumachen, dass immer noch andere Möglichkeiten in Betracht kamen, aber sie konnte nichts daran ändern, dass Torben Kanther in diesem Moment die Wahrheit kannte, die schmerzlicher nicht hätte sein können: Tom von Haehling war ein Mörder, und er würde wieder töten. Vielleicht noch heute.

»Wohin?«, fragte Paulus.

Torben starrte resigniert auf das Armaturenbrett und versuchte krampfhaft, seine Gedanken zu sortieren. »Ich habe keine Ahnung«, sagte er, und er wirkte um 30 Jahre gealtert.

KAPITEL 3

Freitag, 19. August 2016 – Abend

Die Zeit konnte ein unerbittlicher Gegner sein, diese Erfahrung hatte Niessen schon vor vielen Jahren gemacht. Doch was sie in den beiden Stunden anrichtete, in denen er in seinem Wagen saß und darüber nachdachte, was an diesem Abend alles passieren könnte, war schlimmer als je zuvor.

Niessen liebte seinen Beruf, und er hatte Opfer dafür gebracht. Auf einige war er stolz, für andere schämte er sich. Und er hing an seinem Leben. Es hatte eine Zeit gegeben, vor sehr vielen Jahren, da war es anders gewesen. Wie in jedem Jahr, wenn der Termin näher rückte, wuchs die Dunkelheit in ihm heran, so sehr er sich wünschte, dass es eines Tages anders wäre und er Frieden fände. Doch es hatte schon lange keine Momente mehr gegeben, in denen der Nebel sein Herz derart verdunkelt hatte, dass ihm selbst der Tod wie eine Erlösung erschienen war. So schwierig das Leben auch war, so hart, so unerbittlich, so grausam, so gemein und heimtückisch: Es blieb dennoch sein Leben, und er wollte verdammt sein, wenn er es nicht wenigstens im letzten Drittel voll auskosten würde. Das hatte er sich geschworen.

Doch er wusste, dass er heute sterben könnte. Das Versprechen, das Tom von Haehling ihm gegeben hatte, würde im Zweifel so wertlos sein wie die zerfressenen Leichentücher der Opfer, die er bereits ins Grab befördert hatte.

Auf der anderen Seite stand diese Story. Seine Story. Das, worauf jeder Reporter von dem Moment an wartete, in dem er sich entschieden hatte, sein Leben dem Schreiben zu widmen, der Suche nach Geschichten und deren Enthüllung. Was wäre sein Leben noch wert, wenn er diese einmalige Gelegenheit verstreichen ließ?

Es war bereits kurz nach halb sieben, als er inmitten seiner Grübelei an Kanther denken musste. Kanther, den grundehrlichen, gewissenhaften Bullen, den er so lange zu Unrecht verdächtigt hatte. Kanther, dessen Leben aus den Fugen geraten würde, sobald Niessen enthüllen würde, dass niemand anders als sein Freund Tom von Haehling die Morde begangen hatte. Kanther, der, so ungern Niessen sich das eingestand, am Ende doch mehr verdient hatte als genau das: aus der Zeitung zu erfahren, was passiert war.

Niessen wusste, was er zu tun hatte. Er wollte diese Story nicht mit der Polizei teilen, und er hatte über die Jahre den größten Teil an Vertrauen verloren, das er einmal in die Polizei gehabt hatte. Aber Kanther hatte eine Chance verdient. Selbst wenn er ihn jahrelang ignoriert hatte. Irgendwie war er ihm das schuldig. Also griff er zum Telefon und wählte Kanthers Nummer.

»Kanther«, bellte es ungeduldiger denn je.

»Niessen«, sagte er. »Kanther, hören Sie bitte zu. Ich werde Ihnen jetzt eine Adresse nennen. Dort finden Sie mich, aber was noch wichtiger ist: Dort finden Sie auch Ihren Killer. Sie würden mir ohnehin nie glauben, wer es ist, aber ich bitte Sie …«

»Ich weiß, dass es Tom ist, Niessen!«, blaffte Kanther ihn mit ehrlicher Verzweiflung in der Stimme an. »Sagen Sie mir einfach, wo Sie sind, verdammt, und wenn Tom dort ist, bewegen Sie sich keinen Zentimeter, haben Sie das verstanden? Machen! Sie! Keinen! Scheiß!«

Die letzten Worte hatte Kanther ausgerufen, als wäre jedes davon ein einzelner Satz. Dem Mann saß die nackte Angst im Nacken, und Niessen war sich nicht sicher, ob ihn das beruhigen oder noch mehr verängstigen sollte. Doch es änderte nichts. Sein Entschluss stand fest. »Ich weiß schon, was ich tue, Kanther. Hören Sie zu, hier ist die Adresse.« Niessen nannte die Anschrift des Schrottplatzes und legte auf. Dann legte er sein Handy ins Auto und ging los. Es war erst viertel vor sieben, er war zu früh dran. Es war ihm egal. Wenn es schon einen großen Showdown geben sollte, dann wenigstens ein bisschen nach seinen Regeln.

*

Jemand klopfte an das Tor der Garage.

Tom sah auf die Uhr. Es war viertel vor sieben. Wer war das? Er merkte sofort, dass er nervös wurde, und hasste sich dafür. So eine Reaktion war unprofessionell und seiner nicht würdig. Wenn das Niessen war, würde er sein blaues Wunder erleben. Das war genau die Art von Überraschung, die Tom überhaupt nicht leiden konnte.

Er fasste sich wieder, öffnete die Seitentür und rief nach vorn: »Wer ist da?«

Niessen spähte um die Ecke und sagte: »Ich bin es. Es tut mir leid, ich bin etwas zu früh dran, fürchte ich.«

Tom platzte fast vor Wut. Wenn er nicht sowieso vorgehabt hätte, dieses Arschloch zu rösten, hätte er ihn gleich hier auf der Stelle erwürgt. Aber so einfach wollte er es ihm nicht machen. Er setzte sein freundlichstes Lächeln auf und sagte: »Ach was, alles gut, komm rein!«

Niessen nickte, ging zur Tür und betrat das Refugium.

»Wow, das ist nett hier, das muss man Ihnen lassen«, sagte der Reporter, als er sich umgesehen hatte.

»Kommen wir zur Sache, Rolf.« Tom hielt sich nicht lange auf. Wozu auch? Niessen hatte ihm schließlich nicht mal die Höflichkeit erwiesen, pünktlich zu sein.

»Setz dich«, sagte er, sanft, aber befehlsgewohnt.

*

Niessen nahm auf dem Sofa Platz. Obwohl er sich der Gefährlichkeit seiner Lage deutlich bewusst war, traf ihn von Haelings Faust unvermittelt und hart.

Er schrie auf, Sterne tanzten gemeinsam mit zahllosen Schleiern vor seinen Augen, irgendetwas Rotes brannte sich in sein Hirn. Sein gesamter Körper schien immerzu »Alarm! Alarm! Alarm!« zu brüllen. Als er sich der Nebel langsam zu lichten begann, schlug erneut etwas Hartes in sein Gesicht, und er verlor das Bewusstsein.

Als Niessen zu sich kam, nahm er sofort vier Dinge wahr: Er hatte unfassbare Schmerzen. Er war nass. Er stank nach Urin. Und er zitterte. Es kostete ihn einige Zeit, bis er wusste, wo und wer er war. Geschweige denn, was passiert war. Während ihm alles langsam bewusst wurde, bemerkte er drei weitere Dinge. Zum ersten, dass er gefesselt worden war. Zum zweiten, dass seine Tokarew weg war. Und zum dritten, dass Tom von Haehling ihn von seinem Sofa aus anstarrte.

»Da bist du ja wieder, mein Lieber«, sagte er. »Sehr gut. Also können wir endlich anfangen. Ich hatte mir schon Sorgen gemacht. Aber du scheinst aus deutlich härterem Holz zu sein als du aussiehst. Gratuliere.«

Niessen versuchte, sich aufzurichten, und gewaltige Kopfschmerzen ergriffen von ihm Besitz. Stöhnend sank er in sich zusammen. Und gab auf.

Er war nie ein Kämpfer gewesen, mit Ausnahme seines starken Willens hatte er nur wenig Eigenschaften, die ihn dafür prädestiniert hätten. Und selbst wenn: hier zu liegen, verprügelt, gefesselt, offensichtlich vollgepisst, ein wimmernder Sack voll Schmerz; auch größere Kämpfer hätten wohl eingesehen, dass es keinen Sinn hatte, sich zu wehren. Er hatte verloren. Von Haehling hatte ihn in eine Falle gelockt, und er war blöd genug gewesen, hineinzutappen. Und er hatte es gewusst, oder nicht? Alles in ihm hatte ihn gewarnt, doch seine unstillbare Gier nach der Story seines Lebens war größer als seine Angst gewesen. So würde es jetzt zu Ende gehen. Aber Niessen wäre nicht Niessen gewesen, wenn er nicht zumindest noch eine letzte Frage gestellt hätte. Die eine, die einzige Frage, alles, was er noch wissen musste, damit das Ganze hier wenigstens einen Sinn gehabt hätte. Also riss er sich zusammen, spuckte die Mischung aus Speichel, Blut und Rotz aus, die sich in seinem Mund gesammelt hatte, und fragte: »Warum, von Haehling?«

Ein paar Sekunden vergingen. Dann stand von Haehling auf, kam näher und sah mit mitleidigem Gesichtsausdruck auf ihn herab. »Ach, Rolf«, begann er. »Weißt du, was ich am Leben so mag? Dass es wunderbar weit weg ist von allem, was man in Filmen sieht und gern für die Realität hält. Wo alles durchschaubar ist, verständlich. Ich habe mir das angetan, Rolf. So oft. Ich hätte jedes Mal verzweifeln können! Hast du mal den ›Tatort‹ gesehen? Was für eine Folter. Man weiß nie, wer sich dümmer anstellt: der Mörder oder die Vollidioten, die ihn fassen sollen. Wo doch jeder mit klarem Verstand weiß: Sie kriegen ihn, weil die Schreiber es so hinbiegen müssen, völlig egal, wie abstrus die Story dabei wird. Es ist erbärmlich, Rolf, erbärmlich! Aber das Leben …«

Von Haehling machte eine Pause, und Niessen hätte schwören können, dass seine Augen jetzt leuchteten.

»Hach, das Leben«, fuhr er fort, »das ist interessant. Das Leben belohnt nämlich die, die wissen. Die, die können. Die, die wollen. Das Leben belohnt Menschen, die keine Marionetten sind, sondern Puppenspieler. Menschen, die nicht bewegt werden wollen, sondern die Dinge selbst ins Rollen bringen. Menschen wie mich, Rolf. Gestalter. Macher. Schöpfer! Menschen, die so gut sind, so weit weg von all den Versagern und Nichtsnutzen, die zu Milliarden herumlaufen und sich fragen, was das alles für einen Sinn hat, falls sie überhaupt schlau genug sind, sich diese Frage zu stellen. Menschen, die Spuren hinterlassen. Genau für diese Menschen ist das Leben gemacht. Du willst wissen, warum ich all das getan habe? Welchen Zweck das Ganze hatte? Was für eine ›böse Psychose‹ mich dazu trieb, diese ach so armen Menschen umzubringen? Ich sage es dir, Rolf. Und ich sage dir noch was, vorher schon, denn das ist wichtig!«

Wieder eine dieser Sprechpausen, von Haehling gestikulierte zudem mehr und mehr wie ein Theaterschauspieler. Niessen wurde langsam klar, dass das Leuchten in Toms Augen nichts anderes als ein Funkeln des Wahnsinns war. Nur ein Wahnsinniger würde so sprechen, und nur ein Wahnsinniger würde so handeln. Ein Wahnsinniger jedoch, dem er vollkommen ausgeliefert war.

Tom fuhr mit seinem Monolog fort: »Nämlich, dass ich dir all das sagen werde, Achtung …«, Kunstpause, »… in dem sicheren Wissen, dass du anschließend stirbst. Das hier ist kein Film, mein Lieber. Hier schießt keiner daneben, der schießen kann. Hier denkt niemand, du bist tot, obwohl du nur eine Faust ins Gesicht gekriegt hast. Das hier ist das Leben, und das sagt dir, dass du gleich sterben wirst. Und jetzt, wo dir das klar ist, Rolf, werde ich mein Geheimnis lüften. Ich werde deine Frage beantworten, deiner jahrelangen Suche nach Erkenntnis endlich ein Ende bereiten. Bist du bereit? Ich weiß, du bist es. Ich schätze, wir brauchen einen kleinen Trommelwirbel.« Er begann, wie wild auf dem Tisch herumzutrommeln. »Ich habe es getan, Rolf … weil ich es kann!«

Von Hachling schien Niessen Zeit geben zu wollen, seine Aussage zu verarbeiten. Dann sprach er weiter: »Es war unglaublich, Rolf. Und dabei war es beim ersten Mal eigentlich ein Unfall. Ein gottverdammter Unfall! Der Schneemann. Dieser Vollidiot kam mir einfach nur dumm, als ich zu voll war, um mich zu kontrollieren. Was hätte ich machen sollen, Rolf? Mich verprügeln lassen?«

Niessen lag da, regungslos, und sagte kein Wort. Er starrte von Haehling weiter an, gefangen zwischen Entsetzen, Faszination und Mitleid. Dieser setzte sich wieder auf das Sofa, grinste arrogant und fuhr fort: »Weißt du, Rolf … dass mir keiner auf die Spur kam, war nicht besonders verwunderlich. Kaum Spuren, keine Zeugen, kein Motiv, dazu noch ein blödes, kriminelles Arschloch als Opfer, für das eh niemand mehr als Dienst nach Vorschrift macht. Die Chancen standen eins zu hundert, dass jemand ernsthaft nach dem Mörder suchen würde.

Und in mir hat sich dadurch etwas verändert. Ich habe wie niemals zuvor gefühlt, dass ich am Leben bin. Was hatte ich nicht alles versucht? Es war immer so gewesen, als gäbe es diese dicke, hässliche graue Wand, die zwischen mir und der Welt stand. Dieser Wall aus Nebel, in den ich eintauchen musste, nur um kurz danach festzustellen, dass sich all meine Gedanken verlieren und ich hilflos, schwach und in dem Wissen zurückbleibe, dass das Leben mir nichts zu bieten hat. Ich habe ihn gehasst, diesen Nebel, Rolf. Ich habe ihn so sehr gehasst. Aber dann, nachdem ich diesen Kerl getötete hatte, fühlte ich mich … Wie soll ich dir das beschreiben? Erhaben! Ja, das ist das Wort. Es war, als schwebte ich auf einmal wirklich und wahrhaftig über den Dingen, denn ich gehörte zu den Menschen, die tatsächlich in der Lage waren, den Lauf des Lebens zu verändern. Die mehr tun konnten, als sich mit dem Verstand allein ausrichten lässt. Ich hatte etwas bewegt, gestaltet, geschaffen. Einzig und allein dadurch, dass ich etwas zerstört hatte. Mir war klar, dass nur das mein Weg sein konnte. Nach all den sinnlosen Jahren, in denen ich weiß Gott was getan hatte, um eine Möglichkeit zu finden, mein Leben für Großes zu nutzen, war es am Ende so leicht gewesen. Ich musste nur das tun, wozu ich ausgebildet worden war. Ich wollte etwas Einzigartiges, bei dem ich mich noch dazu von allen anderen unterscheiden würde, die es je getan hatten. Zugegeben, es ist destruktiv, aber wer sind wir, dass wir uns anmaßen, zu wissen, ob das Erschaffen oder das Zerstören einen höheren Sinn hat? An jenem Tag habe ich meine Bestimmung gefunden. Es ist das Töten, Rolf.«

Niessen atmete laut ein. Von Haehling schwebte ganz offensichtlich in anderen Sphären, wanderte inzwischen wieder hin und her, und Niessen fragte sich, wie man derart kranke Gedanken spinnen und sich dabei selbst für den Größten halten konnte.

Von Haehling fuhr fort: »Ich habe mich immer Ten genannt, schon kurz nachdem dieses unscheinbare Mäuschen ihr Date mit der U-Bahn hatte. Die Zahl stand klar vor mir. Es mussten zehn Taten sein. Zwei Tote hatte ich schon. Kein Mensch wäre mir auch nur ansatzweise auf die Spur gekommen, doch du musstest ja, aus welchem Grund auch immer, rumschnüffeln. Aber dann haben wir dich ja von der Bildfläche geschafft, und ich konnte in aller Ruhe überlegen, wie ich weitermache.«

Niessens überraschter Gesichtsausdruck blieb von Haehling offensichtlich nicht verborgen, denn er grinste fröhlich.

»Hast du bis heute nie daran gedacht, dass ich das gewesen sein könnte? Du enttäuschst mich, Rolf. Aber doch, die kurze und sehr erfolgreiche Observation damals mit deinem Liebchen – übrigens, heißes Gerät, das hätte ich dir niemals zugetraut! –, das waren mein Freund Torben und ich. Du hast so viel Staub aufgewirbelt, da musste ich einfach etwas tun, um dich zu bestrafen. Es brach mir fast das Herz, dass sie dich strafversetzt haben, Rolf. Ein paar Monate später habe ich dich kurz gesehen, vor deiner Lieblingskneipe. Mir kamen beinahe die Tränen. Nichts übrig von dir, nur ein sabbernder Lappen. Ich dachte, wir hätten dich vielleicht gebrochen und es wäre nichts von dir übrig, womit ich spielen könnte. Aber dann hast du dich ja wieder gefangen. Hat mich gefreut.«

Niessen brachte nur ein erschöpftes Röcheln hervor. Zu wissen, dass es von Haehling gewesen war, der ihn seinerzeit ans Messer geliefert hatte, war wie ein weiterer Schlag ins Gesicht, der ihn zermürbte. Ihm ging die Kraft aus, und er wusste, dass er verloren hatte. Dass er diesem Mann nichts entgegensetzen konnte. Es war vorbei. Er würde sterben. Nackte Panik stieg in ihm auf, und er merkte, wie es ihm den Hals zuschnürte, wie die Angst nach ihm griff, als wollte sie ihn verschlingen.

»Wie auch immer, Rolf. Jedenfalls konnte ich in aller Ruhe weitermachen. Der Taxifahrer, die beiden Nutten, Scholz – einer meiner Favoriten übrigens, ich werde nie wieder Baseball spielen, ohne an den guten Armin zu denken –, aber der wirkliche Leckerbissen, das war Kraft. Ich hätte am nächsten Morgen eigentlich hundemüde sein müssen, außerdem war ich mit einem Affenzahn unterwegs, um ein gutes Alibi zu haben, falls es der Teufel gewollt und jemand den Kollegen von der kleinen Keiferei auf unserem Abi-Nachtreffen erzählt hätte, die Kraft und ich hatten. Aber ich war nicht müde. Ich war berauscht, Rolf. So berauscht, davon kannst du dir keine Vorstellung machen. Das ist nicht, als würdest du stundenlang ficken, sondern stundenlang kommen, verstehst du? Alles in dir schreit: ›Oh Gott, oh Gott, ja, fuck, lass das nicht aufhören‹ – und es hört nicht auf. Es dauert an. Stundenlang! Während ich den Typen gequält habe. Während ich ihn zerlegt habe. Und noch den halben Tag danach. Ich habe so was nie wieder erlebt, Rolf. Nie wieder. Aber heute Abend hoffe ich das Beste.«

»Was passiert heute?«, krächzte Niessen.

»Das wüsstest du gern, oder? Aber ich bin noch nicht fertig, mein Lieber. Immer diese Neugierde. Ihr Reporter seid die Einzigen, die schlimmer sind als wir Bullen. Und ihr stellt euch viel dümmer dabei an.« Er machte wieder eine Pause, und seine Gesichtszüge veränderten sich. Er wirkte nicht mehr euphorisch, sondern gequält. »Franziska, Rolf. Ich wette, darüber hast du dir lange den Kopf zerbrochen, oder? Oh ja, ganz sicher hast du das.« Er atmete schwerer und fiel vor Niessens Augen förmlich in sich zusammen. Schmerz zeichnete sein Gesicht. »Ich habe sie wirklich geliebt, Rolf. Und da war sie ganz sicher die Einzige. Wenn man es mal genauer betrachtet, kennt vermutlich nicht eines von tausend Paaren auf der Welt die wahre Bedeutung des Begriffes ›Liebe‹. Ich kannte ihn, Rolf. Ich kenne ihn. Und doch musste ich sie töten.«

»Aber wieso …?«, setzte Niessen an, aber weiter kam er nicht.

»Halts Maul!«, fuhr Tom ihn an. »Franzi ist tot, und ich werde nicht mit dir über sie reden. Es war mir keine Freude, sie zu töten. Es war pures, unverfälschtes Leid. Mehr musst du dazu nicht wissen.« Er hatte sich gefangen und lächelte Niessen breit an.

Mein Gott, dachte Niessen, der Typ muss manisch-depressiv sein oder so was, bei den Stimmungswechseln in Sekundenschnelle.

»Ich war froh, dass ich Köppen hatte, Rolf. Das war wieder ein Mord nach meinem Geschmack, und sozusagen die Krönung meiner Taten, denn mal ehrlich, wer hat je einen Polizisten getötet und ist nicht nur damit durchgekommen, sondern hat auch noch alle Welt glauben lassen, dass es eigene Dummheit war? Herrlich!« Er lachte. »Ich schätze, der fette Sack hätte eh keine fünf Jahre mehr gehabt. Wer sich dieses Zeug spritzen muss und dabei wahllos Müll in sich hineinstopft wie Köppen, kostet uns am Ende alle nur viel Geld und Mühe. Das und die Tatsache, dass wir es auch hier mit einem veritablen Arschloch zu tun hatten, verleiht mir am Ende fast schon einen Heiligenschein, meinst du nicht?« Er sah Niessen an, seine Augen funkelten wie zuvor. »Jetzt kennst du all meine Morde, Niessen. Bist du zufrieden?«

»Das wären aber nur acht«, sagte Niessen. »Wie passt es dazu, dass Sie heute die zehnte Tat begehen wollen? Oder zählen Sie die beiden Nutten etwa doppelt? Wäre das nicht ein bisschen wie Etikettenschwindel?«

Tom lachte. »Ach, Rolf. Wie traurig ist das eigentlich? Du hast mich gejagt, so lange schon. Und nicht einmal gewusst, dass all deine Indizien, all die Recherche und das, was du vermeintlich gewusst hast, doch nur das war, was ich dich wissen ließ. Nicht mehr – und nicht weniger. Ich habe dich, streng genommen, am ausgestreckten Arm verhungern lassen. Und wenn ich noch jemanden umgebracht hätte, sei ehrlich: Du hättest absolut keine Ahnung, wo oder wen, stimmt's? Aber es ist richtig, was du sagst: Es mögen neun Tote sein, es bleiben jedoch nur acht Taten. Doch zum Glück gibt es noch jemanden, den ich umbringen kann, bevor ich zum Stadion aufbreche. War schön mit dir, Rolf. Grüß mir die anderen!«

Niessen sah die Faust beinahe in Zeitlupe auf sich zukommen, hörte sich noch denken, dass es zu schnell ging, dass es noch nicht vorbei sein durfte, dass er es verhindern musste; er fragte sich, wo Claire war und wieso er nicht …

Der Rest war Schwärze.

*

Martin Pütz und Volker Großmann waren schon so lange als Zivilstreife unterwegs, dass sie vergessen hatten, wo sich eigentlich ihre Uniformen befanden. Es machte einfach mehr Spaß, sich in zivil durch die Fußgängerzonen, öffentlichen Partys und Szenetreffs des Kreises zu bewegen und selbst zu entscheiden, wann man einschritt und wann nicht, als im Streifenwagen zu sitzen und von allen sofort als das wahrgenommen zu werden, was man nun mal war.

Auch heute genoss Großmann wieder in vollen Zügen, dass sie zivil unterwegs waren. Noch dazu waren sie bei Weitem die Ersten, die in die Nähe des Ortes kamen, zu dem alle verfügbaren Kräfte geschickt worden waren. Man nahm die Lage offensichtlich verdammt ernst. Die Leitstelle hatte das Wort »Eigensicherung« mindestens fünfmal wiederholt, was nun wirklich nicht täglich vorkam. Er hatte also nicht vor, sich unbedacht in irgendwelche Gefahren zu stürzen, aus denen er nicht wieder herauskäme.

Der Schrottplatz sah absolut unverdächtig aus. Das Tor war geschlossen, und nichts regte sich auf dem Gelände, was freitags um diese Zeit kein Wunder war. Die beiden stiegen aus. Wenn man so lange zusammen arbeitete wie Pütz und er, verstand man sich wortlos. Pütz hatte kurz in eine Richtung genickt, was Großmann klarmachte, dass sein Partner um den Schrottplatz herumgehen und dann entweder an einem anderen Eingang das Gelände betreten oder hierher zurückkommen und ihm folgen würde. Dass es riskant war, so vorzugehen, wussten beide. Aber sie gehörten nicht zu denen, die auf Verstärkung warteten, wenn es dicke Lorbeeren zu ernten gab. Und die gab es hier ganz sicher.

Großmann ging auf das Tor zu, vorsichtig und lauernd, die Hand an seiner Waffe, die noch im Holster steckte. Großmann war ein exzellenter Schütze, und zwar nicht nur, wenn er visiert schießen konnte, sondern auch im Deutschuss, also schnell und ohne zu zielen. Er verfehlte selten sein Ziel. Auch wenn er diese Fähigkeiten wohl nie außerhalb des Schießkellers benötigen würde, hatte ihn das immer beruhigt.

Die erste Überraschung wartete am Tor auf ihn. Es ließ sich öffnen. Entweder war also noch jemand hier, oder jemand hatte vergessen, das Tor zu schließen. Großmann entschied sich, von Ersterem auszugehen, und merkte, wie seine Anspannung stieg. Viel hatte man aus dem Funkspruch nicht heraushören können, aber was er wusste, hatte es in sich. Auf dem Gelände sollte sich ein gesuchter Mörder aufhalten, vermutlich mit einer Geisel. Der Typ schien bewaffnet und gefährlich zu sein. Die kurze Personenbeschreibung traf wie üblich auf Millionen von Menschen zu, das Gute war jedoch, dass kaum jemand hier draußen sein würde. Und wer die Geisel war, würde sich aller Erfahrung nach auch ohne Personenbeschreibung auf den ersten Blick ergeben.

Großmann bewegte sich weiter und war beinahe in Höhe einiger Garagen angelangt. Unmittelbar vor der ersten stand ein wunderschöner, brandneuer Jaguar, der sich auf malerische Art von all dem Schrott um ihn herum abhob. Hatten sie nicht heute früh eine Fahndung nach einem Jaguar rausgegeben? Großmann hätte schwören können, dass es so war.

In diesem Moment hörte er zwei Dinge. Eine Tür, die heftig zuschlug, verbunden mit Schritten, die sich entfernten. Und eine männliche Stimme, die erst zögerlich, dann immer lauter um Hilfe rief. Großmann fackelte nicht lange. Für einen echten Schutzmann stellte sich seiner Meinung nach nie die Frage, was wichtiger war, Strafverfolgung oder Gefahrenabwehr. Er würde immer zuerst Hilfe leisten und Gefahren beseitigen. Er ging also schnellen Schrittes auf die Garagen zu und griff sein Funkgerät. Über den 2-Meter-Kanal rief er Pütz und sagte ihm, er solle so schnell wie möglich zur Nordostseite des Schrottplatzes kommen, mindestens eine Person sei in Gefahr.

Er dachte darüber nach, was die zuknallende Tür und die Schritte bedeuteten, die er gehört hatte, musste sich jedoch schnell wieder darauf konzentrieren, was vor ihm lag. Die Stimme kam aus der letzten der vier Garagen, so viel war sicher. Und Großmann fiel noch etwas ganz anderes auf.

Es qualmte aus ihr heraus.

»Verflucht!«, rief er und rannte los. Vorsicht war jetzt nachrangig für ihn. Am Rande nahm er wahr, dass ein Auto angelassen wurde und anfuhr, aber darum konnte er sich nicht kümmern. Er versuchte das Tor zu öffnen, doch es war verschlossen. Also rannte er um die Garage herum und fand die Tür, die er vorhin gehört hatte. Er öffnete sie, und sofort schlugen ihm Flammen entgegen. Zu seiner Linken sah er ein altes Auto an sich vorbeifahren, einen Polo, wenn er wetten müsste. Ein Mann saß darin, mehr erkannte er in diesem Moment nicht. Noch immer hörte er Schreie, lauter jetzt, aber seltener, rauer und hustend.

Er rief laut: »Polizei«, und tat das Schlaueste, was ihm in dieser Situation einfiel. Er schlang sich seine leichte Jacke um Kopf und Gesicht und schritt blindlings in den Raum.

Der schreiende Mann musste links von ihm sein, das war ihm zwischenzeitlich klar. Er gab sich Mühe, nicht zu atmen, ignorierte die beißende Hitze der bereits sehr heftigen Flammen und bewegte sich so schnell, wie er konnte, in Richtung der Rufe. Durch den Rauch sah er eine Gestalt auf dem Boden kauern. Also stürzte er sich nach vorn, packte sie an den Armen und zerrte sie ins Freie. Er spürte, dass die Hitze auch ihm an der einen oder anderen Stelle zusetzte, aber er hielt es aus. Das Adrenalin sorgte dafür, dass er keine Schmerzen spürte. Zumindest für den Moment.

Als er den Mann weit genug weggezerrt hatte, sank er selbst zu Boden, schnappte nach Luft und spürte den plötzlich einsetzenden Schmerz, überall an seinem Körper. Verdammt, das tat weh. Er betrachtete den armen Teufel, den er gerettet hatte, und hoffte, dass es nicht so schlimm um ihn stand, wie es aussah. Wenigstens lebte er, so viel stand fest. Doch die Flammen hatten ihren Tribut gefordert. Der Mann atmete rasselnd und wimmerte vor sich hin, und die Tatsache, dass er es leise tat, unterstrich nur, wie sehr er leiden musste.

Dann vernahm Großmann, dass jemand in ihre Richtung rannte. Pütz. Gott sei Dank. Wenigstens einer, der noch in der Lage war, etwas Konstruktives zu tun.

Als sein Partner sie erreicht hatte und anfing, Großmann mit Fragen zu bombardieren, öffnete der Verbrannte die Augen, starrte in ihre Richtung und schrie sie förmlich an: »Stadion! Sofort!« Danach wurde er ohnmächtig.

*

»Scheiße! Scheiße! Scheiße!«

Tom fluchte lautstark vor sich hin, während er den alten Polo unbeirrt in Richtung Köln lenkte. Was er auf dem Schrottplatz gesehen hatte, ging ihm nicht aus dem Kopf. Natürlich könnte es sich um einen Passanten gehandelt haben, der durch Niessens Schreie angelockt worden war. Aber Tom war lange genug im Geschäft, um einen Polizisten zu erkennen, wenn er ihn sah, und der Typ hatte verdammt nach Bulle ausgesehen.

Ein Zufall? Tom glaubte nicht an Zufälle, und es wäre in seiner Situation auch extrem gefährlich gewesen. Also musste er annehmen, dass seine Kollegen ihm auf der Spur waren. Was ihn gleich vor zwei Probleme stellte: Erstens hatte er weniger Zeit, um seinen Plan umzusetzen. Und zweitens war absolut klar, dass er, wenn alles vorbei war, nicht wie erhofft entspannt mit einem Glas Weißwein auf der Terrasse sitzen könnte. Tom zwang sich, Ruhe zu bewahren. Es gab nichts, was er nicht vorhergesehen und einkalkuliert hätte. Es musste nun einfach nur etwas schneller gehen, und er müsste wachsamer sein. Klarheit, ob sie ihm wirklich auf den Fersen waren, würde er vermutlich erst am Stadion erlangen.

Als er in Köln ankam, war es nicht einmal 20 Uhr. Bis es dunkel genug war, würden noch gut zwei Stunden vergehen. Er parkte das Auto in Müngersdorf bei seinem Steuerberater. Von dort aus wollte er zu Fuß weitergehen, um erst einmal die Lage zu sondieren. Er setzte eine Sonnenbrille und eine FC-Fanmütze auf. So würde er in der Gegend nicht auffallen, und er wäre auch nicht allzu leicht zu erkennen.

Als er in der Nähe des Stadions angekommen war, wurde er positiv überrascht. Alles sah normal aus. Wenn man davon absah, dass die Terroranschläge und der Amoklauf in Bayern, die im Juli die Republik in Atem gehalten hatten, ihre Spuren hinterlassen hatten und selbst harmlose Popkonzerte wie dieses verhältnismäßig streng bewacht wurden. Tom wusste jedoch, worauf die Kräfte achten würden. Der Fokus lag bei solchen Veranstaltungen auf dem, was im Stadion passieren konnte. Also würden die Einlasskontrollen streng sein, jede verdächtige Bewegung im Stadion würde penibel kontrolliert. Bestimmt würden viele Beamte das Konzert genießen, statt besonders wachsam zu sein. Tom konnte das verstehen. Terror war das neue »normal«, und die notorisch unterbesetzte Bereitschaftspolizei wurde noch häufiger als bisher quer durchs Land verschoben, um auch kleinste Dorfschützenfeste zu sichern. Als wenn irgendwo auf der Welt schon mal ein Terrorist, der es ernst meinte, durch anwesende Polizei abgehalten worden wäre. Er schmunzelte. Ihn selbst eingeschlossen.

Tom vergewisserte sich, dass die Stimmung von den berittenen Kräften bis hin zu den im Bus wartenden, jungen Hundertschaftlern dem Anlass angemessen war und sich nicht etwa Nervosität oder Jagdtrieb auf den Gesichtern zeigte. Nein, alle schienen entspannt zu sein. Wenn hier nach ihm gefahndet würde, hätte er eine andere Situation vorgefunden. So aber hatte er freie Bahn. Glück gehabt, dachte er sich, vielleicht war es ja doch ein Zufall gewesen.

Er ging zügig zu dem Platz in der Nähe des »Astoria«, den er sich vor einiger Zeit ausgesucht hatte. Dort bot sich ihm die perfekte Mischung aus Schutz und Sichtfeld. Wobei er ohnehin nicht viel sehen musste, das erledigte nach dem Start die Drohne für ihn. Dennoch war es besser, seine Umgebung im Auge behalten zu können.

Erwartungsgemäß war er nicht allein auf weiter Flur, aber das würde sich legen. Derzeit waren noch Jogger unterwegs, Spaziergänger mit Hunden und Grüppchen junger Leute, die sich das Konzert von draußen anhören wollten. Doch spätestens mit Einbruch der Dunkelheit wäre er an dieser Stelle unbeobachtet. Und selbst wenn zufällig jemand vorbeikam, wäre er nur ein Typ, der gegen einen Baum pinkelt. Zumal er sich entschieden hatte, die Brille doch nicht zu verwenden und die Drohne lieber über den Bildschirm zu verfolgen. Ein Jammer zwar. Aber falls es die geringste Chance gab, dass er verfolgt wurde, wäre er mit der unhandlichen »Third-Person-View«-Brille auf der Nase geliefert. Und dieses Risiko war ihm, auch wenn es noch so gering war, zu hoch.

Er schlenderte gemächlich nach Müngersdorf zurück, setzte sich dort vor eine Kneipe, bestellte einen Cappuccino und wartete.

Als es langsam dunkel wurde, setzte er sich in Bewegung. Als er das Auto erreicht hatte, stieg er ein und fuhr mit leicht überhöhter Geschwindigkeit zum Astoria, wo er den Polo kurzerhand zwischen den Bäumen parkte. Er öffnete den Kofferraum, griff vorsichtig nach dessen Inhalt und entfernte sich damit vorsichtig in Richtung Junkersdorfer Straße. Als er sein Ziel erreicht hatte, setzte er den Koffer ab und machte sich an die Arbeit. Es dauerte in der Dämmerung ein wenig länger, aber auch das hatte er in dieser Woche geübt, sodass die entscheidenden Handgriffe saßen.

Als er fertig war, schwitzte er, und er spürte, wie das Adrenalin durch seine Adern strömte. Vorfreude mischte sich mit Anspannung, Ekstase mit einem Rest verbleibender Furcht davor, dass doch etwas schiefgehen könnte.

Er wischte seine Bedenken beiseite. Er wusste, was zu tun war, und es war endlich Zeit. Er musste die Drohne nur noch starten. Sein Atem ging schwer, sein Puls raste, und er spürte Gänsehaut am ganzen Leib; noch nie hatte er es mehr genossen als in diesem Moment, dass er existierte. Es schien, als seien alle bisherigen Erfahrungen nur Trainingsstunden gewesen, um ihn auf diesen Moment und diese Gefühle vorzubereiten.

Er war bereit.

Alles war getan.

Und niemand konnte ihn aufhalten.

Er nahm die Fernbedienung und setzte die Drohne in Bewegung.

»Lass es sein, Tom!«, sagte eine leise, aber klare Stimme hinter ihm. Er kannte sie. Doch wie konnte das sein? Nein! Das durfte nicht wahr sein, er musste es sich einbilden. Konzentrier dich, Tom. Konzentrier dich!

»Tom? Lass es sein!«

Er drehte sich um, und es war, als saugte jemand in einem winzigen Augenblick alle Energie aus seinem Körper. Er hauchte mehr, als dass er sprach. »Isabelle?«

*

Torben wurde beinahe wahnsinnig. Ihm war heiß, unglaublich heiß. Er schwitzte nicht nur, sondern er schien förmlich zu zerfließen, und er hatte Mühe, sich auf den Beinen zu halten. Alles an seinem Körper fühlte sich falsch an, fremd, nicht zu ihm gehörend.

Sie hatten falsch gelegen.

Nachdem der Anruf aus Neuss gekommen war, hatten sich seine Gedanken wie in Lichtgeschwindigkeit bewegt. »Stadion. Sofort!«, das war anscheinend alles, was Niessen den Kollegen vor Ort noch hatte sagen können, bis ihn eine hoffentlich gnädige Ohnmacht umfangen hatte. Den Kollegen zufolge war die Frage, ob Niessen die Nacht überleben würde, nicht leicht zu beantworten. Aber Niessen, so leid er ihm auch tat, musste warten, Torben konnte ohnehin nichts für ihn tun.

Er schickte alle verfügbaren Kräfte zum Stadion und fuhr selbst wie der Teufel dorthin. Die Fortuna hatte erst am letzten Wochenende dort gespielt, aber Torben wusste natürlich nicht, ob heute irgendein anderes Event stattfand. Gütiger Gott, was hat Tom vor?, fragte er sich den gesamten Weg über.

Doch das Stadion war leer. Kein Sport, kein Event, nichts. Als er aus dem Wagen stieg und das verlassene Areal sah, schrie er, bis seine Stimme versagte.

Danach setzte er alles auf eine Karte. Wenn Tom etwas

plante, und ein Stadion damit zu tun hatte, müsste es, wenn nicht hier, dann in Köln passieren. Eine andere Möglichkeit gab es nicht. Durfte es nicht geben. Denn selbst dorthin würde er wohl zu spät kommen. Und wenn er damit wieder falsch lag, wäre ohnehin jede Chance, irgendetwas zu verhindern, vertan. Daran wollte Torben gar nicht denken. Also hatte er Paulus angewiesen, Vollgas zu geben, und saß nun, halb irre, auf dem Beifahrersitz und versuchte, sich unter Kontrolle zu bringen. Er war froh, dass der ebenso junge wie offensichtlich nervenstarke Paulus das Auto fuhr und nicht er selbst.

Bislang hatte er niemanden in Köln informiert. Welchen Sinn hätte das auch? Wenn Tom dort war und in der Nähe des Stadions jemanden umbringen wollte – oder Schlimmeres –, dann wären sicher genug Kräfte in der Nähe, die Torben unterstützten, wenn er sie bräuchte. Wenn er sich aber irrte, wollte er nicht zum zweiten Mal an diesem Tag ein Großaufgebot für die Katz an einen Ort geschickt haben, an dem keine Menschenseele war. Außerdem – dieser Gedanke ließ Torben nicht mehr los – hatte er, wenn er allein wäre, eine deutlich höhere Chance, Tom von seinem Vorhaben abzubringen. Wenn man jemanden wie ihn in die Enge drängte, wurde er nur gefährlicher, das wusste niemand besser als Torben. Er würde Paulus also bitten, im Wagen zu bleiben, und dann die Gegend rund um das Kölner Stadion absuchen. Wenn er daran dachte, wie gut seine Karten standen, Tom auf diese Weise zu finden, war ihm allerdings sofort wieder zum Heulen zumute.

Sie fuhren inzwischen auf dem Militärring. Die Sonne war bereits untergegangen. Parallel zum Himmel verdüsterte sich auch Torbens Stimmung. Die Aussicht, mit einer

Taschenlampe ein gewaltiges Areal nach einem Mörder abzusuchen, schien ihm geradezu aberwitzig. Als er darüber nachdachte, wie aussichtslos seine Lage war und ob er nicht doch die Leitstelle der Kölner Polizei informieren sollte, klingelte plötzlich sein Handy.

Es war Isabelle.

*

»Du hast dir ein gutes Versteck ausgesucht, Tom. Ich glaube nicht, dass dich hier jemand gefunden hätte. Aber dir nachzufahren war leichter, als ich dachte. Offensichtlich blendet dein ach so geschultes Bullenauge eine einzelne Frau, die dich beschattet, einfach aus.«

Tom hatte seine Überraschung noch immer nicht überwunden. Unruhig starrte er Isabelle an, die Fernbedienung in seiner Hand, während die Drohne in der Luft über ihm schwebte.

»Ich wusste es, Tom. Ich habe es immer gewusst. Na ja, zumindest habe ich es geahnt. Damals schon, als ich diesen Ordner gefunden hatte. Schau nicht so verwundert. Ich mag ja all die Jahre dumm genug gewesen sein, an deine Lügen glauben zu wollen, aber das heißt nicht, dass ich keine Augen im Kopf hatte. Was bist du nur für ein kranker Mensch? Mich packt das kalte Grauen, wenn ich daran denke, dass ich dich mal geliebt habe. Ein Lügner, ein Betrüger, ein Ehebrecher, das alles ist schlimm genug und macht dich zu einem Mann, den ich keiner Frau wünschen würde. Aber ein Mörder, Tom? Ein Mörder?«

Tom hatte sich weit genug im Griff, um ihr zu antworten. »Isabelle, was immer du denkst, hier tun zu können, lass es. Fahr nach Hause, vergiss, dass du mich gesehen hast, und vergiss auch den ganzen Blödsinn, den du da redest. Ich habe niemanden ermordet.«

»Oh ja, da bin ich sicher«, antwortete Isabelle halb spöttisch, halb traurig. »Genau das willst du mich gern glauben lassen. Und was treibst du hier? Warum parkst du hier draußen, am Astoria, und versteckst dich im Wald, mit einer Drohne? Was hast du vor, Nachtflugübungen? Oder bist du unter die Spanner gegangen? Falls ja, hast du dir die falsche Gegend ausgesucht. Das Pascha ist da hinten.« Sie zeigte in die Richtung, in der das bekannte Kölner Laufhaus lag.

Tom setzte weiter auf Attacke. »Isabelle, fahr nach Hause. Ich habe hier zu tun, und ich kann dich dabei nicht gebrauchen. Es ist doch aus, also warum läufst du mir nach und redest auf mich ein? Komm schon, hau ab!«

Isabelle lachte höhnisch auf. »Ja, so kennst du mich, nicht wahr? Du befiehlst, ich gehorche. Ich habe sehr viel darüber nachgedacht, warum das all die Jahre der Fall war. Die Antwort kenne ich nach wie vor nicht, aber ich weiß, dass ich nie wieder so sein werde. Ich gehe hier nicht weg, Tom. Erst, wenn du aufhörst, womit auch immer du gerade angefangen hast.«

In diesem Moment wurde Tom etwas klar: Sie spielte auf Zeit. Aber wieso? Er wurde nervös. Er wollte nicht noch länger abwarten, aber er konnte seinen Plan auch nicht ruhig ausführen, wenn Isabelle hier stand und ihm Gespräche aufzwang. Mit allem hatte er gerechnet, alles hatte er durchgeplant, nur sie hatte er nicht auf dem Zettel gehabt. Nun hatte er keine Wahl. Er musste dafür sorgen, dass sie verschwand. Also zog er seine Waffe. »Zwing mich nicht, dich zu erschießen, Isabelle. Ich schwöre dir, ich tue es, wenn du nicht augenblicklich abhaust.«

Isabelle zuckte zusammen. Sie sah ihn mit einem Blick an, in dem selbst in der inzwischen herrschenden Dunkelheit große Verletzung zu lesen war. Ihre Augen glänzten. Als sie wieder sprach, tat sie es mit brüchiger Stimme. »Du würdest mich töten, Tom? Deine eigene Frau?« Dann, in einem plötzlich ganz anderen Tonfall, der andeutete, dass ihr soeben eine überraschende Erkenntnis gekommen war, fragte sie: »Sag mir die Wahrheit, Tom. Hattest du etwas mit Franziskas Tod zu tun?«

Das hatte Tom noch gefehlt. Wieso wühlte sie jetzt in dieser Wunde herum? Er verlor die Kontrolle über die Situation. Und was viel schlimmer war, er verlor Zeit. Er tat also das Einzige, was ihm blieb, wenn er Isa nicht erschießen und damit unbequeme Aufmerksamkeit auf sich ziehen wollte. Er versuchte, sie zu ignorieren, steckte die Waffe ein und flog die Drohne in Richtung Stadion. Sie war schnell, und es würde nicht lange dauern, bis sie die kurze Distanz überbrückt hätte. Wenn das passiert war, gäbe es kein Zurück. Notfalls würde er sie einfach abstürzen lassen und sich absetzen.

Isabelle redete weiter auf ihn ein: »Was tust du da, Tom? Wohin soll das führen? Willst du das Ding etwa über dem Stadion abstürzen lassen? Du weißt, was dann passiert, Tom. Menschen könnten sterben, wenn dort eine Panik ausbricht. Unschuldige Menschen. Junge Menschen, Teenager, vielleicht sogar Kinder.«

»Halt die Klappe«, presste Tom hervor. Die Drohne schwebte nun über dem Stadion. Er hatte es geschafft. Auf dem Bildschirm sah er die ahnungslos jubelnde Menschenmenge. Jetzt musste er nur noch den Prozess starten. Er aktivierte die Live-Übertragung ins Internet. Den entsprechenden Link hatte er vor wenigen Minuten an so viele

Redaktionen versandt, dass vielleicht die ersten sofort ihr Programm für einen Sonderbericht unterbrechen würden. Der bloße Gedanke daran, dass Millionen von Fernsehzuschauern miterleben würden, was er vollbrachte, erregte ihn. Er schaffte es, Isabelle fast vollständig auszublenden, die jetzt wieder auf ihn einredete und dabei offenbar weinte. Sollte sie. Solange sie nicht näher kam, war sie keine Gefahr. Er ging den Ablauf noch einmal durch, drehte eine Runde über dem Stadion und freute sich darauf, die Klappe zu öffnen.

»Lass die Fernbedienung fallen, Tom!«

Diesmal gehörte die Stimme nicht Isabelle.

Es war die von Torben.

*

Isabelle von Haehling war vieles, wie Torben wusste. Eine wunderbare und warmherzige Frau, eine treue und liebevolle Partnerin, intelligent, witzig, wunderschön und einiges mehr. Doch vom heutigen Abend an war sie auch eine Heldin. Seine Heldin.

Die Idee, ihn anzurufen und dadurch ihr Gespräch mit Tom mithören zu lassen, war genial gewesen. Uralt – aber genial. Und sie hatte funktioniert. Dank Isabelles Worten hatte er eine klare Vorstellung davon erhalten, wo die beiden sich aufhielten. Der Rest war ein Kinderspiel gewesen. Sie fuhren die kurze Strecke bis zum Astoria und stiegen dort aus. Er schickte Paulus in südliche Richtung und ging selbst in Richtung Norden. Er hielt es für wahrscheinlich, dass Tom so nah wie möglich am Stadion war. Wenn er wirklich vorhatte, eine Drohne einzusetzen, um sie im Stadion abstürzen zu lassen, musste er ihre Reichweite berücksichtigen. Torben hatte mit seiner Anweisung also zwei Fliegen mit einer Klappe geschlagen. Er selbst befand sich auf der richtigen Spur, und Paulus wäre weit genug weg, wenn er Tom zum Aufgeben bewegen wollte.

Er hörte Isabelles Stimme bereits kurz, nachdem er losgelaufen war. Sie klang verzweifelt, und sie weinte. Er schritt schneller aus. Als er die beiden fast erreicht hatte, verschaffte er sich, so gut es ging, einen Überblick über die Lage.

Tom stand dort mit einer Fernbedienung in der Hand, Isabelle wenige Meter rechts von ihm, gestikulierend und ihn immer wieder auffordernd, die Fernbedienung fallen zu lassen. Es schien, als bemerkte Tom sie gar nicht. Torben wusste, dass er keine Sekunde verlieren durfte. Was immer Tom auch tat, es musste damit aufhören. Jetzt! Er zog die Waffe und richtete sie auf seinen Freund und ehemaligen Partner.

»Lass die Fernbedienung fallen, Tom!«, rief er, so deutlich und befehlend wie es ihm nur möglich war.

Und Tom reagierte.

Er sah sich um, fand Torben in der Dunkelheit und wirkte alles in allem seltsam gefasst. Als hätte er damit gerechnet, dass er ihm begegnen würde.

»Ich hatte also recht, es war ein Kollege heute auf dem Schrottplatz«, sagte er.

»Ja, Tom. Und jetzt bin ich hier. Weitere Kräfte treffen jeden Moment ein. Lass die Fernbedienung fallen. Das Spiel ist aus.«

Tom tat das Merkwürdigste, was Torben in dieser Situation eingefallen wäre. Er kicherte.

»Nein, Torben«, sagte er dann. »Das Spiel ist nicht aus. Es fängt erst an. Aber du darfst gern mitspielen. Wir spielen das Spiel: ›Wie gut bist du wirklich?‹ Torben, du fängst an. Was, glaubst du, habe ich in meiner Hand?«

»Eine Fernbedienung für eine Drohne, Tom. Eine Drohne, mit der du Menschen töten willst.«

»Mööp! Falsch!«, tönte Tom. »Ich will nicht, ich werde. Denn diese Drohne, mein Lieber, ist keine gewöhnliche Drohne. Sie ist ein Instrument, mein Instrument, und nur ich kann darauf spielen. Ich habe sie umfunktioniert. Was gar nicht mal leicht war, aber das ist das Tolle am Darknet: Du bekommst dort einfach alles. Also, Torben, ich will es nicht spannender machen als nötig, denn uns läuft die Zeit davon. Die Drohne schwebt gerade über den vorderen Reihen des Publikums. Im Stadion sind wie viele Menschen? 30.000? 40.000? Egal, es wird reichen. Wir alle wissen, dass selbst ein winziges bisschen Panik ausreicht, damit es Tote gibt. Und jetzt das Wichtigste: Du kannst es nicht verhindern! Ich muss nur einen einzigen Knopf drücken, und die Drohne stürzt ab. Mein Finger ruht direkt darauf. Siehst du? Hier!«

Torben nahm zwar an, dass Toms Zeigefinger tatsächlich auf einem Knopf der Fernbedienung lag. Aber das hätte für ihn alles Mögliche bedeuten können. Er kannte sich mit Drohnen nicht aus.

»Nächste Frage, Torben: Was, denkst du, kannst du tun, um mich aufzuhalten?«

»Ich kann dich erschießen, Tom. Ich kann dich erschießen und hoffen, dass du diesen Knopf nicht mehr drücken kannst. Und wenn du es trotzdem tust, werde ich mir mein Leben lang einreden, dass du es sowieso getan hättest. Auch wenn ich es immer noch nicht glauben kann, Tom. Das bist doch nicht du.«

»Oh, ich bin sogar nur das!«, schrie Tom förmlich. »Nie

war ich mehr ich selbst als jetzt, Torben. Nie war ich lebendiger. Nie war ich nützlicher. Nie produktiver! Meine ganze verdammte Existenz war nie sinnvoller als in diesem Augenblick. Heute wird alles zu Ende gehen, und du wirst es erleben. Du wirst mich nicht erschießen, Torben. Das wissen wir beide. Denk doch mal nach.«

Tom machte eine Pause, offenbar wollte er, dass Torben ihm eine Antwort gab. Den Gefallen tat er ihm nicht. »Kommst du nicht drauf? Na gut, ich gewinne wohl unser Spiel. Du kannst mich nicht erschießen, weil du es gar nicht darfst! Oh, auf das Verfahren wäre ich gespannt. ›Erfahrener EKHK erschießt Kollegen, der eine Spielzeug-Fernbedienung in der Hand hält.‹ Apropos, Torben: welche Beweise hast du eigentlich gegen mich in der Hand? Erzähl doch mal.«

Torben wurde unsicher. Ihm war zwar bewusst, dass Tom die Situation mit Absicht sehr einseitig darstellte. Doch wenn er ihn erschoss, hätte er, was immer sich dadurch verhindern ließe, natürlich Ärger an der Backe. Was ihn jedoch nicht davon abhalten würde, wenn es der letzte Ausweg war. Aber das mit den Beweisen war eine andere Sache. Denn ganz gleich, was man Tom auch im Nachhinein zur Last legen könnte, es würde nichts daran ändern, dass Torben ihm nur durch die List mit den Haaren auf die Spur gekommen war. Kein richterlicher Beschluss, keine freiwillige Herausgabe. Eine schlichte List. Und Torben wusste genau, wie sehr Anwälte solche Gelegenheiten zelebrierten. Torben hatte trotzdem nicht die Absicht, aufzugeben. Und wenn schon, dachte er.

»Also gut, Tom«, sagte er. »Wir haben genug geredet. Auch wenn ich dich nicht erschießen werde, ich schwöre dir, ich ziele gerade genau auf diese Fernbedienung und ballere sie in Stücke, wenn du dieses Teil nicht sofort wieder hierherfliegst.«

Tom stieß erneut sein irres Kichern aus. »Ach, Torben, hast du es immer noch nicht eingesehen? Ich habe das alles viel zu gut geplant. Wenn die Fernbedienung sich verabschiedet, stürzt die Drohne sofort ab. Weißt du eigentlich, dass sie ein halbes Kilo TATP geladen hat? Das dürfte ausreichen für einen hübschen Knalleffekt.«

Torben ächzte. Dann senkte er seine Waffe. Hoffnungslosigkeit befiel ihn.

Tom schien das zu spüren, denn er fuhr triumphierend fort: »Das ist noch nicht alles. Die Säure, die ich zusätzlich geladen habe, versprühe ich über den vorderen Reihen. Die Leute werden denken, es regnet, aber schnell merken, dass ihre Haut wie die Hölle zu brennen anfängt. Ich bin sicher, dass dann schon Panik ausbricht. Und wenn sie alle schreien, sich Hilfe und Auswege suchen, dann lande ich mittendrin und zünde das TATP. Du wirst zugeben müssen, der Plan ist genial.«

Torben blieb die Sprache weg. Nein, dachte er, das ist nicht genial, das ist Wahnsinn. Zahlreiche Menschen würden sterben, wenn er Tom nicht aufhalten konnte. Was sollte er tun? Er befand sich in einem Dilemma, und die Waffe, die er in seiner Hand hielt, fühlte sich so nutzlos an, wie er es nie für möglich gehalten hatte.

»Hat's dir die Sprache verschlagen? Na, macht nichts, ich wollte jetzt sowieso endlich weitermachen. Also, lasst die Spiele beginnen.« Er richtete seinen Blick zum Stadion.

»Tom?« Isabelles Stimme. »Du hast etwas vergessen.«

Tom drehte sich unwirsch zu ihr um. »Was?«

»Mich!« Isabelle hielt einen kleinen Revolver in der Hand und zielte mit ruhiger Hand auf ihn.

Er schnaubte. Dazu wäre sie nicht imstande, und er wusste es.

»Ach, Isabelle«, sagte er. »Du hast doch gehört, was ich zu Torben gesagt habe. Also mach dich nicht lächerlich, leg die Erbsenpistole weg und fahr endlich nach Hause.«

Er drehte sich erneut in Richtung Stadion, sah auf den Bildschirm und bewegte den Daumen, um die Drohne endgültig abzusenken.

Isabelle schoss.

Einmal.

Zweimal.

Dann sackte Tom zusammen.

Es dauerte nur Sekunden, bis der Albtraum losbrach.